BASTEI LÜBBE

Bisher ist im BASTEI-LÜBBE Taschenbuchprogramm von ANDRE NORTON nachstehender Band erschienen:

22 054 Das Geheimnis der Voorloper

Aus der Taschenbuch-Reihe FANTASY sind nachstehende Romane erhältlich. Fragen Sie im Buch- oder Zeitschriftenhandel nach diesen Titeln:

20 027 Alexei und Cory Panshin
Erdmagie
20 028 Eric van Lustbader
Krieger der Abendsonne
20 029 Eric van Lustbader
Der dunkle Weg
20 030 Eric van Lustbader
Dai-San
20 031 Richard Kirk
Raven,
die Schwertmeisterin
20 032 Robert Holdstock
Odins Wolf
20 033 Randall Garrett
Komplott der Zauberer
20 034 Richard Kirk
Raven und
der Hexenmeister
20 035 Larry Niven
Wenn der Zauber
vergeht
20 036 Richard Kirk
Raven und der Eisgott
20 037 Eva Eppers
Wanderer unter dunklen
Himmeln
20 038 Richard Kirk
Raven und der
Schattenlord
20 039 Robert Holdstock
Die Jägerinnen
von Connacht
20 040 Richard Kirk
Raven –
Göttin des Todes
20 041 Randall Garrett
Mord und Magie
20 042 Poul Anderson
Ein Mittsommernachts-
Sturm
20 043 Michael Moorcock
Die ewige Schlacht
20 044 Michael Moorcock
Der Phönix
im Obsidian
20 045 Tanith Lee
Sabella oder:
Der letzte Vampir
20 046 Brian Stableford
Der blinde Wurm
20 047 M. John Harrison
Die Pastell-Stadt
20 048 Roger Zelazny
Wechselbalg
20 049 Robert Asprin
Drachenfutter
20 050 Tanith Lee
Das Lied des
Exorzisten
20 051 Poul Anderson/
Mildred Downey Broxon
Die Schlange von
Scattery
20 052 Jessica Salmonson (Hg)
Neue Amazonen-
Geschichten
20 053 Piers Anthony
Chamäleon-Zauber
20 054 Roger Zelazny
Sieben Statuen
20 055 Jörg Weigand (Hg.)
Vergiß nicht den Wind

Andre Norton

Die Krone der Hexenwelt

Fantasy-Roman

BASTEI
LÜBBE

BASTEI-LÜBBE-TASCHENBUCH
Science Fiction Fantasy
Band 20 056

Deutsche Lizenzausgabe 1984
Bastei-Verlag Gustav H. Lübbe GmbH & Co., Bergisch Gladbach
Originaltitel: Horn Crown
Ins Deutsche übertragen von: Lore Strassl
Titelillustration: Michael Whelan
Umschlaggestaltung: Quadro-Grafik, Bensberg
Druck und Verarbeitung: Elsnerdruck GmbH, Berlin
Printed in Western Germany
ISBN 3-404-20056-X

I

Unablässig fiel der Regen und durchweichte die dicken Reiseumhänge, so daß sie als schwere Last auf die Schultern drückten. Vielen von uns mochte die Furcht ebenso schwer auf Herz und Gemüt lasten. Die einfachen Seelen unter uns, die Unkundigen – die ihr ganzes Leben lang kaum etwas anderes als die von ihnen bestellten Felder gekannt hatten oder die Weiden, wo sie die Herden hüteten, wie ihre Väter und Mütter vor ihnen –, raunten von Zährenglom und schauten zum grauen Himmel hoch, als erwarteten sie, ihre großen, in Tränen schwimmenden Augen über uns zu sehen, während ihr Kummer auf allen wie ein Fluch lastete.

Doch selbst jene, die klug und belesen waren, erschraken bei dem Gedanken an Fluch und Verdammnis, nachdem uns diese Verbannung bestimmt war.

War es recht von unseren Weissängern, ihr Wissen zu benutzen, damit wir nicht nur unser Zuhause, sondern auch einen Teil aller Erinnerung zurückließen, als wir durch das Tor zogen, Haushalt um Haushalt, Edelvolk um Edelvolk? Eine Weile fragten wir uns vielleicht noch, warum wir durch dieses regenüberflutete, trostlose Land zogen, aber auf unserem weiteren Weg nordwärts dachten wir immer weniger daran. Daß unsere Flucht jedoch unerläßlich war, vergaßen wir nie. Daran gemahnten nicht allein die Schwertbrüder, die kampfbereit als Kundschafter in diesem fremden Land vor uns ritten, sondern die ganze Kompanie, die als Nachhut durch das Tor zog. Bei ihr waren Laudat und Ouse, deren Singen dieses Weltportal geöffnet hatte, und die es nun mit dem Schlag ihrer Geistestrommeln schlossen, damit es kein Zurück gab und gnädigerweise keine Verfolgung.

Die als unsere Führer in der Vorhut ritten, hatten uns auf

dieser Seite des Tores erwartet. Fast einen ganzen Mond waren sie schon hier, um zu auskundschaften, was unser harrte. Seltsam war ihr Bericht. Sie erzählten von Bergen und Tälern, wo einst Menschen gelebt hatten – oder zumindest eine Lebensform, die uns so ähnlich war, daß man sie so bezeichnen konnte. Doch nun war das Land leer und von diesen Menschen nur übrig, was sie hinterlassen hatten. Das bedeutete aber nicht, daß es sicher für uns war. Da und dort gab es Stellen, wo andere Kräfte erwacht waren. Vor ihnen mußten wir uns hüten. Doch viel fruchtbares Land erwartete den Pflug, und saftiges Gras unsere Schafe, Rinder und Pferde, die unsere Lasten schleppten und die schwerbeladenen Wagen zogen.

Jeder Edelmann hatte Familie und Gefolge mit aller Habe um sich geschart. Die Alten und die kleinen Kinder saßen entweder in den Wagen oder ritten auf den sanftesten unserer Rosse, während Schwertträger und Lehnsmänner jedes Clans zu ihrem Schutz rings um sie trotteten.

Langsam nur kamen wir voran. Schafe und Rinder darf man nicht hetzen, und auch dieses Land selbst hemmte vielleicht unsere Schritte ein wenig, denn immer wieder stießen wir auf eigenartige Säulen oder Bauwerke, und die Sonne bescherte uns weder wohlige Wärme noch freundliches Licht.

Mein Lord war Garn, und unser Haushalt reichte nicht in Ausrüstung noch in der Zahl der Lehnsleute an die meisten anderen heran. Unsere Schafherde war klein, und an Rindern hatten wir nicht mehr als fünf Kühe und einen Stier. Was wir sonst mitführten, füllte bloß drei Wagen. Einige unserer jüngeren Frauen ritten, manche mit einem Kind vor und einem zweiten hinter sich, das sich an ihrem Rock festhielt.

Ich war Edler, doch, als spätgeborener Sohn von Garns Vaterbruder, nicht aus direkter Linie. Aber ich durfte den Hausschild tragen, und vier Bogenschützen unterstanden mir. Da ich sehr jung war, nahm ich meine Pflichten ungemein wichtig. So ritt ich jetzt, mit meinen Männern in bestimmten Abständen hinter mir her, an der rechten Flanke des Clans, und behielt wachsam die Berge im Auge, denn es mochte ja von dort Gefahr drohen.

Wir – oder vielmehr die Lords, als sie durch das Tor gekommen waren –, hatten hin und her überlegt, ob dieser Weg wirklich der ratsame sei, denn wir hatten nur das Wort der Schwertbrüder, daß er geradewegs durch verlassenes Land führte und sich keine Spuren dieser anderen Menschen in der Nähe befanden.

Es war eine richtige Straße gewesen, deren Kopfsteine vereinzelt durch das wuchernde Unkraut zu erkennen waren. Jedenfalls kamen unsere Wagen zweifellos hier besser voran, als wenn wir uns für eine Route querfeldein entschieden hätten.

Nicht allein der Regen verschleierte dieses alte, für uns neue Land. Auf den Kuppen einiger der Berge zu beiden Seiten stieg dichter Nebel auf, und stellenweise nicht im üblichen Weißgrau, sondern mit bläulichem Schimmer oder aber in dunklerem Grau, was uns insgeheim beunruhigte.

Ein Schwertbruder von der Nachhut ritt an mir vorbei zur Spitze. Mit unverhohlenem Neid blickte ich ihm nach. Hatten diese Männer erst ihren Schwerteid geleistet, waren sie an keine Sippe mehr gebunden. Ihr Geschick im Umgang mit Schwert, Bogen und Kurzspeer war namhaft, und so erkannte man gewöhnlich ihre Überlegenheit an, ohne daß sie auf die Probe gestellt wurde. Doch verlangten sie nichts von den Clans, sondern versorgten sich selbst von ihren eigenen Herden, die der Obhut der Fußbrüder unterstanden.

In ihre Reihen aufgenommen zu werden, war der Traum fast eines jeden jungen Clansmann. Nur für wenige erfüllte er sich, da ihre Zahl immer gleichblieb und eine Neuaufnahme lediglich nach dem Tod eines Bruders erfolgte.

Bald danach ritt etwas gemächlicher Garn, mein Lord, herbei, dicht gefolgt von seinen beiden Eidmännern, um nach uns zu sehen, die wir als Flankenschutz eingeteilt waren. Er war kaum weniger düster als dieses Land, und wortkarg, doch mit einem scharfen Auge für Pflichtverletzungen oder Unbotmäßigkeit.

Sein Schweigen war das beste Lob, das man von ihm erwarten konnte. Unwillkürlich verkrampften meine Finger sich um den Zügel, als sein Greifvogelgesicht sich meinem kleinen Trupp zuwandte. Ich erwartete, daß er entweder eine abfällige Bemerkung über meine Verteilung dieses Trupps seines Gefolges machen oder mich mit einem Auftrag zur Nachhut schicken würde, die sein Sohn Everad befehligte. Statt dessen paßte sein Pferd den Schritt dem des meinen an, bis er Steigbügel an Steigbügel neben mir ritt, während seine Eidmänner weiter zurückblieben.

Ich nahm nicht an, daß er zu mir über das Land um uns sprechen wollte, über das bedrückende Wetter, oder über das, was hinter uns lag. Hastig überlegte ich, womit ich möglicherweise sein Mißfallen erregt haben konnte. Langsam drehte er den Kopf, während sein Blick von einem Bergkamm an der Straße zum anderen wanderte, und ich glaubte nicht, daß er sich für die hinteren Reiter des Haushaltclans von Rarast interessierte, der vor uns war.

»Unsere Herden werden hier nicht hungern müsen.« Ich staunte über seine Worte, obwohl mir klar war, daß Lord Garn sehr wohl den Wert eines Landes abzuschätzen vermochte und erkannte, wozu es am besten geeignet war. Ich kannte sie alle hier, ihre Tugenden und Fehler, ich wußte, was sie mochten und was nicht, und daß wir alle miteinander verbündet waren. Ich kannte meine eigene Rolle im Clan, ich hatte eine ausgezeichnete Ausbildung im Umgang mit verschiedenen Waffen gehabt. Ich wußte nur nicht, warum wir in diese andere Welt gekommen und welcher Gefahr wir dadurch entgangen waren.

»Im Lager heute abend wird ein Rat gehalten«, fuhr Garn fort. »Dann entscheidet sich, wo wir siedeln werden. Die Schwertbrüder haben sich gut umgesehen. Das Land ist weit. Hier mag das Glück auch jenen hold sein, die es bisher nicht sehr weit gebracht haben.«

Ich fragte mich immer noch, wieso er mich mit seiner Offenheit auszeichnete. Es war fast so unglaublich, als hätte mein Pferd zu mir gesprochen. Doch über meine Verwunderung, daß er überhaupt etwas zu mir sagte, wurde mir klar, wovon er sprach. Ein großes Land, frei zur Besiedelung. Etwa hundert Clans waren wir insgesamt; und die meisten davon dem unseren an Angehörigen und Habe überlegen, was bedeutete, daß sie ihre Wahl vor uns treffen konnten. Nur würde kein Lord sich so weit ausbreiten, daß es schwerfiele, sein Gut zu verteidigen. Also war die Chance groß, daß selbst ein so kleiner Clan wie unserer zu beachtlichem Landbesitz kam.

Garn fuhr fort: »Das Los entscheidet über die Verteilung. Es ist bereits beschlossen, daß es nur eine Wahl gibt: entweder das Küstengebiet oder das Land im Innern. Siwen, Urik, Farkon und Dawuan haben bereits ihren Anspruch auf die Küste angemeldet. Wir anderen können uns das Land noch aussuchen. Wenn wir zum Mittag rasten, möchte ich mit dir, Hewlin, Everad und auch mit Stig sprechen.«

Meine Zusage blieb vielleicht ungehört, denn plötzlich wendete er sein Pferd und ritt zu dem Trupp, den Everad befehligte. Überrascht blieb ich zurück. Garn traf seine eigenen Entscheidungen, er brauchte sich mit niemandem zu beraten, nicht einmal mit seinem Erben. Und noch erstaunlicher fand ich es, daß er Stig zur Beratung hinzuziehen wollte, der der Obermann der Feldarbeiter und kein Sippenbruder war.

Was hatte er vor? Weshalb hatte er von der Küste gesprochen? Keiner von uns hatte bisher an der Küste gelebt, und uns von alten Gebräuchen abzuwenden, war eigentlich nicht unsere Art. Aber wir waren schließlich in eine neue Welt gekommen, mochte das nicht Grund sein, mit Altem zu brechen und mit Neuem anzufangen?

Ich versuchte mich zu erinnern, wie weit wir von der Küste entfernt waren, von der die Schwertbrüder nur einen sehr kleinen Teil erkundet hatten. Sie hatten von schroffen

Klippen und gefährlichen Riffen berichtet. Wir waren kein seefahrendes Volk, doch die von den vier Clans, die Garn aufgezählt hatte, waren Fischer, oder vielmehr es gewesen.

Der morgendliche Regen ließ nach, und am späten Vormittag wagte sich eine bleiche, wässerige Sonne hervor. Ihr Schein vertrieb einige der düsteren Schatten, die das Land in unseren Augen so fremd gemacht hatte. Wir legten unsere Mittagsrast entlang der Straße ein, ohne die Wagen zur Seite zu ziehen. Die endlose Reihe von Familien sah aus der Ferne aus wie lose auf einer viel zu langen Schnur aufgefädelte Schmucksteine.

Die Feuer in den kleinen Kohlenbecken, die so sorgsam gehütet worden waren, wurden aus dem vordersten Wagen gebracht und sparsam Holzkohle nachgegeben – genug, um den stärkenden Kräutertee zu wärmen, mit dem wir das harte Reisebrot hinunterspülten. Ich beeilte mich mit meiner Zuteilung, um Garn nicht warten zu lassen.

Er saß ein wenig abseits auf einem Hocker und bedeutete uns auf weniger erhabenen Sitzen Platz zu nehmen, nämlich auf einer langen, dickgewebten Matte, die man zu seinen Füßen ausgerollt hatte. Außer Everad und Stig war auch Hewlin anwesend, der Wachälteste, dessen Miene kaum weniger grimmig als die seines Herrn war.

»Das ist meine Wahl«, begann Garn, kaum daß wir saßen. »Ich habe mich mit Quaine unterhalten, der am weitesten an der Küste entlangritt.« Aus seinem Gürtelbeutel holte er einen Streifen Pergament, eng zusammengerollt, und breitete ihn aus. Wir beugten uns darüber, mit den Köpfen dicht beisammen, und betrachteten die dunklen Linien.

Vor ihnen hob sich eine dunkle, breite Linie ab, die in vielen Windungen verlief und in die an einer Seite drei dünnere, ebenfalls kurvenreiche Linien mündeten. An zwei Einbuchtungen der stärkeren Linie waren dicke schwarze Kreuze eingezeichnet. Auf sie deutete Garn als erstes.

»Das ist die Küste, wie Quaine sie gesehen hat. Hier und dort sind offene Buchten. Zwei von jenen, die sich für die

Küste entschieden, erhoben bereits ihren Anspruch auf dieses Land.« Sein Finger fuhr weiter über die Küstenlinie, bis er an einer kleineren Bucht anhielt.

»Hier ist ein Fluß, kein so breiter Strom wie die anderen, aber mit gutem Wasser. Er führt Inland zu einem weiten Tal. Ein Fluß ist ein bequemer Reiseweg, um Wolle zum Markt zu schaffen ...«

Wolle! Ich dachte an unsere armselige Schafherde. Was hatten wir denn schon für den Markt? Was geschoren wurde, reichte gerade für uns und selten für mehr als einen Rock und ein Unterwams alle drei oder vier Jahre.

Everad wagte die Frage zu stellen, die uns alle beschäftigte: »Ist das hier, was Ihr wählen würdet, mein Lord Vater, wenn die Reihe an Euch ist und es nicht von einem gezogen wird, der es selbst behalten möchte?«

»Ja«, antwortete Garn kurz. »Es gibt noch etwas ...« Er unterbrach sich, und keiner von uns hatte den Mut, ihn zu fragen, was dieses etwas war.

Ich starrte auf die Striche auf dem Streifen Pergament und versuchte mir ein Bild von dem zu machen, was sie darstellten: Land und Meer, Fluß und weite Täler, wo unsere Pflüge und unsere kleinen Herden willkommen sein würden. Aber leider blieben sie nur Linien auf Pergament, die mir wenig sagten.

Garn fragte nicht nach unserer Meinung. Das hatte ich auch nicht erwartet. Er hatte uns nur zusammengerufen, um uns von seinem Vorhaben zu unterrichten, damit wir auf seine Entscheidung vorbereitet waren, wenn er Glück mit der Wahl hatte.

Der Fluß, auf den er gedeutet hatte, lag weit im Norden, abseits der Buchten, die die erste Wahl der Seelords sein würde, wie er gesagt hatte. Ich fragte mich, wie lange die Reise nordwärts dauern würde, wie viele Tage Fußmarsch es wären. Es war Frühjahr und höchste Zeit die kostbare Saat, die in ihren Säcken den halben letzten Wagen einnahm, in die Erde zu bringen, wenn wir heuer noch eine Ernte erwarten wollten.

Es war unmöglich vorherzusagen, wie kalt der Winter hier sein mochte, noch wie schnell er kommen würde und wie lange oder kurz die Reifezeit dauerte. Eine zu lange Reise mochte zu schlimmen Entbehrungen im Winter führen, etwas, worüber jeder Clan sich Sorgen machte. Aber die Entscheidung war Garns, und kein Lord führte seine Leute ins Unglück, wenn er es vermeiden konnte.

Der nächtliche Rat wurde etwa in der Mitte unserer langen Reihe abgehalten, in der Nähe von Lord Farkons Karren und Wagen. Ein Feuer war bereits entzündet, um das herum die Lords Platz nahmen, mit ihren Blutssippenbrüdern hinter ihnen, während Laudat und Ouse – die ihre grauen Umhänge eng um sich schlugen, als spürten sie die klamme Kälte mehr noch als die anderen – und Wavent, der Hauptmann der Schwertbrüder für diese Jahreszehn, sich in der Mitte dieses Kreises aufhielten.

Beide Weissänger wirkten müde und hager und ihre Gesichter fahlgrau. Das Öffnen und Schließen des Tores mochte sie bis dem Tod nahe erschöpft haben, aber sie stellten sich standhaft der Aufgabe vor ihnen. Doch war es Wavent, der sprach.

Wieder beschrieb er das uns erwartende Land, erwähnte, wie wellig es war, ohne größere Ebenen, aber mit weiten Tälern zwischen Hügeln und Bergen. Und unter diesen Tälern befanden sich viele mit üppigem Pflanzenwuchs. Doch gab es auch solche, die schmal und steinig waren. Auch sprach er von den Flüssen, die auf Garns grober Karte eingezeichnet waren, und von den zwei vielversprechenden offenen Buchten.

Kaum hatte er geendet, wandte Lord Farkon sich an ihn. »Wie ich bemerkte, Schwerthauptmann, habt Ihr wenig von diesen seltsamen Orten gesprochen, die die Alten zurückgelassen haben – noch von ihnen selbst. Sind welche von ihnen geblieben, wenn ja, werden sie nicht nach dem Schwert greifen, um ihr Land zu verteidigen, wie jeder Lord es tun würde?«

Ein Murmeln ging von Lord zu Lord. Ich sah Ouse die

Schultern straffen, als wollte er sich aufrichten und antworten. Doch er tat es nicht, sondern überließ es Wavent.

»Ja«, gab der Hauptmann bereitwillig zu. »Dies war einst ein gutbesiedeltes Land. Doch jene, die hier lebten, haben es verlassen. Wir fanden so manches von ihnen, doch das meiste sieht nicht so aus, als würde es uns schaden. Im Gegenteil, es gibt Orte, die willkommenen Frieden und Sicherheit versprechen. Aber ich darf es euch nicht verschweigen, meine Lords, es gibt auch solche, die eine Aura des Bösen umgibt. Sie sind allein schon an ihrem Gestank zu erkennen. Auch ist es gut, daß ihr nichts mit irgendwelchen der Bauten oder Ruinen zu tun haben werdet, auf die ihr stoßen mögt. Wir vom Schwert haben uns in diesem Land umgeschaut, doch sind wir bloß auf Tiere gestoßen, ohne auch nur eine Spur von den ehemaligen Landherrn zu finden. Das Land ist nun leer, warum, wissen wir nicht.«

Lord Rolfin schüttelte den Kopf. Die drei roten Steine, unmittelbar über seinen Augen im Helm, blitzten im Feuerschein.

»Ihr wißt nicht, weshalb diese anderen von hier fortgingen«, sagte er nachdenklich. »Das mag bedeuten, daß ein fremder, ungesehener Feind hier unser harrt.«

Wieder murmelten die Lords untereinander. Diesmal stand Ouse tatsächlich auf. Er warf die Kapuze seines Umhangs zurück, so daß sein grauhaariger Kopf unverhüllt den Blicken standhielt und alle sein schmales, runendurchzogenes Gesicht zu sehen vermochten.

»Das Land«, sagte er ruhig, »ist leer. Seit wir hier angekommen sind, haben wir nichts gespürt, das sich als feindselig bezeichnen ließe. Heute abend, ehe ihr zum Rat zusammengekommen seid, meine Lords, sangen Laudet und ich die Warnworte und zündeten die Fackeln der Flamme. Sie brannte gut und flackerte nicht bei unserer Fürbitte. Es gibt noch Spuren der alten Macht – von einer Art, die wir nicht kennen –, doch vermag die Flamme nirgendwo zu brennen, wo Krieg droht oder das Böse im Kommen ist.

Lord Rolfin brummte etwas Unverständliches. Wie alle wußten, sah er an jedem neuen Ort Bedrohungen, aber natürlich hätte er Ouses Versicherung nicht widersprechen können. Es stimmte, daß die Unsterbliche und Einzige Flamme nicht brannte, wenn Böses um uns war, und ich glaube nicht, daß ich mich getäuscht hatte, als ich mehrere Seufzer der Erleichterung bei Ouses Erwiderung hörte.

Jetzt schob Wavent mit dem rechten Fuß eine Bronzeschale vorwärts, die Laudet für ihn bereitgestellt hatte. Der Hauptmann bückte sich und hob sie mit beiden Händen empor.

»Hier, meinte Lord von Hallack«, seine Stimme klang feierlich, als spräche er die Worte eines Rituals, »sind eure Lose. Im Schein der Einzigen Flamme sind alle Clanshäupter gleich. So war es bisher, so wird es auch hier sein. Möge jeder nun ein Los nehmen. Schon morgen vormittag werden wir das erste der offenen Täler erreichen, wo einer von euch das Ende seiner Reise erreicht haben und sich ein neues Zuhause schaffen wird.«

Er hielt die Schale in Augenhöhe der Lords ringsum, dann ging er von rechts nach links, blieb vor jedem stehen, und jeder griff hoch und tastete nach einem der Pergamentröllchen, die er nicht sehen konnte, und brachte das heraus, das das Schicksal ihm zugedacht hatte – obwohl natürlich später ein Austausch vorgenommen werden konnte, wenn die Beteiligten damit einverstanden waren.

Ouse ließ Wavent mehrere Mann vorausgehen, ehe er mit einer kleineren Schale folgte. Diese war aus etwas flekkigem Silber, und sie bot er jenen Lords an, die die erste Wahl abgelehnt hatten. Wie wir wußten, befanden sich in dieser Schale die Lose für das Küstenland. Nach dem, was er uns mittags mitgeteilt hatte, wunderten wir Eingeweihten uns nicht, als Garn davon Abstand nahm, in Wavents Schale zu greifen, seine Nachbarn dagegen schien es sehr zu überraschen. Als Ouse vor ihm stehenblieb, war sein Gesicht zwar unbewegt wie immer, aber er griff eifrig in die Schale.

Nicht einer schaute sein Los an. Jeder wartete, bis alle eines gezogen hatten. In Wavents Schale blieben einige übrig, während Ouse seine umdrehte, ehe er ganz herum war, und bevor er zu seinem Platz zurückkehrte.

Erst als auch Wavent wieder am Feuer stand, öffnete jeder Lord sein Pergamentröllchen und betrachtete die Runen, mit dem es gezeichnet war – denn die Schwertbrüder, gemeinsam mit den Weissängern, hatten sich damit beschäftigt, noch ehe wir durch das Tor gekommen waren, um uns das Zurechtfinden zu erleichtern. Auf jedem standen genaue Wegbeschreibungen.

Wir brannten darauf, zu erfahren, was Garn gezogen hatte, aber er zeigte seinen Angehörigen sein Los nicht, wie andere Lords es taten. Stimmengemurmel wurde laut und schon jetzt begann der Handel um einen Austausch oder mehr Weide- oder Ackerland. Mit heimlicher Ungeduld warteten wir, bis Garn sich endlich an uns wandte und sagte: »Die Flamme war uns hold. Wir haben das Flußland bekommen.«

Das war ein Glücksfall, wie er selten einem zuteil wurde. Es war wahrhaftig erstaunlich, daß er genau sein Wunschland gezogen hatte. Fast mochte man glauben, das Glück (auf das man sich nie verlassen kann) wäre diesmal von einem stärkeren Verbündeten beeinflußt worden.

Ich sah einen der Schwertbrüder durch die Schatten jenseits des inneren Kreises kommen, den das Feuer erhellte. Es war Quaine, der unseren Lord auf das uns jetzt zugesprochene Land aufmerksam gemacht hatte. Er blieb nun neben Garn stehen und fragte: »Hattet Ihr Glück, mein Lord?«

Garn war aufgestanden. Das Stück Pergament hielt er straff ausgestreckt mit beiden Händen. Er bedachte Quaine mit einem seiner durchdringenden, fast anklagenden Blicke, mit dem er jeden dazu brachte, sich seinem Befehl zu beugen. Doch Quaine gehörte weder zu seinen Lehnsmännern, noch seiner Sippe, und er blieb so gelassen stehen, als unterhielt er sich lediglich über das Wetter.

Quaine war in Wavents Alter und Hauptmann während der letzten Jahreszehn gewesen. Ich hielt ihn für kaum jünger als Garn, obgleich kein Grau sein Haar melierte und er so schlank wie ein junger Mann war. Er bewegte sich mit der Geschmeidigkeit des Kämpfers, der Meister der Fechtkunst war.

»Ich habe es«, antwortete Garn kurz auf seine Frage. »Es ist noch eine lange Reise.« Es klang nicht fragend, trotzdem blickte er Quaine an, als erwartete er, etwas von Bedeutung von ihm zu erfahren.

Quaine schwieg, und Garns Blick wanderte schließlich von ihm zu den Flammen hinter ihm. Seine Miene war unlesbar wie immer, aber ich fragte mich in diesem Augenblick, ob er sich nicht weit mehr über das Ergebnis der Ziehung freute, als er uns glauben ließ. Ein winziges bißchen zweifelte ich daran, daß er dieses Glück allein dem Zufall verdankte, obwohl ganz sicher weder Wavent noch Quse sich dazu hergegeben hätten, dem Glück nachzuhelfen, selbst nicht für den größten Lord, und Garn war der geringste in diesem Kreis, was Reichtum oder Sippschaft betraf.

»Es ist das beste, wenn jene, die die Küste als Ziel haben, gemeinsam reisen. Es gibt noch eine andere Straße, die ost- und dann nordwärts führt, doch ist sie weit älter als diese hier und nicht so gut erhalten. Wenn ihr zusammen reitet, könnt ihr euch gegenseitig helfen, falls einem unterwegs ein Mißgeschick zustößt.«

Garn nickte ruckhaft und schob seine Loskarte in den Gürtelbeutel. Dann machte er eine Frage aus den vier Namen, die er aufzählte: »Siwen, Uric, Farkon und Dawuan?«

»Milos und Tugness ebenfalls«, fügte Quaine hinzu.

Flüchtig verzog Garn die Miene, während meine Hand sich um den Schwertgriff klammerte und ich mir dessen erst bewußt wurde, als die Nägel in die Handflächen drangen. Man mochte uns die alten Erinnerungen genommen haben, als wir durch das Tor zogen, doch einige schienen sich hartnäckig zu halten. Von Garns Sippe betrachtete keiner Tugness und die seinen als Freunde. Es war eine alte Fehde, die einst mit Blutvergießen verbunden gewesen war. Doch nun machten wir bloß keine Freundbesuche zu den üblichen Gegebenheiten bei ihnen, wie es sonst Sitte war, noch nahmen wir eine Einladung an, wenn zu erwarten stand, daß sie anwesend sein würden.

»Wo?« fragte Garn kurz.

Quaine schüttelte die Schulter. »Ich habe mich nicht erkundigt. Euer Land liegt am weitesten im Norden – es ist das letzte Tal, durch das wir bei unserer Aufteilung kamen. Zweifellos wird er sich südlich davon niederlassen.«

»Gut genug.«

»Gegen Sonnenuntergang biegen wir ab«, fuhr Quaine fort. »Ich werde die Brüder führen, die als Begleitschutz für die Küstenreisenden abgestellt sind.«

Garn nickte. Ohne ein Abschiedswort drehte Garn sich um und kehrte mit uns zu unserem eigenen Lager in einiger Entfernung zurück, und ohne uns ein Wort zu gönnen.

Obgleich ich müde von der Reise war – denn es war anstrengend, den Schritt der Pferde den langsamen Wagenrädern anzupassen –, schlief ich nicht gleich ein, nachdem ich mich in meinen Umhang gehüllt und meine Sattelmatte als Kissen unter den Kopf geschoben hatte. Leise Geräusche verschiedener Art waren aus dem Lager zu hören. Ein Kind weinte jämmerlich im Frauenteil, vermutlich Stigs kranker Enkelsohn. Ich hörte sogar das Vieh, das sich an dem frischen üppigen Gras gütlich tat, und hin und wieder das Schnarchen oder laute Schnaufen eines Schlafenden. Garn hatte sich in das kleine Zelt zurückgezogen, das nur für ihn bestimmt war. Ich hatte einen guten Blick darauf und so sah ich, daß ein Reiblicht aufglimmte und gleich darauf eine Laternenkerze zu brennen begann. Vielleicht studierte er noch einmal die Karte seines Landes, das das Glück ihm zugespielt hatte.

Ich hatte nicht ganz an das Glück glauben wollen, doch nun wußte ich, daß es einen Pferdefuß hatte – Tugness.

Wenn unser zukünftiges Land an seines grenzen sollte, mußten wir lernen, uns besser zu vertragen, denn die Fortführung unseres unsicheren Waffenstillstands war nichts für hier. Das hier war eine fremde Welt, aus der ihre früheren Bewohner sich zurückgezogen hatten – aus einem uns unbekannten Grund. Obgleich die Weissänger und Kundschafter betonten, daß es hier keine Feinde gab, gab es doch die Einsamkeit, eine Art von Abgeschiedenheit, die zumindest ich spürte, je weiter wir ritten. Es mochte sehr wohl sein, daß wir unsere Nachbarn brauchten, uns auf sie verlassen können mußten, selbst wenn sie eine ganze Tagesreise entfernt lebten. Nun war die Zeit, da alle von Hallack zusammenhalten und alte Streitigkeiten und Feindschaften vergessen mußten.

Hier war nicht Hallack. Hallack war, für uns für immer verloren, in der alten Welt zurückgeblieben. Aber das neue Land hatte bereits den Namen Hochhallack bekommen, da es ein hügeliges, ja teilweise sogar gebirgiges Land war.

Schlaf wollte immer noch nicht kommen, obgleich die Kerzenlaterne erlosch. Ich drehte den Kopf, um in die Nacht zu blicken und nach den Sternen Ausschau zu halten, die ich kannte. Da strich ein Schauder über meinen Rücken und die Kopfhaut prickelte, denn kein vertrautes Sternbild war zu finden. Wo waren der Pfeil? Der Stier? Das Jagdhorn?

Schon vor Stunden hatte es zu regnen aufgehört und unzählige funkelnde Lichtpunkte, einzeln, in größeren Gruppen und langen Streifen, zeichneten sich am klaren Nachthimmel ab. Doch alle waren sie mir fremd! Wohin hatte unsere Reise durch das Tor uns gebracht? Das Land hier mit seiner Scholle, dem Gras, den Büschen und Bäumen war, dem Auge nach, so wie unsere alte Heimat. Nur die Sterne waren anders. Wir befanden uns in einem Land, das uns alles geben würde, was wir zum Leben brauchten, aber wir waren offenbar unendlich weit von dem Ort entfernt, wo wir das Licht der Welt erblickt hatten.

Ich fröstelte beim Anblick dieser fremden Sterne, die mir

viel deutlicher machten als das Durchschreiten des Tores (bei dem man uns gewarnt hatte, daß es seine Wirkung auf uns nicht verfehlen würde), daß wir wahrhaftig Verbannte waren und uns nun nur auf unsere eigene Kraft verlassen konnten, um vorwärtszukommen, und wir unsere Schwächen besiegen mußten. Was stand uns hier bevor? Ich dachte an das Meer, an Garns Wahl, und ein Teil von mir freute sich auf das Neue, das es zu erforschen gab; während ein anderer Teil meines Ichs nach einem Schild gegen dieses gleiche Neue mit seinen möglichen Gefahren suchte – bis ich schließlich in diesem Durcheinander von Gedanken und Ängsten einschlief.

II

Hinter uns lagen die weiten Täler, in denen die Clans von Farkon, Siwen, Uric und Dawuan geblieben waren, und zu unserer Rechten brandete immer noch die See, während unser Trupp immer mehr schmolz. Mut machte uns nur die Tatsache, daß das Land auch hier menschenleer war, obgleich es hier viel gab, das jene vor uns zurückgelassen hatten, sogar hin und wieder längere Strecken einer alten Straße, auf denen wir schneller und mit weniger Anstrengung vorankamen. Quaine und drei der Schwertbrüder ritten als Kundschafter voraus und wiesen uns auf Bauten und Ruinen der Alten hin, und bei manchen rieten sie uns, ihnen fernzubleiben, da sie den Ausstrahlungen nicht trauten.

Türme sahen wir, gepflasterte Plätze mit Säulen ringsum, Aufhäufungen unbehauener Steine, ja sogar Monolithen und Dolmen, um die wir vorsichtshalber einen Bogen machten. Ich hätte gern gewußt, was das für Leute waren, die sich so geplagt hatten, solch gewaltige Steine aufeinander zu heben, und ich fragte mich, was sie damit bezweckt hatten.

Das größte und fruchtbarste Küstentiefland lag hinter uns. Seit zwanzig Tagen waren wir unterwegs und nur langsam vorangekommen. Zweimal hatten wir fast eine Tagesreise weit ins Inland abbiegen müssen, ehe wir Furten über die Flüsse fanden, die zu unserem Glück, zumindest zu dieser Jahreszeit, träge dahinströmten und uns so eine sichere Überquerung ermöglichten.

Am vierundzwanzigsten Tag verließen uns Lord Milos' Leute, um sich westwärts, durch die Öffnung eines schmaleren Tales, zu wenden. Einer der Kundschafter ritt mit ihnen. Hier gab es keinen Fluß, und wir sahen uns gezwungen, dem sandigen Strand des Meeres zu folgen, um die zwei steilen Bergketten zu umgehen, die das Tal bewachten. Wir sagten einander Lebewohl und versprachen, uns zur Festzeit wiederzusehen. Immer noch bin ich überzeugt, daß in uns allen – ob wir nun weiterzogen oder auf neuem Clanland zurückblieben – die Einsamkeit wuchs, das bedrückende Gefühl, daß ein weiteres Band mit dem alten Leben gerissen war, und daß wir es vielleicht später noch bereuen würden.

Es stimmte natürlich, daß wir uns während des langen Marsches nähergekommen waren, schon deshalb, weil wir allein in einem fremden Land waren. Es gab, zumindest an der Oberfläche, nichts der alten Feindschaft gegenüber Tugness und seinen Leuten mehr. Hand in Hand arbeiteten wir, wenn es galt, die Karren über die Furten zu bringen und die Schafe vor uns auf den Sätteln über den Fluß zu schaffen, gleichgültig, welches Brandzeichen sie trugen. Des Nachts allerdings schlugen wir unsere eigenen Lager auf, doch besuchten wir einander.

So kam es dazu, daß ich dieses gertenschlanke Mädchen zum erstenmal sah, das auf einem zottigen Pony saß. Willig trug das Tier sie und zwei pralle Ledersäcke, rollte jedoch gefährlich die Augen und zeigte die gelben Zähne, wenn ein anderer sich ihm näherte. Trotz ihrer scheinbaren Zerbrechlichkeit war sie stark wie ein junger Bursche, wenn sie ihrer Arbeit mit einer Selbstsicherheit nachging, die nicht mit der müden Duldsamkeit der Feldfrauen zu vergleichen war und gewiß nicht darauf hinwies, daß sie an die hohe Tafel in der Halle eines Lords gewöhnt war.

Am dritten Tag unserer Reise in den Norden fiel mir auf, daß sie sich von den anderen Frauen unterschied, die beritten waren, um mithelfen zu können, soweit ihre Kräfte es zuließen. Sie trottete neben einem kleineren Karren – kaum größer als die zweirädrigen, mit denen die Feldmänner ihren Ernteüberschuß zum Markt brachten. Zwei der gleichen langhaarigen Tiere, wie sie eines ritt, waren daran gespannt. Ihr Zottelfell war von ähnlichem stumpfen Grau wie der Karren. Obgleich es bei uns seit langem üblich war, die Wagen und Karren mit viel Sorgfalt zu bemalen, war es hier nicht getan worden, und gerade aus diesem Grund fiel er unter den farbenfrohen anderen auf.

Der Karren hatte ein an festen Seitenstäben befestigtes Dach aus fein gegerbtem dünnen Leder. Eine Frau kutschierte ihn, deren Rock und Umhang ebenfalls grau waren. Ich erkannte sofort, daß es eine Weise Frau war.

Die beiden schienen allein zu reisen und zu keinem Lord zu gehören. Mir fiel auf, daß Ouse eine Weile neben dem Karren herritt und sich mit der Kutscherin unterhielt, nachdem das Mädchen ihm Platz gemacht hatte und ein Stück zurückgeblieben war. Daß der Weissänger sich zu einem Gespräch mit dieser Frau entschied, konnte nur bedeuten, daß sie einen guten Namen im Kreis jener mit dem Inneren Wissen hatte, auch wenn sie sich arm und unaufdringlich gab.

Ich hatte gedacht, daß sie sich einem der großen Lords anschließen würden, da ein stärkerer Clan der Weisen Frau mehr Gelegenheit geben würde, Kranke zu heilen und Gefahren für den Geist abzuwenden. Aber sie waren nie mit abgebogen, wenn ein weiterer Clan uns verließ.

Man stellt keine Fragen, was Weise Frauen betrifft. Sie nutzen die Einzige Flamme nicht, trotzdem hebt niemand deshalb die Stimme gegen sie. Ihre Fähigkeiten sind ihnen angeboren, und sie sind frei, zu kommen und zu gehen, wie es ihnen beliebt, denn sie helfen allen ohne Ausnahme. So mancher Kämpfer und so manche Gebärende hat Grund sie zu segnen und ihnen dankbar zu sein.

Doch wenn man sich stark genug für etwas interessiert, kann man auch mehr darüber erfahren. So wußte ich denn bald, daß das Mädchen Gathea hieß und ein Findelkind war, das die Weise Frau zu sich genommen und zur Leibmaid und Schülerin gemacht hatte. So war sie denn auch anders und konnte weder mit den Feldleuten noch mit denen von den hohen Hallen verglichen werden.

Hübsch konnte man sie nicht nennen. Sie war zu feingliedrig, ihre Haut zu braun und ihre Züge waren zu scharf geschnitten. Aber es war etwas an ihr, das mich anzog, vielleicht die freie Art, wie sie ging und ritt, ihre Selbstsicherheit. Jedenfalls beschäftigte sie mich und ich fragte mich, wie sie wohl im Festtagsrock und -mieder aussehen mochte – denn jetzt trug sie Wams und Beinkleid ähnlich meinen –, und mit dem nun so streng um den Kopf gewundenen langen Zopf offen und mit einer glöckchenverzierten Silberkette durchflochten, wie Garns Tochter Iynne sie bei besonderen Anlässen trug. Aber ich hätte mir nicht vorstellen können, daß Iynne mit einem um sich schlagenden Schaf vor sich auf dem Sattel eine Furt überquerte und mit einer Hand in seiner Wolle das Tier hielt, während die andere auf die Hinterbacke des Ponys schlug, um es anzutreiben.

Ich war sehr überrascht, als die Weise Frau nicht mit Milos Leuten abbog, denn ich hatte nicht gedacht, daß sie Tugness begleitete. Sie und ihre Leibmaid lagerten des Nachts nicht in seiner Nähe, sondern zündeten ihr eigenes Feuer abseits. Aber das war alte Sitte. Weise Frauen lebten nie unmittelbar in einer Gemeinschaft, sondern hatten immer ihr eigenes Stück Land, auf dem sie ihre Kräuter ziehen und ihrer eigenen Wege gehen konnten, von denen manche nicht für die Augen jener waren, die nicht in ihre Künste eingeweiht waren.

Es war schwere Arbeit, die Wagen durch den Sand des

Strandes zu ziehen, und wir krochen nun fast nur noch dahin. In dieser Nacht lagerten wir auch auf dem Strand, mit dem Rücken zu den Klippen. Für die meisten von uns war Meer unbekannt, und wir betrachteten es mit gemischten Gefühlen. Nur die Kinder waren davon begeistert. Sie suchten nach Muscheln und sahen den kreischenden Vögeln zu, die von hoch herabstießen, um im Wasser nach Beute zu jagen.

Als das Lager aufgeschlagen war, lockte die Neugier mich weit hinunter, wo eine Welle die andere verfolgte und über den Sand leckte. Die kräftige Luft am Wasser ließ einen verlangend die Lunge füllen und tief atmen. Ich blickte hinaus auf das dunkler werdende Wasser und staunte ein wenig über den Mut jener, die Hüllen aus Holz erbauten, um sich in ihnen hinaus in diese unendliche Weite zu wagen, einem eigenen Handwerk folgend, das Schild und Schwert gegen den Zorn der Wellen war.

Zwischen Steinen sah ich Wasser glitzern und ging darauf zu. Von hohen Felsen umschlossen, hatten sich Teiche gebildet, gespeist von den Wogen der See. Und diese Teiche waren nicht leer. Seltsame Kreaturen, derengleichen ich noch nie gesehen hatte, trieben sich darin herum. Überrascht und interessiert kauerte ich mich auf die Fersen, um sie zu beobachten, wie sie hin und her schossen oder sich teilweise unter Steinen verbargen. Alle waren sie Jäger und jeder suchte seine Beute auf seine Weise.

Ein Platschen riß mich aus meiner Betrachtung dieser schlauen listenreichen Jäger. Ich drehte mich um und sah Gathea. Sie hatte ihre Stiefel ausgezogen, ihre Hosenbeine um die Knöchel gelöst und bis über die Knie hochgerollt. Sie kam von einem Felsblock und zog mit aller Kraft an einem langen roten Pflanzenstrang, von dem triefend nasse, große Blätter hingen. Aber diese Seeranke schien offenbar fest verankert zu sein, denn sie gab bei ihrem Zerren kaum nach.

Ehe ich lange überlegte, zog ich meine Stiefel aus, und ohne mir Zeit zu nehmen, die Hosenbeine hochzurollen, watete ich in das Wasser. Ich griff ein Stück hinter Gathea nach dem schleimigen Pflanzenstrang und setzte auch meine Kraft ein. Mit anfangs gerunzelter Stirn blickte das Mädchen über die Schulter, aber dann nickte sie, für meine Hilfe dankend, und wir zerrten gemeinsam.

Doch trotz aller Gewalt wollte diese zähe Seeranke sich nicht lösen. Also gab ich sie frei und zog mein Schwert. Wieder nickte Gathea, streckte jedoch gebieterisch die Hand aus, so daß ich ihr gegen meinen Willen die Waffe überließ. Sie watete ein wenig weiter hinaus, und während ich die Ranke straffzog, hieb sie die stählerne Klinge herab und durchtrennte den Pflanzenstrang. Sie kehrte zu mir zurück, um mit einer Hand nach dem Rankenende zu fassen und mir mit der anderen das Schwert, griffvoraus, zurückzugeben.

»Meinen Dank Elron von Garns Haus.« Ihre Stimme klang leise und ein wenig rauh, als benutzte sie sie selten. Ich staunte, daß sie meinen Namen kannte, denn keiner von uns hatte während der langen Reise ein Wort mit ihrer Herrin gewechselt, noch hob ich mich irgendwie unter Garns Lehnsleuten hervor, die allerdings nicht sehr zahlreich waren.

»Was hast du mit diesem Ding vor?« Ich watete zum Strand zurück, und obgleich sie meine Hilfe weder erbat noch sie verweigerte, hielt ich die Ranke weiter fest und zog sie hinter uns her.

»Die getrockneten und zerstampften Blätter kräftigen den Boden für die Bepflanzung«, erklärte sie wie ein Mann, der über die Benutzung eines Pfluges sprach. »Auch hat sie weitere Wirkstoffe, die Zabina brauchen kann. Es ist ein guter Fund zur genau richtigen Wuchszeit.«

Ich betrachtete den schleimigen Strang, den wir aus dem Wasser zogen und an dessen langen Rankenblättern nun Sand klebte. Manche Dinge, dachte ich, waren offenbar von größerem Nutzen, als man bei ihrem Anblick glauben mochte.

Dann war Gathea auch schon gegangen, ohne ein weiteres Wort, und den Pflanzenstrang zog sie hinter sich her. Ich rieb mir den Sand von den Beinen, ehe ich wieder in die Stiefel schlüpfte. Die Abendschatten waren schon sehr tief, so kehrte ich zu unserem Lager zum Essen zurück, und fragte mich, was der nächste Tag bringen würde und wie weit es noch bis zu Garns erwähltem Land war.

Ich hielt meine Schale mit zerbröckeltem Reisebrot, das in Brühe aufgeweicht und mit ein paar Stückchen gekochtem Dörrfleisch verfeinert war, in einer Hand, und hielt mit dem Löffel in der anderen auf halbem Weg zum Mund inne, als zwei Besucher in den Schein unseres mittleren Feuers traten. Quaine, der mit überkreuzten Beinen neben Garn saß, winkte ihnen zu näherzukommen. Garn bedachte sie lediglich mit einem kalten, festen Blick über den Rand seines Trinkhorns hinweg.

Zwar hatte ich während der letzten Tage unserer Reise Lord Tugness mehrmals gesehen, doch nie so nahe wie jetzt, daß ich nur eine Hand hätte auszustrecken brauchen, um seine Schwertscheide zu berühren.

Er war ein gedrungener Mann mit besonders kräftigen Schultern, da seine Lieblingswaffe die Streitaxt war. Die ausgedehnte Übung damit hatte ihm die Muskelkraft verliehen, die bei einem anderen vielleicht im Schwertarm gelegen hätte oder durch die Notwendigkeit der Behendigkeit verringert gewesen wäre. Auf dem Pferderücken war er beeindruckend, doch zu Fuß ließ sein kurzer Schritt ihn topplastig erscheinen.

Wie wir trug er ein Kettenhemd über dem Reisewams, und der Wind strich durch sein dickes, zerzaustes rotbraunes Haar. Im Gegensatz zum Großteil unserer Rasse hatte er auch üppiges Gesichtshaar, auf das er, entgegen aller Sitte, stolz zu sein schien und das er als Kranz um seinen breiten Mund wachsen ließ. Seine Nase darüber wirkte wie eine fleischige Knolle. Bei einem Kampf in seiner Jugend war sie eingedrückt und gebrochen worden, und so kam sein Atem schnaufend.

Er schlurfte zu Garn und sah weit eher wie ein rauher

Söldner aus, der für einen gemeinen Überfall angeworben worden war, denn wie ein Lord aus uraltem edlem Geschlecht, das so wohlbesungen war wie jedes andere, das durch das Tor gekommen war.

Höher gewachsen und von schmalerem Körperbau war sein Erbsohn, der einen Schritt hinter ihm voll in den Feuerschein trat. Ein Speerschaft von einem Jungmann war er, mit Watschelgang und schlaksig hängenden Armen. Jene, die ihn kannten oder von ihm gehört hatten, wußten jedoch sehr wohl, daß sein Aussehen trog und er keinesfalls ein beschränkter Tolpatsch war. Besonders im Umgang mit der Armbrust hob er sich hervor. Doch er war ein stiller Schatten seines Vaters und kam wenig mit seinen Altersgefährten zusammen. Sprach man ihn an, mochte es geschehen, daß er einen mit großen Augen anstarrte und mit so knappen Worten wie nur möglich antwortete.

Lord Tugness kam sofort zur Sache, genau wie er es tat, wenn er mit der Axt in der Hand gegen einen Feind ritt. Jedoch war es Quaine, zu dem er sprach, ohne auf Garn zu achten, ja er hob sogar die Schulter ein wenig, damit sie seinen Erzfeind verbarg.

»Wann kommen wir endlich aus diesem Teufelssand heraus?« fragte er heftig und wirbelte mit dem Stiefel eine ganze Wolke davon hoch. »Mein Vordergespann hat bereits blutige Schwielen, und wir haben keine Tiere zum Wechseln. Ihr habt uns Land versprochen, Schwertmann! Wo ist es?«

Quaine schien sich von diesen Worten nicht gekränkt zu fühlen. Er hatte sich erhoben und stand Tugness gegenüber, mit den Daumen im Gürtel, und erwiderte den durchdringenden Blick des Clansherrn.

»Wenn die Flamme es gut mit uns meint, Lord Tugness, werden wir bei Sonnenuntergang morgen in Pfeilflugweite Eures Landes sein.«

Tugness schnaubte abfällig. Ich bemerkte, wie seine Finger sich krümmten, als legten sie sich um den Axtschaft. Seine Augen unter den buschigen Brauen verlangten Respekt von dem Schwertbruder.

»Es wird Zeit, daß wir auf gutes Land kommen!« Heftig stampfte er in den Sand. »Dieses Zeug gerät mit dem Essen in den Mund, und beim Trinken die Kehle hinunter. Wir haben genug davon, Schwertmann! Möge deine Behauptung stimmen!« Seine letzten Worte hörten sich fast wie eine Drohung an, als er sich auf dem Absatz drehte und der Sand auf alles in seiner Nähe spritzte. Im Gegensatz zu ihm trat Thorg, sein Erbsohn, mit der Leichtfüßigkeit eines Kundschafters in Feindesland auf. Auch hob er plötzlich den Kopf ein wenig und blickte mich geradewegs an.

Ich war jung, und Garn schätzte mich nicht hoch ein, was mir seit meiner Kindheit wohl bewußt war. Doch bin ich durchaus imstande, in den Augen anderer zu lesen, auch wenn ihr Gesicht ausdruckslos ist. Ich hielt im Kauen inne, als ich seinen Blick auffing. Ich hoffte sehr, daß ich meine Überraschung nicht zeigte. Weshalb sollte der Erbsohn Tugness', den ich gewiß noch nie gekränkt haben oder ihm in die Quere gekommen sein konnte, einen solch tödlichen Haß gegen mich hegen? Ich sagte mir, daß ich nicht sein Feind war, es nicht sein konnte, außer daß ich von meinem und er von seinem Haus war. Aber aus seinem Blick hatte mehr als eine normale Clansfeindschaft gesprochen. Ich begann, mir darüber Gedanken zu machen.

In dieser Nacht stand ein Mond am Himmel, kalt und silberklar. Sein Schein half die Sterne verbergen, die nicht waren, wie ich sie gern gehabt hätte. Von altersher erzählt man sich, daß der Mond eine Rolle im Leben der Menschen spielt, daß er seine Spuren in Geist und Herz hinterläßt, so wie die Sonne es tut, indem sie die Haut bräunt. Doch Mondkraft ist nicht für Männer, sie ist für Frauen und besonders für jene unter ihnen, denen das weise Wissen zueigen ist.

Ich hatte mich ein wenig abseits der Männer gelegt, die schliefen, bis sie an der Reihe waren, die Nachtwache zu übernehmen, und auch in einiger Entfernung von dem Wagenzug. So kam es, daß ich im Mondschein die Weise Frau, hochgewachsen, eilig über den Sand schreiten sah.

Ihr folgte dichtauf Gathea. Sie drückte ein Bündel an ihre Brust, als trüge sie ein Kind oder einen Schatz, der selbst von den Strahlen des Mondes geschützt werden mußte.

Nordwärts hasteten sie über den Strand. Ich wußte, daß kein Posten es wagen würde, sie anzusprechen, ja es sich vermutlich nicht einmal anmerken ließ, daß er sie überhaupt sah, denn es bestand kaum ein Zweifel, daß die Weise Frau aus gutem Grund unterwegs war, der nur mit ihrer Gabe zusammenhängen konnte. Und doch war da einer, der sich in den Schatten hielt, bis er eine Reihe von Felsbrocken erreicht hatte, die ihm die letzte Deckung bieten konnten.

Ich drehte mich auf die Seite und schob den Umhang von mir, den ich als Decke benutzt hatte. Es war wichtig für mich, obwohl ich nicht hätte sagen können, weshalb, daß ich herausfand, wer es war, der den beiden den Strand entlang gefolgt war und ihnen nun von seinem Versteck aus nachsah.

Auch wenn ich nicht so erfahren wie ein Schwertbruder war, hatte ich doch viel gejagt und mich in den Kampfarten geübt, die uns am besten bekannt waren – und für uns zählte ein Überraschungsangriff mehr als eine lange Schlacht. Auf Händen und Knien schlich ich zu einem hochragenden Felsen, von wo aus ich den Beobachter beobachten konnte.

Eine lange Zeit, wie mir schien, blieben wir in unseren Stellungen, ehe er endlich seine verließ, denn die Frauen waren längst verschwunden, und unter dem Mond war nun nichts zu sehen als die Wellen, die ruhelos auf den Strand spülten. Er hatte sein Gesicht von mir abgewandt, aber ich erkannte ihn an seinem Gang. Weshalb war Thorg der Weisen Frau und ihrer Leibmaid gefolgt? Er hatte damit die Sitte gebrochen und hätte schnelle Strafe auf sich herabbeschworen, wäre er entdeckt worden, wenn auch vielleicht nicht von den Männern, dann doch ganz sicher von den Frauen seines eigenen Hauses und Clans, wie es ihr gutes Recht war. Denn in Sachen, die Frauenwissen waren, durfte kein Mann sich einmischen. Die Frauen schützten dieses Recht und bestraften jeden, der dagegen verstieß.

Thorg kehrte zu Tugness' Lager zurück, und ich folgte ihm nicht. Ich fragte mich, weshalb er es gewagt hatte, dieses ungeschriebene Verbot zu mißachten. Er konnte doch kein Auge auf Gathea haben – allein der Gedanke war lächerlich. Und doch ...

Ich schüttelte den Kopf, um diese verrückten Gedanken zu vertreiben, und dann schlief ich, bis ich zur letzten Wache geweckt wurde, als der Morgen nicht mehr fern war. So sah ich die Sonne aufgehen, und es war ein seltsamer Anblick, denn seewärts drückte eine weite Wolkenbank fast aufs Wasser, und sie sah im frühen Morgenlicht fest und wie eine riesige Insel aus mit Berggipfeln und Tälern. Alles lag in tiefen Schatten, und ich hätte schwören mögen, daß man mit einem Boot zu ihr rudern und Fuß auf ein Land setzen konnte, das die Nacht geboren hatte. Nie zuvor hatte ich eine solche Wolkenbank gesehen und sie schlug mich in ihren Bann. Deshalb erschrak ich auch fast, als ich ein schwaches Rasseln hinter mir hörte. Ich hatte das Schwert aus der Scheide, noch ehe ich herumwirbelte. Wie töricht ich mir vorkam, als ich Quaine in der Nähe stehen sah! Er hatte die Daumen wieder im Gürtel stecken und starrte, wie ich zuvor, hinaus aufs Meer.

Ich steckte die Klinge in die Scheide zurück, als er sprach.

»Man könnte es für Land halten ...«

»Ich kenne das Meer nicht«, sagte ich. »Vielleicht ist das hier am frühen Morgen üblich.«

Er schüttelte den Kopf. »Nein – es ist, als hätte man das zweite Gesicht. Schau!«

Seine Stimme klang drängend. Ich folgte mit den Augen seiner deutenden Hand. Ich hatte bereits gesehen, daß sich Berge in diesem Wolkenland befanden, die sich von dem rötenden Himmel abhoben. Nun fiel mir auf einer Bergseite etwas auf, das weit schärfer gezeichnet war als irgend etwas anderes dieses Wolkenlandes. Zweifellos war es eine

Burg: eine Festung mit Mauern, hinter denen zwei Türme emporragten, einer um ein Stückchen kleiner als der andere. Ich hätte schwören mögen, daß es diese Burg wahrhaftig gab, so echt und fest sah sie aus. Obgleich das heller werdende Licht das Dunkel der restlichen Wolkenbank verblassen ließ, änderte es nichts an diesem dunklen Stück.

Ganz deutlich war die Burg zu sehen gewesen – und plötzlich war sie verschwunden, nicht aufgelöst oder verzerrt durch die langsame Veränderung der dahintreibenden Wolkenbank, sondern ausgelöscht wie das Licht einer Kerze. Doch ganz klar sah ich sie noch vor meinem inneren Auge. Mit Leichtigkeit hätte ich ihr Bild mit einem Stecken in den Sand des Strandes zeichnen können.

Ich blickte Quaine an, denn ich war sicher, daß es keine Laune der verbleichenden Nacht gewesen war, sondern etwas Wundersames, vielleicht Teil jener Geheimnisse dieses Landes, vor denen man uns gewarnt hatte. Auch hatte ich das sichere Gefühl, daß es diese Burg tatsächlich irgendwo gab und ich sie suchen müßte. Ein wenig meiner Gedanken sprach ich laut aus:

»Die Burg – sie – sie war echt!«

Quaine schaute mich scharf an, und es war ein Blick, wie ich ihn eigentlich nur von Garn erwartete, wenn ich etwas nicht gut genug gemacht hatte. »Was hast du gesehen?« fragte er, und seine Stimme war sanft, einem Wispern gleich, das über das unentwegte Spülen der Wellen kaum zu verstehen war.

»Eine Burg mit zwei Türmen. Aber wie könnte sie auf Wolken stehen?«

»Wolken können sich zu vielem formen, wenn man ihnen zusieht«, erwiderte er. Ich schämte mich wie ein Kind, für das alles Form anzunehmen scheint, was es in den Geschichten eines Sangesschmiedes hört, und dessen inneres Denken wie Zauber aus Steinen Ungeheuer schafft.

Doch Quaine blieb weiter stehen und beobachtete die Wolkeninsel, bis sie ganz als das zu erkennen war, was sie war. Schon lange war kein dunkler Flecken mehr dort gewesen, wo ich die Burg gesehen hatte. Ich hörte, daß das Lager allmählich erwachte. Der Schwertbruder wandte sich vom Meer ab und wieder zu mir zu, als versuchte er auf irgendeine Weise in meine Gedanken zu dringen.

»Das hier ist ein seltsames Land.« Wieder sprach er so leise, als teilte er mir ein Geheimnis mit. »Es birgt vieles, das wir nicht zu verstehen vermögen. Ein weiser Mann wird sich nicht damit befassen. Aber ...« Er zögerte, ehe er fortfuhr. »Für einige von uns ist Neugier gut. Wir haben etwas in uns, das immer mehr lernen möchte. Nur gibt es hier keine Wegweiser, und der Tor mag sich leicht in seiner eigenen Torheit verlaufen. Gehe deines Weges mit Bedacht, junger Elron. Mir deucht, du könntest einer mit der Bürde sein ...«

»Der Bürde?« wiederholte ich verständnislos.

»Die Weisen, oder jene, die sich dafür halten, nennen es so. Doch gibt es auch andere, die es für eine Gabe halten. Es kommt darauf an, wie du sie brauchst oder mißbrauchst – und wie du lernst, was du lernen mußt. Ich rate dir dies: zieh nicht unbesonnen durch dieses Land. Es ist doppelt gefährlich für jene, die mehr als die einfache Sicht haben.«

Noch ehe er das letzte Wort dieser Warnung beendet hatte, schritt er davon. Ich verstand nicht, wovor er mich warnen wollte, genausowenig verstand ich, wieso er von einer »Bürde« oder »Gabe« gesprochen hatte. Ich war ein unbedeutender Gefolgsmann meines Lehnsherrn, und dessen Haus war ebenfalls unbedeutend in seiner Armut und Schwäche. Was ich besaß, waren hauptsächlich die Kleider, die ich am Leib trug, das Schwert, das Kettenhemd und der Helm, die vor mir meinem Vater gehört hatten, und die armselige Habe auf einem der Wagen: ein in alten Runen geschriebenes Balladenbuch, das ich zu lesen vermochte – wenn auch mit Anstrengung –, obwohl die Schriftzeichen sich von den jetzt benutzten unterschieden, Leinenunterwäsche zum Wechseln und ein Gürtelmesser mit kunstvollem, edelsteinbestecktem Griff, das ich von meiner Mutter hatte. Ganz gewiß keine Bürde ...

Als wir an diesem Morgen weiterzogen, mußte ich immer wieder an diese Burg denken, die ich zwischen den Wolkenbergen erblickt hatte. Hatte auch Quaine sie gesehen? Als er mich aufgefordert hatte, ihm zu beschreiben, was ich geschaut hatte, war er stumm geblieben, obgleich er meine Aufmerksamkeit ursprünglich darauf gelenkt hatte. Die Schwertbrüder hatten ihre eigene Wissensart. Sie hatten sich in diesem Land umgeschaut, noch ehe wir durchs Tor gezogen waren. Es mochte durchaus sein, daß sie etwas, das ihnen aufgefallen war, für sich behielten, oder sie nur die Ältesten eingeweiht hatten.

Zweierlei ging mir nicht aus dem Kopf, während ich meinen Trott den rollenden Wagen anpaßte: erstens, weshalb Thorg der Weisen Frau und ihrer Leibmaid wie ein Späher in Feindesland gefolgt war; zweitens, das, was ich in den Wolken gesehen hatte, denn ein hartnäckiger Teil meines Ichs bestand darauf – entgegen aller besonnenen Überlegung –, daß das Erschaute lediglich deshalb bemerkenswert war, weil es sich in einem uns fremden Land befand und eben anders war als das, was wir gekannt hatten.

Quaine hatte recht: wir kamen, endlich, zu einer weiteren Einbuchtung zwischen Felswänden und durch sie auf ein Tal, das zwar nur einen schmalen Zugang zum Meer hatte und deshalb als Hafen nicht geeignet sein würde, aber sich zu einem fruchtbaren Tiefland weitete mit saftig grünem Frühlingsgras. Ein schönes Land war es, an dem selbst Lord Tugness nichts auszusetzen wußte. Hier bog er mit seinen Leuten ab und zwei von Quains Männern begleiteten sie.

Wir verabschiedeten uns bloß der Höflichkeit entsprechend, da es keine Freundschaft zwischen uns gab, nur die Tatsache, daß wir Verbannte aus dem gleichen Land waren. Ich hörte, wie unsere Feldmänner sich über die gute Scholle hier unterhielten und der Hoffnung Ausdruck verliehen, unser Land würde nicht weniger fruchtbar sein. Was mich im Augenblick jedoch mehr beschäftigte, war, daß die Weise Frau Tugness' schwereren Wagen folgte.

Ich bedauerte ihren Entschluß, sich Tugness anzuschließen, statt mit uns weiter zu kommen.

Unser nun kürzerer Zug rollte langsam weiter. Wieder schlugen wir unser Nachtlager auf dem Strand auf. Diesmal verbarg der Mond sich hinter Wolken, und diesmal sah ich während meiner Wache im Morgengrauen keine Wolkeninsel im Meer. Ein Wind hatte sich erhoben, der uns zuweilen mit salzigem Gischt besprühte, obwohl wir weit genug vom Wasser entfernt lagerten. Dann setzte Regen ein und erschwerte uns den Weiterzug. Oft mußten wir absitzen und die Wagen anschieben, wenn sie festgefahren waren, oder unsere Reittiere ins Geschirr spannen.

Wir waren völlig zerschlagen, als wir um eine Klippe bogen und eine Bucht vor uns lag. Sie war weit kleiner als jene mehr im Süden, und mit Riffen durchzogen, sie würde also Schiffen kein freundliches Willkommen bieten. Aber ein Fluß mündete in sie, und so wußte ich auch ohne Garns Ruf, daß wir unsere neue Heimat erreicht hatten.

Die Zugtiere mußten sich noch einmal anstrengen, während wir die Schafe zum Teil trugen und die Rinder am Ufer entlang trieben, das sich ein kurzes Stück zwischen Klippen dahinzog, auf denen Seevögel nisteten. Die Felsen waren verfärbt von ihrem Kot unzähliger Jahre.

Viele dieser Geflügelten kreisten ergrimmt über uns und ihr wütendes Kreischen hallte von den Felswänden wider. Aber schließlich hatten wir auch diese Enge hinter uns und gelangten auf ein Land, das zumindest auf den ersten Blick so fruchtbar wie Lord Tugness' aussah. Schafe und Rinder begannen sofort im üppigen Gras zu weiden, und wir hielten die Wagen am Ufer an, um uns auszuruhen und uns zu freuen, daß wir endlich unser Land erreicht hatten: Land, das für immer denen unseres Blutes gehören würde.

III

Ich war die steile Höhe hochgeklettert, wo das Steingerippe des Landes sich durch den Erdboden gedrängt hatte, der immer dünner wurde, bis er das Gestein nur noch stellenweise bedeckte und gerade noch den Graswurzeln und vereinzelten, windverkrüppelten Sträuchern Halt bot. Erst als ich den Kamm erreicht hatte und der schneidendere Höhenwind um mich pfiff, drehte ich mich um, um ins Garnstal hinunterzuschauen.

In den Wäldern, die von hier wie zottige grüne Teppiche aussahen (denn der Frühling zog rasch dahin und die Blätter verdoppelten ihre Größe über Nacht), erspähte ich die Lichtungen, wo eifrige Äxte bereits die Bäume gefällt und sie ihrer Zweige entblößt hatten, damit sie zu dem Ort geschafft werden konnten, den Garn zur einstweiligen Bleibe bestimmt hatte.

Vier der Zugpferde waren dafür abgestellt worden, während die restlichen sechs an die Pflüge gespannt waren, um die dicke Scholle zu lockern, damit mit der Bestellung begonnen werden konnte. Es gab soviel Arbeit, daß jeder, ob zum Edelvolk gehörend oder zum Feldclan, mithelfen mußte. Ich war heute zum Wachgang entlang der Höhen eingeteilt worden, denn so frei und leer das Land auch zu sein schien, verließ Garn sich nicht darauf, daß es tatsächlich keine Gefahren barg. Die im Wachgangsdienst mußten nicht nur sichere Bergsteiger sein, sondern auch namhafte Jäger, und was sie an Wild erlegten, war willkommen.

Quaine und seine beiden Männer waren zehn Tage bei uns geblieben und dann westwärts, in einem weiten Bogen durch unerforschtes Land, zurückgekehrt. So wie ich die Höhen um das Tal patrouillierte, patrouillierten sie mit ihren Brüdern entlang der gesamten Westgrenze, als Wächter für all die neubesiedelten Täler. Zu ihren Pflichten gehörte auch, Ausschau nach den Ruinen und sonstigen Hinterlassenschaften jener verschwundenen Wesen zu halten, die wir inzwischen nur noch »die Alten« nannten, und sie auf Karten einzuzeichnen.

Eine dieser Hinterlassenschaften befand sich oberhalb dieses Tales. Zwar war sie nicht sehr beeindruckend, verglichen mit manchen anderen anderswo, wie Quaine behauptete, aber jedenfalls war es die Pflicht jedes Patrouillenkriegers, sich mit diesem Ort vertraut zu machen, wie ich es jetzt tun würde, und ihn im Auge zu behalten.

Ich trug Kettenhemd, Helm und außer dem Schwert auch noch eine Armbrust, fast, als rechnete ich tatsächlich mit einem Angriff, obwohl wir hier, so wie es aussah, auf eine völlig verlassene Welt gekommen waren.

Ich sprang über einen Spalt in den Felsen und wandte mich westwärts entlang der südlichen Grenze unseres neuen Landes. So wenige waren wir, daß Garn jeweils nur zwei Krieger für den Streifendienst abstellen konnte, und von diesen beiden erwartete er bei ihrer Rückkehr einen lückenlosen Bericht.

Es gab Tiere hier. Das Wild unterschied sich, vielleicht von der Färbung abgesehen, nicht allzusehr von dem, das ich früher gejagt hatte. Eine sehr flinke Rotwildart hatte dieses Tal vor unserer Ankunft als Weideland benutzt, und ließ sich nun kaum noch sehen. Dafür gab es ein Tier, das höher in den Felsen hauste. Es war fast so groß wie ein neugeborenes Fohlen, aber viel schwerer. Es hatte gefährliche Klauen und Fänge und die dazu passende Wildheit, so daß es ratsam war, bei der Jagd sehr vorsichtig zu sein. Es zu erlegen lohnte sich jedoch, denn zubereitet schmeckte es köstlich.

Überall gab es Vögel, manche mit farbenprächtigen Flügeln, die sich vom Himmel abhoben. Andere waren ganz schwarz und von irgendwie unangenehmem Aussehen, sie saßen gewöhnlich in größeren Schwärmen auf den Bäumen und bedachten unsere Holzfäller mit empörtem Kreischen. Wenn sie aufbrachen, flogen sie westwärts, als beeilten sie sich, von der Verwüstung zu berichten, die wir hier in ihrem Nistgebiet anrichteten. Ich sah sie jetzt aufsteigen und einmal über den Wald kreisen, ehe sie, etwa in Höhe des Kammes, davonflatterten.

Wachsam sah ich mich um, denn wer mochte schon wissen, was sich alles zwischen den Felsen fand? Roff, der gestern seine Runde gemacht hatte, war auf seltsame Abdrücke in einer der wenigen erdigen Stellen dicht am Rand des Kammes gestoßen, als hätte der, der sie verursacht hatte, uns auskundschaften wollen. Die Spuren waren die einer breiten Pratze von Männerhandgröße gewesen. Es mochte schon sein, daß der Jäger hier die Fährte eines gefährlichen Tieres entdeckt hatte, das vielleicht uns als Beute erachtete.

Das war auch der Grund, weshalb ich statt der Stiefel die weichen Fußlappen des Jägers gewählt hatte, denn durch sie hatte ich besseren Halt und vermochte fast lautlos aufzutreten. Die Luft war frisch und rein und trug hin und wieder, wie ich glaubte, den Duft ferner Blüten von Bäumen oder Sträuchern mit sich.

Daß es dergleichen hier gab, sollte ich bald feststellen. Am westlichen Teil des Kammes fiel eine Mulde ab. Vorsichtig trat ich an den Rand und blickte hinunter auf das, was die Alten in unserem Teil des Landes hinterlassen hatten. Bäume, die nicht viel größer waren als ich, aber unendlich alt, nach ihren knorrigen Stämmen und krummen Ästen zu schließen, waren gleichmäßig um einen gepflasterten Platz gepflanzt.

Die Kronen waren über und über mit großen, fast flachen Blüten bedeckt, deren breite hellrosa Blätter einen Rand in dunklerem Rosa hatten. Viele dieser Blütenblätter hatten sich im Wind gelöst und lagen auf dem Pflaster, in dessen Fugen sich erstaunlicherweise kein Unkraut eingewurzelt hatte und das auch nirgendwo mit Moos überzogen war. In der Mitte des Platzes war mit bläulichem Stein, von anderer Art als das Pflaster ringsum, ein Zeichen in der Form einer Mondsichel eingelegt. Sie schimmerte im Sonnenschein metallisch. An jeder Ecke des Platzes stand eine Säule von Mannshöhe und darauf waren in Stein gehauen auf einer ein Kreis, auf der nächsten ein Halbkreis, auf der dritten ein Viertelkreis, alle in glänzendem Blau, und auf der letzten eine stumpfschwarze Scheibe.

Seit wir auf diesen Platz gestoßen waren, hatten einige von uns sich oft darüber unterhalten. Iynne, die ihm mit ihrem Bruder einen heimlichen Besuch abgestattet hatte, war überzeugt, daß er mit einer Art von Mondmagie zu tun hatte, und die in den Stein gehauenen Zeichen die vier Mondphasen darstellten. Sie interessierte sich ungemein dafür und erwähnte mehrmals, daß sie ihn gern im Vollmond beobachten möchte, um festzustellen, ob er irgendwelche alten Kräfte barg. Ich bezweifelte, daß sie sich allein dorthin wagen würde, und ich glaubte auch nicht, daß ein Mann bereit wäre, sie zu begleiten, dazu würde Garn eine solche Torheit zu schwer bestrafen.

Tatsächlich lautete sein Befehl, daß keiner von uns auch nur den Fuß in diese Talmulde setzten durfte. Bei jedem Patrouillengang sollte sie zumindest zweimal beobachtet, jedoch keinesfalls betreten werden. Das riet die Vorsicht.

Aber Vorsicht ist keine Tugend der Jungen, und mich drängte es danach, festzustellen, ob diese Zeichen mit Metall eingelegt waren, da sie ganz offensichtlich Wind und Wetter getrotzt hatten. Und um so mehr wuchs das Verlangen, da ich hier keinerlei Bedrohung spürte, im Gegenteil, während ich zuschaute, wie die Blütenblätter sanft auf das Pflaster schwebten, empfand ich tiefinneren Frieden und eine seltsame Sehnsucht, ohne daß ich hätte zu sagen vermocht, wonach. Ich schüttelte mich, als hätte ein anderer die Hände auf meine Schultern gelegt, um mich zu rütteln und an meine Pflichten zu erinnern. Ich ging weiter, doch mir war, als begleitete mich der Blütenduft, ja sogar einen sanften Zug schien ich zu verspüren, als wollte etwas, das ich hierbliebe.

Nie hatte ich mich für einen Träumer oder Phantasten gehalten. Ein solcher hätte sich in Garns Haus auch ohne

Umstellung nicht halten können. Mein Lord begegnete allem, was mit Gefühlen zu tun hatte, mit Argwohn.

Doch seit ich durch das Tor gekommen war, erfüllte mich eine innere Ruhelosigkeit. Es verlangte mich danach, ohne Clansbande, ähnlich einem Schwertbruder, frei durch dieses Land zu streifen, um alles, was gut und böse an ihm war, kennenzulernen. Ich schlief unruhig und mußte gegen diese Ruhelosigkeit und dieses Verlangen ankämpfen, um mich voll der mir zugeteilten Arbeit widmen zu können. Den Streifendienst erachtete ich nicht als Arbeit, nach ihm sehnte ich mich, aber ich hütete mich davor, es zu erwähnen.

Die Runde um den Talwall beanspruchte den ganzen Tag, vom Sonnenaufgang bis zur Abenddämmerung der Sommerzeit, so blieb keine Muße irgendwo länger zu verweilen. Ich beschleunigte den Schritt und hielt mich auf dem Pfad, der mir bereits vertraut war.

Im Süden war der Kamm sehr breit und der düster graue Fels bar jeglicher Bodendecke. Überquerte man diese Wildnis aus verwittertem Gestein, konnte man zu Tugness' Besitz kommen, doch daran war keiner von uns interessiert. Im Westen grenzte der Berg an den Fluß und bildete einen Engpaß, dessen Felswände am Nord- und Südufer schroff abfielen, und so zerklüftet waren sie, daß man größte Vorsicht walten lassen mußte. Den Fluß aus der Höhe zu überqueren, war unmöglich, deshalb waren unser auch immer zwei zum Streifendienst eingesetzt – einer im Norden, der andere südlich vom Fluß –, und gewöhnlich trafen die beiden sich auf den gegenüberliegenden Felsen und winkten einander über die breite Klamm zu.

Hewlin war der zweite auf Patrouille heute, und so respektgebietend war er, daß ich rechtzeitig am Treffpunkt sein wollte, auch wenn wir uns danach beide eine Rast gönnten, um unsere Wegzehrung zu genießen und uns zu überlegen, wie es mit einer Jagd aussah, ehe wir zurückkehrten, um zur Talsohle hinunterzusteigen.

Hewlin war ein wenig vor mir angekommen und hatte

sich gegen einen pfostengleichen Fels gelehnt. Er hob die Hand, und ich erwiderte seinen Gruß. Ich sah sofort, daß er mehr Glück als ich gehabt hatte, denn zu seinen Füßen lag ein Steinwild, bereits gehäutet und ausgenommen, daß der Koch es nur noch braten mußte.

Ich winkte ihm anerkennend zu, aber er war mürrisch wie fast immer und ging nicht darauf ein. Er hob seine Beute auf und machte sich auf den Rückweg, während ich mich niedersetzte, um meine Zuteilung zu verzehren und das viel zu warme Wasser aus der Feldflasche zu trinken.

Ein weiterer Schwarm der schwarzen Vögel folgte dem Flußlauf. So tief flogen sie, daß ich sie aus meiner Höhe gut sehen konnte. Ihre Augen leuchteten rot, und von ihrem kräftigen Schnabel hing ein roter Fleischlappen, der nicht dazu beitrug, ihr Aussehen zu verschönern. Beim Näherkommen lösten sich zwei aus dem Schwarm und kreisten unmittelbar über meinem Kopf. Ihr rauhes Kreischen brach den Frieden, den ich seit der Betrachtung des Mondschreins empfunden hatte.

Unerwartet stieß einer geradewegs auf mich herab. Als ich schützend meinen Arm hochwarf, kratzten seine Krallen über das Leder meines Wamses. Hastig zog ich mein Schwert und sprang auf die Füße, während die beiden Vögel weiterhin auf eine Weise um mich kreisten, wie ich sie noch nie bei Vögeln gegenüber Menschen erlebt hatte.

Ihre roten Augen funkelten, und die beiden Vögel kreischten mit weitoffenen Schnäbeln. Wieder stieß einer herab. Ich hieb danach, aber er wich mir mit Leichtigkeit aus. Inzwischen setzte der andere zum Angriff an. Ich fühlte mich zum erstenmal beunruhigt. Ihnen gegenüber war ich schwerfällig und ich wußte nicht, wie ich diesen Krallen und Schnäbeln auf die Dauer ausweichen könnte. Hastig schaute ich mich um und sah einen Felsblock, der mir zumindest Rückendeckung bieten konnte, wenn ich mich ein wenig duckte.

Diese beiden geflügelten Ungeheuer drängten mich gegen diesen Rückenschutz. Der Rest des Schwarms war weitergeflogen, aber es sah ganz so aus, als wären diese zwei entschlossen, was immer sie an Streitigkeit mit meinesgleichen zu haben glaubten, bis zum bitteren Ende auszutragen.

Der schräge Stein schützte mir Kopf und Schultern. Wenn sie jetzt an mich heran wollten, mußten sie tief fliegen und so herankommen, daß ich ihrem Angriff mit berechnetem Schwerthieb begegnen konnte. Also wartete ich ab. Aber es hatte fast den Anschein, als wären die Geflügelten der Überlegung fähig und zu bedachtsam, etwas zu unternehmen, solange ich im Vorteil war. So belagerten sie mich lediglich.

Mein Grimm wuchs. Daß zwei Vögel einen Menschen so behandeln, ja ihr übles Spiel mit ihm treiben konnten (so zumindest erschien es mir), stachelte meinen Zorn weiter an. Was ich am meisten befürchtete, war, daß ihr pausenloses Kreischen den ganzen Schwarm herbeilocken würde. Obgleich es gegen alle Vernunft war, daß Vögel einen Bewaffneten angriffen – und imstande waren, ihn zu überwältigen –, wuchs meine Überzeugung, daß diese hier es sehr wohl vermochten, wenn sie genügend Bewegungsfreiheit hatten.

Ich überlegte mir den nächsten Schritt. Ich hatte die Armbrust über die Schultern geschlungen, aber ihre Bolzen waren nicht für die Vogeljagd gedacht und ich bezweifelte, daß sie mir hier viel nutzen konnte. Doch wie sollte ich von hier wegkommen? Die Vögel schienen nicht die Absicht zu haben, sich so schnell zurückzuziehen. Vielleicht wollten sie mich hier nur in Schach halten, bis Verstärkung kam, wie es die von einigen Lords zur Jagd gezüchteten Hunde taten, wenn ihre Beute für sie allein zu groß oder gefährlich war.

Immer noch kreisten die zwei Vögel über und um meine Felsendeckung, doch plötzlich – so unerwartet, daß ich schier das Gleichgewicht verlor – schossen sie himmelwärts, und ihre Schreie klangen so anders denn zuvor, als würden sie selbst gejagt, obgleich ich nichts sehen konnte, das für ihre Flucht verantwortlich wäre.

Ich wartete eine Weile. Die Vögel machten keine Anstalten zurückzukehren. Immer noch kreischend flogen sie in die Richtung, in der ihr Schwarm verschwunden war. Trotzdem umklammerte ich weiterhin den Schwertgriff, als ich aus meiner Deckung trat, denn der Gedanke ließ sich nicht verdrängen, daß irgend etwas hier sie verjagt hatte.

Einen Augenblick später sah ich sie.

Gathea, die Leibmaid der Weisen Frau, stand auf einem höheren Felsen, so daß ich zu ihr aufschauen mußte. Sie hatte die Arme hochgestreckt und ihre Finger beschrieben Zeichen in die Luft. Ich sah, daß sie die Lippen bewegte, doch vernahm ich keinen Laut.

So sah ich sie, und hinter ihr ...

Ich rief ihr eine Warnung zu und riß die Armbrust von der Schulter. Doch mein Finger erstarrte am Abzug, als wäre ich plötzlich versteinert. Ihre Rechte deutete auf mich, da wurde mir plötzlich mit eisiger Furcht bewußt, daß etwas, was dieses Mädchen benutzte, wie ich Armbrust und Schwert, mich gefangenhielt.

Aber – hinter ihr ... Sie mußte gewarnt werden!

Da brüllte ich und vielleicht ließ meine Angst, vermischt mit wachsendem Ärger (weil sie mich so behandelte) meinen Schrei heftig von den Felsen widerhallen.

Hinter dem Felsblock, auf dem Gathea stand, war der Kopf einer gewaltigen Raubkatze zu sehen. Sie erhob sich auf die Hinterbeine, setzte die breiten, krallenbewehrten Pranken zu beiden Seiten der Füße des Mädchens und blickte mich, neben den Beinen, aus gelben Augen an. Sie knurrte und offenbarte dabei die riesigen krummen Fänge des Oberkiefers, die so lang und scharf wie ein Tafelmesser aussahen, aber weit tödlicher.

Gathea drehte den Kopf und blickte zu dem Tier hinab, daß ihre Augen sich trafen und einander einen langen Moment hielten. Dann ließ die Katze sich wieder auf den Boden fallen, stapfte um den Felsblock herum und blieb auf halbem Weg zwischen Gathea und mir stehen. Wieder starrte sie mich an, doch diesmal mit geschlossenem Maul.

Nun zweifelte ich nicht mehr daran, daß das Mädchen (vielleicht auf die gleiche Weise, wie sie es bei den Vögeln bewiesen hatte) Macht über dieses gefährliche Raubtier hatte.

Sie machte eine Handbewegung und befreite mich aus meiner Erstarrung. Ich war so vernünftig, meine Waffe zu senken. Immer noch stand ich im Bann dieser Begegnung. Ich war jetzt, da ich keine Bedrohung mehr durch sie spürte, gern bereit, die Schönheit dieser gewaltigen Katze anzuerkennen. Ihr Fell war von silbrigem Grauweiß mit dunkleren Flecken auf dem Rücken und den Beinen. Nie zuvor hatte ich ihresgleichen gesehen.

»Sie – sie ist zahm ...« Meine Worte waren weder ganz Frage noch Feststellung. Dieses Tier war ganz sicherlich nicht mit Gathea in dieses Land gekommen, folgedessen mußte es von hier stammen. Wie hatte das Mädchen es so schnell gefunden und ihrem Willen unterworfen?

»Nicht zahm.« Sie schüttelte den Kopf. »Denn das würde bedeuten, daß sie gezähmt, also dem Willen des Menschen unterworfen ist. Das wäre für ihre Art undenkbar. Sie erkannte, daß ich ihr nicht böse gesinnt, daß ich Sucherin bin. Vielleicht kannten ihresgleichen früher andere Sucher, und sie waren gut Freund mit ihnen. Das hier ist in vieler Beziehung ein reiches Land ...« Ihre Gebärde sah aus, als wolle sie etwas an sich ziehen, nach dem ihr Herz sich schon immer gesehnt hatte.

Aufregung und Sehnsucht las ich aus ihren Augen und eine tiefe Freude, die frei und ungebunden war. »Behandeln wir es sanft, wird es uns vielmals vergolten werden. Nur ...« Und nun wirkten ihre Augen wild und gefährlich wie die der Katze. »... ist es so, daß der Mensch, wohin er auch geht, allem seinen Willen aufzwingen und seine Macht unter Beweis stellen will.«

»Was – was hast du mit den Vögeln gemacht?« Ich wollte nicht mit ihr darüber streiten. Außerdem war ich verärgert, ein wenig, zumindest, weil sie sich nichts dabei gedacht hatte, *mir* ihren Willen aufzuzwingen, was sie bei

Tieren vermeiden wollte, obwohl sie es getan haben mußte, um den Angriff auf mich zu beenden, was mir nicht gelungen war.

»Ich ... Nein, darüber darf ich nicht sprechen, Elron, aus dem Hause Garns. Laß es darauf beruhen, daß jene, die mit allem Lebenden in Frieden sind und nicht versuchen, es zu Sklaven und Dienern zu machen, eine gewisse Befehlsgewalt haben, die sie im Notfall einsetzen können.«

»Die Vögel sind wohl kaum Diener!« entgegnete ich.

»Nicht unsere, nein. Doch glaube ich, sind sie Diener uralten Bösen. Vielleicht waren sie dereinst Wächter. Auch in Tugness' Tal gibt es einen Schwarm ihresgleichen. Zabina bemüht sich zu ergründen, weshalb sie uns beobachten und wohin sie fliegen ...«

Ich erschrak über das, was ich früher gewiß als Einbildung von mir gewiesen hätte. Konnten Vögel wahrhaft als Kundschafter ausgebildet und benutzt werden? Wenn ja, *wem* meldeten sie das Erspähte? Sollte man Garn warnen? Ich glaubte bereits seinen Hohn zu spüren, wenn ich ihm mit einer solchen Geschichte kam.

»Deine Weise Frau«, sagte ich, »wenn sie etwas erfährt, wird sie ihr Wissen mit anderen teilen?«

»Wenn es für das Wohl aller notwendig ist, ja.« Gathea nickte. »Wir haben sie oft beobachten und fliegen sehen, doch nie haben sie bisher angegriffen. Was hast du getan, um dir ihren Grimm zuzuziehen?«

Ich ärgerte mich, daß sie sofort annahm, ich hätte diesen sehr einseitigen Kampf herausgefordert.

»Nichts. Ich habe nur hier gestanden und ihnen zugesehen, wie sie westwärts flogen. Sie sitzen gewöhnlich in den Wäldern und beobachten unsere Holzfäller, ehe sie kreischend davonfliegen.«

»Dasselbe taten sie in Tugness' Tal. Möglicherweise wollen sie jetzt ihre Kraft erproben. Du solltest deine Freunde warnen, vor ihnen auf der Hut zu sein. Wie leicht könnten sie über Schafe und Rinder herfallen, oder einem Menschen ein Auge aushacken ... Und kümmere dich um die Wunde, die du davongetragen hast.«

Sie deutete auf den Arm, den ich beim ersten Angriff schützend gehoben hatte. Der Lederärmel war zerrissen.

Ehe ich antworten konnte, sprang sie leichtfüßig von ihrem Felsblock. Die Katze, die schläfrig geblinzelt hatte, erhob sich. Ihr Kopf reichte bis fast unter Gatheas Schulter. Das Mädchen legte sanft eine Hand auf den dickeren Pelz, der über den Vorderbeinen fast eine Mähne bildete, und kraulte sie.

»Gehst du ganz allein? Es gibt vielleicht schlimmere Gefahren als Vögel ...« Ich merkte, daß meine Worte bei weitem nicht so fest klangen, wie ich es gern gehabt hätte, sondern eher wie eine kraftlose Warnung, die sie vielleicht genauso verächtlich abtun würde, wie Garn meine Geschichte über die Vögel.

»Ich bin auf Suche nach dem, was stark ist, wofür wir es brauchen«, war ihre rätselhafte Antwort. »Zabina hat die Sicht benutzt, doch hier sind Schleier, deshalb kann man nicht allzu sehr mit dem Talent arbeiten, aus Sorge, das zu wecken, was besser weiterschlummern sollte. Dieses Land ist in vieler Hinsicht eine Falle. Wir hatten keine Wahl in unserem Hierherkommen, und jetzt müssen wir mit Vorsicht wandeln, wie zwischen zwei uns feindlichen Armeen hindurch.«

Sie beeindruckte mich wider meinen Willen. Wir erinnerten uns nicht, was uns durch das Tor getrieben hatte (es mußte Furcht gewesen sein – eine Heimsuchung, die uns keine andere Wahl ließ). Trotz der beruhigenden Versicherungen der Schwertbrüder überzeugte sie mich, daß dieses Land auch Fallen – wie sie es nannte – haben mochte: etwas, das selbst diese erfahrenen Kundschafter und Krieger noch nicht aufgespürt hatten.

Aber wir waren nun einmal hier und es gab kein Zurück. Was immer auf uns zukam, wir mußten damit fertigwerden, mit Stahl im Notfall, oder indem wir an Worte glaubten, wie die, die ich soeben von der Maid der Weisen Frau gehört hatte.

Sie ging weiter und da ihr Weg offenbar, zumindest eine

Weile, der gleiche wie meiner war, eilte ich ihr nach. Die Katze rannte auf weichen Pfoten voraus und hielt hin und wieder an, um an dem einen oder anderen Felsen zu schnüffeln, obgleich ich keinen Grund für ihr Interesse sehen konnte.

»Habt ihr auch einen der Orte der Alten in eurem Tal?«

Gathea hielt den Kopf hoch, von mir abgewandt, um geradeaus zu blicken. Auch sie blieb dann und wann stehen und blickte nach rechts, mit geblähten Nasenflügeln, als könnte sie, wie die Katze, das, was sie suchte, mit ihrem Geruchssinn aufspüren.

»Nein – und es ist auch nicht *unser* Tal«, erwiderte sie scharf, doch ließ ich mich davon nicht abschrecken, mehr von ihr – und über sie – erfahren zu wollen. »Wir sind keine Clansleute von Lord Tugness – noch von anderen.« Sie runzelte die Stirn. »Es gab ein Bedürfnis, deshalb begleiteten wir seine Leute. Doch ob wir bleiben«, sie zuckte die Schultern, »wird die Zukunft entscheiden. Ah ...«

Sie sprintete voraus, wich behende Felsbrocken im Weg aus und rannte über freie Strecken mit der Leichtfüßigkeit des grauen Wildes, das wir durch unser Kommen aus dem Tal vertrieben hatten. Vor ihr schoß die Silberkatze dahin, die über die meisten Hindernisse sprang, um die sie herumlaufen mußte. Weil ich unbedingt wissen mußte, weshalb sie so plötzlich davongerast war, hastete ich hinter ihr her, doch fiel ich weit zurück, da ich mit meinen schweren Waffen und allem anderen nicht mit ihr Schritt halten konnte.

Da wurde mir klar, worauf sie zulief: geradewegs auf das verborgene Tal des Mondschreins. Ich erinnerte mich an Garns Befehl und strengte mich an. Niemand durfte es betreten. Niemand durfte sich näher mit dem befassen, was von jenen war, die es hier schon lange nicht mehr gab. Aber daß ich Gathea davon abhalten konnte, war wohl hoffnungslos.

Zweimal rief ich ihr. Es war, als wären sie und die Katze

taub: keine drehte den Kopf oder verlangsamte den Schritt. Als ich den Rand des versteckten Tales erreichte, stand das Mädchen bereits zwischen den beiden Bäumen am Eingang zu dem Platz. Sie hatte die Hände fest auf den Busen gedrückt und ihr Blick ruhte auf dem Pflaster, als berge es ein Wunder, das nur sie allein zu sehen vermochte.

Hinter ihr kauerte die Katze, und diesmal waren ihre Augen nicht halb geschlossen, sondern hellwach, als beobachtete auch sie.

Gathea trat einen Schritt vor.

»Nein!« schrie ich so laut ich konnte und versuchte über den Rand zu springen, um sie aufzuhalten, ehe sie sich auf das Pflaster wagte.

Ja, ich versuchte zu springen, aber ich fiel mit haltsuchenden Armen auf den Rücken, während mir die Armbrust entglitt. Ich zappelte mit den Beinen, um wieder hoch zu kommen, wie ein Käfer, den man auf seinen Panzer gelegt hat.

Ich kam auf die Knie und streckte einen Arm aus. Es war, als wäre ich mit der Hand gegen eine Mauer aus dem gleichen Gestein geprallt, wie es überall hier zu finden war. Hier war eine Barriere, die ich weder sehen noch zu bezwingen vermochte. Mit den Fingerspitzen beider Hände tastete ich mich an ihr hoch, bis ich wieder aufrecht stand. Beide Hände strichen über etwas, das mir den Zutritt verwehrte, Gathea jedoch offenbar hindurchgelassen hatte.

Als ich wieder hinunterschaute, sah ich sie unmittelbar am Rand des Platzes stehen. Zu ihrer Rechten erhob sich die Säule mit der stumpfschwarzen Scheibe, und zur Linken eine mit dem leuchtenden Blau. Immer noch starrte sie wie gebannt auf das Pflaster, und während ich sie beobachtete, bewegten ihre Lippen sich wieder zu lautlosen Worten.

Langsam kniete sie sich nieder, während sie ihre Arme ausgebreitet nach vorn schwang und den Kopf tief beugte, wie vor einem hohen Lord. Auch jetzt schwebten Blütenblätter von den Bäumen, und einige blieben auf ihrem Haar liegen.

Wieder bewegten sich ihre Hände, als sie sanft einige von denen auf dem Boden auf ihre rechte Handfläche sammelte. Sie hob den Kopf, so daß ich ihr Gesicht sehen konnte. Sie hatte die Augen geschlossen und sah aus, als lauschte sie einer wichtigen Botschaft, die sie wortgetreu weiter übermitteln mußte.

Erneut verbeugte sie sich, doch diesmal drückte sie die Handvoll Blütenblätter an ihr Herz. Dann erhob sie sich, und im gleichen Augenblick, da sie sich umdrehte, als hätte sie eine Aufgabe erfüllt, verschwand die Barriere, gegen die ich meine Hände gepreßt gehabt hatte.

Ich streckte die Arme vorsichtig weiter aus, doch da war nichts. Trotzdem sprang ich nicht in die Mulde hinunter, wie ich zuvor vorgehabt hatte. Es schien mir mehr als Unhöflichkeit zu sein, ja gar eine schlimme Ausschreitung, täte ich es. Ich schüttelte den Kopf, als wollte ich ihn von diesen Einbildungen befreien, die ich für Wirklichkeit hielt. Ich wagte es nicht, in den Mondschrein einzudringen, obgleich keine Bedrohung, nichts Böses, davon ausging, bloß weil ich das Gefühl hatte, daß es mir nicht zustand. Dort einzudringen würde etwas Wundervolles zerstören, das über alle Maßen kostbar war.

Ich wartete, daß Gathea den gleichen Weg zurückkam, und erst nach einer Weile wurde mir klar, daß sie sich südwärts gewandt hatte. Offenbar hatte sie nicht die Absicht, noch weiter des Weges mit mir zu ziehen. Die Katze folgte ihr ein Stück, während ich Gathea beobachtete und nicht wußte, was ich tun oder sagen sollte.

Da sprang die Katze geschmeidig wie ein silbergrauer Blitz davon, offenbar um ihren eigenen Weg am Rand des anderen Tales entlang zu suchen. Ich blieb allein zurück, während Gathea weiterschritt. Keinen Blick warf sie mir zu und kein Lebewohl gönnte sie mir.

Als mir klar wurde, daß sie zu ihrer Herrin zurückkehrte, machte auch ich mich wieder auf den Weg. Wieviel von dem, was geschehen war, würde ich berichten? Nie hätte ich gedacht, daß ich Garn etwas verschweigen würde. Nur diesmal hatte ich das Gefühl, daß das, was ich beobachtet hatte, nicht nur mich nichts anging, sondern schon gar nichts war, in das Garn die Nase stecken durfte, denn ich traute ihm durchaus zu, daß er die Vernichtung des Mondschreins befahl (ja, das ging mir durch den Sinn). Er verabscheute, wie ich nun sehr gut wußte, alles, was sich nicht mit Körperkraft bezwingen ließ, und er würde sehr ergrimmt sein, erführe er, daß Gathea hier etwas von Macht gefunden hatte – genau wie ich auch, denn diese unsichtbare Mauer, die mich eine Weile zurückgehalten hatte, war zweifellos keine Einbildung gewesen.

Von den Vögeln würde ich ihm berichten, denn, wie Gathea gewarnt hatte, mochten sie uns und unsere Herden angreifen. Gegen diese Gefahr mußten wir uns wappnen.

So überlegte ich mir, auf dem Weg zurück zum Tal, sorgfältig meinen Bericht, und gleichzeitig sehnte ich mich danach, zu erfahren, wem oder was Gathea im Mondschrein gehuldigt hatte – und was noch alles andere, ob gut oder böse, in diesem Land zu finden sein mochte, wenn man frei war, danach zu suchen.

IV

Ich war zwar der erste, den die Vögel angegriffen hatten, aber nicht der letzte. Während wir immer tiefer in den Wald vordrangen und immer mehr gefällte Bäume zum Bau einer langen Halle herausbrachten, in der unser kleiner Clan zumindest eine Jahreszeit lang Unterkunft finden konnte, sammelten die Vögel sich in immer dichterer Schar um den Ort unserer Tätigkeit. Und dann brüllten unsere Kinder, die unsere paar Schafe weideten, und hieben mit Stöcken auf die tödlichen Schnäbel ein, um sie von den sechs neugeborenen Lämmern fernzuhalten, von deren Leben viel unserer Hoffnung für die Zukunft abhing.

Schließlich mußte Garn Männer von der so dringlichen Arbeit abstellen, damit sie mit Pfeil und Bogen die Herde bewachten. Auf unheimliche Weise gelang es den Vögeln jedoch stets, selbst unseren besten Schützen zu entgehen. So wurde die Stimmung allenthalben immer gereizter und Garns schlechte Laune wuchs, und das alles, weil aus etwas scheinbar Unbedeutendem eine ständige Bedrohung geworden war.

Als wir den Wald von den stärksten und am besten zum Bau geeigneten Bäumen gelichtet hatten, stießen wir auf etwas, das vermutlich der Grund für die erstaunlichen Angriffe war. Denn als eines Morgens ein mächtiger Baum unter unseren Äxten fiel, riß er eine Fülle üppiger Ranken mit sich und drückte dichtes Buschwerk nieder und offenbarte so die Tatsache, daß der Mondschrein doch nicht die einzige Hinterlassenschaft der Alten in unserem Land war.

Auch hier standen Säulen, die offenbar die Macht hatten, sich die Bäume und was sie verborgen hatte, von sich fernzuhalten. Es gab ihrer sieben hier, etwa von der Größe Garns und so dicht beisammen, daß man gerade noch eine Hand zwischen ihnen hindurchschieben konnte.

Im Gegensatz zum Gestein der Bergkämme, die unsere Grenzen bildeten, war das der Säulen von stumpfem Gelb und dem Auge unerfreulich. Auch schien ihre Oberfläche völlig glatt zu sein, obwohl sie zweifellos seit langer Zeit Wind und Wetter ausgesetzt waren. Irgendwie erinnerten sie an fauligen, festgefrorenen Lehm. Jede hatte an einer Seite, etwa in halber Höhe, eine in den Stein gehauene Tafel mit einem einzelnen Symbol, und auf jeder Säule ein anderes.

Als sie für uns sichtbar wurden, kreischten die schwarzen Vögel noch ohrenbetäubender und kreisten gefährlich tief über uns, daß Garn uns befahl, uns sofort zurückzuziehen. So mußten wir den mit so viel Mühe gefällten Baumriesen einstweilen zurücklassen.

Glücklicherweise, wie wir da dachten, hörten die Vögel schon bald mit ihrem Lärm und dem Kreisen auf und flogen in engem Zug gen Westen, ohne weiter auf das Geschehene zu achten. Auch kehrten sie nicht zurück. Nach drei Tagen ohne ihre unangenehme Gesellschaft ließ Garn den Baum mit Hilfe der Pferde herausschleppen. Eine Warnung vor dem Betreten der Säulenlichtung war unnötig. Wir fällten in dieser Richtung auch keine weiteren Bäume. Inzwischen gefiel uns der Anblick solcher Relikte überhaupt nicht mehr.

Die schwere Arbeit des Pflügens der ersten Äcker war getan und die Aussaat unseres sorgsam gehüteten Saatguts vorgenommen. Trotzdem konnten wir, sowohl Feldleute als auch Edelvolk, erst aufatmen, als die ersten Halme sprossen und uns so die Gewißheit gab, daß, was wir mit uns gebracht hatten, wirklich in dieser fremden Scholle wuchs. Wenn es zu keinen Unbilden kam, die der Schrekken des Landmannes waren, würden wir in diesem Jahr zu einer Ernte kommen, wenn sie auch vielleicht nicht sehr groß war.

Einige der Frauen, unter der Anweisung Fastafsas, Lady Iynnes alter Amme, die nun Garns Haushälterin war, hielten Ausschau nach anderen Pflanzen. Beeren waren am Reifen, und es fanden sich bestimmte Kräuter, die sehr nützlich und wohlschmeckend waren. Zwar waren die Sterne am Himmel fremd, aber das Land schien auf viele Weise wie das zu sein, das wir verlassen hatten.

Wir hatten die Wände der großen Halle errichtet, nicht aus Stein, sondern aus Stämmen, die wir nach besten Kräften bearbeitet hatten. Diese erste Unterkunft war ein sehr langes Gebäude und für die Clanfamilien unterteilt. In der Mitte befand sich ein großer Raum, in dem wir gemeinsam unsere Mahlzeiten zu uns nehmen konnten, Edelvolk und Clansleute, an hohen und niedrigen Tischen. An beiden Enden der langen Halle gab es Feuerstellen und eine dritte an einer Seite. Sie waren unter Stiggs Anleitung sehr geschickt aus ausgewählten Steinen aus dem Flußbett, wo das Wasser sie glatt gespült hatte, errichtet worden. Als das Dach, bestehend aus gut befestigten Stämmen und drei langen Mittelbalken, und von festen Pfeilern gestützt, fertig war, gönnten wir uns eine kleine Feier zur Vollendung unserer ersten Unterkunft. Stiggs Jüngster durfte auf den First klettern, um dort das Bündel glücksbringender Kräuter zu befestigen, das die Frauen gesammelt hatten.

Für die Schaf- und Rinderherden, die ja nur sehr klein waren, errichteten wir einfache Stallungen aus Stangengerüsten, die wir mit Häuten überzogen. Bis jetzt wußten wir ja noch nicht, wie streng oder mild die Eismonde in diesem neuen Land sein würden. Da wir mit dem Bauen einstweilen fertig waren, zogen jene von uns, die geschickt im Jagen waren, täglich aus, um für Fleisch zu sorgen, das über – zu diesem Zweck sorgsam gehüteten – Feuern geräuchert wurde. Auch an Fischen war kein Mangel und wir fingen genug, um mehrere Fässer zu füllen.

In dieser Zeit fast unentwegten Schaffens sahen wir niemanden außer unseren eigenen Clansleuten. Ich hatte eigentlich fast erwartet, daß die Schwertbrüder sich wieder blicken lassen würden. Doch weder sie kamen, noch machte jemand von Tugness' Leuten den Marsch über die Bergkämme, um sich zu erkundigen, wie es uns erging. Jedesmal wenn ich meine Streife auf den Höhen zog – worauf Garn nach wie vor bestand –, hielt ich am Mondschrein an und schaute mich um, ob nicht Gathea inzwischen wieder hiergewesen war.

Die Blüten des Frühlings waren längst ganz abgefallen und den Bäumen um den gepflasterten Platz waren Blätter gewachsen, wie ich sie noch nie zuvor gesehen hatte. Sie waren von einem dunkleren Grün als üblich, sehr, sehr glänzend, und mit Adern in einer Farbe, die im prallen Sonnenlicht bläulich wirkte, wie die Zeichen auf den Säulen.

Zweimal überraschte ich Iynne dort, während sie in den Schrein spähte, als suchte sie etwas. Jedesmal erschrak sie sehr, als sie mich sah. Beim erstenmal flehte sie mich an, darüber zu schweigen, daß sie hier gewesen war. Es war unrecht, aber ich erfüllte ihr den Wunsch, doch nicht, weil sie mir als Herzensdame nahe gewesen wäre, dazu waren wir zu sehr verschwägert und wir hatten uns unser Leben lang fast als Geschwister betrachtet.

Aber ihre heimlichen Besuche hier beunruhigten mich, denn ich kannte sie und wußte, daß sie nicht zu den Abenteuerlustigen gehörte. Sie war, im Gegenteil, immer ein scheues und furchtsames Mädchen gewesen, das sich gern mit häuslichen Dingen beschäftigte. Sie war sehr geschickt mit Nadel und Faden, und im Kochen und Backen und in der Führung des Haushalts fast so gut wie die alte Fastafsa.

Ich wußte auch, daß Lord Garn sie dem zweiten Sohn von Lord Farkon versprochen hatte. Das war eine sehr gute Verbindung, die Garn und uns allen einen starken Rückhalt versprach. Doch bis jetzt war die Zeit für Flamme und Kelch noch nicht bestimmt. Wir vom Edelvolk heirateten nicht, wie das Herz es uns riet, sondern wie es zum Besten für das Haus war. Wie es nach der Hochzeitsnacht weiterging, war reine Glückssache.

Die Feldleute waren in dieser Beziehung freier, obwohl es auch unter ihnen zu manchem Herzeleid kam, wenn der eine oder andere Vater für eine Verbindung eintrat, die für beide betroffenen Haushalte von Nutzen war. Zwei- oder dreimal hatte ich Iynne bei der Handgebung eines Feldmädchens gesehen und beobachtet, wie ihr Blick auf dem lächelnden Gesicht der glücklichen Braut hing. Dachte sie an die lange Reise küstenabwärts, die ihr bevorstand und nach der sie vielleicht dieses Tal, in dem ihr Vater Herr war, nie wiedersehen würde?

Wir sprachen nicht über dergleichen, das war gegen die gute Sitte, aber ich war überzeugt, daß Iynnes liebes Gesicht, ihr sanftes Wesen und ihre Tüchtigkeit ihr einen guten Platz in jedem Haus sichern würde. Ich hatte Lord Farkons zweiten Sohn gesehen, er war ein hochgewachsener junger Mann, von recht angenehmem Aussehen, der sowohl in der Gunst seines Vaters stand, als auch von seinem Bruder geschätzt wurde – eine bei unserem Volk ungewöhnliche Zusammensetzung. Ich glaubte demnach, daß sie zu jenen gehören würde, denen eine glückliche Ehe beschieden war.

Sie verriet mir nicht, weshalb sie jetzt gegen alle Regeln unseres Volkes verstieß und heimlich zu dem verbotenen Ort kam, obgleich ich sie fragte. Ihre Antwort war bloß, daß sie es tun mußte. Danach war sie so verwirrt und dem Weinen nahe, daß ich sie nicht weiter drängte. Allerdings warnte ich sie gegen mögliche Gefahren und nahm ihr das Versprechen ab, nicht mehr hierherzukommen.

So eifrig schwor sie es, daß ich ihr glaubte. Trotzdem fand ich sie erneut am Rand des Pflasters, als stünde sie an der Tür eines Gemachs, das zu betreten sie noch nicht den Mut aufbrachte. Das zweitemal sagte ich ihr, daß ich ihren Versprechungen nicht mehr glauben konnte und zu Fastafsa sprechen würde, um sicherzugehen, daß sie nicht mehr ohne Wissen der Frauen aus dem Tal laufen konnte. An diesem Tag weinte sie so leidvoll, als hätte man sie des Liebsten beraubt. Sie gehorchte mir, aber so wie einem ungerechten Lord, obwohl ich sie doch nur vor Gefahren schützen wollte.

Der Herbst machte sich bemerkbar, als wir die Festung gerade fertiggestellt hatten. Gemeinsam machten Edelvolk und Clansleute sich daran, die Ernte einzubringen. Unser Saatgut hatte in dieser jungfräulichen Scholle gute Erträge gebracht. Stigg strahlte über das ganze Gesicht und wiederholte immer aufs neue, daß die Ernte weit besser war, als er zu hoffen gewagt hatte. Und er machte bereits Pläne für die Bestellung neuen Ackerlands zur nächsten Pflanzzeit.

Während einer Jagd am westlichen Ende unseres Tales stieß Hewlin etwa zur gleichen Zeit auf einen dritten Beweis, daß dieses Land einst der Besitz anderer gewesen war. Er folgte einem Quellarm unseres Flusses zwischen hohen Felsen hindurch und entdeckte ein zweites, breites Tal mit schwertragenden Obstbäumen, obwohl Vögel und eine Wildschweinart sich bereits bedient hatten. Es bestand kein Zweifel, daß die Bäume gepflanzt worden waren und nicht sich von selbst eingesät hatten, denn sie wuchsen in regelmäßigen Reihen, mit nur da und dort einer Lücke, wo einer eingegangen und nur ein wurmzerfressener Stumpf übriggeblieben war.

Eine größere Gruppe machte sich an das Einbringen des Übriggebliebenen, und zwar Fastafsa und ihre Frauen, Everad, ich und drei der Krieger. Iynne kam nicht mit, da sie sich nicht wohlfühlte, wie sie sagte. Sie hütete das Bett, als wir aufbrachen.

Wir machten aus diesem Erntezug einen zweitägigen Ausflug, da der Weg den felsumsäumten Fluß empor beschwerlich war. In der Schneeschmelze im Frühjahr würde er ganz geschlossen sein, wenn man die Flutzeichen an beiden Felswänden bedachte.

Als wir angekommen waren, arbeiteten wir ohne Pause. Die Krieger zogen ihre Runden, einige nahmen den Pflükkerinnen die vollen Körbe ab und leerten sie in größere Rückenkörbe, und Everad und ich machten eine kurze Erkundung durch dieses zweite Tal, das uns sehr vielversprechend erschien, und dessen Vorteile wir nutzen konnten, falls Garn sich überzeugen ließ, unseren Besitz bis hierher auszudehnen.

Von dieser Obstpflanzung vergangener Zeiten abgesehen, fanden wir zu unserer Beruhigung nichts, was auf die Alten hinwies. Auch die Vögel mit kreischenden Drohungen gab es hier nicht. Am Morgen des dritten Tages standen wir schon früh auf zu unserem Rückweg flußab. Jeder half mit beim Tragen der vollbeladenen Körbe, aber immer so, daß zwei Mann mit Schwert und Armbrust uns beschützen konnten. Irgendwie quälte uns stets eine innere Unruhe, so schön und offen das Land auch sein mochte – als lebten wir dicht an der Grenze zu Feindesland. Ich fragte mich, weshalb das so war. Von den angriffslustigen schwarzen Vögeln abgesehen – die jedoch lange schon fortgeflogen waren –, waren wir hier nichts Bedrohlichem begegnet. Trotzdem zogen wir dahin, als erwarteten wir jeden Augenblick einen Überfall.

Als wir zurückkehrten, harrte unser Ungutes, als hätte,

was wir insgeheim befürchtet hatten, nun überraschend zugeschlagen. Hewlin, in voller Rüstung und Bewaffnung, spornte uns sein Roß entgegen. Bei seinem Anblick sammelten wir Männer uns, während die Frauen sich im Schutz unserer Rücken zusammendrängten. Wo bisher fröhliches Lachen und Singen erschallt war, herrschte nun drückendes Schweigen.

Der Feldherr von Garns lächerlich kleiner Streitmacht zügelte sein Pferd und seine scharfen Augen schweiften über uns, als suchten sie jemandem, der nicht da war. Vor Everad hielt er an.

»Lady Iynne, ist sie nicht bei euch?« fragte er.

»Nein. Sie sagte zu Fastafsa doch, daß sie krank sei!« Everad drehte sich zur Haushälterin um, die sofort herbeieilte. Ihre Augen waren weit und ihr Gesicht bleich unter ihrer üblichen gesunden Farbe.

»Meine Lady – was habt Ihr von ihr gesagt?« wandte sie sich heftig an Hewlin, während sie Everad mit dem Ellbogen in ihrer Hast fast zur Seite schob. »Sie war in ihrem Gemach, als wir aufbrachen. Zuvor hatte ich ihr ein Schlafmittel gegeben und Trudas beauftragt, an ihrem Bett zu sitzen und sich ihrer anzunehmen. Was ist geschehen?«

»Sie ist verschwunden. Sie sagte der Magd, sie fühle sich besser und beauftragte sie, einen Korb mit Wegzehrung herzurichten, denn sie wolle euch mit ihr folgen. Als die Magd zurückkehrte, war unsere Lady nicht mehr da!«

In diesem Augenblick begann meine Schuld mich zu quälen. Ich konnte mir denken, wohin Iynne sich begeben hatte. Wenn sie sich gleich nach unserem Aufbruch auf den Weg gemacht hatte, war sie schon einen ganzen Tag und eine ganze Nacht verschwunden! Es war meine Pflicht, nun zu gestehen, was ich wußte, ohne Rücksicht auf die Folgen für mich.

Als ich Garn gegenüberstand, war mir klar, daß mein Leben in seinen Händen ruhte. Doch was war das schon, wenn ich daran dachte, daß Iynne einer Katze begegnet sein mochte, wie Gathea sie sich als Weggefährtin erwählen konnte, doch über die meine Base keine Macht hatte. So berichtete ich, was ich gesehen hatte – von dem Mondschrein und Iynne, die ihn heimlich besucht hatte.

Garn hob die Faust im metallverstärkten Handschuh, und ich wehrte mich nicht gegen den Hieb, der mich, mit dem Geschmack meines eigenen Blutes im Mund, zu Boden schmetterte. Seine Hand zuckte nach dem Schwert, und er hatte es halb gezogen, während ich ohne Gegenwehr vor ihm lag. Es war sein Recht, mir die Kehle zu durchschneiden, wenn er das als Bezahlung für meine Schuld für richtig erachtete, denn ich hatte ihm den Treueid geleistet und meine Blutbande gebrochen – wie jeder um uns wußte. Sie zu brechen, machte einen sippen- und clanlos.

Da drehte Garn sich auf dem Absatz, als wäre ich seines Schwertes nicht würdig, und brüllte jenen, die nach wie vor zu ihm gehörten, seine Befehle zu. Im gleichen Augenblick wandten sie mir den Rücken zu, als gäbe es mich nicht mehr – wie es nach alter Sitte auch der Fall war.

Ich richtete mich mühsam auf, benommen von dem heftigen Hieb. Doch schlimmer als Garns Schlag war, was ich meinem Verrat zuzuschreiben hatte. Ich konnte hier nicht mehr leben, niemand würde mich mehr anerkennen.

Als ich wieder auf den Füßen stand, blickte ich den anderen nach, die den Hang zum Mondschrein erklommen. Irgendwie war ich überzeugt, daß sie Iynne dort nicht finden würden. Obgleich ich des Eidbruchs schuldig und sippen- und clanlos war, gab es doch noch eine Kleinigkeit für mich zu tun.

Nichts würde mir in Garns Augen oder denen des Clans das Leben wiedergeben. Doch ich lebte, obgleich mir lieber gewesen wäre, mein Lord hätte die geringere Vergeltung gewählt und mich getötet, wie er es, seiner Miene nach zu schließen, vorgehabt hatte. Nein, ich vermochte die Zeit nicht zurückzudrehen und das tun, was ich hätte tun müssen, doch vielleicht gab es noch eine Möglichkeit für mich, Iynne zu helfen.

Als ich ihre geheimen Besuche im Mondschrein gestand, hatte ich Gathea nicht erwähnt, da meine verhängnisvolle Sorglosigkeit mich zu sehr beschäftigte. Wenn ich mich jetzt an die Weise Frau und ihre Leibmaid wenden konnte (die weit mehr von dem Schrein wußten, als irgendeiner von uns, dessen war ich sicher), bestand zumindest eine geringe Chance, daß ich eine Spur zu meiner Base fand.

Namenlos, sippenlos hatte ich kein Recht auf irgend etwas, auch nicht auf das Schwert, das ich noch trug. Garn hatte es mir nicht weggenommen, und ich würde es behalten. Damit konnte ich zwar meinen Verrat nicht gutmachen, aber es mochte mir für Iynne helfen.

So wandte ich dem Berg und Garn mit seinen Leuten den Rücken und brach seewärts auf, um Tugness' Tal über den anderen Weg zu erreichen und die Weise Frau zu finden. Meinen Helm mit dem Hauswappen ließ ich liegen, wo er mir nach Garns Fausthieb vom Kopf gerollt war, und mit ihm meine Armbrust. Mit entblößtem Kopf und leeren Händen, taumelnd in meiner Benommenheit und hin und wieder zwei von etwas sehend, was es nur einmal gab, ging ich flußabwärts.

Die Nacht verbrachte ich am Strand und kühlte mein schmerzendes Gesicht im Wasser, und es brannte, als hätte ich es in Feuer gesteckt. Ein Auge war so stark geschwollen, daß ich es nicht öffnen konnte, und das furchtbare Pochen meines Schädels machte es mir schwer, klar zu denken, aber ich vergaß nicht, daß ich die Weise Frau und ihre Leibmaid finden mußte, da nur sie über den Mondschrein Bescheid wußten und über die Macht, die er barg.

Vielleicht würde ich zum Gejagten werden, wenn Garn keine Spur seiner Tochter entdecken konnte. Irgendwie wußte ich, daß es auf dem Gestein des Kammes keine zu folgen gab. Ja, Garns Haß und Rachsucht mochten hoch flammen. Und ein jeder seines Clans, der mich zur Stecke brachte, würde seiner Gunst sicher sein. Wollte ich lange genug am Leben bleiben, um Iynne von Nutzen sein zu können, mußte ich wachsam sein, was mir jetzt jedoch unsagbar schwerfiel, denn mein Kopf wollte keinen Gedanken halten und immer wieder mußte ich feststellen, daß ich auf den Sand gefallen war oder, ohne daß es mir bewußt gewesen wäre, auf allen vieren darüber kroch, bis die mich besprühenden Wellen mich kurz wieder zu mir brachten.

Nacht und Tag zehrte ich an meinen Kräften, um mich weiterzukämpfen. Manchmal glaubte ich Rufe hinter mir zu hören. Einmal wirbelte ich herum und erwartete ein Schwert auf mich herabsausen zu sehen, doch da waren nur die Seevögel, die am Himmel schrien.

Irgendwie fand ich zu der Abbiegung, wo Tugness' Wagen sich von unseren getrennt hatten. Dort lehnte ich mich an einen Felsen und bemühte mich um einen klaren Kopf. Offen ins Tal zu wandern, würde Unannehmlichkeiten geradezu heraufbeschwören. Obwohl er kein Freund Garns war – oder vielmehr, weil er kein Freund Garns war –, würde es Tugness Freude bereiten, mich dem auszuliefern, der mich verfolgte. Welche Befriedigung es doch für ihn wäre, daß einer von Lord Garns eigener Sippe ihn verraten hatte. Ein Gesetzloser war Freiwild für jeden, doch wäre ich wertvoller als Gefangener, den man zur Schande jener zurückbrachte, deren Namen ich einst getragen hatte.

Also mußte ich mich Listen bedienen, die auszudenken mein schmerzender Schädel fähig war, und aller Geschicklichkeit, um von Tugness' Leuten nicht entdeckt zu werden und doch die Weise Frau zu finden. Dabei konnte ich nicht einmal sicher sein, daß sie mir überhaupt helfen würde. Ich wußte nur, daß jene ihrer Berufung sich nicht immer an Sippen- und Clanssitten hielten. In ihrer Eigenschaft als Heilerin mochte sie Mitleid mit mir empfinden und mir die Richtung weisen, daß ich der Lady aus Garns Haus wahrhaftig dienen konnte, wie ich es versäumt hatte.

Ich weiß nicht, wie ich das Tal erreichte. Ein Instinkt, der stärker war als mein waches Ich, mußte mich geleitet haben. Schwach war ich mir Felder bewußt, eines fernen Blockhauses, oder vielmehr drei eng zusammenkauernder Blockhäuser – das heißt, wenn meine Augen mir nicht wieder einen Streich gespielt hatten. Ich glaube, daß ich einen Teil des Tages bewußtlos in einer Felsmulde gelegen hatte. Sicher weiß ich es nicht, aber ich hatte danach einen wirren Traum von einem schwarzen Vogel, der auf mich herabschoß und mir den Schnabel ins Gesicht stieß, was entsetzlich schmerzte. Aber vielleicht war es wirklich nur ein Traum gewesen. Jedenfalls war es tiefdunkel, als ich mit ungeheurem Durst erwachte, und meine Haut fühlte sich so heiß an, als wäre ich in Flammen gehüllt.

Ich hielt mich dicht am Fuß des Felshangs, der noch steiler zum Kamm emporführte, als ich es von Garns Land gewohnt war. Ein einziger Gedanke leitete mich: daß es irgendwo hier sein mußte, wo Gathea ihren Weg hoch gefunden hatte und daß auch ich darauf stoßen mochte und so vielleicht den Wachen um die Häuser und Felder entgehen und eine Spur entdecken würde, die mich zur Weisen Frau führen konnte. Ich erinnerte mich, daß sie sich während der ganzen Reise immer abseits gehalten hatte, und war deshalb sicher, daß sie sich auch jetzt Tugness' Haushalt nicht angeschlossen hatte.

Nach einer Weile in der Dunkelheit, in der ich öfter fiel und mich wieder hochkämpfte, als ich zählen mochte, gewann das Fieber in mir die Oberhand. Ich stolperte ein letztesmal und stürzte mit solcher Heftigkeit, daß eine Finsternis nach mir griff, die nicht Schlaf war, sondern etwas Tieferes und weniger Angenehmes für Körper und Geist.

So kam es schließlich, daß jene, die ich gesucht hatte, mich fanden, denn als ich zögernd und dagegen ankämpfend erwachte, starrte ich zu einer niedrigen Decke aus Stangen hoch, die mit getrockneten Ranken zusammengeflochten und –gebunden waren, daß das Ganze wie ein geernteter Acker aussah, von dem nur die abgestorbenen Stengel übriggeblieben waren. Von dieser Decke hingen Bündel trockener Pflanzen, die einen auf dem Kopf stehenden herbstlichen Garten zu bilden schienen.

Mein Kopf schmerzte immer noch dumpf, doch das Feuer, das in mir gebrannt hatte, war gelöscht. Ich wollte meine Hand heben, nur widerstrebend gehorchte sie mir, und ich empfand eine unbeschreibliche Schwäche, die mir einen kalten Schauder der Angst über den Rücken jagte. Jetzt versuchte ich den Kopf zu drehen. Der Schmerz wurde zu stechendem Pochen, aber ich vermochte zu sehen, wenn auch einstweilen nur mit einem Auge. Das Lager, auf dem ich ruhte, befand sich an der Wand einer Hütte, die sich keineswegs mit der festen Halle Garns vergleichen ließ. Es gab hier zum Sitzen nur einfache Hocker, und die Feuerstelle – in der schläfrige Flämmchen züngelten – aus Stein, mit gebackenem Lehm zusammengehalten. Weitere Steine dienten als Stützen für Bretter, auf denen getrocknete Kräuter und dergleichen lagen und auch winzige Tontiegel und kleine Holzschatullen.

Es roch nach vielerlei. Manche Gerüche waren würzig und angenehm, andere fremdartig und abstoßend. Auf drei Beinen stand über dem Feuer ein großer Kessel, in dem es blubberte und von dem ein weiterer Geruch ausging. Mein Magen fühlte sich plötzlich leer und schmerzte wie mein Kopf.

Unmittelbar außerhalb meiner Sicht bewegte sich etwas. Ich bemühte mich, meinen Kopf noch ein wenig zu drehen, und so sah ich in der Düsternis des Raumes (denn nur durch zwei schmale Schlitze in den Wänden und durch eine Tür kam Licht herein) die Weise Frau. Sie blickte in meine Richtung. Sofort kam sie auf mich zu. Sie legte sanft eine Hand auf meine Stirn, und das löste eine neue Schmerzwelle aus. Ich mußte wohl zusammengezuckt sein, obwohl ich mir nicht ankennen lassen wollte, wie schmerzhaft selbst diese leichte Berührung war.

»Das Fieber ist abgeklungen.« Sie sprach leise, aber irgendwie klang ihre Stimme ähnlich Garns barschestem Ton. »Das ist gut. So ...« Sie ging zum Feuer und schöpfte aus dem Kessel eine Kelle dunkler Flüssigkeit, die sie in eine grobgeformte Tonschale gab. Dazu fügte sie etwas Wasser aus einem Eimer und ein paar Prisen verschiedener getrockneter Pflanzen aus einigen der Tiegelchen und Schatullen.

Während der Reise hatte sie die sittsame Kleidung der Clansfrauen getragen, doch nun hatte sie sie gegen einen knielangen Kittel über Männerbeinkleidern und weiche Lederfußlappen, wie ich sie bei meinen Streifen benutzt hatte, ausgetauscht.

Sie legte einen Arm unter meinen Kopf und hob meinen Oberkörper mit einer Leichtigkeit, wie ich sie keiner Frau zugetraut hätte, und drückte die Schale mit ihrem noch heißen Inhalt an meine wunden Lippen.

»Trink!« befahl sie, und ich gehorchte wie ein Kind dem Familienoberhaupt.

Die Flüssigkeit war nicht nur heiß, sondern auch bitter und nicht nach meinem Geschmack. Trotzdem schluckte ich sie, ohne mir meinen Ekel vor diesem zweifellos heilsamen Gebräu anmerken zu lassen. Als die Schale leer war und die Weise Frau sich erheben wollte, gelang es mir, meine Hand zu heben und die Finger in den Saum ihres Ärmels zu krallen, damit sie sitzenblieb und ich ihr die Wahrheit gestehen konnte. Ich wußte, daß ich es jetzt tun mußte, da mein Kopf wieder klar war, denn nun nicht zu sprechen, wäre ein zweiter und vielleicht noch schlimmerer Verrat.

»Ich bin sippenlos ...« Meine eigene Stimme überraschte mich. Die Worte, die ich in Gedanken so leicht geformt hatte, kamen stockend über meine Lippen, als wäre die Zunge zu schwer.

»Du bist krank«, entgegnete sie, als könnte diese Tatsache jede, selbst die schlimmste Sünde entschuldigen. »Du wirst dich jetzt ausruhen ...«

Als ich erneut zu sprechen versuchte, drückte sie die Finger auf meine Lippen, und wieder zuckte ich von dem Schmerz zurück, der wie glühende Nadeln durch mein geschwollenes Gesicht bohrte. Sie erhob sich und achtete nicht weiter auf mich, während sie in ihrer Hütte herumging und die Bündel und Gefäße auf ihren Wandbrettern zählte und hin und wieder eines wegnahm, um es anderswo unterzubringen, als wäre es von großer Wichtigkeit, daß eine bestimmte Ordnung eingehalten würde.

Möglicherweise war es ihr Sud, der mich schläfrig machte, jedenfalls vermochte ich die Augen nicht offenzuhalten und sank in einen gnädigen, traumlosen Schlummer.

Als ich das zweitemal erwachte, stand Gathea am Feuer. Der Kessel hing noch darüber, und sie rührte seinen Inhalt mit einem langstieligen Löffel, so daß sie Abstand davon halten konnte, und das war auch gut so, denn die Flüssigkeit brodelte so stark, daß sie manchmal über den Kesselrand spritzte und in das niedrige Feuer rann, das darauf immer aufloderte. Ich mußte wohl ein Geräusch verursacht haben, dessen ich mir gar nicht bewußt gewesen war, oder sie hatte mich beobachtet, denn ich hatte meine Augen erst ein paar Herzschläge lang geöffnet, als sie mich anblickte. Sofort legte sie den Kochlöffel auf ein Wandbrett und kam mit einer vollen Schale auf mich zu.

Diesmal stützte ich mich selbst auf, weil ich ihre Hilfe nicht wollte, und stellte fest, daß die Schale klares Wasser enthielt. Ich leerte sie in einem Zug, und nie zuvor hatte etwas so gut geschmeckt wie diese Erfrischung. Als ich ihr die leere Schale zurückgab, zwang ich mich dazu, ihr zu erklären, was ihre Herrin offenbar nicht verstanden hatte.

»Sie haben mich aus Sippe und Clan ausgestoßen.« Ich hielt mein Kinn hoch und blickte ihr fest in die Augen. Die Schmach lastete auf mir und es lag an mir, wie ich sie trug. »Lord Tugness wird es eine Freude sein, mich zu Garn zurückzuschicken. Es steht zu befürchten, daß er es deine Weise Frau büßen läßt, wenn sie ihm nicht sagt, wo ich bin ...«

Mit gerunzelter Stirn unterbrach das Mädchen mich. »Zabina ist nicht vom Sippenblut Lord Tugness'. Was er tun oder nicht tun wird, ist von keiner Bedeutung für sie. Du bist verletzt und brauchst ihre Hilfe, und sie dir zu geben, verlangt ihre Berufung – möge niemand das in Zweifel stellen!«

Ich hatte das Gefühl, daß sie die ganze Tragweite immer noch nicht verstand. Unter unserem Volk ist ein Sippenloser verflucht, und jene, die ihm Zuflucht gewähren, können große Unannehmlichkeiten bekommen. Folgedessen würde weder Mann noch Frau freundlich zu mir sein. Ich war ein wandelnder Toter. Und wer würde schon die Gesellschaft jemandes dulden, der namenlos und clanlos ist?

»Es ist wegen Lady Iynne ...« Was mich hierhergebracht hatte – und das war nicht, um ihre Pflege zu bitten –, beschäftigte mich. »Sie ging zum Mondschrein. Ich sah sie dort ein paarmal, doch ich sagte es Lord Garn nicht. Nun ist sie verschwunden, vielleicht in einen bösen Zauber dieses Landes gezogen.«

»Wir wissen es.« Sie nickte.

»Ihr wißt es?« Mühsam setzte ich mich auf, obwohl mein Kopf so schwer war, als trüge er einen Helm aus doppeltem Eisen. »Du hast sie gesehen?« Der Gedanke, daß Iynne diesem Mädchen begegnet war und vielleicht gar ihr Obdach geteilt hatte – obwohl ich nicht wußte, weshalb sie das tun sollte –, rüttelte mich auf.

»Du hast laut gesprochen, als das Fieber dich beherrschte.« So zerschlug sich meine erste schwache Hoffnung. »Auch kam Lord Garn persönlich auf Suche ins Tal. Doch weil er hier keine Hinweise auf sie fand, ritt er mit seiner Begleitung westwärts.«

»Westwärts?« echote ich. In das unerforschte Land, das selbst die Schwertbrüder als Gebiet ansahen, vor dem man sich hüten sollte! Was hätte Iynne dort zu suchen?

»Sie mag gerufen worden sein«, sagte Gathea, als hätte sie die Frage meinen Gedanken entnommen. »Bei Vollmond ging sie zum Schrein, doch ist sie eine ohne Schild und Schutz.«

»Gerufen? Von wem und wohin?«

»Es ist vielleicht nicht richtig, daß du das erfährst. Das muß Zabina entscheiden.« Sie drehte sich um und brachte mir von einem Wandbrett einen hauchdünnen, frischgebackenen Brotfladen und dazu eine Schale mit weichgekochtem Obst, das mir beim Essen kaum Schmerzen verursachte. »Füll erst einmal deinen Magen und komm wieder zu Kräften. Es gibt, möglicherweise, einen Weg für dich – und andere.«

Ich hielt das Essen in zittrigen Fingern, während ich ihr nachschaute, als sie die Hütte verließ. Nun konnte ich nur noch mir selbst Fragen stellen – aber ich hatte keine Antwort darauf.

V

Ich kämpfte gegen meine Schwäche an und bemühte mich, zu Kräften zu kommen, um mich von hier fortschleichen zu können. Denn ob nun Weise Frau oder nicht, Zabina brachte sich in Gefahr, indem sie mir Obdach gewährte. Ich war sicher, daß Lord Tugness sich nicht nach Sitten und Bräuchen richtete, wenn sein Vorteil anderswo lag. Zwar stammte mein Wissen über ihn nur aus Gerüchten, doch selbst in ihnen findet sich immer ein harter Kern Wahrheit.

Mein Kopf schmerzte immer noch mit dumpfer Hartnäkkigkeit, aber ich konnte bereits auch wieder mit dem zuvor so stark geschwollenen Auge sehen. Als meine Finger vorsichtig den Schädel berührten, stellte ich fest, daß er mit dickem Verband umwickelt war. Obwohl mich immer wieder Schwindel erfaßte, gelang es mir doch, mit vielen Pausen, in mein Beinkleid und die weichen Jagdstiefel zu schlüpfen. Ich war gerade dabei, nach meinem Leinenunterhemd zu greifen (das frisch gewaschen und ordentlich gefaltet auf meinen anderen Sachen gelegen hatte), als die Weise Frau in die Hütte trat.

Stirnrunzelnd kam sie auf mich zu.

Was hast du vor?«

Ich zog das Hemd über den Kopf und zuckte unter dem Schmerz zusammen, den die wirklich leichte Berührung des Verbands verursacht hatte. »Lady.« Ich konnte es in meinem Zustand nicht wagen, mich zu verbeugen, so gab ich ihr zumindest diesen Ehrentitel. »Ich möchte so schnell wie möglich Euer Heim verlassen. Ich bin sippenlos ...« Ich kam nicht weiter, denn sie hob schweigengebietend eine Hand und stellte mir eine Frage:

»Weißt du, welch Groll zwischen Tugness und Garn herrscht?«

»Nicht zwischen ihnen.« Sie entlockte mir die Antwort durch die Plötzlichkeit ihrer Frage. »Es ist eine alte Fehde zwischen den Häusern.«

»Ja. Alt, wahrhaftig ... Weshalb findet ihr törichten Männer für so etwas kein Ende?« Mißachtung klang aus ihrer Stimme. Sie machte eine ungeduldige Gebärde, als könnte sie damit das, was sie als Torheit erachtete, wegwischen. »Sie begann lange ehe Garns Vater dem Mutterschoß entglitt – es war eine erzwungene Begattung.«

Wie angewurzelt blieb ich sitzen und versuchte nicht einmal, mein Hemd unter den Gürtel des Beinkleids zu schieben. Obgleich mein Kopf nach wie vor heftig pochte, mangelte es mir doch nicht am Verstand, zu erratenn, was sie meinte.

»Tugness' Sohn?«

Daß Iynnes Verschwinden eine einfache – oder einfachere – Sache menschlicher Heimtücke war, war mir bisher überhaupt nicht in den Sinn gekommen. Es fiel mir auch viel leichter zu glauben, daß unsere Erzfeinde dabei ihre Hand im Spiel hatten, als daß meine Base durch Kräfte verschwunden war, die in einem uralten Schrein erwachten. Doch so war meine Schuld nun noch weit größer! Wie lange und wie oft mußte Thorg Iynne nachspioniert und auf Lauer gelegen haben, bis er den richtigen Moment für ihre Entführung gekommen sah! Und ich, der ich auf Wachgang entlang der Bergkämme war, hatte nicht einmal geahnt, daß er uns beobachtete! Ich war dumm gewesen und zu sehr mit der Fremdartigkeit dieses Landes beschäftigt, als daß ich auch nur an die alte Fehde gedacht hätte.

Der Gedanke, den Zabina mir eingegeben hatte, nahm schnell Form an und verlieh mir neue Kraft, so daß ich nun gut auf die Füße kam. Ich wäre vielleicht nicht zu einem Kampf mit dem Unbekannten imstande gewesen (obwohl ich den Versuch nicht gescheut hätte), aber mit Thorg würde ich immer noch fertig. Ich brauchte nur eine gute Waffe in der Hand.

Jetzt sagte ich mit einer Festigkeit, zu der ich Augenblicke zuvor nicht fähig gewesen wäre:

»Eure Leibmaid sprach von der Macht des Mondschreins, während Ihr mich auf Thorg und die alte Fehde hinweist. Was ist das richtige?«

Ihr Gesicht wurde finster und ich bemerkte, daß sie die Unterlippe ein wenig zwischen die Zähne nahm, als wollte sie ein ungeduldiges oder verräterisches Wort zurückhalten. Schließlich sagte sie:

»Thorg hat sich in letzter Zeit vielmals zur Jagd erboten. Sein Weg führte ihn an meiner Hütte vorbei, und es sah ganz so aus, als hätte sein Jagdglück ihn verlassen, denn zwei von drei Tagen kehrte er mit leeren Händen zurück. Auch ist ihm keine Maid versprochen. Tugness freite für ihn, doch keine wollte ihr Jawort geben. Ich sah mich gezwungen, ihn zu warnen, als er Gathea mit allzu eindeutigen Blicken bedachte. Er ist nun scharf auf eine Frau. Die Tugness sind ein hitzköpfiges, streitsüchtiges Geschlecht, und seit drei Generationen oder mehr gibt es nicht viel Gutes über sie zu sagen. Außerdem war da Kampuhr ...«

»Kampuhr?« Alles, was sie bisher gesagt hatte, glaubte ich ihr gern, aber dieser letzte Hinweis hatte keine Bedeutung für mich.

Sie zuckte die Schulter. »Nicht so wichtig. Es liegt lange zurück, doch die Leute fragten sich damals, wie Lord Tugness zu einer gewissen Sache stand, die zu jener Zeit von äußerster Wichtigkeit war – aber das ist jetzt vorbei!«

Ihre Augen ruhten mit einer Eindringlichkeit auf mir, als wollte sie mich mit ihrem Willen dazu bringen, ihre letzten Worte zu vergessen, die sie eigentlich gar nicht hatte äußern wollen. Oder wollte sie mich letzteres nur glauben machen? Irgendwie konnte ich mir nicht vorstellen, daß etwas über ihre Lippen kommen würde, das sie nicht zuvor gut bedacht hatte. Aber warum diese Vortäuschung – wenn es eine war?

»Und Thorg?« Ich wollte mir über ihre Gründe nicht weiter den Kopf zerbrechen. Viel wichtiger war im Augenblick, an die Gegenwart zu denken. Die Vergangenheit mochte einstweilen ruhen. »Ist er im Herrenhaus?«

Zabina schüttelte den Kopf. »Bei Sonnenaufgang verließ er gestern das Tal und ist noch nicht zurückgekehrt. Auch davor war er einen ganzen Tag fort gewesen.«

Also hatte er durchaus die Möglichkeit gehabt, zu tun, worauf die Weise Frau hingedeutet hatte. Er mochte sie genutzt haben, auf irgendeine Weise Iynnes Gunst zu gewinnen, oder ihr aufgelauert haben, um sie in irgendein Versteck zu entführen, von denen es in diesem unwegsamen Land viel zu viele gab. Ja, all das war viel leichter zu glauben, als daß Garns Tochter von Unsichtbaren irgendwohin gelockt worden wäre.

Thorg war ein Mensch, und trotz aller Listen eines Jägers, über die er verfügen mochte, bezweifelte ich nicht, daß ich es mit ihm aufnehmen konnte, auch wenn ich seine Fähigkeiten nicht kannte und ihn während unseres Zuges in den Norden nur ein paarmal gesehen hatte. Aber er war ein Mensch, und deshalb konnte ich mich mit ihm zumindest messen.

Was er getan hatte, war einst bei unserem Volk üblich gewesen und viele Fehden waren deshalb erwachsen – so viele, daß schließlich, Jahre vor meiner Geburt, ein feierliches Abkommen getroffen wurde, nach dem die Jungen und Maiden des Edelvolks einander schon früh versprochen wurden. Wer dagegen verstieß, wurde aus der Sippe ausgestoßen.

Hatte Thorg sich eingebildet, weil wir uns hier in einem neuen Land befanden (und Farkons Sohn weit entfernt lebte), daß er für seine Untat straflos ausgehen würde? Zwar kannte ich ihn kaum, aber ich hielt es für durchaus möglich. Viele Tageritte waren nötig, wollte Lord Farkon mit seinen Mannen hierherkommen, und Garn verfügte nur über eine Handvoll Krieger, von denen keiner das zerklüftete Land im Westen kannte. Lord Tugness mochte sich ihnen sogar anschließen, scheinbar, um ihnen bei der Suche zu helfen, in Wirklichkeit aber, um für geschickte Verzögerungen zu sorgen, damit sein Sohn sein Ziel erreichte. Denn sobald Thorg mit Iynne gelegen hatte, war sie sein nach dem Bettrecht, obgleich ihre Sippe weiterhin Lord Farkon verpflichtet sein würde, und er jeden Brautpreis verlangen konnte.

Ich sah bereits zwei – oder gar drei – Täler in blutigem Kampf verstrickt. Und ich war daran schuld. Denn hätte ich es Iynne nicht ermöglicht, den Mondschrein zu besuchen, und wäre ich nicht blind meines Wachgangs gezogen, während der Feind kundschaftete und lauerte, hätte es nicht soweit kommen können. Lord Garns Urteil über mich war durchaus verdient.

Mir blieb nichts anderes übrig, als Thorgs Fährte aufzuspüren. Er konnte noch nicht wissen, daß ich sippenlos war, und so würde er sich meiner Herausforderung zu stellen haben. Ich konnte – ich mußte – ihn töten, um mit seinem Blut die Schmach zu tilgen, die er unserem – nein, Garns Haus angetan hatte.

»Weiß Lord Tugness Bescheid?« Mein Hemd steckte nun unter dem Gürtel. Ich griff nach dem wattierten Unterwams, das meine Schultern vor dem Gewicht des Kettenhemdes polsterte.

Zabina zuckte die Schultern. »Du bist sippenlos …«

»Das weiß jedoch Thorg nicht«, unterbrach ich sie. Ich mußte mich mit meiner Schande abfinden. »Wenn ich ihn vor den anderen finde …«

Die Weise Frau lächelte, aber diese Bewegung ihrer Lippen wirkte nicht angenehm. Ich verdankte ihr viel – ihre Versorgung meiner Wunden, ihre Pflege, meine Heilung, auch wenn ich mich noch schwach fühlte. Trotzdem glaubte ich nicht, daß sie mich, einen Fremden, aus Zuneigung gepflegt hatte, sondern eben nur, weil es zu ihren

Aufgaben gehörte. Je schneller ich mich von der Pflege unter ihrem Dach entfernte, desto lieber würde es ihr sein.

»Dein Kopf braucht einen neuen Verband.« Sie wandte sich ihren vielen Wandbrettern zu, nahm von dort ein Tiegelchen mit Salbe und von da ein Schächtelchen mit etwas Pulver. Von beidem gab sie ein wenig in eine Schale und vermischte es gut mit den Fingern, ehe sie es dick auf einen Leinenstreifen auftrug.

»Du hattest Glück«, bemerkte sie, als sie zu mir trat, mit dem Verband in der Hand, der nach Kräutern und Sauberkeit roch. »Dein Schädel war gebrochen. Garn muß wahrhaftig eine schwere Faust haben. Doch trugst du unter den Knochen keine Verletzung davon, denn sonst würdest du nicht mehr hier sitzen.«

»Diese Verletzung kam nicht vom Schlag meines Lords, sondern vom meinem Sturz. Das hier verdanke ich seiner Hand.« Ich berührte mit der Fingerspitze vorsichtig meine geschwollene Wange. Dabei erinnerte ich mich an meinen Helm, den ich in Garns Wiesenland zurückgelassen hatte. Nur gut, daß er mir das Schwert nicht genommen hatte, wie es sein Recht gewesen wäre. Vielleicht hatte sein Grimm ihn diese, meine letzte Entwürdigung vergessen lassen.

Die Weise Frau schwieg. Behutsam löste sie den alten Verband und wickelte den frischen um meinen schmerzenden Kopf. Dann faßte sie überraschend nach meinem Kinn und blickte mir forschend in die Augen.

»Siehst du doppelt?« fragte sie, und ich antwortete mit nein.

»Gut. Aber ich warne dich: wenn du dich auf den Weg machst, ehe du gesund und kräftig bist, wirst du nicht mehr lange leben und auch nichts erreichen.«

»Lady, weil ich nichts tat, als ich es hätte tun sollen, bin ich hier. Wenn es mir gelingt, Thorg zu folgen, vermag ich Lord Garn ein wenig von dem zurückzugeben, um das meine Torheit der vergangenen Tage ihn gebracht hat.«

»Torheit!« sagte sie ungeduldig vor Verachtung. »So

trage dein unnötiges Schuldgefühl. Jeder Mensch geht den Weg, der ihm bestimmt ist und der sehr gewunden und krumm sein mag. Er glaubt, sein Leben nach eigenem Willen führen zu können, da er nicht weiß, daß viele Fäden bereits eng verwoben waren, ehe er sein Schicksal in die eigene Hand nehmen wollte.«

Ich erhob mich wieder. »Lady, meinen Dank für alles, was Ihr für mich getan habt. Ich stehe nun in Eurer Rufschuld – wenn ein Sippenloser noch das Recht hat, sich nach alten Bräuchen zu richten. Aber ich habe noch eine ältere gegenüber Lord Garn. Auch wenn ich nicht mehr zu seinem Haus gehöre, kann ich doch etwas in dieser Sache tun.«

»So geh' deinen eigenen Weg, wie alle Männer es tun. Doch ich mahne dich zur Vorsicht – obwohl ich weiß, daß du dich nur von deinen eigenen Wünschen leiten lassen wirst.« Als ich nach meinem Kettenhemd griff, drehte sie sich um.

Es anzuziehen fiel mir schwer, aber ich ersuchte sie nicht um Hilfe, um so weniger, da es ganz so aussah, als hätte sie mit mir Schluß gemacht, wie Garn schon vor ihr. Ich bemerkte, daß sie von einem unteren Brett eine Schale geholt hate. Sie war nicht aus Ton oder Holz, sondern aus glänzendem Silber. Sie hielt sie mit beiden Händen und blickte lange hinein, ehe sie den Kopf hob und mich noch einmal musterte. Es war, als bemühte sie sich um einen wichtigen Entschluß. Was immer er war, sie faßte ihn schnell und stellte die Schale an ihren Platz zurück.

Statt ihrer nahm sie einen Schulterbeutel, wie Reisende ihn benutzen, und gab allerlei hinein: den Rest der gemischten Salbe, den sie auf meinen Verband gestrichen hatte, und so manches, das sie flink zusammensuchte, während ich mir den Schwertgürtel umschnallte und die Klinge ein wenig lockerte, damit ich sie, wenn nötig, schnell herausziehen konnte.

Zu den verschiedenen Schächtelchen, die sie bereits im Beutel verstaut hatte, packte sie nun auch noch Reisebrot, doch kein Dörrfleisch. Da erinnerte ich mich, daß jene ihrer Berufung gewöhnlich kein Fleisch aßen. Auch getrocknete Früchte gab sie dazu. Als letztes griff sie nach einer Feldflasche, die ich erkannte: ich hatte sie bei meinem letzten Ausflug durch die Klamm getragen.

»Füll sie an der Quelle, sie hat gutes Wasser – mondgesegnetes.« Sowohl Schulterbeutel als auch Feldflasche ließ sie auf die Lagerstatt neben mir fallen. Ich fühlte mich seltsam allein. Es war, als drücke auch hier Lord Garns Fluch auf mich. Trotz all ihrer Sorge für mich, schien mir, daß auch sie mich nicht mehr sehen wollte. Nicht, daß ich es ihr verdenken konnte.

Doch obwohl ich nun wieder auf den Beinen war und die Schwäche verdrängt hatte, die mich erneut befallen wollte, konnte ich nicht einfach so gehen. Ich stand in Zabinas Schuld und mußte es bestätigen, und das konnte ich nur auf eine Weise. Ich nahm das Schwert ganz aus der Scheide, hielt es an der Klinge und streckte ihr den Griff entgegen. Allerdings erwartete ich durchaus, daß sie, was ich bot, ablehnen würde, da ich ja zu den Untoten gehörte, die kein Recht hatten, zu jemanden wie ihr auch nur zu sprechen.

Die Weise Frau blickte auf die Klinge, ehe sie mich noch einmal mit forschendem Blick betrachtete. Doch wie ich schon gedacht hatte, berührte sie den Knauf nicht und verweigerte mir so diese geringe Geste der Ermutigung.

»Wir befassen uns nicht mit Stahl und Schwertschneide«, sagte sie. »Noch nehme ich Huldigung entgegen. Doch was du mit deiner Ehrerbietung ausdrückst, Elron – das nehme ich gerne. Vielleicht kommt der Tag, da ich deine Hilfe in Anspruch nehmen werde.«

Ich steckte die Klinge in die Hülle zurück und flüchtig schien eine noch größere Bürde auf mich zu drücken. Ich versuchte meine nutzlosen Gedanken zu verdrängen. Die Weise Frau war kein Lord, kein Clanshaupt, aber sie hatte ihre Worte gemeint, und so war ich zumindest nicht ganz verstoßen und gehörte nicht zu den Untoten. Ich schlang mir den Beutel um die Schulter und dankte ihr dafür, obgleich mein viel tieferer Dank dem galt, was sie mir mit ihren letzten Worten geschenkt hatte.

»Es sind Heilmittel im Beutel. Auf den Deckeln steht, wie du sie benutzen mußt. Du mußt deinen Kopf solange mit Salbe behandeln und verbunden tragen, bis der Schmerz völlig verklungen ist. Nimm meinen Segen mit auf den Weg.« Sie beschrieb ein Zeichen, das nicht das der Heiligen Flamme war, die die Weissänger hüteten. Doch ich zweifelte nicht, daß es von großer Macht war. Wieder neigte ich dankend den Kopf.

Ich hätte mich gerne auch noch bei Gathea bedankt für die Pflege, die auch sie mir hatte angedeihen lassen. Doch sie war nicht zu sehen, und ich war bereits verabschiedet worden, so hatte ich keine Entschuldigung, länger zu zaudern.

Die Sonne verriet mir, als ich aus der Hütte trat, daß es früher Nachmittag war. Im Osten sah ich Äcker und Tugness' Festung mit dem hölzernen Wall. Die Behausung der Weisen Frau lehnte fast am Berghang, und ich glaubte, daß gar nicht so weit entfernt der Mondschrein liegen mußte, den Iynne so törichterweise besucht hatte.

Gewiß war es am besten dort anzufangen, nach Spuren zu suchen. Garns Männer hatten bestimmt am Kamm selbst schon gründlichst nachgesehen. Argwöhnten sie überhaupt, daß nichts Übernatürliches für Iynnes Verschwinden verantwortlich war, sondern daß sie von unserem Erzfeind entführt wurde?

Wenn ja, gab es zweifellos Wachen dort oben, die ihre Armbrüste für jeden bereit hatten, der aus diesem Tal kam, und vor allem ich wäre ihnen eine willkommene Beute.

Ich füllte meine Feldflasche aus der Quelle, die in der Höhe entsprang und in der Nähe der Hütte zum munter plätschernden Bach wurde. Dann folgte ich der Spur von Pfad, den vermutlich Gathea erst getreten hatte. Der Schrein war von großer Bedeutung für sie, daß wußte ich sehr wohl. Nach einer Weile blieb ich kurz stehen und blickte hinunter auf das, was vom Tal zu sehen war.

Im Westen graste eine Schafherde, und auf den Feldern arbeiteten Clansleute. Reiter sah ich nirgendwo, und es schien beschaulicher Frieden zu herrschen. Konnte das bedeuten, daß Lord Tugness nichts von dem Unternehmen seines Sohnes wußte? Oder war diese Ruhe nur für mögliche Kundschafter vorgetäuscht? Was der Fall war, wußte ich nicht, dazu kannte ich Lord Tugness auch viel zu wenig. Ich mußte also weiter dahinschleichen wie einer, der mit Armbrustbolzen und Schwertspitze zu rechnen hatte, sollte er gesehen werden.

Obgleich es vielleicht besser gewesen wäre, hätte ich meine Suche früher am Tag begonnen, als die Dämmerung mich vom Tal verhüllte, war doch helles Tageslicht nötig, wollte ich Thorgs Spur finden. Ich war nun völlig überzeugt, daß tatsächlich Lord Garns Erzfeinde zugeschlagen hatten, da diese Erklärung für Iynnes Verschwinden am ehesten vorstellbar war.

Ich folgte also weiter dem Pfad aufwärts, weil ich sicher war, daß es für meine Suche keinen besseren Anfang als den Schrein gab. War es lediglich seine Fremdheit gewesen, die Iynnes Interesse erregt hatte? Oder war er ihr heimliches Stelldichein mit Thorg gewesen?

Allein die Vorstellung, ließ mich meine Base plötzlich in völlig anderem Licht sehen. Fügsam, nachgiebig, völlig mit der Haushaltsführung beschäftigt – ein farbloses, schüchternes Mädchen, das die Sitten und Gebräuche unseres Volkes achtete. War sie wirklich nur das gewesen? Oder waren diese »Tugenden« nicht mehr als ein Schutzumhang gewesen, den sie nur zu bereitwillig abgelegt hatte, als sie im neuen Land eine ungekannte Freiheit fand? Wenn ich so recht überlegte, wußte ich eigentlich nur sehr wenig über Iynne. Das überraschte mich nicht weniger, als hätte ein Baum plötzlich seine Rinde geöffnet und gesprochen. Sie war Teil meiner Umwelt gewesen, solange wir Kinder waren, danach war ihr Leben, unseren Sitten entsprechend, völlig anders verlaufen. Das wenige, woran ich mich erinnerte, machte sie zur blutleeren Fremden.

Was hatte sie dabei empfunden, daß man sie einem ihr unbekannten Mann versprochen hatte, ohne ihr auch nur die Möglichkeit gegeben zu haben, eine eigene Wahl zu treffen? Natürlich war es so Sitte, aber bis heute hatte ich mir darüber nie Gedanken gemacht. Für Iynne war eine solche Entscheidung über ihren Kopf hinweg vielleicht etwas ganz anderes gewesen, etwas, das ihr Angst machte. Hatte sie vielleicht eine Abneigung gegen ihn entwickelt, dem sie versprochen war, und von der Thorg ausging, um sie dazu zu bringen, die Regeln unseres Volkes zu mißachten? Erst jetzt erwachte Iynne in meinen Gedanken zu wahrem Leben, befreit von der engen Hülle, in der ich sie gesehen hatte.

Ich brauchte lange bis zum Kamm, nicht nur, weil ich des öfteren anhielt, um schon hier nach Spuren Ausschau zu halten, sondern weil meine Schwäche mich zu häufiger Rast zwang.

Die einzige Fährte vor mir konnte nur die der großen Katze sein, die Gathea begleitet hatte, das schloß ich aus vereinzelten Pfotenabdrücken in weicherer Erde. Ich schlich mich von einer Deckung zur anderen und lauschte während meiner Rastpausen, doch hörte ich nichts, außer hin und wieder einen Vogelruf. Falls wirklich irgend jemand über mir Wache hielt, verharrte er völlig lautlos, vielleicht weil er mich bereits entdeckt hatte und mir auflauerte.

Den Mondschrein von dieser Seite zu erreichen, war für meinen Zweck leichter, da es hier sehr viele große Steine gab, die mir Deckung gewährten. Ob sie aus voller Absicht so standen, um jemandem Schutz zu bieten, wußte ich nicht, aber behauen waren sie nicht.

Schließlich erreichte ich den letzten, von dem aus ich ganz deutlich die Bäume des Schreins sehen konnte, die jetzt so stark belaubt waren, daß sie Säulen und Pflaster fast gänzlich verbargen. Von einem der nächsten waren rücksichtslos Äste abgebrochen worden, als hätte sich hier jemand einen Weg bahnen wollen, doch waren es glücklicherweise nicht viele. Wer immer von hier hatte zum Schrein gelangen wollen, dachte ich, hatte den Mut verloren, ehe er oder sie ihm nahe gekommen waren.

Eine lange Weile lauschte und wartete ich, sogar den Kopf hob ich hoch, um die Brise aufzunehmen, die aus der Richtung von Lord Garns Tal kam – aus dem Norden südwärts. Sie brachte keine verräterischen Gerüche mit sich. Wenn jemand hier lauerte, machte er seine Sache gut.

Da erstarrte ich. Zwischen dem Baum, der seine unteren Äste verloren hatte, und dem nächsten, schlich etwas Leichtfüßiges. Die große Katze kam ins Freie, um Wache zu halten, wie mir schien. Sie drehte den Kopf und blickte schließlich in meine Richtung. Ob sie micht tatsächlich mit den scharfen Augen sah, die manchen Felltragenden gegeben sind, oder ob sie mich witterte, hätte ich nicht zu sagen vermocht. Jedenfalls wußte sie, daß ich hier war, dessen war ich mir ganz sicher.

Ihre Anwesenheit sagte mir jedoch auch, daß Garn hier keinen Posten zurückgelassen hatte, denn nie wäre die Katze so unerschrocken ins Freie getreten, wenn sie sich mehr als einem Menschen gegenüber gesehen hätte.

Ich erhob mich jetzt aus meiner kauernden Haltung und verließ den schützenden Stein. Wenn die Katze hier war, war es dann Gathea ebenfalls? Oder, falls das Tier allein war, würde es mich näher heranlassen, damit ich nach Spuren Thorgs und seiner gefangenen oder verführten Begleiterin suchen konnte?

Meine erste Annahme erwies sich als richtig. Zabinas Leibmaid trat mit der gleichen Leichtfüßigkeit wie die Katze aus den Schatten der Bäume. Wie auf dem Weg hierher trug das Mädchen die schwere Lederkleidung des Reisenden. Ihr Haar mußte sie dicht um den Kopf gesteckt haben, denn darüber hatte sie eine enge Strickmütze aus dem gleichen Braungrau wie der Rest gezogen. Sie war in einiger Entfernung der Bäume stehengeblieben und blickte ebenfalls in meine Richtung. Meine Anwesenheit schien sie nicht zu überraschen, im Gegenteil, sie schien mich erwartet zu haben und ungeduldig zu sein, weil ich so lange gebraucht hatte.

Wie ich trug sie einen Schulterbeutel, größer noch als meiner, und eine Feldflasche, doch keine Waffen, wenn man das Messer in der Scheide an ihrem Gürtel nicht rechnete, das zum Essen und für kleinere Arbeiten unterwegs benutzt wurde.

Ernst blickte sie mir entgegen, als ich näherkam, ohne zu grüßen, als wäre das unter uns nicht nötig. Die Katze zog die Oberlippe hoch, wenn das als Warnung gedacht war, war sie zumindest lautlos.

»Du bist also gekommen ...«

Ich fand ihre Worte ein wenig verwirrend. Hatte sie geglaubt, ich würde es nicht? Zwar würde ich mich in den Augen meiner Sippe nie reinwaschen können, aber um den Glauben an mich selbst nicht zu verlieren, mußte ich das tun, was ich jetzt noch tun konnte, und den Weg, jeden Weg, zu Iynne finden.

»Wenn es eine Fährte gibt, müßte sie hier beginnen«, antwortete ich kurz. »Hier habe ich sie gesehen – und hier muß auch er auf sie gestoßen sein – oder irgendwo ganz in der Nähe. Es kann keine andere Möglichkeit für sie gegeben haben ...«

Er – sie ...?« echote sie, mich scharf unterbrechend. Sie war sichtlich verwirrt.

»Thorg.« Jetzt war ich es, der Ungeduld zeigte. »Er entschied sich zu dem alten Trick: sich eine Frau, vielleicht gegen ihren Willen, zu nehmen und Schande über einen Hausfeind zu bringen.«

»Was hat Thorg damit zu tun?« Ohne den Kopf zu drehen, deutete sie auf den baumverborgenen Schrein.

»Er muß Iynne hier gesehen und verführt oder mit Gewalt genommen haben. Sie war leicht einzuschüchtern.« Ich war nicht sicher, ob das stimmte, aber für die Ehre von

Garns Haus hoffte ich, daß dem so war – daß meine Base gegen ihren Willen genommen worden war.

Gathea trat ein wenig näher heran. So wie die Weise Frau mich früher an diesem Tag forschend angesehen hatte, als wolle sie meine Gedanken lesen, tat nun ihre Helferin es.

»Wieso denkst du das von Thorg?« fragte sie.

»Deine eigene Herrin sagte es so.«

»Wirklich? Bist du sicher?« Ihre Stimme klang scharf und so eindringlich, daß ich mir die Worte ins Gedächtnis rief, die Zabina benutzt hatte. Hatte sie tatsächlich gesagt, Thorg habe es getan? Ich fügte die erinnernden Worte zusammen. Nein, das hatte sie nicht gesagt. Sie hatte lediglich ein paar Fragen gestellt, hatte Vergangenes erwähnt, der Rest war meine eigene Auslegung.

Gathea mußte das Ergebnis meiner Überlegungen so schnell aus meiner Miene gelesen haben, wie ich dazu gekommen war. Sie nickte.

»Das hat Zabina nicht gesagt«, stellte sie laut fest. »Du hast ihr die Worte in den Mund gelegt.«

»Was sie sagte, führte mich zu der Annahme.«

»Sie ist nicht verantwortlich für die Gedanken von einem, der gern einen leichten Feind hätte.«

»Den ich nicht suchte – ehe sie so sprach!« entgegnete ich hitzig. »Als ich erklärte, daß ich seine Spur suchen würde, bestritt sie nicht, daß ich Grund für meine Annahme hatte.«

»Warum sollte sie? Was interessiert es sie, wenn du dich mit einem anderen deiner Art anlegst? Wenn es zu Ungutem käme, würde es sich nur durch dein verdrehtes Denken verbreiten und nicht das hineinziehen, das nicht dein ist, es nie sein könnte ...«

Ich machte einen langen Schritt vorwärts, verärgert durch die wachsende Überzeugung, daß diese beiden Frauen ihr Spiel mit mir trieben. Sie hatten mich gesund gepflegt, aber dafür waren sie da, deshalb hatten sie es getan, nicht weil sie menschlich etwas für mich empfanden, das wußte ich nur zu gut. Als ich geheilt, oder zumindest fast geheilt war, wollten sie mich los sein. Zabina hatte mich geschickt auf einen Weg gewiesen, der nirgendwo hinführte, und dieses Mädchen war von offener Feindseligkeit. Aber weshalb hatte sie nicht in die Andeutungen ihrer Herrin eingestimmt, sondern ihnen so bestimmt widersprochen? Wie leicht hätte sie mich auf falscher Spur in die westliche Wildnis schicken können, daß ich nie wieder zurückgekommen wäre.

»Wo ist Lady Iynne?« Nun war nicht die Zeit sinnlosen Gedanken nachzuhängen. Ich konnte nur noch eins tun: wiedergutmachen, daß ich meine Base Beute jenes werden ließ, der oder das sie von hier weggebracht hatte, ob das nun ein Mann aus den Tälern war oder etwas Schlimmeres, Furchterregenderes, das sich hier als Überbleibsel einer früheren, angsteinflößenden Zeit herumtrieb.

»Ich weiß es nicht.«

Ich glaubte ihr, daß sie nicht wußte, wo Iynne war, doch war ich sicher, daß sie zumindest ahnte, was ihr zugestoßen war.

In diesem Augenblick hatte ich gute Lust, die Wahrheit aus ihr herauszuschütteln, so groß waren mein Grimm und die Überzeugung, daß sie mit mir spielten, mich aus dem Weg haben wollten. Die Katze knurrte jedoch und fletschte die Zähne, also rührte ich mich nicht von der Stelle.

»Sie wurde gerufen«, sagte Gathea bedächtig. »Ich beobachtete sie. Und sie kam nicht aus dummer Neugier hierher, wie du glaubtest. Nein, in ihr erwachten die tiefsten Instinkte einer Frau zu voller Kraft. Sie war – ist – in einem Alter, da die Große Lady Frauen zur Reife ruft. Selbst eine wie deine Iynne, die ihr ganzes Leben lang die Gesetze und Sitten der Menschen geachtet hat, antwortet auf die Frauenmagie, wenn sie stark und vollendet ist. So wurde sie zu einem Ort gezogen, an dem die Mondkraft noch ihre Wirkung hat. Da ihr jedoch der Schutz der Stärke fehlte, der unser ist, war sie der vollen Flut ausgesetzt.«

»Ich verstehe nicht, was du meinst. Sie ging zum Schrein. Was ist dann geschehen? Sie kann sich nicht in

Luft aufgelöst haben oder in den Steinboden versunken sein. Also muß sie entführt worden sein, von einem Mann – von Thorg.«

Zu meinem Staunen lachte Gathea. »Schließ die Türen deines Geistes und verriegle sie, wie deinesgleichen es immer getan haben. Iynne ist fort, und du willst sie suchen. Nun gut, wenn du den nötigen Mut hast. Es gibt viel Geheimnisvolles in diesem Land. Bemühe dich, es zu ergründen, vielleicht findest du dann einen Faden, der dir den richtigen Weg weist. Vielleicht glückt es dir, vielleicht nicht. Du wirst es nur erfahren, wenn du es versuchst.«

Sie rückte den Riemen des Beutels auf ihre Schulter zurecht und drehte sich um. Die Katze, die immer noch zwischen uns war, machte sich daran, neben ihr herzutappen. Sicheren Schrittes, wie eine, die genau weiß, was sie tat, zog Gathea voll Selbstvertrauen westwärts.

VI

Ich schaute ihr nach. Mehr als sie mir freiwillig gesagt hatte, würde ich nicht aus ihr herauskriegen. Sie glaubte wirklich, daß nicht Thorg für Iynnes Verschwinden verantwortlich war. Ich wandte mich dem Schrein zu, aber ich kam nur bis zu der schmalen Lücke zwischen den Bäumen, die ihn bewachten.

Wieder prallte ich heftig gegen eine Mauer. Auch jetzt hatte dieser Ort eine unsichtbare Schutzwand, gegen die ich machtlos war. Zwar strengte ich mich mit aller Kraft an, das zu überwinden, was mich von diesem gepflasterten Platz trennte.

Meine Erziehung half mir nicht, dergleichen zu verstehen. Die Clans schworen bei der Flamme und huldigten der Ewigbrennenden zur Festzeit. Wir lauschten den Weissängern, die die Geschichtsaufzeichnungen unserer Vergangenheit hüteten und von Helden sangen, die Schlachten gewonnen hatten oder ehrenvoll gefallen waren. Doch soviel ich wußte, war nie einer unseres Blutes von einer unsichtbaren Kraft aufgehalten worden, die bestimmt auch von allen Reitern eines Clans nicht gebrochen werden konnte und an der sie sich vermutlich nur die Köpfe wund schlagen würden.

Zu diesem Zeitpunkt empfand ich weder Furcht noch Ehrfurcht, nur Ärger – über meine eigene Unzulänglichkeit und Unwissenheit, ja, und über Zabina und ihre Maid. Ich war fest überzeugt, daß die beiden weit mehr wußten, als sie mir verraten hatten – wenn sie mir überhaupt etwas verraten, und mich nicht nur in die Irre geführt hatten.

Ich konnte also nicht in diesen leeren Ort mit seinen Steinen eindringen? Auch gut. Iynne war zweifellos nicht hier. Sie war nicht zu Garn zurückgekehrt, also mußte sie irgendwo anders sein. Ich drehte mich um und starrte in die Richtung, die Gathea mit ihrer Katze eingeschlagen hatte. Leicht mochte es sein, daß Iynne gemeinsame Sache mit dieser selbstherrlichen Schreiterin-auf-fremden-Pfaden gemacht hatte, obgleich ich mir keinen Grund vorstellen konnte. Ich sah den prallen Schulterbeutel des Mädchens wieder vor mir und der Gedanke blieb nicht aus, daß sein Inhalt für jemanden bestimmt war, der sich versteckt hielt. Ich wußte natürlich nicht, weshalb meine Base sich verbergen sollte, aber es war mir schließlich nicht gegeben, die Handlungsweise einer Maid zu verstehen, und es konnte immerhin sein, daß Zabinas Lehren sie geblendet hatten.

Weise Frauen! Ich erforschte mein Gedächtnis nach dem, was ich über sie wußte. Sie waren Heilerinnen und hatten (zumindest allem Gemunkel nach) gewisse geheime Kräfte, die sie nur zum Guten anwenden durften. Aus diesem Grund erhob nie jemand die Hand gegen sie, und sie waren frei zu kommen und gehen, wie sie es für richtig hielten. Und jede wählte ihre eigene Nachfolgerin, die sie aufzog und ausbildete. Eine derart erwählte Maid war clanlos und sippenlos, gleichgültig mit welchem Namen oder in welches Haus sie geboren worden war. Nie hatte ich jedoch gehört, daß eine Weise Frau je zwei Nachfolgerinnen nehmen würde. Was mochte Zabina also mit Iynne vorhaben, da sie als Leibmaid ja bereits Gathea hatte? Außerdem wurden solche Helferinnen und Leibmaiden ausgesucht, wenn sie noch ganz kleine Kinder waren und nicht erst im mannbaren Alter.

Wie dem auch immer, ich war sicher, daß zumindest Gathea mehr wußte, als sie mir verraten hatte, und daß ich Garns Tochter nur durch sie finden konnte. Ich wandte mich darum dem Weg zu, den sie genommen hatte, und hielt die Augen nach der Katze auf, die sie leicht als Rükkendeckung benutzen mochte, um zu verhindern, daß ich keinen ihrer Geheimnisse auf die Spur kam.

Einen richtigen Pfad gab es natürlich nicht, doch da und dort entdeckte ich einen frischen Pfotenabdruck der Katze, der fast so aussah, als wäre er mit voller Absicht so auffällig hinterlassen worden. Diese Fährte folgte dem Kamm nur kurz, dann führte sie, fast unvermittelt, in eine Kluft. Am Hang fand ich sofort wieder einen Abdruck, so klar und deutlich, daß ich an meiner eigenen Entscheidung zu zweifeln begann. Ganz gewiß würde doch sie, der ich folgte, mir nicht so offen den Weg weisen! Da entdeckte ich auch noch an einem Dornbusch einen winzigen Fetzen von einem Schleier, wie Iynne ihn oft benutzt hatte, um ihr Gesicht vor der prallen Sonne zu schützen.

Erst die Pfotenabdrücke, dann das! Sie mußten mich für einen völligen Dummkopf halten. Nur die Tatsache, daß ich nicht wußte, welcher Spur ich sonst hätte folgen sollen, und weil ich nicht glaubte, daß die Weise Frau und ihre Maid sich mit Tugness' Sohn verbünden würden, ließ mich weiter diesen Weg einschlagen.

Ich machte eine weitere Entdeckung: dieser Pfad in die Kluft hatte schmale Nischen wie Stufen eingeschlagen! Zweifellos diente diese Treppe im Fels einem bestimmten Zweck. Jedenfalls waren die Stufen zu regelmäßig, als daß es sich um eine Laune der Natur hätte handeln können.

Auf einigen hatte sich eine dünne Schicht Erde angesammelt, und dort fand ich unverkennbar die Abdrücke von Fährtenstiefeln und, manchmal daneben, manchmal darüber, die von Pfoten. Nun wunderte es mich nicht mehr, daß Gathea so schnell außer Sicht hatte verschwinden können. Sie war vom Kamm sofort auf die Treppe gestiegen.

Und sie mußte sich beeilt haben, denn ich sah sie nirgendwo voraus. Also beschleunigte auch ich den Schritt, da meine Überzeugung wuchs, daß ich sie nur einzuholen brauchte, um zu erfahren, wie ich Iynne bald finden würde.

Die Felstreppe war nicht sehr hoch, sie endete an einem schmalen Weg, wo zwei tiefe Zeichen in die Wand gemeißelt waren und zwar zu beiden der letzten Stufe. Das eine waren zwei nach oben deutende Hörner, das andere seltsam gewundene Linien, die möglicherweise ein Runenwort oder Glyphen einer fremden Sprache waren, die vermutlich längst ausgestorben war.

Beim Erreichen der letzten Stufe hatte ich meine Hände ausgestreckt, und zufällig waren meine Finger über die Hörner gestrichen. Mein Aufschrei hallte hohl von dem Weg voraus wider, während ich überrascht zurückblickte. Von den Hörnern war eine solche Hitze ausgegangen, als hätte ich nach glühenden Kohlen gegriffen.

Ich betrachtete meine Fingerspitzen und erwartete, Brandblasen zu sehen, so groß war der unerwartete Schmerz, aber sie waren unverletzt. Von nun an hielt ich mich, seitwärtsgehend, so weit wie möglich von dem Stein entfernt, der wie völlig normaler grauer, kahler Fels aussah.

Jetzt sah ich Gathea, denn keinerlei Buschwerk versperrte die Sicht in dieser engen Kluft, in der sie schon weit voraus war. Kurz nach dem Ende der Treppe führte dieser Hohlweg leicht abwärts und stellenweise rückten seine Wände ganz nahe zusammen, ehe sie sich etwas weiter öffneten und ein wenig mehr Licht eindringen konnte.

»Gathea!« wagte ich nun zu rufen, obgleich ich nicht glaubte, daß sie darauf hören würde. Sie tat es auch nicht.

Weder blickte sie über die Schulter, noch zögerte sie im Schritt. Nicht einmal die Katze achtete auf mich.

Ich folgte ihr, während der Schmerz in meinen Fingerspitzen nachließ, und meine Entschlossenheit wuchs, mir eine verständliche Antwort von ihr zu holen.

Der Hohlweg war lang und holprig, trotzdem eilte das Mädchen sicheren Schrittes dahin, und so sehr ich mich auch bemühte, vermochte ich nicht, sie einzuholen. Auch das verstand ich nicht, und das erhöhte meinen Ärger. Immer blieb der Abstand zwischen uns gleich – obwohl sie nicht rannte, während mein Schritt bereits einem Trott nahekam.

Voraus wurde es heller, das bedeutete vermutlich, daß wir uns dem Ende dieses verborgenen Weges näherten. Würde es zum fernen Ende von Tugness' Land führen oder in Garns Tal? In beiden Fällen würde meine Lage sich verschlechtern, denn nicht nur mußte ich Gathea in Sicht behalten, sondern auch Ausschau halten nach möglichen Suchtrupps, um mich vor ihnen zu verbergen.

Gathea und ihre Katze waren verschwunden – durch diese Öffnung voraus. Nun rannte ich wahrhaftig, denn ich befürchtete, sie könnten so völlig verschwinden, daß ich sie nicht mehr finden würde, wenn sie offenes Land betraten – und das lag tatsächlich voraus.

Ich erkannte es nicht als Teil von Garns Tal. Hier gab es keine Wiesen, keine sanften Hänge, statt dessen eine kahle, steingepflasterte Fläche mit aufrecht stehenden, unbehauenen Steinen, die in einem weiten Kreis angeordnet waren. In seinem Innern befand sich ein zweiter Kreis etwas niedrigerer Steine, und in diesem ein dritter. Diese Steine ähnelten nicht den bearbeiteten Säulen des Mondschreins, aber zweifellos war ihre Anordnung, genausowenig wie die Treppe, naturgegeben, und es steckte ein Zweck dahinter, den ich jedoch nicht erraten konnte. Zur Verteidigung waren diese Kreise bestimmt nicht gedacht, dazu waren die Abstände zwischen den Steinen zu groß.

Ich rannte durch die Öffnung, da sprang aus den Felsen

zu meiner Rechten etwas Grauweißes auf mich und warf mich um, so daß ich in Herzschlagschnelle flach auf dem Rücken lag. Die Vorderpfoten der schwarzen Katze auf meiner Brust preßten mich auf den Boden, während die langen Fänge dicht über meiner Kehle drohten. Ich kämpfte gegen das Gewicht an, versuchte die Hand um den Schwertknauf zu legen und um das Gürtelmesser, aber unter dem schweren Tier war ich hilflos. Glücklicherweise beendete es seinen Überfall nicht mit einem Biß in den Hals.

Aus der Luft erklang ein Ruf, ein Wort, vielleicht, doch keines, das ich verstand. Die Katze fletschte die Zähne zu einem lautlosen, warnenden Knurren, wich jedoch nicht zurück, sondern sah aus, als wäre sie bereit, mich ein zweitesmal niederzureißen, falls es notwendig sei.

Endlich hatte ich die Hand um den Schwertgriff und zog bereits die Klinge, als Gathea hinter den gleichen Felsen hervorkam, wie zuvor die Katze. Voll Verachtung musterte sie mich.

»Bin ich Thorg, Krieger, daß du mich jagen mußt?« Ihre Stimme klang abfällig. »Glaubst du etwa gar, ich verberge deine Lady Iynne zu ihrer Schande?«

»Ja«, antwortete ich entschieden, fügte jedoch hinzu: »Vielleicht nicht zu ihrer Schande, aber aus irgendeinem Grund, den ich nicht kenne.«

In Gegenwart ihrer bepelzten Gefährtin mußte sie sich sehr sicher gefühlt haben, denn sie lachte laut. Und während sie so stand, mit den Händen an den Hüften, und mich beobachtete, wandelte meine brennende Wut sich zu eisigem Grimm, wie schon oft zuvor, und ich war nun meiner völlig sicher und wußte genau, was ich zu tun hatte.

»Steck deinen Stahl wieder ein!« befahl Gathea mit spöttischem Zug um die Mundwinkel. »Sei froh, daß du von deiner Torheit zurückgehalten wurdest, dich geradewegs da hinein zu stürzen!« Mit einem Zucken des Kinns deutete sie auf den äußeren Kreis der stehenden Steine.

»Was hätte es mir geschadet?« Ich erinnerte mich, wie

das Zeichen an der Felswand mir die Fingerspitzen verbrannt hatte, und Unsicherheit stahl sich durch meinen Grimm. Wer mochte schon wissen, welche Gefahren hier drohten?

»Du könntest es schnell herausfinden.«

Ich dachte, sie wollte mir ausweichen. Mit wachsamem Blick auf die Katze, die mich nicht aus den Augen ließ, stand ich auf. So hatte ich Gathea direkt vor mir, und mein Selbstvertrauen wuchs wieder.

»Das«, sagte sie scharf, »ist eine Falle. Komm her und sieh selbst.«

Sie streckte die Hand aus, griff nach meinem Wamsärmel und zog mich zur Nordseite, von wo aus man unbehindert in die Mitte dieses Steinrades schauen konnte. Ein Mann lag dort lang ausgestreckt auf dem Gesicht. Ich wollte zu ihm, aber das Mädchen hielt mich fest, und die Katze glitt knurrend zwischen mich und die Steine des ersten Kreises.

»Er ist tot«, sagte sie hart. »Er war einer von Thugness' Lehnsmännern namens Jamil. Er folgte mir – wie es auch Thorg getan hat –, weil ihn nach einer Frau verlangte, und er mich für das geeignete Opfer hielt. Als er sich erst innerhalb dieser Kreise befand, kam er nicht mehr heraus. Ich glaube, ein Wahn hat ihn erfaßt, denn er rannte wie besessen herum, bis er fiel und nicht mehr aufstand.«

Wie viel dieser Geschichte sollte ich glauben? Kein Mann verging sich an Weisen Frauen und ihren Gehilfinnen. Aber auch Zabina hatte angedeutet, daß des Lords eigener Erbe Gathea nachstellte. Offenbar bemerkte das Mädchen meinen Zweifel, denn sie fügte hinzu:

»Du kennst Lord Tugness und seine Art nicht. Unter ihnen, die für sein Haus reiten, sind Eidbrecher und schlimmeres. Sie …« Sie schüttelte den Kopf. »Genausowenig wie Zabina finde ich, daß es klug von den Weissängern war, als sie zuließen, daß das Tor so viel unserer Vergangenheit barg. Es scheint, als wäre etwas unseres eigenem Bösen hindurchgeglitten, um hier zu wachsen und gedeihen. Jamil erfuhr jedenfalls, daß es hier Kräfte gibt, gegen die auch er nicht ankam.«

Ich zweifelte nicht daran, daß sie die Wahrheit sprach, so wie sie sie sah. Was dieser jetzt Tote beabsichtigt hatte, war für einen Mann von gesundem Geist unvorstellbar. Was das Tor betraf, so hatte auch ich in Frage gestellt, ob ein Leben ohne bestimmte Erinnerungen so weise war.

»Was hat ihn getötet?«

»Macht«, antwortete sie ernst. »Dies hier war ein Ort einer Macht, wie wir sie nicht verstehen können. Gruu, hier, kann ihn unbeschadet betreten.« Sie kraulte die große Katze hinter den Ohren. »Ebenso sah ich andere Tiere ihn überqueren, ohne daß ihnen etwas zustieß. Aber da mir mein Leben lieb ist und das in mir, was wichtiger ist als das Leben meines Körpers, wage ich mich nicht dort hinein. Spürst du es denn gar nicht?«

Da sie mich beobachtete, und ich mich von der Verlegenheit befreien wollte, in die mich der Überfall der Katze gebracht hatte, trat ich näher an die Steine heran und streckte eine Hand aus. Vielleicht gab es hier keine unsichtbare Wand, aber ich war darauf vorbereitet. Nein, hier war keine, doch meine Haut begann zu prickeln, als ich mich dem äußeren Kreis näherte. Doch es war nicht das allein, in mir erwuchs plötzlich das Gefühl unmittelbarer Gefahr, vor der ich mich nur retten konnte, indem ich hinein in diesen Steinkreis sprang. Die Art dieser Gefahr verriet mir mein Gefühl allerdings nicht.

So mächtig wurde diese Anziehung, daß mich erneut Gathea festhalten mußte, während die Katze den Kopf gegen meine Knie stieß, daß ich rückwärts stolperte. Ich spürte, wie mein Ärger zu eisiger Furcht wurde, denn diese Anziehung – ehe die beiden mir zurückgeholfen hatten – war so ungeheuerlich gewesen, daß ich gegen Frau und Katze hatte kämpfen, mich befreien wollen, um in die Sicherheit des Kreises zu gelangen.

»Keine Sicherheit, die gab es dort nie!« Konnte das Mädchen meine Gedanken lesen, oder ließ eigene Erfahrung sie verstehen, was mich bewegte?

Ich war nun wieder weit genug zurück von den Steinen und ihrem Einfluß, war wieder frei – und zutiefst erschüttert.

»Iynne!« Ich konnte nur daran denken, was geschehen sein mochte, wenn sie hierhergekommen war. Zwar lag nur eine Leiche in der Mitte dieser grauenvollen Falle, doch nun, da ich näher hinsah, bemerkte ich, daß Jamil nicht der einzige war, der dort sein Leben gelassen hatte. Gebeine ruhten um ihn, grauweiß im schwindenden Tageslicht. Ich hätte nicht zu sagen vermocht, wie viele Gerippe es waren, aber mir wurde jetzt klar, daß, was dort herrschte, seine Gefangenen immer noch zu halten wußte.

»Sie ist nicht hierher gekommen.« Gathea nahm ihre Hand von meinem Arm. »Wie ich dir schon sagte, zog eine andere Art von Magie sie an ...«

Ich deutete auf ihren Schulterbeutel. »Du kennst ihr Versteck und bringst ihr zu essen. Verbirgt sie sich vor Thorg, oder hast du sie so verblendet, daß sie werden möchte wie du?«

»Wie ich? Du fragst das, Krieger, als schätztest du mich geringer als eine Lady mit ihrem gefangenen Geist, ihrem weichen Leib und ihrer Willfähigkeit, sich zum Heiratsmarkt treiben zu lassen wie ein Mutterschaf zur Versteigerung!« sagte sie heftig. »Nein, vielleicht ruht in deiner sanften kleinen Lady ein Funke der Gabe, der so verschüttet war durch die Jahre der gehorsamen Haustochter, daß sie überhaupt nicht geahnt hatte, was in ihr schlummerte, bis sie zu einem Platz der Macht kam, wo dieser verborgene Teil ihres Ichs sich rührte und aus lebenslangem Schlaf erwachte. Ich habe Iynne nicht versteckt und schleiche mich nicht zu ihr, um ihr Essen und Bequemlichkeit zu bringen. Sie ist fortgegangen, aber ich weiß nicht wohin, doch werde ich versuchen, sie zu finden, denn was sie entdeckte, ist an ihr verschwendet.« Nun sprach die gleiche

Verachtung aus ihrer Stimme, die sie zuvor mir gegenüber bewiesen hatte.

»Ich – ich hätte zu weben und binden und knüpfen verstanden. Aber nicht ich war da, als das Leben des Schreins zurückkehrte. *Sie* wurde genommen, dabei war ich dafür bestimmt gewesen!« Nun war Grimm, so kalt wie meiner, in ihrer Stimme. »Sie nahm mein Geburtsrecht, und was sie daraus machen wird, da sie ist, wer und was sie ist, kann ich nicht einmal ahnen. Ich gehe jetzt, nicht um deine kleine Lady zu retten, Krieger, sondern um wiedergutzumachen, was ihre Neugier angerichtet hat.«

»Wohin?«

»Wohin?« echote sie mit erhobenem Kinn. »Dorthin ...« Sie schwang einen Arm herum und deutete westwärts. »Ich folge keinem Pfad, wie du ihn verstehen würdest. Mein Wegweiser ist hier!« Sie tupfte zwischen den Augen auf die Stirn. »Und hier«, ihre Fingerspitze drückte auf die Brust. »Mag sein, daß ich die erhoffte Macht nicht habe, trotzdem kann ich es versuchen – versuchen kann man es immer.«

»Du glaubst also«, sagte ich bedächtig, »daß Iynne in magischem Bann geriet und irgendwo hingebracht wurde, und daß du imstande bist, sie zu finden. Nachdem ich das gesehen habe«, ich deutete auf die Steinfalle, »wie könnte *ich* da sagen, was in diesem Land möglich ist oder nicht? Doch wenn meine Lady überhaupt zu finden ist, und du mir als Führerin dienen kannst, dann komme ich mit.«

Sie runzelte die Stirn. »Es geht hier um Frauenkräfte«, sagte sie zögernd. »Ich bezweifle, daß du mir zu folgen vermagst, wohin ich gehe.«

Ich schüttelte den Kopf. »Ich kenne den Unterschied zwischen den verschiedenen Kräften nicht. Sehr wohl aber, das weiß ich, verlangt meine Ehre, daß ich dorthin gehe, wo es vielleicht eine Möglichkeit gibt, Iynne zu helfen. Ich glaube, deine Weise Frau wußte in mir zu lesen. Vielleicht hat sie mich mit ihren Andeutungen, was Thorg betraf, in die Irre führen wollen. Aber sie gab mir auch dies.« Ich deutete auf den Schulterbeutel, den ich trug. »Und sie riet mir nicht von dem ab, was zu tun ich beachsichtigte.«

Gathea verzog die Lippen zu diesem bestimmten Lächeln, das mir von Mal zu Mal weniger gefiel.

»Zabina weiß genau, daß es oftmals sinnlos ist zu warnen, wenn ein Gehirn verschlossen ist. Zweifellos las sie, daß deines nicht hätte verschlossener sein können.«

»So wie deines, etwa?«

Ihr Stirnrunzeln vertiefte sich. »Du ahnst zu viel.« Sie drehte sich um. »Wenn du dich unbedingt in Gefahr begeben willst, wie du sie dir nicht einmal in den schlimmsten Alpträumen ausmalen kannst, dann komm, Sippenloser. Die Nacht ist nicht mehr fern, und in diesem Land ist es angebracht, sie in einem sicheren Unterschlupf zu verbringen.«

Ohne einen weiteren Blick auf mich, marschierte sie wieder los und achtete dabei, daß sie dem Rand des Steinkreises nicht zu nahe kam. Es war hier nicht leicht vorwärtszukommen, denn viele Geröllawinen waren niedergegangen und manche Felsbrocken bis fast zu den stehenden Steinen gerollt. Über die größeren Geröllstücke mußten wir vorsichtig klettern (ich war dicht hinter ihr), damit ja keine kippten und uns gar in den Einflußbereich der Falle trugen.

Die Katze rannte voraus – zu meiner Erleichterung, denn ich traute ihr nicht, auch wenn sie meiner Begleiterin treu zu dienen schien. Wir erreichten sie erst wieder, als wir den unheimlichen Steinkreis hinter uns hatten und uns durch das steinige Land dahinter kämpften. Sie wartete unter einem Felsüberhang am Rand einer Steinwüste, die nur vereinzelten Planzenbewuchs zu bieten hatte.

Es gab kein Reisig hier, mit dem wir ein Feuer hätten machen können, auch hätte ich es nicht gewollt, denn wer weiß, was es anlocken würde. Garns Männer, vielleicht oder etwas weit Gefährlicheres denn ein erzürnter Lord? Die Sonne schien es mit dem Untergehen noch nicht eilig zu haben, als wollte sie uns gestatten, uns den Zugang zu dem Unterschlupf genau anzusehen, den Gruu für uns gefunden hatte. Als wir heran waren, verschwand die große Katze in der Steinwildnis, gewiß um zu jagen. Gathea und ich aßen sparsam von unserer Wegzehrung und gönnten uns nur je einen Mundvoll Wasser. Ich hatte in der Öde vor uns nichts gesehen, das auf einen Fluß oder auch nur einen Bach hinwies, außer die paar grünen Flekken in ziemlicher Entfernung verdankten ihr Dasein einer Quelle oder einem Regenwassertümpel.

Wir sprachen nicht, obgleich ich gern Antwort auf so viele Fragen gehabt hätte. Gatheas abweisendes Gesicht machte es mir klar, daß sie in ihren Gedanken nicht gestört werden wollte, und ich war zu stolz, das Schweigen zwischen uns zu brechen.

Statt dessen studierte ich das vor uns liegende Land und versuchte den leichtesten Weg zwischen diesen Felszacken und zerklüfteten Kämmen zu finden. Es war das trostloseste und auf seine Weise bedrohlichste Land, das ich je gesehen hatte. Es war erstaunlich, daß es hier je Leben gegeben hatte. Vielleicht hatte die Steinfalle als Schutz gegen Eindringlinge von der Küste gedient und war möglicherweise bloß die erste von mehreren tödlichen Überraschungen.

»Dies ist nicht Garns Land«, sagte ich schließlich, hauptsächlich, um meine eigene Stimme zu hören, denn ihr anhaltendes Schweigen ließ die Barriere zwischen uns immer höher wachsen. Wenn wir Weggefährten bleiben wollten, mußten wir eine Verständigungsmöglichkeit finden, um den zweifellos vor uns liegenden Gefahren trotzen zu können.

»Es ist auch nicht Tugness'.« Gathea überraschte mich mit ihrer Antwort. »Dieses Land steht unter anderer Herrschaft. Und frag mich nicht, unter wessen – denn das kann ich nicht sagen. Jedenfalls sind wir hier Eindringlinge und müssen wachsam sein.«

Ließen diese Worte durchblicken, daß sie mit einer Partnerschaft einverstanden war? Zumindest hatte ihre Stimme nicht mehr ungeduldig geklungen, und auch ihr Gesicht wirkte nicht länger unfreundlich oder abfällig.

Das Rot der untergehenden Sonne verschwand nun schnell. Die Felsblöcke vor uns warfen finstere Schatten, als streckten sie gierig die Hände nach allem aus, was sich in ihre Nähe wagte.

»Das ist eine verfluchte Welt, und wir sind Toren, sie uns untertan machen zu wollen!« platzte ich heraus.

»Verflucht, gesegnet und alles, was dazwischen liegt. Es war uns jedenfalls bestimmt hierherzukommen, sonst hätte sich das Tor nicht für uns geöffnet. Also muß es einen Zweck und einen Grund geben, und es liegt an uns, beides zu erkennen.«

»Das Tor«, sagte ich gedehnt. »Ich weiß, daß die Weissänger es offensangen, und auch, daß es aus unserem Gedächtnis den Grund für unser Kommen löschte. Warum – außer ...« Meine Gedanken folgten einer neuen Richtung. »Vielleicht weil wir all unsere Geistes- und Körperkräfte gegen neue Feinde hier in der Zukunft einsetzen sollten, statt sie an Vergangenes zu vergeuden? Trotzdem möchte ich gern wissen, weshalb wir unser altes Land verließen ...«

Gathea hatte mehr als die Hälfte ihres Reisebrots wieder weggepackt und zog jetzt am Schlingenverschluß ihres Beutels.

»Frag das die Weissänger, doch erwarte keine Antwort. Dieses Land hier mag mehr gesegnet denn verflucht sein ...«

Sie unterbrach sich, als ein Laut in der Abendluft zu hören war. Ich hielt den Atem an. Man sagte, daß die Weissänger, wenn sie es wollten, einem Menschen die Seele aus dem Leib singen, und ihn als leere Hülle zurücklassen konnten. Ich hatte das für leeres Gewäsch jener gehalten, die Geschichten gern aufbauschten. Der Laut, der sich nun erhob und über die Steinöde fiel, war ein Singen, wie ich es nie in meinem Leben bisher vernommen hatte – nicht einmal vom Erzweissänger Ouse beim Mittsommerfest.

Auch war dies nicht die Stimme eines Mannes, sondern die hellen Töne vieler Frauen, die so hochsangen, wie ein

Vogel kaum zu trillern vermochte. Und dieses Singen erklang von hinter uns!

Ich sprang auf und unter dem Felsvorsprung hinaus, um den Weg zurückzublicken, den wir gekommen waren. So überrascht war ich von diesem Gesang, daß mir Gatheas Nähe, deren Schulter fast an meine streifte, nur dumpf bewußt war.

Was wir hörten, war ein Lobgesang – nein, ein sehnsuchtsvolles Lied für Liebende – ein jubelndes Willkommen dem Sieger, der gut gefochten und viel gewagt hatte und nun sicher heimfand …

Ich vermochte sie nun zu sehen. Frauen, ja, allerdings waren ihre Gesichter unter dem langen Haar verborgen, das flatterte, als wehte ein Wind, der hier nicht zu spüren war. Bedeckte nur das lange, wallende Haar ihre schlanken Leiber, oder trugen sie Gewänder so fein und dünn wie diese Haarpracht, mit der der Wind spielte? Silberfarben war ihr Haar, silberfarben ihre Leiber. Sie befanden sich in guter Entfernung, doch als jede singend vorüberzog, das Gesicht mir zugewandt, glaubte ich, leuchtende, feuerhelle Augen zu sehen, wahrhaftig von der Farbe rötlicher Flammen, und sie sahen sehr gut, trotz des Schleiers ihrer Haare.

Hand in Hand wandelten sie und doch mit einem Abstand zwischen einander, als sie sich im Reigen drehten. Und hinter dem ersten Reigen war ein zweiter und dahinter ein dritter. Drei Kreise. Unwillkürlich entfuhr mir ein leiser Aufschrei.

Wo die Steine der Falle gestanden hatten, zogen diese Sängerinnen nun ihre Kreise. Sah ich diese ungehauenen Säulen noch, oder verbarg das Zwielicht sie? Die silbernen Gestalten, das wallende Haar, hatten ihr eigenes Licht: schwach und verschwommen …

Weiter drehten sie sich im Kreis und sangen von Frieden und Glückseligkeit, von Liebe und gestillter Sehnsucht, von immerwährendem Leben, doch von einem Leben anderer Weise – einer wundersamen Art. Man brauchte nur zu ihnen zu gehen und alles, wovon sie sangen, würde einem zuteil werden. Süßer, leiser, verlockender wurde der Gesang. Ich setzte mich in Bewegung, doch nicht willig und bewußt tat ich diese Schritte. Aber ich mußte dem Ruf folgen ...

Wieder wurde ich mit schmerzhafter Heftigkeit auf den Boden geworfen, und die Wucht ließ mich ein Stück weiterrollen. Da landete Gathea auf mir, und wir rollten ineinanderverschlungen gemeinsam weiter, bis etwas Schweres, Felliges sich quer über uns warf, und uns beide fest auf die Erde drückte.

Ich roch den Raubtieratem Gruus und hörte ein so tiefes, leises Knurren, daß es eher eine Vibration ihres Körpers war, als ein tatsächlicher Laut. Das lockende Singen hielt an, doch unsere gemeinsamen Bemühungen, die Katze abzuwerfen, waren vergebens.

Da vernahm ich Gatheas Stimme durch den herzzerreißenden Gesang. Ihr Gesicht war meinem so nah, daß ihr Atem beim Sprechen auf meine Wange hauchte.

»Finger – in – Ohren – Zauber ...«

Ich spürte, wie sie sich wand, und nahm an, daß sie bereits tat, was sie geraten hatte: die Finger in die Ohren zu stecken, damit der Gesang nicht mehr zu hören war. Benommen und schwindelig, denn mein Schädel schmerzte nach diesem zweiten Sturz wieder schrecklich, löste auch ich meine Arme, um mir mit den Fingern die Ohren zuzustopfen, versuchte jedoch nicht freizukommen.

Gruu rührte sich nicht und auch Gathea blieb halb auf mir liegen, während die Katze uns weiter auf den Boden drückte. Ich roch den würzigen, sauberen Duft von Kräutern, der von des Mädchens Haar kommen mußte – es hatte sich im Fallen gelöst und nun lag ein Zopfende unmittelbar vor meiner Nase.

Offenbar war dieser betörende Gesang eine Fortsetzung der Steinfalle und in seiner Verlockung noch weit gefährlicher als der lautlose Zug am Kreisrand. Also drückte ich nicht nur die Finger fest auf die Ohren, sondern bemühte mich auch, an ganz etwas anderes zu denken, beispielsweise, wie wir dieser allgegenwärtigen Bedrohung entgehen wollten, und wie viele ähnliche es in diesem fremden Land wohl geben mochte.

Ganz schwach vernahm ich das Singen noch, und es zog an mir, drängte mich dazu, mich zu befreien und zu den Sängerinnen zu eilen. Dann, allmählich, verstummte es. Vielleicht überwältigte uns Benommenheit, denn ich kann mich nicht mehr so recht erinnern, was geschah, bis der kalte Silberschein des Mondes auf uns fiel.

Gruu erhob sich schließlich von uns. Ich war bestimmt grün und blau auf dem Rücken, wo ich gegen die Steine gepreßt worden war, und ich brauchte eine Weile, ehe ich auf die Knie kam, so daß Gathea bereits vor mir auf war. Sie blickte in den kräftigen Mondschein und ihre Hände bewegten sich, sicherlich in rituellen Gesten.

Es war ein strahlend heller Mond, der je nach Schattenfall den Stein um uns silbrig färbte oder stumpf schwarz. Ich nahm die Hände von den Ohren. Die Nacht war so still, daß ich das Wispern hörte, als das Mädchen Worte aufsagte, die nicht für meine Ohren bestimmt waren. Ich entfernte mich ein Stück von ihr und blickte zu den Steinkreisen zurück. Sie schienen sehr weit entfernt zu sein, ganz im Gegenteil zu den singenden Frauen, die scheinbar so nahe gewesen waren. Und nun waren sie auch wirklich nicht mehr als Steine – Steine, die zu einem Zweck aufgestellt worden waren, über den ich gar nicht nachdenken mochte. Die Sängerinnen waren verschwunden, nur der Mond stand am Himmel, und Gruu schmiegte sich an Gathea. Ihr Schnurren war lauter als das Wispern des Mädchens.

VII

»Weitere deiner Fallen?« So sehr ich mich um meine Beherrschung bemühte, klang meine Stimme doch nicht ganz fest.

»Nicht *meine* Fallen.« Gatheas Stimme klang durchaus nicht gekränkt, sondern leicht, und mir dünkte, ihr Gesicht leuchtete vor Erregung. »Sirenen – sie sollten uns zu sich locken.« Sie breitete die Arme aus. »Welche Wunder haften diesem Land an? Wer wirkte diese Zauber? Was müssen sie doch gelernt haben, über das einfache Wissen hinaus, das wir immer für so groß hielten!« Nicht mir stellte Gathea diese Fragen, sondern der Nacht. Unwillkürlich verglich ich sie mit einem Festgast, der vor der Tafel stand und nicht wußte, mit welcher der Köstlichkeiten er beginnen sollte, unter der sie sich bog.

Vielleicht, weil sie in ihrem Wissen bereits über die Regeln und Sitten hinweg war, war dies für sie wahrhaftig das Öffnen einer Tür. Doch für mich war es anders, obgleich ich nicht leugnen konnte, daß meine Wachsamkeit und mein Unbehagen mit der Saat der Neugier behaftet waren.

Wir hörten in dieser Nacht nichts mehr, und sie hatte Gruu zur Wache bestimmt und mir versichert, daß die große Katze viel eher auf Gefahr aufmerksam würde als der pflichteifrigste Posten. Ich mußte zugeben, daß ihre Flinkheit mich einmal allein und ein zweitesmal mit dem Mädchen vor der Falle gerettet hatte. So schlief ich gut, und falls ich geträumt hatte, erinnerte ich mich nach dem Erwachen, als die Sonne bereits ihre Strahlen ausschickte, nicht mehr daran.

Gathea saß mit überkreuzten Beinen ein wenig abseits, den Rücken sowohl der Sonne als auch den Tälern zugewandt, die unseresgleichen sich zum neuen Zuhause machen wollten. Mit erhobenem Kopf studierte sie das zerklüftete Land voraus. Aus der Haltung ihrer Schultern las ich die Erregtheit eines Jägers, ehe er sich auf eine noch warme Spur macht.

Im Sonnenschein sah das Land noch öder aus denn im Silber und in den Schatten des Mondes. Schmale Klüfte und Spalten durchzogen den kahlen Fels, und es gab auch Strecken, die so glatt wie Pflaster waren. Ich war jedoch allein schon darüber froh, nirgendwo stehende Steine zu sehen, außer einige, die die Natur selbst aufgerichtet und durch unendliche Jahre des Windes sandgeglättet hatte.

Dieses verlassene Land war so leer, daß ich den Sinn von Gatheas Suche in Zweifel stellte, außer ich hatte doch recht gehabt und sie wußte genau, wo Iynne sich verborgen hielt, weil sie selbst sie zu dem Versteck geführt hatte. Aber ich war klug genug, meinen Argwohn nicht zu äußern, und mich nach der Leibmaid der Weisen Frau zu richten, auch wenn sie mich nur verwirren wollte. Etwas, das sich hartnäckig in mir hielt, beharrte jedoch darauf, daß Gathea aus eigenen Gründen darauf versessen war, sich in diesem unbekannten Land umzusehen, und nicht, weil sie Iynnes Notlage interessierte oder mein Verlangen, sie zu finden.

Ich fragte mich, ob die Schwertbrüder bei ihrer Erkundung auch hierher gekommen waren. Wenn ja, war es ihnen zumindest geglückt, sicher an der Falle der stehenden Steine vorbei zu gelangen.

»Welche Richtung schlagen wir ein?« erkundigte ich mich so unbefangen wie möglich.

Gruu war wieder verschwunden. Zwar mißtraute ich dieser Raubkatze, denn ich war die Begleitung eines wilden Tieres nicht gewöhnt, das irgendwie eine Verständigungsmöglichkeit mit meiner Weggenossin hatte, andererseits aber bot sie uns Schutz, den wir, wie ich glaubte, durchaus brauchten.

»Westliche«, antwortete Gathea. Sie wandte mir den Kopf dabei nicht zu, und sie klang abweisend, als wäre ihr Geist ihrem Körper bereits vorausgeeilt.

Wieder aßen wir schweigend, dann standen wir auf, um das zerklüftete Land zu durchqueren. Gegen Mittvormittag, nach der Sonne zu schließen, erreichten wir eine der kleinen grünen Inseln in der weiten Öde, und hier gab es tatsächlich eine Quelle. Dafür waren wir sehr dankbar, denn zwei andere, auf die wir bisher gestoßen waren, waren versiegt. Hier sprudelte das Wasser aus dem Boden, plätscherte ein kurzes Stück dahin und verlor sich in einem Felsenloch.

Zwei Bäume mittlerer Größe wuchsen hier und mehrere Büsche, aus denen Vögel hochflatterten und kleine Pelztiere so flink davonhuschten, daß wir sie gar nicht richtig sehen konnten. Sie mußten sich hier mit Nahrung versorgt haben, jedenfalls waren die Zweige der Sträucher dicht mit Beeren behangen, größere Beeren, als ich kannte. Sie waren dunkelrot, sehr saftig, und einige waren in ihrer Überreife geplatzt oder auf den Boden gefallen, wo die Vögel sie gepickt und die kleinen Pelztiere an ihnen geknabbert hatten.

Gathea pflückte einen der kleinen Fruchtbälle, häutete ein Stück mit dem Fingernagel und roch am Fruchtfleisch, ehe sie mit der Zungenspitze vorsichtig darüber strich. Einen Augenblick später steckte sie die Beere in den Mund und kaute genußvoll. Ich verließ mich auf ihre Pflanzenkenntnisse und folgte ihrem Beispiel. Nach unserem langen Marsch über die sonnenerhitzten Steine der zerklüfteten Öde hätte nichts besser schmecken können. Diese Riesenbeeren boten sowohl Nahrung als auch Trank, und wir stärkten uns an ihnen, bis unsere Mägen sich weigerten, mehr aufzunehmen. Dann sammelten wir noch ein paar Handvoll und gaben sie in große Blätter, die Gathea von einer Pflanze am Ufer des kurzen Bächleins brach und mit dünnen, dornigen Zweigstücken zusammenhielt. Ich leerte den winzigen Rest in unseren Feldflaschen aus, spülte sie gut und füllte sie bis zum Rand, daß gerade noch der Stöpsel Platz hatte.

Während unserer morgendlichen Wanderung waren wir

auf keine weiteren Hinterlassenschaften der Alten gestoßen. Je weiter wir uns von den Steinkreisen entfernten, desto leerer wirkte das Land, und mein Unbehagen schwand allmählich immer mehr.

Nachdem die Wasserflaschen voll waren, kletterte ich auf einen schräg überhängenden Felsen, der der Quelle Schutz bot. Schirmend legte ich die Hände über die Augen, denn die Sonne blendete stark, und bemühte mich, von den uns gebotenen Wegmöglichkeiten die einfachste auszusuchen.

Im Lauf des Vormittags war der ferne Horizont nicht nur in die Höhe gewachsen, sondern hob sich auch schärfer vom wolkenlosen Himmel ab. Ich nahm an, daß es sich um Hügel oder gar Berge handelte. Irgendwie erweckte dieser Anblick neues Unbehagen in mir. Welchen Vorsprung Iynne auch haben mochte, unmöglich hätte sie ohne Wegzehrung oder Hilfe so weit gelangen können. Hatte Gathea mich getäuscht, als sie mir, gewissermaßen, die Idee ausgeredet hatte, Thorg könnte meine Base entführt haben? Niemand, der nicht abgehärtet und guter Kundschafter war, hätte so weit zu kommen vermocht! Und Iynne war ihr Leben lang verzärtelt worden, selbst während unseres Zugs in den Norden. Sie hatte einen Wagen mit allen Bequemlichkeiten für sich allein gehabt und ihn selten verlassen. Garn war keineswegs ein rücksichtsvoller Mann, aber er schätzte seine Tochter und hütete sie gut, wenn auch vielleicht nur der Verbindung wegen, die ihre Vermählung mit sich bringen würde.

Nachdem ich die Folgerung gezogen hatte, daß Iynne nicht allein hierher gefunden haben konnte, war ich entschlossen, Gathea offen zur Rede zu stellen. Ich rutschte den Felsen hinunter und bahnte mir einen Weg durch die Sträucher zum Bach, wo sie sich gerade die Hände wusch.

Sie schaute nicht zu mir hoch, aber sie sagte zu meiner Überraschung: »Wieder beschäftigen deine Gedanken sich mit Thorg. Du glaubst, daß ich nicht weiß und es mir auch völlig gleichgültig ist, was mit deiner Hauslady geschehen ist. Dem ist nicht so!« Nun hob sie den Kopf und starrte mich an. Ihre Augen brannten wie die eines Falken, wenn er sein Jagdgebiet überblickt und daran denkt, hinabzustoßen und zu schlagen. »Ich weiß dies: es lag Macht in dem Schrein, der zur richtigen Zeit eine offene Tür war. Warum, glaubst du, besuchte ich ihn? Ich – *ich* sollte den Weg nehmen, zu dem sie sich öffnete! Deine Lady sammelte die Ernte ein, die für *mich* gedacht war! Sie ist eine Törin und weiß weder, noch versteht sie, in was sie da hineingeraten ist. Aber sie soll nicht ernten, was sie nicht gesät hat, dafür werde ich sorgen!«

»Ich weiß, daß sie allein nicht so weit hätte kommen können«, sagte ich, ohne auf ihre Erregung zu achten. »Sie ist keine Fährtengeherin. Also muß wohl *ich* ihre Spur übersehen haben oder ...«

»Oder ich habe dich in die Irre geführt, das denkst du doch. Warum? Sie hat, was mein ist. Und ich will es haben! Wenn du sie zurückbringen kannst, werde ich glücklich sein. Ich sage dir, sie mischte sich unwissend ein. Wollen wir sie finden, müssen wir erst einmal das Ende eines Weges finden, der vielleicht dieses Land überhaupt nicht berührt!«

Gathea stand auf, schüttelte das Wasser von den Fingern, ehe sie sich mit der feuchten Handfläche über das Gesicht fuhr.

»Es gab keinerlei Spuren von Reittieren ...«, beharrte ich auf meiner Meinung.

»Es gibt vielleicht Reittiere einer Art, wie du sie dir nicht einmal in deinen Träumen vorzustellen vermagst!« sagte sie scharf. »Oder andere Weisen zu reisen. Ich glaube nicht, daß die Tür, die sie fand, sich in dieses Land vor uns öffnete – wohl aber, daß ihr Ursprung irgendwo voraus liegt.«

Da ich selbst keine Erklärung hatte, mußte ich mich wohl oder übel auf ihre verlassen. Wir zogen weiter. Von Gruu war nichts zu sehen. Wenn die Katze uns noch begleitete, kundschaftete sie entweder weit vor uns, oder streifte irgendwo außerhalb unserer Sicht umher.

Die kleine Pflanzeninsel mit der Quelle lag noch nicht

sehr weit zurück, als wir zu unserer Erleichterung – denn die pralle Hitze der Sonne wurde von den Steinen zurückgeworfen und brannte wie Herbstfeuer auf unseren Rücken – zu einem weiteren Hohlweg kamen.

Kein Wasser plätscherte hier, aber als wir in die enge Kluft hinunterkletterten, stellten wir fest, daß die Felswände sich stellenweise schirmend über den Weg beugten und uns darunter angenehme kühle Luft begrüßte, ja hin und wieder blies eine kühle Brise uns voll ins Gesicht, als wollte sie uns den Weg erleichtern. Auch war der Boden dieser Kluft frei von Geröll und führte fast gerade wie eine Straße westwärts. Ich hielt Ausschau nach Zeichen, die darauf hindeuten mochten, daß diesem Weg künstlich nachgeholfen worden war, doch nichts deutete darauf hin.

Gathea schritt dahin, als wüßte sie genau, wohin sie wollte, und als bestünde Grund zur Eile. Ich folgte ihr etwas langsamer, denn ich hatte nicht nur ein Auge auf den oberen Rand der Kluftwände, ein gutes Stück über unseren Köpfen, sondern hielt auch die Ohren nach irgendwelchen Geräuschen offen, die wir nicht selbst verursachten.

Meiner besonderen Wachsamkeit wegen bemerkte ich vermutlich, was mir in den Tälern oder entlang des Weges vom Tor nicht aufgefallen wäre. Es war weder ein Geräusch oder etwas, das ich sah, sondern etwas, das sich *in* mir aufzurollen begann, wie ein Gedankenfaden, nach dem ich nicht bewußt gesucht hatte. Es ist schwierig, etwas Inneres zu beschreiben, das keine sichtbare Form hat.

Wäre ich noch durch die Sonne geschritten, würde ich mir eingebildet haben, die Hitze verwirrte meinen Verstand, so daß ich Luftbilder zu sehen glaubte, wie Reisende angeblich in Wüstenland – und zu ihrem Schaden, wenn sie dadurch verlockt werden, den sicheren Weg zu verlassen. Doch hier war für Luftspiegelungen gar nicht genug Hitze. Tatsächlich zogen die Wände sich, je weiter wir kamen, immer mehr zusammen, und wir waren nun fast ständig im Schatten, und die kühlen Böen wurden häufiger.

Aber kann ein Mensch in seinem Geist Bilder formen, die nicht dem Gedächtnis entsprangen oder irgendwelchen Geschichten oder Mären, die er mehr als einmal gehört hatte und deren Beschreibungen dadurch fast Wirklichkeit annehmen können? Ich wußte es nicht. Ich wußte nur, daß das, was sich hin und wieder vor mein inneres Auge schob, keinem Traum entwuchs und schon gar nicht meinem Gedächtnis.

Zweimal schloß ich drei oder vier Schritte lang die Augen. Während dieser Spanne *wußte* ich, daß ich nicht auf kahlem Stein in einer trostlosen Öde wanderte. Nein, ich marschierte entschlossen auf einem Weg, der mir wohlbekannt war, um eine dringende Aufgabe zu erfüllen, die getan werden mußte, wollte Schlimmes verhindert werden. Auch erhoben sich keinesfalls Felsen zu beiden Seiten. Aus den Augenwinkeln sah ich (oder vielmehr, glaubte ich sie zu sehen) farbenprächtige Bauten, zwischen denen Leute wandelten. Als ich die Lider hob, war ich jedoch in dem Hohlweg – aber diese andere Halbsicht war mir geblieben!

Ob Gathea diese merkwürdige Überlagerung zweier Wirklichkeitten ebenfalls empfand, wußte ich nicht. Ich wollte sie auch nicht fragen, denn an meinem Ort hinter den geschlossenen Augen waren auch Laute. Nicht die Süße des Bösen, mit der die Sängerinnen in der Nacht uns hatten verlocken wollen, sondern eine Art von Flüstern – wenn man ferne Rufe oder Befehle zu dringendem Handeln als *Flüstern*, nicht als Brüllen zu hören vermochte.

Ich glaube, ich war eine lange Zeit in diesem Labyrinth von einer Welt auf der anderen gefangen, denn als ich plötzlich zu mir kam, war nicht länger diese andere Umgebung um mich. Die Sonne stand weit im Westen und unser Hohlweg öffnete sich zu einem weiten Tal, so grün und offen wie die Täler der Clans, und es sah aus wie ein Land, in dem für Zauber kein Platz war.

Tiere weideten in einiger Entfernung. Eines am Rand der Herde, hob den Kopf, auf dem ein verzweigtes Geweih glänzte, als wäre es mit brüniertem Silber beschichtet. Es war größer als das Wild in den meerumsäumten Tälern, und sein Fell war von hellerem Silbergrau mit dunkler Zeichnung an den Vorderbeinen.

Es stieß ein lautes Brüllen hervor und verschwand mit mächtigen Sprüngen. Die Herde folgte ihm. Doch nicht schnell genug, denn aus dem hohen Gras schoß ein bepelzter Jäger, der nur Gruu sein konnte. Sie erlegte einen jüngeren Bock, mit geringem Geweih als die gehörnte Pracht des Rudelführers, mit einem einzigen Prankenschlag.

Als wir die Katze erreichten, schleckte sie eifrig das Blut. Sie hob den Kopf und blickte uns knurrend an.

Der Bock bot viel Fleisch, und ich konnte es kaum erwarten, das Messer anzusetzen, ein Feuer zu machen und Fleischstreifen zu braten, die weit besser schmecken würden als das trockene Reisebrot. Ich war jedoch klug genug, Gruu nicht in die Quere zu kommen, deren Beute der Bock schließlich war.

Also blieb ich stehen, während Gathea, der die Katze es erlaubte, schnell nähertrat. Sie bückte sich, legte die Hand auf den Kopf des toten Geschöpfs zwischen die Silberhörner und sagte laut:

»Ehre dem Großen des Rudels. Unseren Dank Der-die-spricht für das Vierbeinige, das wir essen dürfen – wir nehmen nur, was uns gern gegeben wird.«

Gruu hob den Kopf und brüllte, als stimmte sie Gatheas Worten zu. Sie drehte sich um und winkte mir. Wir teilten Gruus Beute – wir nahmen nur, was wir an diesem Abend essen konnten, und ließen den Rest der Katze. Ich versuchte gar nicht das Feuer zu verbergen, das ich mit trockenem Holz naher Bäume machte, denn etwas sagte mir, daß die Nacht keine Gefahren barg.

Gathea öffnete die zweite Tasche ihres Schulterbeutels und brachte ein kleines Säckchen zum Vorschein. Mit einer Sorgfalt, als schüttle sie die Runen, die Gut oder Böse verhießen, ließ sie ein wenig des Inhalts in die Hand rieseln. Und dann warf sie, was sie hielt, in die Mitte des Feuers, das ich zu gleichmäßigen Flammen genährt hatte. Ein sengendes blaues Rauchwölkchen paffte empor. Ein starker Geruch von Kräutern – die ich nicht bei Namen hätte nennen können, weil ich mich nie damit befaßt hatte – ging davon aus.

Das Mädchen verschnürte das Säckchen und beugte sich nach vorn. Mit bestimmten Handbewegungen schickte sie diesen würzigen Rauch erst in die eine, dann in die anderen Richtungen, bis er sich gehorsam gen Norden, Süden, Osten und zuletzt gen Westen gewandt hatte. Während wir unter den Bäumen nach Brennholz gesucht hatten, hatte sie unter den noch grünenden Büschen und Bäumen nachgesehen und schließlich von einem Strauch einen Zweig von fast der Länge meines Schwertes abgeschnitten. Während ich das Reisig anzündete, löste sie die Blätter von ihrem Zweig. Nun griff sie nach ihm und strich damit durch den Rest Rauch.

So lange hielt sie diesen Zweigstab in den Rauch, bis letzterer sich völlig aufgelöst hatte. Dann erhob sie sich und zog um das Feuer einen Kreis. Ich hatte einen Flecken kahler Erde nahe einigen Felsen (vielleicht die letzten der Steinwüste, durch die wir gekommen waren) für unser Lager erwählt. Außerhalb des in den Boden geritzten Kreises und ihn einschließend zeichnete sie die spitzen Zacken, die zusammen einen Stern bildeten. In die Zackenspitzen ließ sie ein paar Tropfen des erlegten Bockes sickern und gab darauf je eine Spur gerebelter Blätter aus einem anderen Säckchen. Danach setzte sie sich mir gegenüber am Feuer nieder und stieß den Zweigstab wie die Bannerstange eines Lords in den Boden – nur flatterte kein wappenbesticktes Tuch von ihm.

Ich hatte nicht vor, ihr Fragen zu stellen, denn es ärgerte mich immer mehr, daß sie bisher, seit unser Marsch begonnen hatte, immer herablassend geantwortet hatte, als wäre sie auf ihrem Gebiet weit studierter, als ich je zu werden hoffen konnte. Also ging ich stumm darüber hinweg, daß sie wieder einmal, dank einem Ritual ihrer Lehren, einen

Schutz um uns gelegt hatte, obgleich es mich verwunderte, denn seit wir in dieses offene, sichtlich fruchtbare Land gekommen waren, spürte ich keine innere Warnung, sondern hatte das Gefühl, daß wir hier sicher waren. Doch es sollte sich erneut erweisen, daß ich blind zwischen offenen Fallgruben dahinschritt.

Die Nacht senkte sich allmählich herab, während ich zusah, wie die Sonne hinter jener zackigen Linie im Westen unterging, die nun deutlicher zu erkennen war – die Gipfel schienen geradewegs in den Himmel stechen zu wollen.

Da Gathea stumm blieb, schwieg auch ich, allerdings entfuhr mir ein Ausruf, als Gruu plötzlich – scheinbar aus dem Nichts – zwischen uns sprang und sich am Feuer ausstreckte.

Ich hatte einige Stecken geschnitten und zugespitzt und darauf Fleischstücke gespießt, die ich nun am Rand des Feuers brutzeln ließ. Der Saft tropfte in die Flammen, so daß sie hin und wieder prasselnd aufloderten. Der Geruch ließ mir das Wasser im Mund zusammenlaufen, und ich wartete ungeduldig, daß es gar würde und wir es kosten konnten, dabei drehte ich die Spieße ab und zu, damit das Fleisch gleichmäßig Farbe annahm. Das war ein alter Jägertrick aus den Tagen, ehe wir durch das Tor gezogen waren – allerdings war meine Erinnerung daran etwas nebelhaft.

Endlich konnte ich meiner Weggefährtin einen der Spieße mit seiner brutzelnden Last reichen und mir selbst ebenfalls einen nehmen. Ich schwenkte meinen durch die Luft, um das Fleisch ein wenig abzukühlen, doch Gathea hielt ihren unbewegt in der Hand, als wäre sie nicht sonderlich daran interessiert.

Ich dachte anfangs, sie betrachtete die ungewöhlichen Bergzacken am Horizont, bis mir klar wurde, daß ihr Blick auf eine nähere Spitze gerichtet war. Soviel ich sehen konnte, rührte nichts sich in diesem offenen Tal, seit das Rudel bei Gruus Überfall geflohen war. Nicht einmal ein Vogel flog über den Nachthimmel.

Auch jetzt stellte ich keine Fragen, sondern beschäftigte

mich mit den Spießen und aß das Fleisch mit einem Genuß, wie man ihn empfindet, wenn man schon lange keines mehr gekostet hatte. Gruu lag ruhig auf der anderen Seite des Feuers. Die Augen hatte sie fast geschlossen, strich jedoch dann und wann mit der rauhen Zunge über eine Pfote. Falls sich ringsum irgend etwas bewegte, zeigte sie zumindest kein Interesse daran.

Die Dunkelheit übernahm schnell die Herrschaft, nachdem die Sonne ganz untergegangen war und Wolken die letzte Röte überzogen. Ich dachte, daß möglicherweise ein Unwetter aufkam, und überlegte, ob wir nicht irgendwo Unterschlupf suchen sollten und selbst wenn es nur unter den Ästen der Bäume war, wo wir das Reisig gesammelt hatten. Ich wollte mich gerade an Gathea wenden, als ich sah, wie sie zu erstarren schien. Gleichzeitig hob Gruu den Kopf und blickte angespannt westwärts in das Dämmerlicht.

In dieser Nacht versuchten keine singenden Stimmen, keine Silberschatten uns anzuziehen. Was auf uns zukam, lockte nicht, es jagte auf leisen Sohlen – wenn es überhaupt Füße hatte. Über die weite Ebene näherte es sich. Das Fell stellte sich auf Gruus Rücken auf. Sie zog die Beine unter sich ein, als machte sie sich zum Sprung bereit, und fletschte die Zähne, doch ihr Knurren blieb lautlos.

Ich weiß nicht, was die beiden anderen sahen, vor meinen Augen, jedenfalls, schienen Schatten sich immer wieder zu teilen, zu flattern, ja sich sogar vom Boden zu lösen, aber so, als sprängen sie hoch und landeten wieder auf der Erde, weil sie nicht imstande waren, sich in die Lüfte zu schwingen, wie sie es gern getan hätten. Was so schnell herankam, waren im Zwielicht nicht mehr als dunkle Flekken. Sicher war jedoch, daß sie mit ihren seltsamen Sprüngen immer näher zu unserem Feuer gelangten, und nie zuvor hatte ich mich so nackt und hilflos gefühlt.

Trotzdem zog ich mein Schwert, obwohl ich mir nicht vorstellen konnte, was es gegen diese formlosen, halbschwebenden Flecken auszurichten vermochte, die aus der grasbedeckten Erde emporzusteigen schienen. Jedenfalls aber brachte es mir das erste, leise Lob meiner Begleiterin ein.

»Gut gemacht. Kaltes Eisen ist manchmal ein Schutz, auch wenn man Spitze oder Klinge nicht unmittelbar benutzen kann. Ich weiß nicht, *was* sie sind – nur, daß sie nicht vom Licht sind ...« So, wie sie »Licht« sagte, wurde mir klar, daß, wovon sie sprach, nichts mit Sehen oder Fühlen zu tun hatte – es war das Wahre, verglichen mit dem Falschen.

Gathea streckte die Hand aus und legte die Finger um den Zweigstab, den sie in die Erde gesteckt hatte. Sie zog ihn aber nicht heraus, sondern wartete ab, genau wie ich, der ich das Schwert hielt. Die Dunkelheit erschien mir nun ungemein dick. Mit den Augen vermochte ich keine Bewegung mehr zu sehen, doch auf eine ungewöhnliche, mir neue und erschreckende Weise (hätte ich mich erschrecken lassen) spürte ich, daß etwas drohend gegen den sternumgebenen Kreis preßte und keinen Einlaß fand.

Was sich uns als erstes mitteilte, war eine Art Hunger, hinter dem Selbstvertrauen steckte, als wäre das, was sich um den Kreis schlich, so geschickt wie Gruu, die gestellte Beute zu erlegen. Dann folgten Ungeduld – als es gegen Widerstand stieß –, Erstaunen und wachsender Grimm, weil etwas es wagte, *ihm* zu widerstehen. Ich wußte, daß es da war. Ich hätte meinen Kopf drehen können, um mich ihm entgegenzustellen, während es – oder sie – die Runde um unser geschütztes Lager machte. Trotzdem hatte ich keine Ahnung, welche Gestalt unsere Belagerer hatten, noch wie gefährlich sie waren.

Ich zuckte zusammen, als flüchtig am äußeren Rand des Feuerscheins eine Hand auftauchte – oder war es eine Klaue? Dürres, gelbliches Fleisch spannte sich über Knochen. So kurz sah ich es, ehe es zurückgezogen wurde, daß es sowohl das eine als auch das andere hätte sein können. Allein der Anblick weckte meine instinktive Furcht, denn im Gegensatz zu den silbrigen Sängerinnen der vergangenen Nacht, drückte das hier, schon durch sein Äußeres, seine Angehörigkeit zum Bösen aus.

Gathea zog den Zweigstab mit einer flinken Bewegung aus dem Boden. Die Spitze drückte sie auf die Spitze der Sternzacke unmittelbar vor sich, dort, wo sie das Wildblut hatte niedertropfen und die gerebelten Blätter hingelegt hatte. Gleichzeitig sprach sie, nicht zu mir, sondern gebieterisch mit Worten, die ich nicht verstand.

An der Stelle, auf die ihre Stabspitze gedrückt hatte, rührte sich etwas. Mir schien, als drehe der Boden selbst sich und wirble Teile von sich empor. Sie begann zu singen, um je lauter und schneller sie sang, desto heftiger wurde das Wirbeln, bis eine Säule aus fliegenden Staubkörnchen fest wurde.

In der Sternzacke kauerte jetzt eine Gestalt, die auf grobe Weise menschlich wirkte, zumindest hatte sie zwei Beine, zwei Arme, einen Rumpf, und darauf einen Kopf wie eine Kugel. Es sah jetzt aus wie eine vergrößerte Puppe, die ein Kind mit plumpen Fingern aus Lehm geformt hatte. Als sie aufrecht stand, klopfte Gathea mit ihrem Zweigstab auf die Erde und stieß einen kurzen, lauten Schrei aus.

Die aus der Erde entstehende Gestalt taumelte vorwärts und stapfte mit unförmigen Füßen dahin. Jedenfalls war sie imstande, sich aufrecht zu halten und sich schneller zu bewegen, als ich bei einem so ungeschlachten Körper erwartet hätte.

»Schnell!« rief Gathea mir zu. »Dein Messer – kalter Stahl – um die Tür zu sichern …« Ihr Stab deutete auf die Stelle, in die ich meine Klinge stoßen sollte.

Hastig riß ich das Messer aus der Scheide, ohne meine andere Hand vom Schwertgriff zu nehmen. Ich warf die kürzere Klinge, als wollte ich einen Preis beim Messerwerfen gewinnen. Sie traf genau ihr Ziel – die Zacke, die die grobe Gestalt soeben verlassen hatte – und blieb zitternd in der Erde stecken.

Gathea schien zu lauschen. Ich tat es ebenfalls und hielt meinen Atem so leise wie nur möglich. Kein Nachtvogel schrie, nichts störte die Stille außerhalb unseres Kreises. Ich spürte, daß das, was sich zuvor gegen unseren Schutz geworfen hatte, verschwunden war – wenn auch vielleicht nur für eine kurze Weile.

Das Mädchen entspannte sich nicht, so tat auch ich es nicht. Nur die Katze seufzte schließlich und blinzelte, doch auch wenn Gruu nun beruhigt zu sein schien, war Gathea es keinesfalls.

»Noch nicht ...« Es klang, als ermahnte sie sich selbst, als weigerte sie sich zu glauben, daß ihre Zauberei von Erfolg gekrönt sei.

»Was du erschaffen hast ...« Ich konnte ganz einfach nicht mehr mit zumindest einigen meiner mich quälenden Fragen zurückhalten. »... hat es das, was dort draußen lauerte, weggeführt?«

Sie nickte. »Eine Weile kann es die Beute für jene spielen – aber es hält vielleicht nicht lange aus. Horch!«

Vielleicht war es das, worauf sie gewartet hatte. Durch die Nacht schallte ein Schrei, doch so, als hallte er in einer größeren Höhle wider, und nicht, als erklänge er unter wolkenbehangenem Himmel. Ein heulender Schrei war es, so von Bösartigkeit durchdrungen und von einer Drohung grauenvollsten Grimmes, daß ich unwillkürlich auf die Füße sprang und das Schwert kampfbereit ausstreckte, obgleich ich nicht sehen konnte, welcher Feind ihn ausgestoßen hatte.

»Tritt nicht aus dem Kreis, wenn dir dein Leben lieb ist!« warnte das Mädchen. »Es wird wiederkehren – und da es zum Narren gehalten wurde, wird es doppelt so gereizt sein.«

»Was ist es?« fragte ich.

»Nichts, was durch das ein Ende finden kann.« Sie deutete mit einem Kopfnicken auf mein Schwert. »Obgleich Stahl es zu Recht abhalten kann, allerdings nur als Schutz, nicht als Angriffswaffe. Ich glaube nicht, daß es sich auf eine weitere, vergebene Jagd locken läßt. Was *es* ist – ich kann es nicht deuten. Ich wußte auch nicht, daß es kommen würde. Ich traf meine Vorsichtsmaßnahmen nur, weil dies hier ein fremdes Land ist und wir hier Blut vergossen haben. Blut ist Leben. Es zieht die Finsterlinge an, wo sie auch sein mögen.«

»Du hast es benutzt, uns einzuschließen.«

»Wie ich sagte, Blut ist Leben. Aus ihm können Unechte geschaffen werden, doch nicht im Tageslicht, denn auch sie schöpfen aus der Finsternis. Jetzt ...«

Ihr Stab zuckte wieder hoch, genau wie mein Schwert. Die Jäger waren zurück und schlichen ungeduldig um uns, wo wir sie nicht sehen – nur spüren konnten. Zweimal griffen Klauenhände über den Rand der Sternzacke, in der mein Dolch steckte, wichen jedoch sofort zurück. Sie kamen nicht an uns heran, aber ich spürte ihre wachsende Wut so heiß in meinem Geist, wie das Feuer in meinem Rücken. Dieses Gefühl drückte auf mich, ich spürte, wie diese Finsterlinge suchten, wie sie sich anstrengten, um uns mit ihrem grauenvollen Hunger zu erreichen, der mir verriet, was wir zu erwarten hatten, falls es ihnen gelang, den Schutzkreis zu durchbrechen.

Gruu stand auf, warf den Kopf zurück und brüllte so laut, daß mein Schädel wieder schmerzte. Dann glaubte ich, ein Echo ihres Brüllens zu hören, bis der Laut ein zweitesmal erschallte. Nun war er unverkennbar. Ich hatte ihn schon öfter gehört, doch nie so klangvoll und betont. So schallte das Warnhorn an der Grenze zum Nachbarland.

Dort draußen in der schwärzesten Nacht war nun noch ein anderer – und er forderte zum Kampf auf.

VIII

Zum drittenmal erschallte das Horn. Ich vermeinte, von ihm übertönt, noch etwas zu hören, etwas, das zwischen Bellen und Brüllen lag – auf jeden Fall ein Tierlaut. Gruu antwortete heftig. Sie stapfte zuerst mit einer krallenbewehrten Pranke auf die Erde, dann mit der anderen, als wäre sie angekettet und wollte losgelassen werden, um frei zu sein, damit sie im Dunkeln angreifen konnte. Gathea trat auf sie zu, und legte ihr eine Hand auf den Kopf. Die Katze schaute zu ihr auf. Die Zunge spitzte zwischen den Zähnen hervor, die wie zu einem grimmigen Grinsen gefletscht waren.

Zwar erklang das Horn kein weiteres Mal, aber ich sah einen Lichtblitz und hörte ein Knistern, als hätte jemand die Kraft des Blitzes bezwungen und benutzte ihn als Waffe. Doch so dicht war die Dunkelheit, daß der Blitz verblaßt war, ehe ich die Umgebung sehen konnte. Immer wieder zuckte der Blitz durch die Nacht, während der Lärm jener, die eine Meute Jagdhunde sein mochten, näherkam.

Zu sehen vermochte ich nichts, wohl aber schien mir ein neuer Sinn gegeben zu sein. Was immer uns belagert hatte, befand sich jetzt uns gegenüber außerhalb des Kreises, das spürte ich. Und es kauerte zwischen uns und dem, was mit einer Waffe aus Flammen und »Jagdhunden« näherkam. Es verharrte zusammengekauert, bis Gathea eingriff. Sie drehte sich um und hob den Zweigstab. Mit seiner Spitze schrieb sie in die Luft.

Zeichen erschienen, zogen verschlungen auf und nieder. Grün waren sie – und doch blau, so, wie das Wasser diese Farben an der Küste miteinander mischt. Sie stiegen auf, ohne sich aufzulösen, sie flogen, eher, wie kleine freigelassene Vögel. Außerhalb unseres Schutzkreises sammelten sie sich in der Luft.

Kein hörbares Knurren oder ein sonstiger Ausdruck der Wut war zu vernehmen, aber wir spürten brennenden Grimm, doch nicht lange. Es war, als hätte eine Tür sich geöffnet und wieder geschlossen. Das, was sich hatte auf uns stürzen wollen, war nun von unserer Welt ausgeschlossen.

Dann hörten wir etwas in der Nacht, das klang, als hätte ein Streittrupp sich aufgestellt und begäbe sich zum Norden und Süden unseres Schutzkreises. Auch das verschluckte die Stille. Ich spürte eine Leere, durch die ich das leise Rauschen des Windes im hohen Gras vernehmen konnte, doch nichts anderes. Gruu legte sich wieder nieder. Diesmal stützte sie den Kopf auf ein Beingelenk. Mit dem Zweigstab immer noch in der Hand kuschelte Gathea sich an sie und überließ mir die andere Feuerseite. Die Schulter der Katze benutzte sie als Kopfpolster, und schloß die Augen, als hätte sie – und wir – nichts mehr zu befürchten.

Ich blieb noch sitzen und ging in Gedanken alles durch, was wir in dieser Nacht erlebt hatten. Mein Leben hatte sich zu verändern begonnen, als ich aus Garns Tal hinausstolperte – nein, früher schon, beim Anblick des Mondschreins. Nicht länger war ich derselbe Elron, der durch das Tor geritten und Lehnsmann eines Clanlords gewesen war, und nicht viel mehr kannte als die Pflichten seines Standes und die Sicherheit im Clan.

Eigentlich hätte ich durch Lord Garns Hieb viel tiefer geschlagen sein müssen, da ich durch ihn nicht nur körperlich gestraft, sondern auch aus dem Clan ausgestoßen worden war. Doch nun erschien mir das kaum noch von Bedeutung. Nicht nur war ich in ein Land gekommen, von dem jene meines Blutes nichts wußten, sondern ein Teil meines Ichs trumpfte sogar auf und sagte: Sieh, ich bin sippenlos und trotzdem kein Nichts. Ich war Gefahren ausgesetzt und habe mich mutig dem gestellt, was ich nicht verstand.

Doch nicht mir selbst verdankte ich meine mehrmalige

Rettung. Auch damit mußte ich fertigwerden. Es war Gatheas Gabe, die sich immer wieder zwischen uns und die Vernichtung gestellt hatte. Das einzugestehen fiel mir nicht leicht und es behagte mir nicht.

Vermutlich kam mein Unbehagen daher, daß ich bisher nur die Sippen- und Clansfrauen gekannt hatte, die auf ihre Weise geschickt waren und ihr vorgeschriebenes Leben führten, auf das – wie ich instinktiv wußte – Gathea abfällig herabblickte. Sie war so ganz anders als jede Maid aus meinem Bekanntenkreis. Das war mir klar, seit ich sie am Strand zum erstenmal getroffen hatte. Zu ihr konnte man nicht sagen: Das ist nicht dein Kampf. Laß mich dich beschützen, wie es Sitte ist. Ich schämte mich insgeheim, weil es mir schwerfiel anzuerkennen, was sie getan hatte, und weil ich nicht zugeben wollte, daß sie auf unserem gemeinsamen Marsch mehr geleistet hatte als ich.

Ich zweifelte nun nicht mehr an der Wahrheit von Gatheas Andeutungen, an ihrem Verlangen, den Westen zu erreichen, daran, daß Iynne irgendwie zwischen sie und das gekommen war, das rechtmäßig Gatheas war, und an die Macht, die mit dem Mondschrein zusammenhing. Vieles in diesem Land mußte man blind gelten lassen und wenn es noch so fern aller menschlichen Erfahrung war, ja sogar noch rätselvoller als eines Weissängers Geschichten.

Ich fragte mich, welcher Art dieser Jäger gewesen war, der durch die Dunkelheit geeilt war, um uns Hilfe zu bringen. War er auf Gatheas Ruf gekommen? Oder war er bereits gegen das Böse unterwegs gewesen, das sich um unser Lager geschlichen hatte? Ich hatte das Gefühl, daß es kein Mann, kein Mensch, gewesen war. Weshalb dachte ich überhaupt immer »er«? Weil meine Erziehung mich gelehrt hatte, daß Jagd und Kampf nur für die meines Geschlechts gedacht waren? Er, sie oder *es* …

Mit derlei Gedanken beschäftigte ich mich und versuchte sie in verständliche Form zu fügen, während ich das Feuer schürte, das ich allerdings aus Brennholzmangel etwas niederbrennen lassen mußte. Ich hielt Wache, weil diese

Gedanken mich so beunruhigten, und ständig spielten meine Finger mit dem Schwertgriff, weil der Stahl für mich die Verbindung zu jenem anderen Ich aufrechthielt, das so selbstsicher und ohne Zweifel gewesen war, ehe dieses Land der unzähligen Rätsel mein Volk aufgenommen hatte. Wieviel Zeit verstrich, weiß ich nicht. Der Himmel blieb dichtbewölkt, doch fiel weder Regen, noch kam ein Gewitter auf. Nicht einer der fremden Sterne war durch die Wolkendecke zu sehen. Wir hatten unser kleines Feuer und den Schutzkreis. Jenseits davon breitete sich lückenlose Dunkelheit aus – und hüllte uns wie eine weiche Decke ein.

Ich vernahm einen leisen Laut und blickte hinüber zu dem Mädchen und der Katze. Gruu hatte die Augen geöffnet und betrachtete mich auf ihre forschende Weise, wie mir schien. Dann blinzelte sie und blickte betont hinaus in die Finsternis. Ich hatte das Gefühl, das Tier wolle mir auf seine Weise sagen, daß es nun die Wache übernehmen und ich ruhig schlafen sollte.

Also legte ich mich nieder, behielt jedoch den Griff des blanken Schwertes weiterhin in der Hand. Als Kopfkissen benutzte ich ausgerupftes Gras. Der Verband über meiner Verletzung saß straff, und die Haut darunter juckte. Obwohl ich das als unangenehm empfand, muß ich wohl schnell eingeschlafen sein.

Ich erwachte, als hätte man mich gerufen, doch wußte ich nicht wer, denn Gathea lag noch an Gruu gekuschelt, die sichtlich Wache hielt. Unser Feuer war niedergebrannt, aber wir brauchten sein Licht auch nicht mehr, da das erste Grau des frühen Morgens bereits den Himmel erhellte und ich so die nähere Umgebung sehen konnte.

Im Gras bewegte sich etwas. Ich erkannte es als weidendes Wild, dessen Fell sich von den dunkleren Pflanzen abhob. In einiger Entfernung davon grasten größere Tiere, aber keine achteten auf uns. Ich stand auf und steckte mein Schwert in die Scheide. Die Neugier hatte mich gepackt. Ich wollte sehen, ob unsere Belagerer Fährten hinterlassen hatten, denen ich entnehmen konnte, welcher Art sie gewesen waren. Außerdem wollte ich wissen, ob der Jäger, seinerseits, Spuren gemacht hatte.

Ich trat an die Sternzacke, in der mein Dolch noch steckte. Ich zog ihn heraus und säuberte die Klinge im Gras, ehe ich sie in ihre Hülle zurückschob. Dann trat ich kühn aus dem Schutzkreis, den Gathea gezeichnet hatte, um mich umzusehen.

Als erstes wandte ich mich einer dunklen Masse, nur einige Schritte entfernt, zu. Es waren ein paar Klumpen Erde, feucht genug, aneinander zu kleben, doch nicht genug, um dem Haufen wirkliche Form zu verleihen. Vorsichtig stupste ich sie mit dem Stiefel, und die Klumpen zerfielen. Das mußten die Überreste des Unechten sein, den Gathea geschaffen hatte, um das angreifende Böse zu täuschen. Es war nichts weiter als Erde. Ich verstand nicht, wie es möglich gewesen war, ihm nicht nur grob menschenähnliche Gestalt zu geben, sondern auch eine Art Leben. Was hatte Gathea gesagt? Daß Blut Leben war. Das erinnerte mich an unseren Brauch nach der ersten Herbstjagd. Da wurde ein bestimmter Teil der Beute ins Freie gehängt, um auszubluten. Und sie blieb auch unberührt, außer von den Vögeln. Das war eine uralte Opfersitte, die wir, von dem Hier und Jetzt, nicht mehr verstanden.

Ich kauerte mich neben diesem Erdhaufen nieder und suchte den Boden rungsum nach Spuren ab. Es gab verschiedene Abdrücke, die ich mit dem Zeigefinger maß, während ich mir vorzustellen versuchte, welcherlei Geschöpf sie zurückgelassen haben mochte. Ich dachte an die Klaue oder verschrumpelte Hand, die in der Nacht über die Sternzacke zu greifen versucht hatte. Der deutlichste dieser Abdrücke wies mehr auf eine Klaue hin, allerdings mit klar abgezeichneten fünf Zehen.

Auch glaubte ich, daß das Geschöpf aufrecht auf zwei Füßen gegangen und von beachtlicher Größe gewesen sein mußte, denn nicht nur war dieser Abdruck größer als meine gespreizte Hand, er war auch beachtlich tief. Ich folgte der Fährte, und die vielen Spuren versicherten mir, daß das Geschöpf – oder die Geschöpfe (denn ich vermochte mir nicht klar zu werden, ob die Abdrücke von einem oder mehreren waren) – tatsächlich rund um unseren Kreis gestapft war.

Dann suchte ich weiter außerhalb noch Spuren jener anderen, des Jägers uns seiner Meute. Doch fand ich keine, obgleich sich streckenweise weiche Erde in der Richtung befand, aus der der Hörnerschall erklungen war.

So sehr verwunderte mich dieses Fehlen von Spuren, daß ich mich immer weiter, suchend, von unserem Lagerplatz entfernte. Dadurch stieß ich auf etwas, das mir fast den Magen umdrehte. Trotz des frühen Morgens hatten Insekten das gefunden, was wie ein blutiger Fleischklumpen aussah. Ich beugte mich darüber und erkannte, daß es Teil einer Klauenhand war, wie ich sie im Feuerschein gesehen hatte. Nur zwei der Krallenfinger befanden sich noch daran, die so spitz und gefährlich wie mein Messer waren. Die restliche Haut daran war weißgelb und runzlig. So sehr ekelte mich dieser Anblick, daß ich ein Büschel Gras mitsamt Wurzeln und Erde ausriß und es damit zudeckte. Es sah also ganz so aus, als wäre unser Jäger nicht erfolglos gewesen.

»Elron!«

Gathea winkte mir zu. Willig folgte ich ihrem Ruf, denn ich war im Grund genommen froh, daß ich mich nicht zwingen mußte, nach weiteren Spuren zu suchen. Ich erwähnte meinen Fund nicht, als ich an unserem Lagerplatz zurück war und feststellte, daß sie inzwischen etwas zu essen hergerichtet hatte, darunter die vom Abendessen übriggebliebenen gebratenen Fleischstücke. Auch meinen Schulterbeutel hatte sie bereitgestellt. Wie üblich sagte sie kaum etwas, aber ich wollte keine Fragen stellen, denn es störte mich immer mehr, wenn ich so meine Unwissenheit aufdecken mußte. Wenn sie etwas wußte, das uns beiden helfen konnte, dachte ich, sollte sie es mir doch sagen, ohne daß ich sie ständig dazu auffordern mußte.

So wartete ich und schluckte nicht nur mein Frühstück, sondern auch an meiner Gereiztheit. Die Wegzehrung, die Zabina mir mitgegeben hatte, schmolz schnell. Ich hoffte, daß uns die Rudel in diesem weiten Tal mit Fleisch versorgen würden, allerdings konnte es nicht schaden, wenn wir einmal eine längere Rast einlegten und erbeutetes Fleisch räucherten, um es haltbarer zu machen. Irgendwo mußte es auch Wasser geben. Das war sogar noch wichtiger als Fleisch. Vielleicht war Gathea so wortkarg geworden, weil auch sie sich mit dergleichen Überlegungen beschäftigte?

Sie hob gerade den Kopf und spähte über das saftige Gras, bis ein bepelzter Kopf sich daraus hob. Gruu leckte ihre Lippen. Eine lange grüne Feder steckte in ihrer Mähne. Sie war also offenbar auf Abwechslung in ihrem Speiseplan bedacht. Mädchen und Katze blickten einander an, und ich hatte das Gefühl, daß sie einander etwas mitteilten. Gruu machte sich nun in etwas nördlichere Richtung auf den Weg, während Gathea sich den Schulterbeutel umschlang und nach dem Zweigstab griff.

»Dort drüben gibt es Wasser«, brach sie ihr Schweigen, als ich hinter ihr, die sie der Katze folgte, hertrottete. Hier reichte uns das Gras bis fast zur Mitte, und wir erkannten nur aus der Bewegung der hohen Halme, wo Gruu sich befand. Vögel flogen durch die Luft. Ich beobachtete sie wachsam. Konnte diese Klauenhand von einem Geflügelten stammen? Ich war sicher, daß unsere Belagerer tatsächlich Stücke des Weges durch beschränkte Flugversuche zurückgelegt hatten, als sie vergangene Nacht auf uns zugekommen waren. Außerdem gab es ja auch noch diese angriffslustigen schwarzen Vögel, die soviel Unruhe in Garns Tal gestiftet hatten. Wie leicht mochten ihre Nistplätze hier in dieser Gegend zu finden sein.

Doch was hier am Himmel flatterte, waren einfache Vögel mit unscheinbarem, graubraunem Gefieder, und sie kreisten offenbar nur über den weidenden Rudeln. Vielleicht ernährten sie sich von Insekten, die das Getrampel des Wildes aus dem Gras hochscheuchte. Plötzlich schlug

Gruu einen echten Pfad ein, der von Hufspuren gezeichnet war – offenbar ein vielbenutzter Weg zu einer Wasserstelle. Er war arg holprig, doch zumindest wurden wir nicht mehr von dem hohen Gras gepeitscht, von dem bestimmte Halme schneidend scharf waren.

Es dauerte nicht lange, da gelangten wir zum Rand eines steilen Hanges. Er führte zu einem fast flußbreiten Bach hinab, der den Wirbeln nach zu schließen eine beachtliche Strömung hatte. Wahrscheinlich entsprang er den Bergen, die dem Westhimmel entgegenstrebten. Er rauschte schäumend dahin.

Vorsichtig kletterten wir hinunter, um den Überfluß seiner Wassermassen zu nutzen. Ich ließ Gathea mit Gruu bei einer Gruppe von Büschen zurück und ging flußabwärts zu einem Felsblock, der ins Wasser hinausragte. Dort schlüpfte ich aus meinen Sachen und watete ins Wasser, um ein gründliches Bad zu nehmen. Der Verband um meinen Kopf wurde dabei naß, darum nahm ich ihn ab. Ich betastete behutsam meine Wangen und Stirn, obgleich ich überzeugt war, daß die Schwellung zurückgegangen und die Verletzung am Heilen war. Ich wusch den Verband und wrang ihn aus, ehe ich ihn sorgfältig aufrollte, denn ich war sicher, daß wir in diesem Land noch weitere Verwendung für ihn finden würden.

Gathea blickte mir stirnrunzelnd entgegen und sah sich sofort meine Verletzung an. Sie sagte mir, daß die Wunde sich geschlossen habe und am Verheilen sei und deshalb nicht mehr verbunden werden mußte. Auch sie hatte an sich eine Veränderung vorgenommen. Ihr Haar, das noch naß war – trotz ihrer zweifellosen Bemühungen es auszuwinden und durch Schütteln zu trocknen – hing nun in einem langen glatten Zopf über ihren Rücken. Mit einem Stück Lederband hatte sie ihn zusammengebunden.

Wir hätten gern das Ufer als Weg benutzt, aber das Wasser war zu hoch und überschwemmte es da und dort, so daß wir wieder zu dem Grasland oben zurückklettern mußten. Aber wir folgten jedenfalls dem Flußlauf.

Gruu, die uns zum Wasser geführt hatte, verschwand wieder, nachdem sie gesoffen hatte. Ich war sicher, daß Gathea sich mit der Katze verständigen konnte, selbst wenn sie außer Sicht war, und sie zurückzurufen vermochte, wenn wir sie brauchten.

Die Wolken, die in der vergangenen Nacht Mond und Sterne vor uns verborgen hatten, ließen sich selbst von der Sonne kaum vertreiben. Sie bedeckten sie mit einem Dunstschleier, der auch die Ferne verhüllte. Die Rudel weideten tief im Grasland. Vermutlich kamen sie nur zu bestimmten Tageszeiten zum Wasser, denn nicht ein Tier näherte sich uns, während wir durch diese Wildnis stapften. Aber ich hatte gelernt, hier immer wachsam zu sein.

Ich bemerkte, daß Gathea immer noch ihren Stab trug. Sie hielt ihn in der Linken, als wäre er so wichtig für sie, wie das Schwert für mich, obgleich er nur ein von seinen Blättern entblößter gerader Zweig war. Mit der Zeit wurde das anhaltende Schweigen zwischen uns so drückend, wie der Tag unter dieser Wolkendecke, so daß ich meinen Entschluß brach, darauf zu warten, bis sie zu reden anfing.

»Das, was uns am Feuer beschlich – und das, was jagte –, hast du von ihresgleichen schon gehört?«

Sie schüttelte ruckartig den Kopf. »Ich weiß weder, was das eine, noch was das andere war – nur, daß das eine der Finsternis angehörte. Dadurch konnte es durch jene Mittel in Schach gehalten werden, die als Schutz gegen das Böse dienen. Was den Jäger betrifft ...« Sie hielt so lange inne, daß ich glaubte, sie würde überhaupt nicht weitersprechen. Aber sie tat es doch. »Vielleicht war auch es von der Finsternis, doch war es zweifellos kein Freund dessen, was uns belagerte. Was sein Wesen war, vermag ich nicht zu sagen. Wir haben sowohl mit dem Licht als auch der Finsternis zu tun, doch in diesem Land mag es solche geben, die weder zu dem einen, noch dem anderen gehören, oder zu beiden, wenn sie es so wollen. Ich weiß so wenig!« Ihre Stimme klang unglücklich. Ich fragte mich, ob ihre Worte überhaupt für mich gedacht waren, oder ob sie nur sich selbst gegenüber ihren Mangel an Wissen beklagte.

»Oh, ich habe mein Maß der Gabe«, fügte sie hinzu. »Sonst hätte Zabina mich nicht seit meiner frühen Kindheit ausgebildet. Gleiches erkennt Gleiches, selbst nur durch einen Blick auf einen Säugling in der Wiege. Auch weiß ich, daß mehr in mir steckt, als Zabina zum Blühen und Fruchten bringen kann. Ich lernte von ihr auf die gleiche Weise wie du gelernt hast, was du als Schwertsmann brauchst, und deshalb als Kind mit einer hölzernen Klinge gegen andere deines Alters gefochten hast. Sie schimpfte mich ungeduldig, eine Törin, und sagte mir Schlimmes voraus, weil ich immer und immer drängte, um mehr zu erfahren. In dem Augenblick, als ich durch das Tor trat, war mir, als setzte ich Fuß auf den Weg, der nach Hause führte, doch von dem ich zuvor nichts gewußt hatte. Vor mir lagen Wunder, wie Zabinas Gabe sie selbst im Traum nur berührt haben kann! Das«, Gathea breitete die Arme weit aus und ihr Gesicht leuchtete stolz und hungrig auf, »ist der Ort, von dem ich geträumt hatte, obwohl ich ihn nicht kannte. Schon beim erstenmal schritt ich zum Mondschrein, als wäre der Weg mir wohlvertraut. Was dort war, hieß mich als Tochter und Leibmaid willkommen. Verstehst du nun, wessen deine niedliche Clanslady mich beraubt hat?« Ihre Stimme war so finster wie ihr Gesicht. »Sie, die nichts der Gabe in sich hat – oder die vielleicht tief unter ihrer Erziehung und den Sitten und Gebräuchen der Clans begraben liegt –, erntete, was für mich bestimmt war! Aber was nutzt es ihr schon!«

»Du sprichst in Rätseln«, erwiderte ich nicht weniger finster und scharf. »Was ist tatsächlich mit Lady Iynne geschehen?«

Sie blickte mich über die Schulter an – denn ungeduldig ging sie mir immer einen Schritt voraus. Ihr jetzt trockenes Haar flatterte um ihre sonnengebräunte Haut, das ließ sie weniger streng und abweisend erscheinen.

»Eine Art Tor öffnete sich«, antwortete sie angespannt. »Nicht in eine andere Welt wie das, durch das wir hierhergelangt sind. Es war eher ein Weg zu einem anderen, mächtigeren Schrein anderswo – im Westen –, denn die hier zurückgelassenen Orte der Macht sind zum größten Teil leer, oder zumindest ist das, was sie einst füllte, stark geschwächt. Zum Mondschrein brachte ich Wissen, das als Schlüssel wirkte. Aber das Schloß war alt, vielleicht seit Hunderten von Jahreszeiten nicht mehr geöffnet worden. Ich nahm das Ritual vor – rief den Mond herab – ich ...« Sie hob die freie Hand und legte sie zwischen die Brüste. »*Ich* tat es! In der Nacht, in der die Antwort zu erwarten war, wurde ich aufgehalten, und deine leichtsinnige Lady trat ein, wo sie nicht einmal hätte wagen dürfen auch nur die Zehe zu setzen. So gewann sie, und ich verlor ...«

Lady Iynne saß nun also in irgendeiner Falle fest – denn so mußte es ihr erscheinen –, durch Zauber an einen fernen Ort gebannt. Doch wie sie dorthin geschafft worden war, verstand ich immer noch nicht. Furcht mußte sie überwältigt, ja ihr vielleicht gar den Verstand geraubt haben. Heftig sagte ich:

»Du hast gewußt, daß sie den Schrein besuchte! Warum hast du sie nicht gewarnt?«

»Sie gewarnt? Das habe ich doch! Nur gibt es Rufe, gegen die eine Warnung in den Wind geredet ist, außer jene, an die sie gerichtet ist, ist entsprechend ausgebildet und von unerschütterlichem Willen, und dadurch bewaffnet und gerüstet. Iynne ist eine Frau, eine Maid, und so – wie alle Frauen vom Clansvolk – eine Mondtochter. Mondzauber steckt in jeder Frau, auch wenn die meisten es verleugnen oder ihn nicht verstehen, wenn sie ihn spüren, und so gegen ihn, statt mit ihm arbeiten. So verzärtelt, so gebunden an alle Gesetze des Clans war sie, daß sie gegen ihren Willen dem Ruf folgte, wenn sie sich davonstahl, um zum Schrein zu kommen. Ihr hättet sie vielleicht hinter verriegelten Türen einsperren können, aber der Drang steckte bereits in ihr, und ihr erster Besuch des Schreins schlug sie in seinen Bann.«

Ich schaute mich in dem weiten Tal um und blickte zu den Bergen in der Ferne, die nun dunstverhangen waren und von denen nur dann und wann ein dunkler Gipfel aus dem Nebel lugte, der ihn schnell wieder verschlang.

»Du glaubst, daß du sie finden kannst.« Es war keine Frage, denn ich war überzeugt, daß sie glaubte, es zu können.

»Ja. Denn es ist *mein*, in das sie sich mischte, und ... Ah, sieh doch!«

Sie blieb stehen und wandte sich mit dem Gesicht nach Norden. Auf ihrer ausgestreckten Hand lag frei der Zweigstab. Mit sichtlicher Anspannung blickte sie darauf. Da sah ich es!

Der Zweig, der bisher im Gleichgewicht auf der Handfläche geruht hatte, und den sie durch keinen Trick bewegen konnte – und ihre Hand blieb starr –, begann herumzuschwingen. Zuvor hatte er in Nord–Süd–Richtung gelegen, jetzt hielt seine Spitze an und deutete unverkennbar auf die dunstigen Höhen im Westen.

»Siehst du!« trumpfte sie auf. »Das, was ich rief und um es zu gewinnen so hart arbeitete, ist in mir gewachsen. Es lenkt mich, damit ich wahrhaftig ganz sein kann, wie es mir bestimmt war! Wohin ich gehe – dort wird sie sein!«

Ich hatte sie so vieles tun sehen, so bezweifelte ich nicht, daß sie überzeugt von dem war, was sie sagte. Vielleicht war das nicht anders als die sonstigen Merkwürdigkeiten dieses Landes: daß ich einer Maid folgen sollte, die sicher war, hohe Magie zu suchen, die nicht nur die Kraft hatte, sie zu rufen, sondern auch eine andere zu sich zu holen.

Wir stießen auf keine Spuren anderer Kräfte in diesem Tal, nur auf zwei Rudel, die uns jedoch nicht näher kamen. Zwei Tage brauchten wir, das Tal zu durchqueren, und jeden Abend lichteten wir einen Flecken für unser Lager, damit Gathea Schutzkreis und Stern ziehen konnte. Es kamen jedoch keine weiteren Besucher mehr aus der Finsternis. Die zweite Nacht war mondklar, die Wolken hatten sich verzogen. Gathea hatte im vollen Silberschein gestanden und gesungen – und ich die Worte weder verstanden, noch mich danach an sie erinnern können. Zwischen uns wuchs eine unsichtbare Mauer. Das hier war kein Ort für mich, einen Mann und Krieger. Kein gleichberechtigter Weggefährte Gatheas war ich, bloß ein geduldeter.

Am Vormittag des dritten Tages erreichten wir das Vorgebirge. Nur langsam schritt das Mädchen nun voran und blieb immer wieder stehen, um dem Zweigstab Gelegenheit zum Deuten zu geben, und daß er es tat, daran bestand kein Zweifel. Er führte uns in zerklüftetes Land, wo das hohe Gras Felsbrocken Platz machte. Die meisten waren stumpfgrau, doch einige auch mit dumpfroten oder fahlgelben Adern durchzogen. Den Fluß hatten wir längst verlassen, da seine Quelle weiter nördlich lag, aber wir fanden hier viele Quellen – oder vielmehr Gruu spürte sie auf, genau wie Wild, von dem sie uns zu essen überließ. Allmählich hatte ich das Gefühl, schon viele Monde durch Land zu steigen, das von allem, außer tierischem Leben entblößt war.

Schließlich entdeckten wir ein in die Berge führendes Tal, in dem es Gruppen dunkler Bäume gab, die ich ungewöhnlich verkümmert und mißgewachsen fand und die mir gar nicht gefielen. Als wir an jenem Abend unser Lager machten, war Gathea so aufgeregt, daß sie nicht stillsitzen konnte. Immer wieder stand sie auf, blickte das Tal hoch, murmelte zu sich selbst und zog den Zweigstab durch die Finger, als dachte sie an das, was bald getan werden mußte. Auch Gruu war unruhig. Sie stapfte um das Feuer und spähte in die gleiche Richtung wie das Mädchen, als erwartete sie von dort etwas Unangenehmes.

»Fühl es!« Gathea warf den Kopf zurück. Sie hatte das Haar nicht mehr zu den straffen Zöpfen geflochten, seit wir den Fluß verlassen hatten, und nun bemerkte ich etwas Seltsames: die losen Strähnen um ihr Gesicht hoben sich von selbst, ohne vom Wind bewegt zu werden. (Hier war die Luft still und schwer, und sie drückte auf mich. Offenbar aber bewirkte sie das Gegenteil auf Gathea, auch die längeren Strähnen bewegten sich nun, als sauge ihr ganzer Körper eine Kraft auf, die sich entsprechend offenbarte).

Sie streckte den Stab aus, und – das schwöre ich bei der Flamme – ich sah auf seiner Spitze ganz kurz einen Lichtstern tanzen.

»Hier! Ich bin *hier!*« rief sie, daß man meinen konnte, sie stünde vor einem Tor, wo sie Einlaß forderte, der ihr nicht versagt werden durfte.

Da ...

Gathea fing zu laufen an. So sehr überraschte es mich, daß ich einen Augenblick wie erstarrt war. Dann griff ich nach unseren beiden Schulterbeuteln, denn sie hatte ihren fallenlassen, und rannte ihr nach. Gruu sauste, einem Silberblitz gleich, durch die Bäume, zwischen denen das Mädchen bereits verschwunden war. Ich folgte den beiden, und obgleich ich ihren Weg nahm, sah es nicht so aus, als hätte ich ihn gut gewählt. Immer wieder mußte ich mich ducken oder den tiefhängenden Zweigen ausweichen (die den zwei anderen offenbar nicht im Weg gewesen waren). Einmal prallte ich geradewegs gegen einen Stamm, den ich überhaupt nicht gesehen hatte, daß ich fast die Besinnung verlor und meine alte Kopfwunde wieder schmerzte.

Ich stolperte über Wurzeln, Zweige griffen nach mir und peitschten mir ins Gesicht, bis ich – aus Angst Gathea hier zu verlieren und nicht wiederzufinden – das Schwert zog und mir mit der Klinge einen Weg bahnte.

Der Krach, den ich dadurch verursachte, war so laut, daß ich nichts anderes zu hören vermochte. Tatsächlich hatte ich Angst stehenzubleiben und zu lauschen, weil ich befürchtete, so weit zurückzubleiben, daß ich das Mädchen nicht mehr einholen konnte.

Irgendwelche Tiere nisteten oder hausten auf diesen Bäumen. Ihr Geheule und Geschrei machte den Lärm noch ohrenbetäubender. Zweimal flog mir etwas geradewegs ins Gesicht, und einmal kratzte mir entweder ein Schnabel oder eine Kralle meine fast verheilte Wange auf. Ich bemühte mich, mein Gesicht mit dem Arm zu schützen, während ich mir einen Pfad schlug. Schweiß floß an mir herab, daß mein viel zu lange getragenes Unterhemd an mir zu kleben begann. Es war stickendheiß unter diesen Bäumen, und ich schnappte mit aufgerissenem Mund nach Luft, aber ich kämpfte mich weiter.

Und ein Kampf war es. Ich begann allmählich zu glauben, daß diese Bäume wußten, wer und was ich war, und sie sich bemühten, mein Eindringen zu verhindern. Ich bildete mir sogar ein, Schreie, wie von einer fernen Schlacht, zu hören. Die stickige Luft und meine Erschöpfung drückten mich schier nieder. Trotzdem gab ich nicht auf, denn etwas in mir übernahm und trug mich vorwärts, bis ich endlich einen harten Hang hinaufstolperte, wo ich fast meinen Halt verlor, und an einem letzten dornbewegten Zweig vorbei ins Freie kam.

IX

Ich hatte eine kahle Höhe erreicht, von der aus ich mich umsehen konnte. Von Gathea und Gruu gab es keine Spur. Nicht allzu weit entfernt führte eine Felswand weiter aufwärts. Ich lauschte und fragte mich, ob Mädchen und Katze sich vielleicht noch einen Weg durch die Bäume bahnen mußten, wie ich bisher, und ob ich sie überholt hatte. Doch nicht das leiseste Geräusch verriet, daß es so sein konnte. Möglicherweise waren sie durch eines dieser »Tore« verschwunden, denen ich inzwischen mißtraute.

Langsam schritt ich über die freie Kuppe. Der Mond war am Abnehmen und bot gerade genug Licht, daß ich den Boden sehen konnte, wo ich nach möglichen Spuren des Mädchens oder der Katze suchte. Doch auf diesen kahlen Steinen bestand dafür wohl wenig Hoffnung.

Also ging ich auf die Felswand zu, um zu betrachten, was aus der Ferne nicht sichtbar gewesen war. Tief in den Stein war eine Reihe von Löchern gehauen, gerade ausreichend als Halt für Hände und Füße. Ich glaubte jedoch nicht, daß Gathea hier so schnell hätte hochklettern können, daß sie bereits außer Sicht war, als ich den Waldrand erreichte. Ich hätte sie doch bestimmt noch an der Wand sehen müssen!

Ich schaute mich um wie ein Jäger, der die Fährte verloren hat. Wenn sie sich noch im Wald befand, wäre es sinnlos weiterzugehen. Schließlich mußte ich es hinnehmen, daß ich sie nirgends entdecken konnte – außer ich kletterte die Felswand hoch.

Ich schlang mir beide Beutel um die Schultern und vergewisserte mich, daß Schwert und Dolch fest in ihren Scheiden steckten, ehe ich hochzusteigen begann, was nicht einfach war, denn ich mußte bald feststellen, daß der Abstand zwischen den Hand- und Fußlöchern für jemand größeren als mich bestimmt war. Nur indem ich mich ganz ausstreckte, vermochte ich jeweils den nächsten Halt zu erreichen. Wie Gathea hier hinaufgelangt sein mochte, war mir ein Rätsel.

Hartnäckig kämpfte ich mich hoch und betastete erst jedes Loch prüfend, ehe ich mein Gewicht verlagerte. Bei jedem tauchten meine Finger tief in angesammelten Staub, und ich war jetzt überzeugt, daß das Mädchen diesen Weg nicht genommen hatte. Aber ich war nun entschlossen, ganz hochzuklettern, weil ich mich oben besser umsehen konnte.

Schwer atmend zog ich mich über den Rand der Felswand und starrte auf das, was vor mir lag. Das war nicht der Kamm oder die Kuppe eines Felsen, – sondern ein breites, künstlich geschaffenes Sims.

Und hier stand etwas so Gewaltiges, daß ich meinen Kopf weit zurücklegen mußte, um es ganz sehen zu können. Viel Kunstfertigkeit war nötig gewesen, es zu erschaffen. Gleichzeitig verriet gerade diese Kunstfertigkeit, daß wer oder was auch immer dieses Bildnis geschaffen hatte, von völlig anderer Denkart, ja Abartigkeit gewesen war und nicht im Einklang mit jenen meiner eigenen Art.

Dieses Bildnis, das so tief aus der Felswand gehauen war, daß es sich in einer Nische wie unter einer Bogentür befand, stand aufrecht auf Hinterfüßen, doch nur das hatte es mit Menschen gemeinsam, denn es war ganz deutlich von Vogelgestalt, und genauso deutlich weiblichen Geschlechts – das war ins Auge springend! Das abgebildete Wesen war nackt, außer man wollte den breiten, verzierten Kragen als Kleidungsstück bezeichnen.

Die schlanken Beine waren weit gespreizt, die Hände an den Enden der Vorderglieder ausgestreckt und nach vorn greifend. Das Gesicht unter einem Kamm hoher Federn war kaum menschenähnlich. Es wies zwei Augen auf, doch sie waren übergroß und schräg im Kopf, und mit roten Steinen dargestellt, Edelsteine, möglicherweise, die in dem schwachen Licht glühten, als brenne Feuer unter ihnen.

Die ausgestreckten Hände hatten Krallenfinger. Als ich sie betrachtete, dachte ich an die zerstümmelte Klauenhand, die ich auf der Ebene mit der Grasnarbe bedeckt hatte, obgleich diese hier nicht nur Haut und Knochen waren wie jene.

Der Ausdruck, den der unbekannte Künstler dem Gesicht gegeben hatte, paßte zu der Drohung, die diese Hände ausdrückten, denn es bestand zum größten Teil aus einem großen Schnabel, der leicht, wie zum Reißen, geöffnet war. Der ganze Oberkörper war von leicht hängenden, nur ein Viertel geöffneten Schwingen hinter jeder schmalen Schulter eingerahmt.

Zwischen den gespreizten Beinen öffnete ein dunkles Loch sich als Tür in den Felsen. Aus ihr schlug mir ein fauliger, ekelerregender Gestank entgegen. Hier mochte durchaus der Bau eines wilden Tieres sein. Wider meinen Willen schweifte mein Blick immer wieder zu diesen roten Steinaugen zurück. Das ungute Gefühl wuchs, daß mich etwas beobachtete.

Ich nahm nicht an, daß Gathea sich in dieses Loch begeben hatte. Das hier war kein Mondschrein, der Frieden und Geborgenheit ausstrahlte. Nein, es war eine Bedrohung, ähnlich der der silbernen Sängerinnen oder der Finsterlinge, die uns in unserer ersten Nacht auf der Ebene belagert hatten.

Langsam erhob ich mich und es bedurfte wahrhaftig meiner ganzen Willensanstrengung, um den Bann dieser Augen zu brechen. Ganz bestimmt würde ich nicht durch die Tür treten, die dieses Ungeheuer bewachte. Irgendwo mußte es einen anderen Weg geben.

Da wurde mir klar, daß ich Angst davor hatte, diesem steingehauenen Bildnis den Rücken zuzuwenden. Dieser Ausdruck wachsamen, wartenden Bewußtseins war von dem Steinmetz so gut getroffen, daß man tatsächlich glauben konnte, daß es – ob nun Stein oder nicht – mit voller Absicht hierblieb. Also schritt ich seitwärts gedreht über das Sims, so daß ich sowohl nach einem anderen Weg suchen, als auch dieses lauernde Vogelweib im Auge behalten konnte.

Hier gab es keine weiteren, in die Wand gehauenen Löcher als Fuß- und Handhalt, die mir ein Entkommen hätten ermöglichen können. Wohl aber fand ich am Nordende des geglätteten Simses einen Riß im Felsen, an dem ich möglicherweise hochklettern konnte.

Ich hatte diesen vielversprechenden Spalt kaum erreicht und warf einen letzten wachsamen Blick auf die Steinfigur, als sich etwas in der dunklen Höhlung unter ihren Beinen bewegte.

Hastig drehte ich mich mit dem Rücken gegen die Wand und zog mein Schwert. Ein Rascheln war zu vernehmen, dann ein lautes Heulen, dem einer Eule gleich.

In das düstere Licht kroch ein mißgestaltetes Geschöpf. Es blieb einen Moment auf dem Boden kauern, ehe es sich auf Klauenfüßen aufrichtete. Im Gegensatz zu der Steinfigur, die seinen Bau bewachte, war es männlichen Geschlechts, bei weitem nicht so groß und fast knochendürr, aber es hatte die gleiche Klauengliedmaßen und denselben Schnabel.

Der Kopf drehte sich auf krummen Schultern (verglichen

mit der Statue wirkte das Ungeheuer mißgewachsen und noch viel fremdartiger), aber die Augen brannten rot, wie die der Figur – und verrieten das abgrundtiefe Böse in ihm.

Die aus seinen Schultern wachsenden Schwingen öffneten sich nicht voll, als es sich mir zuwandte, sondern es schien sie als Stütze zu verwenden, während es mit ausgestreckten Klauen auf mich zueilte und dabei einen tiefen Schrei ausstieß.

Und nun breitete es die Flügel aus und griff an. Meine Klinge war bereit. Ich weiß nicht, ob dieses Wesen je zuvor auf einen erfahrenen Kämpfer getroffen war, jedenfalls aber schützte es sich nicht gegen meine Hiebe, als hätte es keine Gegenwehr erwartet.

Die Schneide meines Schwertes drang genau zwischen einem Flügel und der Kehle in das Fleisch, gerade als seine Krallen die Lederbänder der Schultertaschen zerfetzte und über mein Kettenhemd kratzte.

Der Schädel kippte auf die andere Schulter, und der dunkle Lebenssaft schoß wie ein Springbrunnen empor. Ein paar Tropfen spritzten auf meine Hand und brannten wie Feuer. Das Wesen taumelte rückwärts, fuchtelte mit beiden krallenbewaffneten Klauen hilflos durch die Luft, und seine jetzt völlig ausgebreiteten Schwingen schlugen so heftig, daß sie es tatsächlich vom Sims hoben und es wirklich flog. Ich hatte angenommen, daß mein mächtiger Hieb es töten würde, aber ich sah nun ein, daß unser Zweikampf noch lange nicht zu Ende war.

Der Schädel hing jetzt – nur noch durch ein paar Sehnen und einen Streifen Fleisch gehalten – auf die Brust. Immer noch spritzte das Blut springbrunnenhoch, als das Ungeheuer wieder auf mich zukam.

Diesmal schwang ich die Klinge auf die ausgestreckten Vorderklauen und trennte eine ab. Sie fiel auf den Stein vor mir. Doch – ich sah es aus den Augenwinkeln, während ich mich gegen den dritten Angriff wappnete – die Klauenhand nahm nun eigenes Leben an. Sie krabbelte auf mich zu, als wären die Krallenfinger die Beine eines lästigen Käfers.

Auch aus dem durchtrennten Handgelenk – das das Ungeheuer vor sich ausstreckte, als verfügte es noch über die Klaue, mit der es mich reißen könnte – sprudelte das Blut und bespritzte meine Schwerthand. Diesmal schienen die Tropfen nicht nur meine Haut zu versengen, sondern sich tief ins Fleisch zu brennen. Nur mit größter Willensanstrengung hielt ich den Schwertgriff fest, während die Schmerzen immer schlimmer wurden.

Vielleicht spürte dieses Wesen, das nicht sterben wollte, meine Qualen, denn es schwang seinen gestutzten Arm durch die Luft (blieb jedoch selbst außer meiner Reichweite), daß das Blut weit davonspritzte. Ein paar Tropfen trafen meine Wange, andere brannten sich in meinen Hals, wo der Helmschutz endete. Ich fürchtete um meine Augen, als weitere unmittelbar darunter auf meine Backenknochen schlugen.

Trotz meiner versengten Finger ging ich wieder zum Gegenangriff über, und zwar stieß ich so tief geduckt vor, daß der nächste Blutregen auf meine Schultern und den Rücken fiel, die beide durch das Kettenhemd geschützt waren. Meine Schwertspitze drang in den Leib des Ungeheuers. Hastig sprang ich zurück, als das Blut an mir hinunterrann und, wo es meine Haut berührte, wie Höllenglut brannte.

Es schien unmöglich zu sein, dieses Wesen zu töten. Der Stoß in seinen Leib, der ihm den ganzen Bauch aufgeschlitzt hatte, erzielte keine andere Wirkung, als daß noch mehr Blut floß. Es war einfach unvorstellbar, daß aus diesem dürren Körper so viel des Lebenssafts auslaufen konnte, außer es bestand lediglich aus mit Blut gefüllter Haut. Für seine Angriffe benutzte es nun als Stütze immer mehr seine Schwingen.

Ich mußte es wagen, mich dem spritzenden Gift auszusetzen, um an es heranzukommen. Dabei verlor ich fast mein Gleichgewicht, als ich in einer glitschigen Blutlache ausrutschte. Wütend stach ich meine Klinge auf das hinab, was mich nahezu zum Fall gebracht hätte. Die Schwertspitze drang in die abgetrennte, lebende Hand. Ich schleuderte sie grimmig durch die Luft, während die Kreatur mit ausgestreckten Armen auf mich zukam, obwohl sie mich mit dem auf der Brust baumelnden Kopf wohl kaum sehen konnte.

Gewissermaßen hatte der Angriff der krabbelnden Hand mir geholfen, da ich dadurch zur Seite gerutscht war, und das Ungeheuer deshalb rechts vorbeiflatterte, und zwar nahe genug, daß ich einen Hieb auf seinen Flügel führen konnte. Wieder traf ich besser, als ich hatte hoffen können.

Das Ungeheuer fiel zurück. Es flatterte immer noch mit dem verstümmelten Flügel, während der andere, weit ausgebreitet, durch die Luft schlug. Diese einseitige Bewegung schmetterte es gegen die Felswand, und es stürzte aufs Gesicht. Ich sprang herbei, um nach dem zweiten Flügel zu hauen, dann stach ich die Klinge zwischen den Schulterblättern in den Rücken.

Einen Augenblick später taumelte ich atemlos selbst gegen die Wand und starrte mit stumpfen Augen auf das verstümmelte Ungeheuer, das sich erneut zu erheben und mich anzugreifen versuchte. Sein Blut bildete eine gewaltige Lache rundum, und ich wich so weit davor zurück, wie ich es nur vermochte.

Ich hielt das Wesen jetzt für hilflos. Die Frage war nur: war es das einzige seiner Art in der Höhle hinter dem statuenbewachten Eingang gewesen? Es war nichts zu sehen, doch wenn diese Kreatur ein Nachtgeschöpf war, mochten seinesgleichen bereits irgendwo unterwegs sein. Je schneller ich von hier fortkam, desto besser. Doch ein Versuch, die Felswand hochzuklettern, während weitere der geflügelten Ungeheuer ankamen, die mich herunterzupfen konnten, war gefährlich. Ich konnte also nur hoffen, daß ich den Gipfel unbehindert erreichte.

Mein besudeltes Schwert ließ ich an seiner Schlaufe von meinem Handgelenk hängen, und wischte mir meine versengte Hand hastig an meinem Beinkleid ab. Die Spritzer, die ich auf der Wange abbekommen hatte, brannten immer qualvoller.

Ich nahm die Schultertaschen an den zerfetzten Lederbändern und knotete sie an meinen Gürtel, ehe ich mich hastig dem Spalt im Felsen zuwandte. Diesmal war das Glück auf meiner Seite, denn gar nicht weit oben weitete der Spalt sich genug, daß ich mich hineinzwängen konnte, und so möglichen Ungeheuern wenig Angriffsfläche bot. Das Wesen, das ich verstümmelt hatte, war nicht tot. Immer noch zappelte es herum.

Der grauenvolle Anblick verlieh mir frische Kraft für meine Flucht und ließ mich den Schmerz in der Hand vergessen, als ich nach einem Halt tastete, um mich daran hochzuziehen. Die Dringlichkeit meiner Flucht und die, einen besseren Ort zur Verteidigung als diesen Riß in der Felswand zu finden, gab mir tatsächlich die Kraft und Behendigkeit, die Kuppe zu erreichen.

Hier war das Glück mir ein zweitesmal hold, denn auf dieser Hochebene wuchs eine Baumgruppe. Auf sie lief ich stolpernd zu. Ich war überzeugt, daß die geflügelten Finsterlinge, falls welche mich auch hier angreifen wollten, unter dem Ast- und Laubdach nicht an mich herankommen konnten.

So, wie ich mir einen Weg durch den unteren Wald gebahnt hatte, drang ich nun in diesen, bis ich weit genug vom Rand entfernt war. Hier gönnte ich mir eine Rast, und säuberte meine Klinge mit gefallenen Blättern ehe ich meinen Schulterbeutel öffnete und nach den Salben kramte, die Zabina für mich eingepackt hatte. Atemlos rieb ich ein wenig des klebrigen Zeugs zuerst auf meinen Handrücken, dann auf Wange und Hals.

Allmählich ließ der Schmerz nach. Ich konnte nur hoffen, daß die Salbe die Wirkung des Giftes aufhob, aber ich glaube nicht, daß dem so war, denn ich bekam einen Schüttelfrost, der gewiß nichts mit der Kälte der Nacht zu tun hatte. Auch würgte ich immer wieder und mußte mich übergeben, und mir war nicht nur übel, sondern auch schwindlig. Aufrecht stehen konnte ich nur, wenn ich mich an einen Baumstamm klammerte.

Vielleicht war das Gift in mein Gehirn vorgedrungen, denn ich nickte, trotz aller Bemühungen wachzubleiben, immer wieder ein und dann sah ich jedesmal die abgetrennte Hand, aus der Ströme von Blut flossen, den Felsspalt heraufkommen, wie ein Jagdhund, den sein Herr ausgeschickt hatte, das Wild aufzuspüren. Das erschreckte mich so, daß ich eine Weile wieder ganz bei Bewußtsein war, mich umsah und lauschte, ob das gräßliche Ding nicht tatsächlich emporgeklettert kam.

Immer aufs neue mußte ich eingeschlummert und von diesem sich wiederholenden Alptraum aus dem Schlaf gerissen worden sein, denn als ich aus dem letzten Traum erwachte – in dem die Hand mir gegenübergestanden hatte und ich zu schwach gewesen war, mein Schwert zu führen –, war bereits der Tag angebrochen, und da und dort malte die Sonne Kringel auf den Waldboden, denn die Bäume standen nicht so dicht, als daß sie das willkommene Licht ausgeschlossen hätten. Der Durst reizte meine Kehle, so nahm ich schnell einen Schluck aus meiner Feldflasche, die ich mit zitternden Händen hielt.

Der abscheuliche Gestank, der von den nun trockenen Flecken auf der Brust und dem Rücken meines Kettenhemdes kam, ließ wieder Übelkeit in mir aufsteigen. Als ich mühsam auf die Füße kam, mußte ich mich an einem Baum festhalten, um überhaupt stehen zu können. Meine Hand wies auf dem Rücken ein braunes Brandmal auf, das aufriß, als ich meine Finger bewegte. Unwillkürlich verzog ich mein Gesicht vor Schmerzen.

Ich hatte keine Ahnung, wohin ich mich von hier aus begeben sollte, außer zu einer Wasserstelle, wo ich meine Kleidung und Rüstung waschen und wieder nach meinen Verletzungen sehen konnte.

Natürlich wußte ich nicht, wo in dieser Wildnis eine Quelle oder ein Bach zu finden sein würde, aber ich vertraute darauf, daß das Glück mir nicht das Antlitz abwandte.

Von irgendwoher schwärmten Insekten herbei, bestimmt

von dem Gestank meiner Kleidung angelockt, und bedrängten mich. Ich taumelte von einem Baum zum nächsten, rastete kurz bei jedem, und kämpfte um die Kraft, die mich weitertragen würde, bis ich schließlich in die volle Helligkeit der strahlenden Sonne am Waldrand hinaustorkelte. Blinzelnd blieb ich stehen und sammelte neue Kräfte. Irgendwie war ich sicher, daß das Ungeheuer, das ich vergebens zu töten versucht hatte, ein Geschöpf der Nacht war, wie alle seinesgleichen, und daß ich tagsüber nichts zu befürchten hatte und einen guten Abstand zwischen dem Bau des Ungeheuers und mir bringen würde.

Im Westen erhoben sich weitere Berge, aber ich hatte mich nordwärts gewandt, um im Schutz der Bäume zu bleiben. Jetzt zögerte ich, und stützte mich weiter auf die letzten Bäume, während ich einen neuen Weg suchte, der mir nicht meine letzte Kraft rauben würde. Hier wuchs stellenweise Gras zwischen den Steinen, die sich aus dem Boden gebohrt zu haben schienen. Ein Hang führte schräg aufwärts und sah nicht zu schwierig aus, so entschied ich mich für ihn, denn ich glaubte nicht, daß ich imstande wäre, eine weitere Felswand zu bezwingen.

Ich hatte mich bereits ein gutes Stück von den Bäumen entfernt, ehe mir auffiel, daß ich auf etwas schritt, das nur Pflaster sein konnte: geglättete Steinblöcke, die so geschickt aneinandergefügt waren, daß kein bißchen Erde zwischen ihnen zu sehen war. Es konnte sich nicht um eine richtige Straße gehandelt haben, denn es war nicht breit genug für Wagen und Karren, mußte jedoch Reitern einen bequemen Weg geboten haben. Für mich, jedenfalls, war es ein weiterer glücklicher Umstand. Ich schleppte mich immer noch langsam dahin, blieb der Not gehorchend des öfteren stehen, wenn mich einer der stets unerwarteten Schwindelanfälle übermannte.

Dieser gepflasterte Pfad – denn mehr war es ja nicht – führte eine Zeitlang nordwärts. Dann, wie das Land zu meiner Linken – wurden auch die westlichen Berge immer höher, und der Pfad folgte einer schmalen Kluft, deren Wände dem Himmel emporzustreben schienen.

Der Schatten hier kühlte meinen schmerzenden Kopf, nur leider gab es für meine brennende Kehle keine Linderung. Trotz der heißen Sonne hatte mich während des ganzen Marsches immer wieder Schüttelfrost erfaßt, der manchmal so schlimm war, daß ich mich auf irgendeinen Felsbrocken aufstützen mußte, bis er nachließ.

Die Kluft wurde etwas breiter, doch nur das mittlere Stück war gepflastert. Zu beiden Seiten davon fand sich eine freie Strecke, die offenbar den Pfad von herabrollendem Geröll bewahrte. Hatte man sie freigehalten, um einen möglichen Hinterhalt zu verhindern? Bei diesem Gedanken schaute ich mich wachsamer um. Hier mochten sehr wohl weitere der Geflügelten in einer Höhle lauern, mit denen die Felswände durchbrochen waren. Ich raffte all meine Kraft zusammen, um möglichst weit zu kommen, solange das Tageslicht anhielt.

An Gathea und Gruu dachte ich überhaupt nicht mehr, dazu mußte ich viel zu sehr auf etwaige Gefahren achten, die meiner drohten.

Wieder führte mein Pflasterpfad einen Hang aufwärts, der jedoch so sanft war, daß ich meinen schnellen Schritt beibehalten konnte. Hier blies auch ein angenehm frischer Wind, der den Gestank der eingetrockneten Flecken an meiner Kleidung mit sich nahm. Schließlich gelangte ich zu etwas, das zweifellos ein Paß war. Von dort aus vermochte ich zu sehen, was hinter dem ersten Bollwerk der westlichen Berge lag.

Der Abstieg schien weit schwieriger zu sein, als der Aufstieg gewesen war. Doch zum Glück hatten die Erbauer des Pfades an seiner höchsten Höhe am Wegrand einen Brunnen errichtet, in dem klares Wasser sprudelte. Ich taumelte mehr zu ihm, als ich ging, und fiel auf die Knie. Ich streckte die Hände aus und ließ das eiskalte Wasser über meine versengte Haut spülen.

Auch der weiteren Versuchung konnte ich nicht widerstehen. Ich legte mein Schwert kampfbereit neben mich, und schlüpfte aus Kettenhemd und Unterwams. Beides rieb ich mit nassem Sand aus dem niedrigen Brunnen sauber. Dann wusch ich mein Gesicht. Die Brandwunden auf der Wange und dem Hals schmerzten entsetzlich, so gab ich wieder Salbe darauf – und konnte nur hoffen, daß das richtig war. Die bräunliche Kruste auf meiner Hand löste sich. Zurück blieb ein roter Streifen, wie eine breite Strieme, wo die Haut sich immer noch spannte, wenn ich meine Finger bewegte.

Da ich mich nun endlich von den Giftflecken hatte befreien können, drehte mein Magen sich bei dem Gedanken an Essen nicht mehr um, und ich konnte ein wenig der Wegzehrung zu mir nehmen. Wieder spülte ich meine Feldflasche aus und füllte sie mit dem frischen Wasser. Mit dem Rücken zum Brunnen ruhte ich mich dann noch eine Weile mit überkreuzten Beinen aus, trank Wasser und schaute mich um.

Unter mir lag seltsam geflecktes Land. Die Flecken, die im Sonnenschein gelb und weiß wirkten, ohne ein bißchen augenerfreuendes Grün, mußten wohl Wüste sein, die bestimmt nicht angenehm zu durchqueren war. Der Pfad führte wie ein Streifen helleren Gesteins südwärts und hielt sich, schräg abwärts verlaufend, an den Bergwänden, wie einem ins Gestein gehauenen Sims folgend. Welche Leistung, diesen Pflasterweg zu schaffen! Ich wußte, wieviel harte Arbeit darin steckte, nur einen festgestampften Weg von einem Tal zum anderen zu treten, wie die Lords auf der Reise in den Norden ihn sich überlegt hatten. Sie waren allerdings davon abgekommen, denn selbst der größte Clan hatte nicht genügend Männer, die er für den Bau abstellen könnte. Und hier an der Seite eines Berges war ein Weg ausgehauen und gepflastert worden – und mit sichtlichem Geschick. Wie lange hatte man dazu gebraucht? Und welcher Lord oder Herrscher hatte ihn so dringend benötigt, daß er eine große Zahl seiner Männer daran gesetzt hatte?

Der Pfad endete in einem Hain, von dem ich nur die leicht bewegten Wipfel sehen konnte. Da ich kein Fernglas hatte, konnte ich nicht feststellen, ob er auf der anderen

Seite weiterführte. Ich überlegte, ob ich heute noch weitermarschieren, oder lieber die Nacht über hierbleiben sollte. Befand ich mich vielleicht immer noch so nahe der gefahrbergende Höhle, daß ihre Bewohner mich auf ihrer etwaigen nächtlichen Suche aufspüren würden? Und könnte ich überhaupt den langen Weg zu dem Gehölz schaffen? War es nicht auch möglich, daß in den Bäumen dieses fremden Landes Gefahren lauerten?

Schließlich trieb mich der Gedanke an einen möglichen Angriff durch die Geflügelten doch weiter. Meine Rast und Stärkung am Brunnen hatten mir neue Kräfte verliehen. Falls die Nacht hell war, wenn auch nur von dem abnehmenden Mond wie gestern, würde es mir schon helfen. Ich studierte den Horizont ringsum, und nirgends war auch nur eine Spur von Wolken zu sehen. Ich müßte es doch schaffen, vor Einbruch der Nacht, den Wald dort unten zu erreichen.

Mit weit festerem Schritt und dem Gefühl, daß ich die richtige Entscheidung getroffen hatte, folgte ich dem Pfad den langen Hang hinab. Ich dachte an die Schwertbrüder und fragte mich, ob irgendwelche von ihnen in diese Gegend gekommen waren und was sie von den Geflügelten oder den Silbersängerinnen oder dem Jäger in der Nacht gehalten hatten – falls sie auf den einen oder anderen gestoßen waren. Welche Wunder hatten sie erschaut, über die sie nicht gesprochen hatten – oder die ihnen erst offenbart wurden, nachdem sie uns zu den Landen an der Küste begleitet hatten? Früher hatte ich sie beneidet, weil sie neues Land erforschen durften, doch nun, da ich so allein dahinzog, erkannte ich, daß es so ganz anders war, als ich es mir vorgestellt hatte.

Dem Pfad zu folgen, war leicht und ich kam schnell voran, weil er stetig, doch nie zu steil abfiel. Er verlief ein gutes Stück wieder südwärts und brachte mich weit an der Felswand vorbei, die ich zuerst hochgeklettert war. Das Gestein war überall das gleiche: grau, und da und dort mit roten und gelben Adern durchzogen. Das Pflaster dagegen war aus völlig anderem Stein, das von anderswo hierhergeschafft worden sein mußte. Diese Pflastersteine waren grauweiß, und hoben sich so gut von dem dunkleren Gestein der Felsen ab.

Ich hatte etwa ein Drittel des Weges zwischen dem Paß und dem tieferen Land zurückgelegt, als mir auffiel, daß die Pflastersteine unter meinen Füßen sich nicht mehr glatt anfühlten. Ich sah, daß in manche Zeichen gehauen waren, und zwar so, daß der Fuß hineinpaßte. Einige dieser Zeichen waren tintenschwarz, was mich unangenehm an die Farbe des Blutes des Geflügelten im Mondschein erinnerte; andere wiederum waren von verwaschenem Rot, ähnlich *meinem* Blut, wäre es hier geflossen und in den Stein gesickert.

Die Zeichen selbst waren ungemein verschlungen, so daß es mir schwerfiel, Einzelheiten zu erkennen. Betrachtete ich einen Teil des Musters, war es, als müßte mein Auge es weiterverfolgen mit all seinen Schleifen und Windungen. Ich riß den Blick davon los, weil es mich zu sehr verwirrte, und vermied es, sie weiter zu betrachten. Gleichzeitig beschlich mich das eigenartige Gefühl, daß sie hier eingehauen waren, um die Kraft jener zu messen, die diesen Weg benutzen und die Zeichen der Macht mit Füßen traten, die sie abstoßend und böse fanden.

Ich wollte gar nicht weiter darüber nachdenken und auch nicht, woran die Farben mich erinnerten, so bemühte ich mich, die gezeichneten Steine einfach zu übersehen, und hielt nur zu einer kurzen Pause an, wenn ich zu einer längeren Strecke ungezeichneter kam. Immer schaute ich dann zu den Baumwipfeln, die einfach nicht näher kommen wollten.

Hier gab es keinen frischen Wind wie im Paß. Nur ein paarmal verirrte sich eine Brise hierher, die, wie ich vermutete, aus dem Wüstenland kam, da sie unangenehm warm und trocken war. Ich nahm mir vor, die Wüste zu meiden, wenn ich wieder westwärts zog.

Westwärts? Da Gathea verschwunden war und ich keinen Führer hatte, wohin sollte ich mich überhaupt wenden? Jetzt erst (denn ich war so damit beschäftigt gewesen, nur möglichst weit vom Bau der Geflügelten wegzukommen) wurde mir klar, daß ich mir noch gar nicht überlegt hatte, wie es weitergehen sollte. Falls Gathea wahrhaftig das Geheimnis von Lady Iynnes Los kannte, hatte sie mir zumindest keinen Fingerzeig darauf gegeben. Hier in dieser Wildnis herumzuirren, um nach einem Weg zu suchen, den es vielleicht gar nicht gab, war töricht.

Aber was konnte ich schon tun? Der einzige Hinweis, den ich hatte, deutete westwärts. Also würde ich weiter gen Westen ziehen. Was blieb mir, einem Namen- und Clanlosen schon anderes übrig? Ich würgte an meiner Verbitterung, während ich wieder ein Stück über gezeichnete Pflastersteine stiefelte. Und dann – weil es bereits dämmrig zu werden begann – fing ich zu laufen an, bis ich endlich das Ende des Hanges erreichte, wo der Pfad zum Wald abbog. Ich zögerte und überlegte, ob ich ihm, mit der Nacht so nahe – in das dunkle Gehölz folgen sollte.

X

Ich schlug mein Lager mit größter Sorgfalt auf. Kräftige Äste trieb ich so in den Boden, daß ich ein Dach über mir hatte, das mich davor schützte, aus der Luft entdeckt zu werden. Ob die Geflügelten, wie manche Raubtiere, ihre Beute durch ihren Geruchssinn aufspürten, wußte ich natürlich nicht. Jedenfalls würde ich kein Feuer machen, das in der Nacht irgendwelche gefährlichen Geschöpfe anlocken mochte.

Da ich mich erinnerte, was Gathea über die Kraft kalten Eisens gesagt hatte, stieß ich meinen Dolch aufrecht in die Erde vor meinem Unterschlupf, und legte das Schwert griffbereit neben mich. Den Schulterbeutel des Mädchens gab ich zur Seite. Meinen eigenen durchstöberte ich nach Eßbarem, das ich mir gut einteilen mußte.

Meine Kopfschmerzen waren wiedergekehrt und auch die Wunden, die von den giftigen Blutstropfen verursacht worden waren, brannten erneut. Zwar linderte die Salbe den Schmerz ein wenig, aber nicht genug, daß ich hätte einschlafen können. Also starrte ich in die Nacht hinaus und lauschte.

Der nahe Wald war nicht still. Ein Zirpen war zu hören, dann und wann ein dünnes Piepsen, und das Rascheln von Laub und Büschen. Die Nachtgeschöpfe, die dort hausten, gingen offenbar auf Nahrungssuche. Einmal hörte ich ein Heulen am Himmel, sofort verkrampfte meine Hand sich um den Schwertgriff. Doch falls es einer oder eine der Geflügelten gewesen war, hatte er oder sie offenbar kein Interesse an mir.

Ständig beschäftigten meine Gedanken sich mit dem, was seit der vergangenen Nacht, als Gathea in die Wildnis gerannt war, geschehen war. Irgendwie mußte ich den Pfad übersehen haben, den sie genommen hatte. Ich mußte mich dazu zwingen, mich mit der Tatsache abzufinden, daß ich nur mit sehr viel Glück ihre Spur entdecken konnte.

Trotz meiner Bemühung wachzubleiben, nickte ich im Sitzen ein, und als ich zusammenzuckend erwachte, dauerte es nicht lange, bis ich erneut eingeschlummert war. Aber ich schlief nicht tief. Immer wieder wachte ich auf und lauschte und sah mich wachsam um.

Wie es am Morgen weitergehen sollte, wußte ich nicht. Den Pfad zum Paß zurückzukehren, ließ ich lieber bleiben. Ich hatte unwahrscheinliches Glück bei dem ersten Zusammenstoß mit den Geflügelten gehabt, daß ich es nicht noch einmal auf die Probe stellen wollte. Das beste war wohl, am Fuß der Berge entlangzumarschieren und nach einer Spur von Gathea zu suchen – oder von einem Schwertbruder, der früher westwärts geritten war.

Meine Stimmung kam an einem Tiefpunkt an, als mir zum erstenmal, seit Lord Garn mich aus Clan und Haus verbannt hatte, bewußt wurde, was es bedeutete, völlig allein zu sein. Etwas Schlimmeres gab es nicht, dachte ich in jenen nachtgeprägten Augenblicken. Meine Hoffnung, Lady Iynne zu finden, war ein Traum, dem kaum Erfüllung beschieden war, nun, da Gathea verschwunden war.

Trotzdem schwor ich mir, die Suche, wenn nötig, bis zu meinem letzten Atemzug nicht aufzugeben – denn etwas anderes blieb mir ohnehin nicht.

Die Nacht war lang, mein so oft unterbrochener Schlaf kurz. Aber jedenfalls näherte nichts sich meinem selbsterbauten Unterschlupf, fast als wäre ich für alles, was in der Nacht jagte oder herumschlich, unsichtbar. Im frühen Morgengrauen gönnte ich mir wieder einen Teil meiner Wegzehrung, ehe ich die Tragbänder der beiden Schultertaschen flickte, die ich mir dann über den Rücken schlang. Und wieder folgte ich dem gepflasterten Pfad.

Er führte mich in den Wald. Die Zweige der hohen Bäume bildeten ein Dach über mir, das viel des Sonnenscheins zurückhielt. Selbst hier wagte sich nicht ein Hälmchen durch die Fugen der Steine. Tatsächlich schienen diese hier besonders glänzend zu sein, ja sogar von sich aus schwach zu leuchten. Und ich stieß hier auch auf keine weiteren der mit den beunruhigenden Zeichen behauenen.

Der Pfad verlief hier nicht gerade, sondern bog da und dort nach rechts oder links ab, um den mächtigeren Bäumen genug Platz zu lassen. Diese Bäume hatten eine glatte, rotbraune Rinde, eine sehr hohe Krone und nur wenige tiefhängende Äste.

Ich war schon ein gutes Stück gekommen, ehe mir auffiel, daß sie sich auch auf andere Weise von den sonstigen Bäumen unterschieden. Wenn ich an ihnen vorbeikam, begannen ihre Blätter – die von hellerem Grün als die der anderen Bäume und so frisch wie die ersten des Frühlings waren – zu rascheln, obgleich nicht der geringste Luftzug sich rührte. Beim dritten dieser Bäume blieb ich stehen und blickte hoch. Nein, ich hatte mich nicht getäuscht. Die Blätter unmittelbar über mir bewegten sich heftig – fast, als bildeten sie, indem sie aneinanderrieben, Münder, mit denen sie riefen oder Bemerkungen über meine Anwesenheit hier austauschten.

Hatte das Gift des Geflügelten mir den Verstand verwirrt? Lieber glaubte ich das, als daß die Bäume wahrhaftig redeten und vernunftbegabt waren.

Ich empfand keine Furcht, nur ein stumpfes Staunen, ich ging auch nicht weiter, obgleich es meinen Tod bedeutet hätte, wäre einer dieser gewaltigen Äste auf mich herabgefallen. Noch eifriger raschelten die Blätter, und ich bildete mir tatsächlich ein, daß sie sich einer Sprache bedienten – allerdings einer, die mir fremd war.

Nun hatte ich das Gefühl, daß das Rascheln ungeduldig klang, als hätte es mich auf sich aufmerksam machen wollen und ich nicht, wie erwartet, darauf erwidert. So sehr beschäftigte ich mich mit dieser Einbildung, daß ich laut fragte:

»Was wollt ihr von mir?«

Die Blätter drehten sich an ihren Zweigen und rauschten, wie von einem Sturm erfaßt. Selbst die gewichtigen Äste fuchtelten heftig, daß es aussah, als werfe ein Mensch die Arme in die Luft und versuchte verzweifelt die Aufmerksamkeit eines interesselosen Geistesabwesenden auf sich zu lenken.

Die Blätter schimmerten, während sie um sich schlugen, daß mir der seltsame Gedanke kam, sie seien gar keine Blätter mehr, sondern grünlich brennende Flammen Tausender von Kerzen. Ja, sie waren grün, aber jetzt schillerten sie auch in anderen Farben: in Blau und Gelb und einem tiefen Violett – bis ich unter einem Gewebe mit fremdartigen Muster zu stehen schien, wie unter einem der kostbaren Wandbehänge der Burg eines reichen Lords.

Dieses Licht floß nach unten, oder fiel es von Blatt um Blatt, wie das Laub im Herbst? Ich konnte den Blick nicht von ihnen abwenden, als sie – oder das Licht, das von ihnen ausging – um mich wirbelten.

Ich stand nicht mehr im Wald; allerdings, wo ich war, hätte ich nicht zu sagen vermocht, außer, daß es ein Ort war, in den noch keiner meinesgleichen seinen Fuß gesetzt hatte. Der leuchtende Farbenwirbel wob sich immer enger um mich. Ich verspürte keine Angst, wohl aber Ehrfurcht, daß ich dies erschauen durfte, was nicht für Augen wie meine bestimmt war. Und dann teilte das Gespinst sich wie ein Vorhang, und ich sah mich jemandem gegenüber.

Ein verborgener Teil meines Ichs empfand kurzes Unbehagen, wie jeder Mensch, der plötzlich das absolut Fremde vor sich hat. Doch der Rest meines Ichs harrte angespannt, wollte wissen, was von mir erwartet wurde. Auf jeden Fall war mir bewußt, daß ich gerufen worden war.

Sie war groß und schlank, diese Frau, die die Laubfarben mir nun offenbarten, und in schimmerndes Grün aus unzähligen kleinen Blättern gehüllt, die sich in stetiger Bewegung befanden und hin und wieder einen Arm oder ein Bein, eine kleine Brust oder eine schmale Schulter freilegten, oder sich so dicht zusammentaten, daß sie von den Zehen bis zum Hals verborgen war.

Ihr Haar war lose, hing jedoch trotz seiner Länge nicht auf ihre Schultern, sondern flatterte in einer schleierfeinen Wolke um ihren Kopf, wiegte sich, drehte sich, verdichtete und löste sich, genau wie die Blätter ihres Gewandes sich bewegten. Auch es war grün, doch von bleichem Ton und da und dort von rotbraunen Fäden durchzogen. Genauso rotbraun war ihre Haut und glatt, wie ich sehen konnte, wenn die Blätter sie irgendwo entblößten.

Davon hoben sich ihre großen Augen, die ihr Gesicht beherrschten, strahlendgrün ab und leuchteten wie die Edelsteine dieser Farbe, von denen nur unsere reichsten Lords einige besaßen. Genauso leuchtend, doch von tieferen Grün waren die Nägel ihrer Hände, die sie nun hob, um das flatternde Haar zu bändigen.

Sie war von einer Schönheit, obgleich fremdartig, wie ich sie nie für möglich gehalten hätte, wie ich sie mir nicht einmal in meinen Träumen vorgestellt hatte, auch nicht in jenen fleischlichen, die jeden Jugendlichen beschäftigen, wenn er zum Mann wird. Und doch hätte kein Verlangen in mir sie zu erreichen vermocht, da es keine Brücke zwischen uns gab. Ich konnte sie nur bewundern wie eine herrliche, einmalige Blume.

Diese großen Augen schienen in mich zu dringen. Ich hatte keinen Schutz gegen solchen Zauber, doch hätte ich ihn auch nicht gewollt. Ich spürte die Berührung ihres Geistes, die viel persönlicher war, als jegliche mit der Hand oder dem Körper sein könnte.

»Wer bist du, der du den alten Weg von Alafian reist?«

Das waren keine gesprochenen Worte, sondern Gedanken. Auch brauchte ich meine Antwort nicht mit den Lippen zu geben. Es war, als hätte ihre Frage an meiner Erinnerung gerüttelt, und alles, was ich erlebt hatte, seit ich in Garns Tal gekommen war, zog in allen – längst vergessen geglaubten – Einzelheiten an meinem inneren Auge vorüber.

Doch nicht mein Wille war es, der dies zustandebrachte. Einiges hätte ich ganz gern wirklich vergessen – doch das ging nicht. Ich entsann mich an alles – und das erfuhr sie.

»So ...«

Mein Gehirn schien leergesaugt, aber es machte mir nichts aus, daß sie mich so benutzt hatte. Auf dumpfe Weise erschien es mir völlig richtig, daß ich mich derart rechtfertigen mußte für mein Eindringen in ihr Reich, wo seit langem beschauliche Ruhe herrschte, und das ich aus seinem friedlichen Schlummer gerissen hatte.

»Hier ist nicht der Ort für dich, Halbmensch. Aber deine Suche wird dich weiterdrängen. Und ...«

Ihr Gedanke zog sich flüchtig zurück und ließ mich seltsam leer allein, daß die Last der Einsamkeit noch mehr auf mich drückte.

»Was du tun willst – treibt dich an. Dein Bedürfnis ist uns fremd, auch vermag eine wie ich weder zu verletzen, noch zu heilen. Suche und vielleicht findest du mehr, als du jetzt erwartest. Alles ist möglich, wenn ein Saatkorn gut gepflanzt wird. Gehe in Frieden, obgleich er nicht das ist, was du finden wirst, da er nicht in dir selbst ruht.«

Wieder zog ihr Gedanke sich zurück. Ich wollte sie bitten, mich nicht zu verlassen. Doch schon schloß sich der Vorhang wabernden Lichtes zwischen uns und begann in verwirrenden Mustern zu wirbeln und Funken zu sprühen, die mich eine lange Weile, wie ich glaubte, blendeten.

Ich stand wieder unter dem Baum, mit den Füßen fest auf dem uralten Pfad. Keine Blätter raschelten mehr über mir. Der Baum war völlig still, als hätte das Leben, das ihn bewegt hatte, sich zurückgezogen. Vor meinen Zehen lag ein einzelnes Blatt, vollkommen in seiner Form, von strahlendem Grün und so edelsteingleich wie die Augen der Lady. Um seinen Rand verlief ein feiner Streifen im selben Rotbraun wie der Stamm dieses Baumes, oder wie die Haut der wunderschönen Dame.

War das Ganze ein Trugbild gewesen, aus körperlicher Schwäche geboren? Nein, das glaubte ich nicht. Ich bückte mich, um dieses vollkommene Blatt aufzuheben. Es war kein Baumblatt, zumindest keines, wie ich bisher gesehen oder berührt hatte. Es war schwer und dick, als wäre es aus einem Edelstein geschnitten, der unseren Leuten nicht bekannt war – ein Blatt, das weder verwelken noch zu Staub zerfallen würde, wie das Laub der Bäume, die wir kannten.

Ich öffnete meinen Schulterbeutel und gab das Blatt vorsichtig hinein. Warum ich es bekommen hatte (denn ich war ganz sicher, daß es ein Geschenk für mich war), wußte ich zumindest jetzt noch nicht, aber es war ein Kleinod, das ich immer bei mir zu tragen gedachte.

Lange konnte ich mich einfach nicht von der Stelle lösen und starrte auf diesen Baum, bis mein Verlangen schließlich in der Erkenntnis starb, daß, was ich gesehen hatte, nicht wiederkommen würde. Grauen hatte ich auf dem Sims des Geflügelten kennengelernt, und hier Schönheit, die ein Verlangen entfachte, das vielleicht nie gestillt werden konnte. In diesem Land schwankte man zwischen Furcht und Ehrfurcht, ohne einen sicheren Mittelweg.

Ich wanderte weiter auf diesem Pfad, der sich zwischen

diesen hohen Bäumen dahinschlängelte, doch keine Laubstimmen riefen mich mehr. Ich wollte nur fort von ihnen, denn allein ihr Anblick machte mich des Verlusts bewußt, der kein körperlicher Schmerz war, sondern ein tief innerlicher.

Obgleich ich Hunger hatte, legte ich keine Rast ein, sondern setzte weiter entschlossen Fuß vor Fuß, bis ich schließlich aus dem Wald wieder auf offenes Land trat. Dort verließ ich den Pfad, da er weiter nordwärts führte, während ich glaubte, mich westwärts halten zu müssen. Nicht allzu weit entfernt, reckte eine neue Bergkette sich dem Himmel entgegen, während das Land vor mir mit Buschwerk überwuchert war, aus dem sich vereinzelte Bäume hoben. Jenseits dieses dichten Grüns erregte etwas meine volle Aufmerksamkeit.

Eine *Burg* hier?

Steinmauern, ein Turm – das Bauwerk ähnelte so sehr jenen, die selbst das Tor nicht hatte aus meiner Erinnerung zu löschen vermocht. Ich konnte glauben, ich wäre in das Land meiner Geburt zurückgekehrt –, nur daß am Turm kein Banner eines Lords im Wind flatterte, und kein Zeichen von Leben zu sehen war.

Ich fragte mich erneut, was die Weissänger dazu veranlaßt hatte, uns das Tor in diese Welt zu öffnen. Hatten vielleicht schon früher, vor langer Zeit, Menschen unseresgleichen den gleichen Weg genommen? Wovor waren wir geflohen? Warum war die Erinnerung daran aus unserem Gedächtnis gelöscht, wenn soviel anderes hatte bleiben dürfen? Was ich vor mir sah, hätte sehr wohl die Burg eines der größeren Lords sein können. Es war zweifellos weit beeindruckender, als Garns Burg gewesen war. Wenn es nicht von Menschen meines Blutes erbaut worden war, mußte es doch zumindest das Zuhause jemandes gewesen sein, der uns sehr ähnlich war, so daß wir hier vielleicht Verbündete finden konnten.

Die Vertrautheit dieses befestigten Bauwerks zog mich an. Ich beeilte mich, durch das wuchernde Grün zu kommen. Hier waren einmal Äcker gewesen. Steinmauern, manche zu einzelnen Steinblöcken zerfallen, erhoben sich da und dort aus Gras und Buschwerk, so daß ich auf meinem geraden Weg zu der Burg darüber klettern mußte und verkümmerte Flecken verwilderten Getreides sah, das die Sonne bereits in ein erntereifes Gelb gefärbt hatte.

Ich riß ein paar der grannigen Ähren ab, rieb sie in der Hand und kaute an den gelösten Körnern, wie ich es in meiner Kindheit gern getan hatte. Sie schmeckten vertraut. Wie nah waren die Welten einander, die das Tor verband? Allein dieses sich selbst überlassene Feld bewies, daß das Saatgut, das unsere Landmänner mitgebracht hatten, hier reifen würde. Unsere Zukunft war vielversprechend – *falls* das eingeborene Leben hier sich nicht gegen uns stellte, denn Eindringlinge und Fremde haben kein Heimatrecht.

Mit vollem Mund die Getreidekörner kauend, stapfte ich weiter auf das Bauwerk zu. Je näher ich kam, desto mehr schien es mir unseren Burgen zu gleichen. Und auch hier hatte man sich vor etwas schützen und mit Belagerung rechnen müssen, das verrieten die dicken Mauern und die sehr schmalen Fenster hoch über dem Boden.

Das schwere Tor stand nicht nur offen, es war auch aus einer Angel gerissen und hing schief. Ein untrügliches Zeichen, daß dieses Kastell leerstand. Der Stein, aus dem es erbaut war, stammte nicht von den Bergen, durch die ich gekommen war, denn er war von einem rosigen Rot und ohne düstere Adern. Auch glitzerte er da und dort in den letzten Sonnenstrahlen (die das jenseitige Hochland schnell verhinderte), als hätte er Stückchen brünierten Silbers eingefangen, um ihm fremdartige Pracht zu verleihen, die die Schlichtheit des Gebäudes, das aus ihm errichtet war, verschönte.

Über dem offenen Tor funkelte etwas noch stärker: ein Schild oder Wappen, wie man es auch in unseren Burgen zu Hause eingemeißelt finden mochte, nur stellte das hier, was sich scharf vom Hintergrund abhob, eine Katze dar, eine silberweiße Katze wie Gruu. Sie hatte nicht drohend die Zähne gefletscht, als wolle sie Angreifern drohen, wie man es an ihrer Stelle hier über dem Tor erwarten mochte, sondern sie saß sichtlich zufrieden auf den Hinterbeinen, während ihr Schwanz sich auf die Vorderpfoten schmiegte.

Grüne Augen (leuchtend wie die meiner Lady-der-Blätter) waren aus Steinen so geschickt eingesetzt, daß man fast glauben mußte, sie verfügten über ein eigenes Leben und das Tier sähe alles, was unter ihm vorbeikam. Ich wußte nicht weshalb, aber ich hob meine Rechte zum Kriegergruß für diesen reglosen Posten, der so lange Wache gehalten hatte.

Durch das Tor gelangte ich in einen großen Innenhof. Unmittelbar mir gegenüber erhob sich das Hauptbauwerk mit seinem Turm, in dem sich zweifellos die Bankethalle befand, die Privatgemächer des Burgherrn, die Waffenkammer und die Lagerräume für die wertvolleren Sachen.

Um die Innenseite der Mauer drängten sich kleinere Bauten: Stallungen, Lager und zweifellos Unterkünfte für das Gesinde, einige Landleute und sicher auch für Lehnsmänner.

Von dem schiefen Tor abgesehen, erweckte nichts den Anschein, als hätte der Zahn der Zeit hier genagt. Zumindest nach dem äußeren Eindruck zu schließen, hätte einer unserer Clans hier ein angenehmeres Zuhause gefunden, als ihm für die nächsten Dutzend oder mehr Jahre in den Küstentälern beschieden sein würde. Natürlich immer vorausgesetzt, daß er unbefehdet von solchen Feinden wie die Geflügelten oder jene Silbersängerinnen bleiben würde.

Kühn trat ich ein. Vielleicht weil das so sehr wie eine Bleibe meiner eigenen Leute aussah, empfand ich nicht diese innere Unruhe, die mich gequält hatte, seit ich Gathea in dieses zauberhafte Land gefolgt war. Die Tür zu dem Hauptgebäude stand weit offen und so hatten sich unmittelbar am Eingang vom Wind angewehter Schmutz und welke Blätter angehäuft, was bewies, daß viele Jahreszeiten vergangen waren, seit jemand versucht hatte, diese Tür zu schließen.

Über der Bogentür hob sich eine halbkreisförmige Steintafel ab, in die eine Reihe tiefer Runen eingemeißelt waren. Eine Warnung? Ein Willkommen? Der Clansname? Ich konnte nur raten, mit Sicherheit wissen würde ich es nie.

Ich trat ein und kam in die große Halle. Was hier an Einrichtung geblieben war, war ebenfalls aus Stein: eine Plattform mit hochlehnigen Ehrensitzen, vier insgesamt, jeder aus glattem grünem Stein und die Rücken mit kunstvoller Verzierung, deren Einzelheiten ich aus dieser Entfernung nicht erkennen konnte; ein Tisch aus demselben Stein, und von ihm ausgehend, doch von der unteren Höhe seiner Platte, eine lange Tafel aus dem gleichen Stein wie die Wände.

Es war dämmerig in dieser Halle, da die Fenster schmal und weit oben in den Wänden eingesetzt waren. Trotzdem konnte ich hinter den Tischen eine gewaltige Feuerstelle sehen, von der der sichtbare Teil des Rauchfangs tief geschwärzt und vom Durchmesser eines Baumriesen war. Darüber befand sich ein Sims, das von zwei aus Stein gehauenen Katzen gestützt wurde, die sitzend größer als ich waren. Auch in dieses Sims waren Runen geschnitten, die trotz der Düsternis in der Halle glitzerten.

Neugier, verbunden mit einem merkwürdigen Gefühl der Vertrautheit veranlaßte mich, mich weiter umzusehen. An der Wand hinter den Ehrensitzen führte eine Treppe ins obere Stockwerk. Die Gemächer, in die ich hier trat, waren kahl, allerdings hatten zwei ebenfalls Feuerstellen mit aus Stein gehauenen Simsfiguren und Runenzeichen in den Simsen. Vielleicht hatte es hier dereinst auch Wandbehänge gegeben, doch nun waren die Wände genauso kahl wie der Steinboden, in dessen dickem Staub meine Stiefel tiefe Spuren hinterließen, zweifellos die ersten seit vielen Jahren.

Auch die Küche fand ich, mit ihren Steintischen für die vermutlich inzwischen längst gestorbenen Köche. Der Flügel, in dem sie sich befand, führte zur Mauer an der anderen Seite der Burg. In der Küche selbst war ein geschickt eingelassenes Rohr, aus dem Wasser in einen langen Trog mit Auslauf floß. So etwas hatte es in keinem der Bauten meines Volkes gegeben. Ich kostete das Wasser. Es war kalt und von angenehmem Geschmack, und so trank ich davon, bis ich nicht mehr konnte. Danach kehrte ich in die Bankethalle zurück, entschlossen, hier über Nacht zu bleiben.

Bei Einbruch der Dunkelheit offenbarte sich mir ein weiteres Wunder. Mir war schon zuvor aufgefallen, daß die Runen über der Feuerstelle in der Düsternis der langen Halle hell gewirkt hatten. Und nun, mit zunehmender Dunkelheit, wurden sie immer noch heller. Als ich sie so eingehend betrachtete, wie ich nur vermochte (das Sims befand sich hoch über meinem Kopf), sah ich zwischen ihnen Abbildungen, die mit den Runen zum Leben zu erwachen schienen.

Da waren Jagdszenen, doch keine menschlichen Jäger, sondern Großkatzen, die dahinschlichen, sprangen und ihre Beute erlegten. Und welche Beute das war! Ich hatte keine Schwierigkeiten, die Geflügelten zu erkennen, gegen deren einen ich auf dem Berg gekämpft hatte. Doch sie waren die noch am wenigsten fremdartigen der hier abgebildeten Feinde der Katzen. Allein, sie zu sehen, genügte als Warnung, sich weiter in dieses Land zu wagen, falls nicht die inzwischen verstrichene Zeit ein Ende mit ihnen gemacht hatte.

Da war eine Schlange (zumindest hielt ich sie zuerst für eine, bis ich sie näher betrachtete) mit gehörntem und mit Hauern bewaffnetem Schädel, der jedoch hoch genug erhoben war, um zu sehen, daß er nicht einen geschmeidigen Reptilleib krönte, sondern einen menschlichen Rumpf. Der wiederum endete, statt in zwei Beinen, in einem schuppengepanzerten Unterleib oder Schwanz. Die ausgestreckten Hände dieses Wesens hielten zwei Klingen, mit denen es die angreifende Katze bedrohte, als wäre es ein erfahrener Fechter.

Auf einem anderen Bild hob eine sieghafte Katze den

Kopf und schien ein Brüllen hervorzustoßen, wie ich es von Gruu gehört hatte. Mit ihren mächtigen Vorderpranken drückte sie ein kleineres Geschöpf auf den Boden, das wie eine Masse borstigen Haares aussah, aus der ein wurzelähnlicher Arm ragte, dessen knorrige Klauenfinger immer noch versuchten, sich in das Fleisch seines Bezwingers zu bohren.

Ich hegte die Überzeugung, daß diese Bilder wirklich erlebte Kämpfe darstellten, und schüttelte unwillkürlich den Kopf über meinen Wagemut, mit dem ich in ein Land aufgebrochen war, in dem es möglicherweise von solchen Ungeheuern wimmelte. Dabei dachte ich auch an Gathea und Lady Iynne, doch war nichts, was ich für sie tun konnte, solange ich keine Spur zu ihnen fand.

Es gab kein Holz hier, mit dem ich ein Feuer hätte schüren können, aber ich ließ mich neben der alten rußigen Feuerstelle nieder und gönnte mir einen Teil der kargen Wegzehrung. Morgen würde ich zweifellos auf Wild stoßen, das ich erlegen konnte, dachte ich. Denn ganz sicher würden pflanzenfressende Tiere von dem wildwachsenden Getreide angezogen werden. Zumindest brauchte ich jetzt mit Wasser nicht zu geizen.

Nachdem ich gegessen hatte, schritt ich nochmal die Halle entlang, die nun mit Schatten bedeckt war. Manchmal wich ich tatsächlich einer besonders dunklen Stelle aus, als wäre es eine Gruppe sich unterhaltender Höflinge, die auf ihren Lord warteten, ehe sie sich an die Tafel setzten. Doch trotz der Dämmernis empfand ich diese Halle als angenehmen Aufenthalt. Ich wäre stolz gewesen, hätte ich sie mein eigen nennen dürfen, als Lord mit einem Clan und einem alten ehrenvollen Namen. Doch ich war sippenlos und clanlos, und mein Leben würde dadurch so leer werden, wie es diese Halle jetzt war, und mehr als einen Schattenclan würde es nie für mich geben.

Trotzdem trat ich, als ich zur hohen Tafel gekommen war, kühn auf die Plattform, ging an der Reihe von Stühlen vorbei, bis ich bei den vier hohen in der Mitte angekommen war. Das durchbrochene Muster ihrer Rückenlehnen stellte keine blutigen Jagdbilder dar, sondern fruchtragende Äste, hohe Ähren und ringsum blühende Blumen. Das erinnerte mich wieder an die laubgekleidete Dame, und ich fragte mich, welche Art von Geschöpf sie war. War sie vielleicht gar der Geist des Baumes gewesen, vor dem ich gestanden und der mich abgeschätzt und beurteilt hatte?

Immer noch kühn ließ ich mich auf dem vierten dieser hohen Sitze nieder und stellte fest, daß er wahrhaftig für einen meines Körperbaus geschaffen war. So hart der Stein sich auch anfühlte, war er keineswegs unbequem. Ich stützte beide Ellbogen auf die Tafel vor mir und das Kinn auf die Hände, und blickte die Halle entlang, da fiel mir auf, daß auch in die Tischplatte Zeichen geschnitten waren, die stark genug aus sich heraus leuchteten, daß ich das verschlungene Muster sehen konnte. Ich senkte meine Rechte, auf deren Rücken sich immer noch das vom giftigen Blut des Geflügelten verursachte Mal abhob, und begann mit einer Fingerspitze das Zeichen unmittelbar vor mir nachzufahren. Mühelos und schnell folgte mein Finger den Windungen und scharfen Winkeln und Schleifen. Ohne mir Gedanken darüber zu machen, fuhr ich das Zeichen dreimal nach ...

Dreimal ...

Es leuchtete heller. Vielleicht, weil ich es vom Staub befreit hatte. Ich warf einen Blick auf die anderen Zeichen vor den restlichen drei hohen Sitzen, doch keines leuchtete wie das vor mir.

Von irgendwoher – vielleicht aus der leeren Luft – erklang ein Laut, wie der tiefe Ton eines Jagdhorns, gleichzeitig aber auch wie ein Trommelschlag. Oder war es der Ruf vieler Stimmen zu einer einzigen, anhaltenden Note vereint? Ich wußte nur, daß ich nie zuvor dergleichen gehört hatte. Unwillkürlich lehnte ich mich von der Tafel zurück, stemmte beide Hände auf die geschnitzten Armlehnen und starrte durch die Halle (inzwischen war es sehr dunkel geworden), um die Quelle dieses Lautes aufzuspüren.

Dreimal wiederholte er sich. Das letztemal glaubte ich, ein Echo oder eine Erwiderung schallte von weither. Die Dunkelheit – ich konnte nun nicht einmal das Glitzern jener Bilder über der Feuerstelle sehen, obgleich ihr Leuchten von Anfang an gegen die wachsende Düsternis angekämpft hatte – nahm noch weiter zu und schien immer dichter zu werden.

Das schwindelerregende Gefühl bemächtigte sich meiner, daß das ganze Bauwerk, in das ich ungebeten eingedrungen war, einer Veränderung unterzogen war, und daß, obwohl ich nichts sehen konnte, sich ringsum Seltsames tat. So fest umklammerte ich nun die Armlehnen, daß die Kanten der gemeißelten Zier schmerzhaft in die Handflächen schnitt. Die Dunkelheit war nun absolut. Ich fiel – oder flog – oder wurde an einen anderen Ort gezogen, vielleicht auch in eine andere Zeit, von wo es kein Entrinnen gab.

XI

Wenn diese Schwärze Hexerei entsprang, dann war, in das ich erwachte, kein Traum, wie ich es gern geglaubt hätte. Ich saß nach wie vor auf dem steinernen Ehrensitz an derselben Tafel, doch in einer Halle, die, trotz ihrer Größe, fast völlig mit Menschen gefüllt war. Wollte ich sie mir aber näher ansehen, war es, als verhülle ein Schleier sie. Dadurch konnte ich nur verschwommene Umrisse sehen und vielleicht die gedämpfte Farbe eines Gewandes oder Wamses. Nie offenbarte ein Gesicht sich mir deutlich. Ich gewann auch den starken Eindruck, daß zwar die meisten Anwesenden von menschlicher Gestalt waren, sich jedoch auch viele von fremdartiger darunter befanden – einige von bezaubernder Schönheit, andere dagegen grotesk.

Kein Zweifel bestand, daß alle speisten, und daß es einen bedeutenden Grund für dieses Bankett gab. Irgendwie spürte ich das. Die Anwesenden waren nicht stumm, aber ihre Unterhaltung drang so dumpf und wie aus großer Entfernung an meine Ohren, daß es sich für mich wie das Murmeln von Wogen anhörte, die über einen Strand spülten.

Ich beugte mich nach vorn und bemühte mich, mich mit nur einem Gesicht zu befassen und den Blick nicht davon zu nehmen, bis ich die Züge klar erkannte, doch immer war da dieser Schleier dazwischen. Ich wandte meinen Kopf nach rechts, um zu sehen, wer auf dem hohen Stuhl neben mir saß. Es war eine Frau in einem Gewand von der Farbe reifen Weizens. Doch ihr Gesicht, wie alles andere, war verschwommen. Ein Blick nach links verriet mir, daß mein anderer Nachbar ein Mann war, aber mehr erkannte ich nicht.

Immer noch mit den Händen um die Armlehnen wartete ich, daß diese anderen auf mein Erscheinen aufmerksam wurden, oder daß der Zauber sich auflöste und alles war wie vorher, oder daß er mich die Anwesenden besser sehen lassen würde. Nichts dergleichen geschah. Die verschwommenen Gestalten saßen weiter an der Tafel, aßen, hoben ihre Kelche, unterhielten sich miteinander, und blieben in ihrer eigenen Welt, aus der ich ausgeschlossen war und die ich nur, wie durch Dunst hindurch, zu sehen vermochte.

Nur etwas leuchtete klar und hell: die Runen unmittelbar vor mir auf der Tafel. Sie allein befanden sich voll und ganz in *meiner* Welt. Immer wieder kehrte mein Blick zu ihnen zurück, während alles andere ringsum, in das ich so unerwartet geraten war, mich immer mehr verwirrte. Nur mit größter Anstrengung konnte ich meine Hände von den Armlehnen lösen. Ich streckte sie aus, um sie auf das Zeichen vor mir zu drücken. Wenn es mich verzaubert hatte, vermochte es mich vielleicht auch wieder in die Wirklichkeit zurückzubringen.

Es bedurfte aller Willenskraft, meinen Zeigefinger über das Zeichen zu halten, um es wieder nachzufahren. Dreimal. Was würde dann geschehen? Ich biß die Zähne zusammen und fing an. Das Zeichen fühlte sich jetzt so kalt an, als hätte ich den Finger in das Wasser einer Bergquelle gesteckt. So – und so – und so ...

Einmal, zweimal, dreimal folgte meine Fingerspitze den Linien, und ich dachte angespannt an nichts anderes. Da war es, als öffneten sich meine Ohren. Ich hörte Stimmen – nicht mehr als fernes Gemurmel, sondern laut und deutlich, nur war die Sprache, derer sie sich bedienten, nicht meine.

Ich wagte es aufzublicken. Alle in der Halle um mich waren nun Wirklichkeit, waren aus Schatten zu lebenden Wesen geworden. Ich sah Männer und Frauen im Festtagsstaat, so prunkvoll, wie sie mir in noch keiner Halle eines Lords meines Volkes begegnet waren. Sie trugen nicht Wappenröcke wie unsere Höflinge auf einem Fest, sondern Gewänder und Wämser aus weichem, anschmiegsamem Stoff, so bunt wie Wiesenblumen, dazu edelsteinbesteckte Gürtel, breite, juwelenfunkelnde Kragen, und blitzende Ringe an den Fingern.

Ihr Haar war dunkel, und die Damen hatten es hochgekämmt und mit Edelsteinnadeln festgesteckt oder von so dicht mit Juwelen besetzten Reifen gehalten, daß nicht zu erkennen war, aus welchem Metall sie waren. Auch die Männer trugen Stirnreifen. Diese waren aus Gold oder Silber oder einem roten Metall, wie ich es noch nie zuvor gesehen hatte, und mit nur einem großen Edelstein über der Stirn geschmückt.

Unter diesen Menschen befanden sich auch andere, genau, wie ich es vermutet hatte. Nahe der hohen Tafel sah ich eine Frau, die zweifellos von der gleichen Rasse war wie meine Lady-der-Blätter. Da war auch ein Mann – so, zumindest, würde ich ihn bezeichnen –, der kein Wams trug, sondern zwei sich überkreuzende, edelsteinbesetzte Gurte auf der Brust, die auf den Schultern breiter wurden. Sein Körper, was davon zu sehen war, war bepelzt, sein Gesicht mit weichem Flaum bedeckt, und aus seiner Stirn wuchsen zwei über den Kopf gebogene Hörner vom gleichen Rot wie seine Augen. Ich war auch ziemlich sicher, daß ich über die Schultern eines anderen, etwas weiter entfernt an der Tafel, zusammengefaltete Schwingen ragen sah. Als ich ihn näher betrachten wollte, weil ich befürchtete, er könnte eines dieser geflügelten Ungeheuer sein, zuckte ich zusammen, weil sich eine Hand auf meine legte.

»Hat der Frühlingswein Euch die Sinne verwirrt, mein Lord? Ihr blickt um Euch, als säßet Ihr zum erstenmal an dieser Tafel.«

Ihre Stimme klang sanft, doch war sie deutlich über das allgemeine Stimmengewirr zu vernehmen. Langsam wandte ich den Kopf, um sie zu betrachten, die zu meiner Rechten saß und Worte in meiner eigenen Zunge zu mir gesprochen hatte.

Sowohl ihr Haar als auch ihre Haut war dunkel. Letztere sogar noch dunkler als meine sonnengebräunte, und irgendwie war ich sicher, daß sie diese Farbe weder Wind noch Wetter verdankte. Groß mußte sie sein, denn ich mußte ein wenig hochblicken, um ihr in die Augen zu sehen. Auch sie waren braun, von dem Rotbraun des Bernsteins, wie mein Volk ihn so hochschätzt. Die schwarzen Brauen darüber verliefen völlig gerade. Man sah ihr an, daß sie zu gebieten gewöhnt war. Das Weizengelb, das ich zuvor durch den Schleier vor meinen Augen bemerkt hatte, war ein Umhang, den sie zurückgeworfen hatte, als ihre Hand nach meiner griff. Darunter trug sie ein Gewand, ebenfalls gelb, doch einen Ton heller, das sich eng an ihre vollbusige Figur mit der schmalen Taille schmiegte. Zwischen den üppigen Brüsten ruhte ein Bernsteinanhänger an einer Kette aus abwechselnd Bernstein- und schwarzen Perlen. Dieser Anhänger stellte eine Garbe Weizen dar, die mit einer Ranke zusammengebunden war, an der reife Trauben hingen.

Ihr Haar war zu Zöpfen geflochten als Krone hochgesteckt, doch statt edelsteinbesetzten Haarnadeln oder Reifen schmückte ein weiterer Bernstein, größer als der an der Brust, doch sonst völlig gleich, ihre Stirn, gehalten von einem Reifen aus rotem Gold.

Ihr Anblick verwirrte mich völlig und erst recht das Gefühl, das ich plötzlich für sie empfand, und für das wahrhaftig weder die richtige Zeit, noch der richtige Ort war. So hatte ich nicht geantwortet. Sie war ... Ich fand einfach keine Worte, während meine Gedanken sich überschlugen und ich vor meinem inneren Auge ein zur Saataufnahme bereites Feld sah (und andere, weniger unschuldige Bilder, als mein Körper auf meine wachsende Erregung ansprach).

Sie lächelte, und ihr Lächeln war eine Aufforderung, daß ich mich nur noch mit eiserner Willenskraft auf meinem hohen Sitz halten konnte. Sie zog auch ihre Hand nicht von meiner zurück. Ich biß die Zähne zusammen, damit ich nur ja nicht heftig ihre Hand faßte, und sie an mich zog.

Der Ausdruck ihrer Augen änderte sich. Sie wirkten überrascht, ja mehr noch, als erkannte sie mich plötzlich. Ich bin sicher, daß sie mich in diesem Moment als das sah, was ich wirklich war: nicht einer, der zu ihrer Gesellschaft gehörte, sondern ein Fremder, der durch Zauberei zu ihnen gebracht worden war.

Jetzt hätte ich mich nicht mehr zu rühren vermocht, selbst wenn ich dem Verlangen nachgegeben hätte, das in mir tobte. Diese bernsteinfarbigen Augen bannten mich. Sie hob ihre freie Hand und legte sie um den Anhänger an ihrer Brust. Ich wartete auf den Ausbruch ihres Grimms, darauf, daß sie mich als Betrüger bloßstellte, als Feind, als Dieb eines Rechtes, das nie mein sein konnte.

Statt dessen musterte sie mich nur, und ihre Augen verrieten, daß sie überlegte. Ihre Finger auf meiner Hand schlossen sich nun um mein Handgelenk, und zwar so, daß ich sie nicht ohne Anwendung aller Kräfte hätte lösen können. Das hätte ich von einer Frau nie erwartet.

Wieder sprach sie, und wieder verstand ich sie trotz des Stimmengewirrs ganz genau. Ihr Wort war ein Befehl, dem ich mich nicht widersetzen konnte.

»Trink!«

Zu meiner Linken stand ein Kelch. Da sie meine Rechte

nicht freigab, hob ich ihn notgedrungen mit der linken Hand, um ihr zu gehorchen. Eigenartigerweise war dieses Trinkgefäß – in dieser Welt des Reichtums – aus einem Stück dunklen Holzes geschnitzt. An einer Seite, erhaben ausgeführt, befand sich der Kopf eines Mannes, oder eines, der einem Mann sehr nahe kam – obwohl die Augen schräg geschnitten waren und sowohl sie, als auch der Zug der Lippen über einem spitzen Kinn, auf merkwürdige Art belustigt wirkten. Der gelockte Kopf war von einem Reifen in der Form eines Geweihs gekrönt. Der Kelch selbst war bis zum Rand mit einer Flüssigkeit gefüllt, die, während ich den Kelch hob, zu sprudeln und blubbern begann. Trotzdem mußte ich tun, was die schöne Frau verlangt hatte. Also trank ich.

Das Getränk war gar nicht heiß, wie ich nach dem Sprudeln erwartet hatte, sondern angenehm kühl. Und doch, als es meine Kehle hinabfloß, verbreitete es Wärme – Wärme und noch mehr. Es erhitzte mein Blut, erhöhte mein Verlangen.

Ich hatte über den Rand des Kelches hinweg nicht den Blick von meiner schönen Nachbarin genommen, und nun spielte ein Lächeln über ihre Lippen, das zu einem flüchtigen Lachen wurde, während ihre Rechte weiter den Anhänger zwischen den Brüsten streichelte, die immer mehr ihrer festen Fülle offenbarten.

»Gut gemacht!« sagte sie. »Es steckt bereits ein wenig der Kraft in dir, Mann aus einer Zeit, die erst noch kommen muß, sonst wärst du jetzt nicht unter uns.« Sie beugte sich näher zu mir. Von ihr oder ihrem Gewand – aber ich war sicher, daß es von ihrem festen Fleisch kam – stieg ein Duft auf, der mir den Kopf verdrehte. Einen Augenblick vermochte ich weder den Kelch abzustellen, noch meine andere Hand zu befreien. Ich war ihr Gefangener, mit dem sie spielte.

»Es ist bedauerlich«, fuhr sie fort, »daß unsere Zeiten nicht wirklich übereinanderliegen, so daß du dein gegenwärtiges Verlangen stillen könntest. Doch nimm dies mit dir, Verirrter, und gib es der Richtigen, zur richtigen Zeit und am richtigen Ort.«

Sie küßte mich voll auf den Mund. Das Feuer dieser Berührung versengte mich schier, so, wie der Wein meinen Körper mit einer anderen Art von Wärme durchtost hatte. Ich wußte in diesem Moment, daß keine andere Frau je das für mich sein würde, was diese hätte sein können …

»Nein«, wisperte sie, während sie sich ein bißchen zurücklehnte. »So ist es nicht. In deiner eigenen Zeit wird es eine für dich geben – ich, Gunnora, verspreche es. Sie wird kommen, doch du wirst sie nicht als die erkennen – erst in der richtigen Stunde wirst du es wissen. Du hast von des Jägers höchsteigenem Kelch getrunken. So wirst du suchen, bis du findest.«

Ihre Hand um mein Handgelenk bewegte nun meine Finger, daß sie das Zeichen vor mir rückwärts nachfuhren. Dreimal taten sie es. Und wieder war die schöne Frau nur ein verschwommenes Bild. Trotzdem nahm sie die Hand nicht von meiner. Drei weitere Male lenkte sie meine Finger rückwärts durch das Zeichen. Dann war es dunkel um mich und meine seltsame Reise war beendet. Hatte sie durch die Zeit geführt oder durch den Raum?

Ich saß immer noch an der Tafel. Doch die Halle war kalt und still, und die Schwärze der Nacht drückend. Ich hielt etwas in meiner Linken. Im gedämpften Schein der Runen vor mir sah ich, daß es ein Kelch war. Das Runenlicht weckte einen Silberschein an einer Seite. Aus jenem anderen Ort hatte ich des Jägers Kelch mit zurückgebracht. Und mein Körper spürte das in mir erwachte Verlangen, das im Hier und Jetzt keine Erwiderung fand.

»Gunnora?«

Laut rief ich ihren Namen, und er schallte hohl durch die lange Halle, ohne ein Echo zu finden. Unwirsch schob ich den Kelch zur Seite, legte meinen Kopf auf die verschränkten Arme, daß meine Wangen auf die Runen drückten. Doch ich wußte, ohne daß man es mir sagen mußte, daß sie mir nicht wiedergeben konnten, was sie mir so kurz gewährt hatten.

Drei Tage blieb ich in der Burg, schlief vor der Feuerstelle in der Halle, und setzte mich dann und wann auf den hochlehnigen Ehrensitz und versuchte jeden Augenblick jener Zeit zurückzurufen, da mir ein Blick in die Vergangenheit vergönnt gewesen war. Ich hatte nie eine Frau gehabt, obgleich ich unter Garns Gefolge viel über die Erfahrungen anderer mit Frauen gehört hatte. Es war unser Geburtsrecht, daß dieses Bedürfnis nicht schon in früher Jugend kam. Vielleicht waren deshalb unsere Familien so klein, und es war darum für unsere Clanlords leichter, Ehen zu ihrem Vorteil und das Wohlergehen ihrer Erben zu stiften.

Nun plagten mich neue Träume. Da ich jedoch wußte, daß sie nie würden erfüllt werden können, bemühte ich mich, mich mit anderen Dingen zu beschäftigen. Ich jagte und stellte Fallen für Wild, das kam, um sich am Getreide zu stärken. Auch den Weizen erntete ich und zermalmte die Körner zwischen zwei Steinen. Das grobe Mehl gab ich in den Behälter, in dem Zabina mir das Reisbrot mitgegeben hatte. Das Fleisch räucherte ich, so gut ich es konnte, und sorgte so für weitere Wegzehrung, denn ich wußte, daß ich mich wieder auf meine Suche machen mußte, obgleich ein Teil meines Ichs gern geblieben wäre – um noch einmal mein Glück mit diesen Runen zu versuchen.

Nichts wünschte ich mir in meinem Leben mehr, als zu dem Festmahl zurückkehren und diesmal dort bleiben zu dürfen, dabei war mir klar, daß ich nicht einmal mit Hilfe von Zauberei die Zeit überbrücken konnte. Während dieser Tage dachte ich wenig an Iynne und Gathea. Beide schienen unendlich weit entfernt zu sein, als hätte ein Vorhang diesen Teil meiner Vergangenheit verhüllt und trennte mich von meinem bisherigen Leben – von dem Mann, der ich zuvor gewesen war.

Am vierten Morgen raffte ich mich jedoch auf. Ich wußte, als hätte meine Bernsteinlady es mir befohlen, daß es Zeit aufzubrechen war. Nicht länger durfte ich nachtrauern, was hätte gewesen sein können, obwohl ich nicht an ihr Versprechen glaubte, daß mein Verlangen je durch eine jetzt lebende Frau gestillt werden konnte, dazu war Gunnora zu lebendig in mir.

Widerwillig verließ ich die Burg am frühen Morgen. Ich mußte weiter gen Westen. Als das verlassene Kastell ein gutes Stück zurücklag, wurde mir innerlich plötzlich anders. Es war als wäre ich aus einem Fieberschlaf geheilt erwacht. Erneut verspürte ich dieses wohlbekannte Drängen, dieses Bedürfnis, die Spur zu Garns Tochter und mit ihr Gathea zu finden.

Wieder zog ich durch weglose Wildnis, ohne auch nur die Trümmer alter Behausungen. Ich richtete mich nach einem Gipfel der hier weiterführenden Bergkette, der mich an eine gen Himmel deutende Schwertklinge erinnerte. Auf ihn zu marschierte ich mit größter Wachsamkeit, denn nun, mit der Burg so weit entfernt, sah ich drohende Gefahren hinter jedem Felsblock und Buschwerk. Doch offenbar gab es hier nur Vögel hoch am Himmel, und auf dem Boden keine Spuren von irgendwelchen Lebewesen. Das hier mochte ein Land sein, das nur Pflanzen und Vögel hervorgebracht hatte.

Am zweiten Tag erreichte ich den untersten Hang meines richtungweisenden Gipfels. Als Wegzehrung, die ich gut eingeteilt hatte, trug ich noch ein wenig des geräucherten Fleisches und des Mehls aus den Feldern um die Burg bei mir und auch Beeren, die ich unterwegs gepflückt hatte und die sowohl Hunger als auch Durst stillten. Gatheas Schulterbeutel hatte ich nicht geöffnet, als würde ich sie jeden Augenblick treffen und ihn ihr zurückgeben können. Dafür wurde meiner immer leerer.

Die Sonne würde bald untergehen, und Nebel senkte sich wie ein fallender Vorhang herab und verbarg immer mehr der Berge. Deshalb beschloß ich, mein Nachtlager hier aufzuschlagen und mir erst in der Morgensonne einen Weg über das Gebirge zu suchen.

Ich schaute mich nach einem geschützten Flecken um und fand eine Höhlung in den Felsen, in die ich mich zwängen konnte, und machte es mir so mit dem Rücken gegen den Stein bequem und dem Gesicht ins Freie gewandt. Die Nächte in diesem mir unheimlichen Land empfand ich nicht als geruhsam, sondern als etwas, das überstanden werden mußte, obgleich ich noch keine unliebsamen Erfahrungen gesammelt hatte, seit ich die Burg verlassen hatte. Ich schlief unruhig, mit vielen Unterbrechungen, und mir schien, als hungre mein Körper danach, wieder einmal eine volle Nacht sorglos durchzuschlafen.

Obgleich es hier viel dürres Holz zwischen den Büschen und Bäumen gab, die in vereinzelten Gruppen wuchsen, zündete ich kein Feuer, da es nur auf mich aufmerksam machen würde. So lag ich halb sitzend in der Höhlung und starrte hinaus in die sich verdichtenden Schatten. Und wie immer, wenn ich meine Gedanken nicht bezwang, schob sich das Bild der Banketthalle vor mein inneres Auge mit all den Festgästen. Weshalb waren sie aus diesem Land fortgezogen? Welch Unglück war ihnen widerfahren, daß sie die schöne, heimelige Burg verließen? Ich hatte keine Spuren von Kampf dort bemerkt. Hatte eine Seuche sie verjagt? Oder eine Bedrohung von anderswoher sie in die Flucht gejagt?

Ich zuckte heftig zusammen.

Hatte ich diesen Schrei mit den Ohren gehört? Nein, er hatte in meinem Kopf geschrillt. Ich beugte mich nach vorn über die Knie, als könnte die wachsende Dunkelheit mir einen Fingerzeig geben, wer da um Hilfe geschrien hatte, und wo er oder sie sein mochten.

Wieder rüttelte mich dieser geistige Hilferuf. Er schien von hinter mir zu kommen – von den dunstverhangenen Bergen! Aber von wem? Ich rutschte aus der winzigen Höhlung ins Freie, sprang auf die Füße und starrte die Felswand empor. Ein Lichtpunkt hob sich aus Nacht und Nebel ab. Ein Feuer? Es hatte nicht die Farbe echter Flammen. Eine Falle mit diesem Licht als Köder? Nur zu gut erinnerte ich mich der Silberfrauen und ihres lockenden Gesangs zwischen den Steinkreisen.

Zum drittenmal schrillte dieser verzweifelte, wortlose Hilferuf. Die Vorsicht riet mir, zu bleiben, wo ich war. Aber es nutzte nichts, die Ohren diesem Schrei zu verschließen. Er fand auf andere Weise Einlaß. Auch vermochte ich nicht, ihn einfach abzutun, denn mir schien – obgleich er auf so ungewöhnliche Weise zu mir kam –, daß es ein Hilferuf jemandes meinesgleichen war. Gathea, vielleicht, oder Iynne? Die eine oder die andere, oder beide mochten es sein, die sich einer Kraft bedienten, die dieses zauberträchtige Land ihnen verliehen hatte.

Ich verließ das bißchen Sicherheit, das ich in meinem Unterschlupf zu finden geglaubt hatte, und begann den Hang zu erklimmen. Der Wind wehte den Berg herab und fegte gegen mich. Er trug einen ganz bestimmten Geruch mit sich – nicht den Gestank des Bösen, doch auch nicht den Duft bezaubernder Süße, der mich an Gunnora gemahnte oder den Mondschrein mit seinen blühenden Bäumen. Nein, er war ein völlig neuer, den ich nicht zu deuten vermochte.

Obgleich ich wußte, wie töricht es war, mich derart durch die Nacht zu wagen, mußte ich es einfach tun, doch zumindest mit Vorsicht und einem wachsamen Auge und Ohr. Ich hastete also nicht blindlings dahin, sondern setzte bedächtig Fuß vor Fuß und wartete zwischen jedem Schritt angespannt auf einen weiteren dieser Hilferufe.

Immer noch war der Lichtpunkt zu sehen, doch er war der einzige Hinweis, wenn ich von dem immer drängerenden Gefühl absah, daß etwas Wichtiges bevorstand.

Glücklicherweise wuchsen hier Büsche, an denen ich mich festhalten und hochziehen konnte, als der Hang steiler wurde. Ich gelangte zum Fuß des Nebelbehangs, der sich beim Eindringen wie ein klammer Umhang um mich legte und mein Gesicht benetzte. Und doch hatte er den Lichtpunkt nicht gelöscht, der mir Wegweiser war.

Alle paar Schritte blieb ich stehen. Zwar waren meine Augen hier blind, aber ich zwang meine Ohren, mir zu helfen. So kalt war dieser Dunst, als trüge er bereits den ersten

Schnee mit sich und wäre kein üblicher Nebel dieser Jahreszeit. Auch schien er jeden Laut zu verschlucken, denn ich hörte gar nichts.

Das Licht schwand weder, noch wuchs es. Es blieb ein Wegweiser – doch für wen? Für mich? Oder hatte ich mich in dem Netz verstrickt, das für einen anderen gesponnen war? Doch obwohl ich den Hilferuf nun nicht mehr vernahm, konnte ich nicht umkehren oder einen anderen Weg einschlagen.

Da …

Unmittelbar vor mir erhob sich eine Gestalt, fast so hell wie dieser gespenstische Nebel. Von beachtlicher Größe war sie und dieses leise Knurren unverkennbar. Eine Bergkatze – Gruu?

Ich blieb stehen und griff nach meinem Schwert. Dieses Tier war zweifellos so groß wie Gruu, und wenn es sich auf nächtlicher Jagd befand, wie gewiß andere seinesgleichen, mochten mir weder mein Stahl noch meine Körperkräfte helfen, wenn es sich entschloß, mich anzufallen.

Noch einmal knurrte die Großkatze, dann drehte sie sich um, und sogleich hatte der Nebel sie verschluckt. Gruu! Ganz sicher war es Gruu, denn eine andere Katze hätte mich bestimmt angegriffen. Das bedeutete also, daß Gathea hier oben war!

Den Rest des Hanges rannte ich achtlos, stolpernd hoch. Ich wollte ihren Namen rufen, doch befürchtete ich, dadurch nur jene auf mich aufmerksam zu machen, die sie gefangenhielten oder belagerten. Und wieder erwartete die silberweiße Katze mich, als ich in einen Lichtkreis stürmte.

Das Leuchten breitete sich von einem Gegenstand auf kahlem Gestein aus – einem so ebenen Sims, daß man meinen konnte, es wäre zu einem bestimmten Zweck aus dem Berg gehauen worden. Ich konnte diesen Gegenstand nicht erkennen, aber ich war in diesem Augenblick auch weit mehr an der schlaffen Gestalt daneben interessiert, über die die Katze sich beugte und der sie mit rauher Zunge über die Wange fuhr.

Es war Gathea. Und etwas hatte ihr grob mitgespielt. Ihre feste Reisekleidung hing in Fetzen von ihr, so daß ihre, von tiefen Kratzern gezeichneten Arme bis fast zur Schulter entblößt waren, und selbst ihr Beinkleid war zu Streifen zerrissen, die nun nur noch behelfsmäßig durch Knoten zusammenhielten.

Ihr Haar umhüllte wirr den Kopf. Es war zerzaust und welke Blätter und Zweigstücke steckten darin. Ihr Gesicht war nur noch über Knochen gespannte Haut, und ihre zerkratzten und verfärbten Hände wirkten so knochig wie die Klauen des Geflügelten, gegen den ich gekämpft hatte.

Ich kniete mich neben sie und fühlte nach ihrem Puls, denn so schlaff lag sie, daß ich befürchtete, was ich gehört hatte, sei vielleicht ihr Todesschrei gewesen und sie gestorben, ehe ich sie hatte erreichen können. Gruu machte mir Platz, doch ihre grünen Augen hingen an mir, als warnten sie mich, ja nichts zu tun, was Gathea schaden könnte.

Sie lebte noch, aber ihr Herz schlug schwach und unregelmäßig. Ich kramte in meinem Schulterbeutel, dann tropfte ich ihr Wasser aufs Gesicht, ehe ich ihren Kopf ein wenig hob und stützte, und ihr, so gut es ging, Wasser einflößte. Ich schaute mich in dem gespenstischen Licht um, sah jedoch nichts, was darauf hindeutete, daß sie irgendwelche heilenden Kräuter oder dergleichen bei sich getragen hätte. Ich erinnerte mich an Zabinas Anweisungen und zerkrümelte ein paar trockene Blätter in dem mitgegebenen Schälchen und verrührte sie mit Wasser. Ein würziger, frischer, ja scharfer Duft stieg davon auf. Wieder stützte ich Gatheas Kopf und träufelte ihr einen Mundvoll der Flüssigkeit ein, dann einen zweiten. Sie schlug die Augen auf und blickte mich an.

Aber sie erkannte mich nicht, ja, sie schaute durch mich hindurch, wie in andere Welten. Ich flößte ihr den Rest des Kräutertrunks ein. Dann gab ich eine Handvoll des grob gemahlenen Getreides in die Schale und auch darauf etwas Wasser. Ich fütterte sie mit einem kleinen Hornlöffel. Tatsächlich kaute und schluckte sie den Brei, doch weder schien sie *mich* zu sehen, noch es ihr überhaupt bewußt zu sein, daß jemand sich um sie bemühte.

Zum erstenmal stöberte ich in ihrem Schulterbeutel, den ich so weit mit mir herumgeschleppt hatte. Ich entdeckte eine Salbe, die ich so sanft ich konnte auf die schlimmsten der blutverkrusteten, tiefen Kratzwunden auf ihren Armen und Beinen strich.

Gruu beobachtete mich aufmerksam wie immer. Ehe ich ganz fertig war, stand sie auf und schaute mit erhobenem Kopf hinaus in die Nacht, als lauschte sie auf eine Gefahr oder witterte sie. Ruhelos begann sie hin und her zu stapfen, immer zwischen uns, wie mir auffiel, und dem Nebelvorhang, der das kleine freie Fleckchen um den Lichtschein umgab.

Dann stieß sie ein tiefes Brüllen hervor, wie das, mit dem sie in jener Nacht die unsichtbaren Finsterlinge herausgefordert hatte. Ehe ich mich umdrehen konnte, sprang sie in den Nebel. Ich hörte den Lärm eines heftigen Kampfes: Grunzen und schrilles Geschrei, wie es gewiß nicht aus Gruus bepelzter Kehle kommen konnte, und als letztes ein Röcheln.

Mit dem Schwert in der Hand stand ich schützend vor Gathea. Doch nichts drang durch den Nebel, bis Gruu selbst zurückkehrte. Sie hatte dunkle Flecken auf der Brust und weiteres Blut tropfte von ihren scharfen Fängen. Gleichmütig setzte sie sich ans Licht und machte sich daran ihr Fell von den Kampfspuren zu säubern. Sie versuchte sie abzulecken, dann fauchte sie verärgert. Schließlich holte ich meinen ehemaligen Kopfverband aus dem Beutel und befeuchtete ihn mit Wasser aus meiner Feldflasche.

Damit ging ich auf die Katze zu, um ihr zumindest die Mähne zu waschen, in der sich das Blut verfangen hatte. Sie gestattete es, und nun wunderte ich mich nicht mehr über ihren Ärger – oder war es Ekel? Das, wovon sie sich nicht selbst hatte säubern können und was ich nun von ihr wusch, sah zwar wie übliches Blut aus, war jedoch viel dikker und klebriger und stank so entsetzlich, daß ich mir am liebsten die Nase zugehalten hätte.

Gathea schien nicht wieder voll zu Sinnen zu kommen – zumindest sah es nicht so aus, als bemerkte sie, daß ich bei ihr war. Zumindest aber glückte es mir, sie wieder Löffelvoll um Löffelvoll mit Brei zu füttern und mich zu vergewissern, daß die Kratzwunden nicht tiefere Verletzungen waren, denn sie sahen entzündet aus. Wie sie ohne Wegzehrung überhaupt so weit gekommen war, war mir ein Rätsel, genau wie das geheimnisvolle Licht. Ich fing an zu glauben, daß sie aus Hunger und Erschöpfung zusammengebrochen war. Doch, was mich hierhergerufen hatte, war ein verzweifelter Hilferuf gewesen, den sie gewiß nicht ihrer Erschöpfung wegen ausgeschickt hatte.

Mit Gruu als Wache fühlte ich mich viel sicherer als die ganze Zeit, seit ich die Burg verlassen hatte. Die Großkatze lag nun am Licht, leckte ihre Pfoten und schien völlig mit sich selbst beschäftigt zu sein. Trotzdem war ich sicher, daß ich mich voll auf sie verlassen konnte.

Ich machte es dem Mädchen so bequem wie möglich, legte ihr ihren Schulterbeutel unter den Kopf und deckte sie mit meinem Reiseumhang zu, den ich bisher zusammengerollt über der Schulter getragen hatte. Ich schüttelte meine Feldflasche am Ohr. Sie klang ziemlich leer. Am Morgen mußte ich unbedingt eine Quelle finden – vielleicht konnte Gruu mir helfen.

Eine Armlänge von Gathea streckte ich mich aus und gestattete dem Schlaf mich zu übermannen. Das Licht schien noch so hell wie eh und je, aber es blendete nicht, dazu war sein Schein zu warm und sanft.

Plötzlich befand ich mich *in* diesem Licht, in seinem innersten Kern, wo mich ein fremdes, vernunftbegabtes Wesen erwartete. Zuerst stellte es mir eine lautlose, fordernde Frage, wollte wissen, von woher ich kam und was ich beabsichtigte. Daraufhin schob sich – doch ohne mein Zutun – das Zeichen als Antwort in meinen Geist, das meine Bernsteinlady getragen hatte: die Garbe mit der traubentragenden Ranke.

Der unsichtbare Fragesteller schien baß erstaunt zu sein,

so sehr, daß allein ein Gedanke ihm zugesetzt hätte. Doch nichts in mir verlangte nach einer Auseinandersetzung mit ihm. Ich empfand keine Feindschaft zu ihm, der so befehlsgewohnt an meinem Recht gezweifelt hatte, zu sein, wo ich war. Diese Fähigkeit, ein Bild in allen Einzelheiten in meinem Geist erstehen zu lassen, war mir neu, doch schien es so richtig zu sein. Und nun wandelte der Bernsteinanhänger vor meinem inneren Auge sich zu einer echten Garbe, und die Trauben an der Ranke um sie sahen so echt aus, daß ich glaubte, sie nur pflücken zu brauchen. Und obwohl ich sie nicht zu sehen vermochte, war mir, als stünde in diesem Augenblick meine Lady aus der Burg hinter mir. So sehr ich mich danach sehnte, mich zu vergewissern, sie wiederzusehen, vermochte ich es nicht, den Kopf zu drehen.

Das, was dem Licht im Nebel Leben verlieh, gab nach. Die ungeduldige Selbstherrlichkeit, mit dem es mich nicht nur hatte abschätzen, sondern auch verurteilen wollen, schwand. Statt dessen spürte ich eine Frage, hinter der Erstaunen steckte – nicht über mich, sondern über *ihr* Erscheinen, die sie gekommen war, ihre Hand über mich zu halten.

Ich fühlte Kräfte um mich wirbeln und durch mich hindurch. Fragen wurden gestellt und beantwortet – und ich verstand nichts, außer daß mir ein Weg geebnet worden war, obgleich die Macht hinter dem Licht noch verstimmt war und widerwillig nachgab. Dann, endlich, gönnte man mir den tiefen Schlaf, dessen ich so sehr bedurfte.

XII

Ich blickte zu einem wolkenlosen Himmel hoch, aus einem so tiefen Schlaf gerissen, daß mein Körper sich so steif fühlte, als hätte ich eine undenkbare Zeit reglos gelegen. Das, was mich geweckt hatte, hielt an.

Eine Stimme, klar und stark, dann eine Weile Schweigen, als warte der Sprecher auf Antwort, und dann wieder die Stimme. Die mir fremden Worte kamen in einem Singsang, dessen sich unsere Clanweissänger bei feierlichen Gegebenheiten bedienten, wenn sie die Geschichte eines Hauses aufsagten oder Gesetze bekanntgegeben oder aufgezählt wurden. Nur war die Sprache mir unbekannt, und so verstand ich nichts.

Ich drehte den Kopf. Gathea lag nicht mehr, wie ich sie gebettet hatte, sondern saß mit überkreuzten Beinen in der Sonne. Sie war es, die sprach, die diese fremden Worte an die Luft richtete, an die leere Luft, denn sie waren nicht für mich bestimmt, und Gruu war nicht zu sehen.

Im Fieberwahn mochte man handeln wie das Mädchen jetzt. Das war mein erster Gedanke, daß sie wirr redete. Sie wandte sich mir auch nicht zu, als ich mich aufsetzte. Aber war es wirklich Fieber, oder hatte Zauber sie in seinem Bann?

Vor ihr war das, was in der vergangenen Nacht das Licht ausgestrahlt haben mußte. Als ich es ansah, wollte ich aufspringen, davonlaufen und sie mitnehmen – falls mir das gelingen würde. Denn das, was zwischen Steine geklemmt aufrechtstand, konnte nur ein Stück des Stabes sein, den sie sich unter meinen Augen aus einem Zweig geschält hatte.

Ein Drittel davon war nicht mehr. Und während ich zuschaute, brach ein weiteres, kleines Stück ab – und wurde zu einem Hauch Asche, den ein Windstoß mit sich nahm. Es gab nichts anderes, was hätte brennen können – nur diesen von Feuer angesengten Stab.

Immer noch saß Gathea und sprach und wartete auf eine Antwort, die ich nicht hören konnte, und sprach erneut. Ein paarmal während ihrer Sprechpausen nickte sie, als wäre das, was sie allein vernahm, sehr vernünftig. Ein paarmal runzelte sie die Stirn, vielleicht weil, was sie hörte, eine Rüge oder Mahnung war. So natürlich wirkte das alles, daß ich fast zu glauben begann, mit *mir* stimme etwas nicht, mit meinen Augen und Ohren, die Gatheas Gesprächspartner weder sahen noch hörten.

Obgleich ich die Hand nach ihr ausstrecken wollte, hielt der starke Eindruck sie zurück, daß dies keineswegs Einbildung war, jedenfalls nicht ihrerseits. Schließlich seufzte sie tief und ihr Kopf ruckte hoch, als wäre jener, der ihr bisher gegenüber gesessen hatte, aufgestanden. Sie hob die Hand zu einer Geste, die nur Lebewohl bedeuten konnte. Und weiter folgte ihr Blick dem Unsichtbaren, der nun aufbrach.

Erst jetzt war ich imstande, mich zu rühren. Als ich sie sanft am Arm faßte, zuckte sie überrascht zusammen. Die Augen, die sie mir zuwandte, waren klar – sie sahen und erkannten mich.

»Gathea ...«

In unverkennbarem Ärger riß sie sich los.

»Du hast kein Recht, mir nachzuspionieren!« brauste sie auf.

Die ungeduldige Geste, mit der sie sich aus meiner Hand befreit hatte, warf meinen Schulterbeutel hoch. Der Verschluß, der seit meinem Kampf mit dem Geflügelten nicht mehr richtig hielt, sprang auf. Der Kelch des Horngekrönten, den ich aus der Zeit und der Burg mitgebracht hatte, flog heraus und rollte über den Boden und mit ihm das Edelsteinblatt der Baumfrau, da ich beides zusammengegeben hatte.

Gatheas Blick fiel auf den Kelch, der neben ihrem Stiefel zu ruhen kam, mit dem geweihkronengeschmückten Kopf nach oben gewandt, und auf das in der Sonne glitzernde

Blatt. Ihre Augen weiteten sich vor Staunen und starrten schließlich wie gebannt auf den gekrönten Kopf, als lebte er. Sie wich zurück, ohne jedoch den Blick von ihm zu nehmen, während ich das Blatt aufhob. Ich sah, wie ihre Zunge aus dem Mund spitzte und die Unterlippe benetzte. Nicht länger wirkte sie verärgert. Was ich nun in ihrem Gesicht las, war zweifellos beginnende Furcht. Mit kaum hörbarem Wispern fragte sie:

»Wo hast du das gefunden?«

»Sie sind beides Geschenke«, antwortete ich wohlüberlegt. »Den Kelch gab mir eine große Lady, die mir etwas aus der Zukunft las.«

Gathea nahm auch jetzt den Blick nicht vom Kelch. Ihr sonnengebräuntes Gesicht wurde immer bleicher.

»Hatte sie einen Namen – diese Geberin von Kelchen?« wisperte sie noch leiser. Aus der Weise, wie sie nach dem Überrest ihres Stabes griff und ihn hielt, wie ein Mann ein Schwert, wenn er sich einem Feind gegenübersieht, erkannte ich ihre Angst.

»Ihr Name war Gunnora«, erwiderte ich. Etwas in mir befriedigte es, daß sie so erschüttert war, als könnte ich sie in ihrem gegenwärtigen Zustand eher erreichen, während sie mir zuvor in ihrer ganzen Einstellung unendlich fern gewesen war, obgleich sie körperlich unmittelbar neben mir stehen mochte.

Wieder fuhr die Zunge über die Unterlippe. Nun schaute sie vom Kelch zu mir. Ich Blick wirkte berechnend, so zumindest kam er mir vor. Vielleicht hatte sie mich vorher als unbedeutend erachtet. Jetzt, jedenfalls, hatte ich in ihren Augen gewonnen.

»Was ist ihr Wahrzeichen?« Sie flüsterte nicht mehr, sondern stellte diese Frage laut und scharf, als habe sie ein Recht auf ihre sofortige Beantwortung.

»Eine mit traubentragenden Weinranken zusammengehaltene Getreidegarbe.« Nie würde ich auch nur eine Kleinigkeit dessen vergessen, was mit der Lady zu tun hatte, neben der ich in einer anderen Zeit, und vielleicht sogar in einer anderen Welt, hatte sitzen dürfen.

Gathea nickte. »Das stimmt, aber ...« Sie schüttelte verwirrt den Kopf. Dann hob sie den Blick und schaute mir fest in die Augen. Ihre wirkten suchend und noch ungläubig. »Warum – warum hat *sie* dir das gegeben? Und wo hast du sie gefunden? Nirgendwo war ein Schrein ...« Sie drückte die Hand mit dem Stab an ihre Brust, als wäre dieses geschrumpfte Zeichen ihrer eigenen rätselhaften Kräfte ein Schild.

»Ich habe sie nicht in einem Schrein getroffen«, antwortete ich. Ich hob nun auch den Kelch auf und gab das Blatt wieder hinein. »Ich kam zu einer alten, verlassenen Burg. Durch irgendwelche geheimen Kräfte saß ich mit jenen an der Festtafel, die einst die Herren dieses Landes gewesen waren. Meine Bernsteinlady gehörte zu ihnen, aber sie erkannte mich als einzige als den, der ich bin, und sie schenkte mir den Kelch.«

»Aber sie hat dir nicht gesagt ...« Sie kniff die Augen zusammen. Ihre Furcht und Wachsamkeit schwanden schnell. War ich ihr noch vor Augenblicken wichtig erschienen, so verlor ich bereits wieder an Bedeutung für sie. »Nein, sie hat es dir offenbar nicht gesagt. Aber du hast den Kelch, auch wenn du nicht weißt, wie er zu benutzen ist – und das allein schon hat seine Bedeutung.«

Ich ärgerte mich über ihre Rückkehr zu ihrer üblichen Überheblichkeit, zu ihrer Anmaßung, mich wie einen ihr Unterlegenen zu behandeln, wie sie es die ganze Zeit getan hatte, seit wir in dieses Land im Westen gekommen waren.

»Sie gab mir noch etwas anderes«, sagte ich. »Das ich zur richtigen Zeit benutzen soll ...«

Gatheas Blick wanderte zum Beutel, in den ich den Kelch wieder gab. Ich schüttelte den Kopf.

»Nein, nicht das Blatt – das bekam ich von einer anderen Lady, die über ihre eigenen Kräfte verfügte. Du hast deine Geheimnisse, das sind meine.« Ich würde ihr auch nie von dem Kuß erzählen und was meine Bernsteinlady darüber gesagt hatte. Ich warb nicht um diese Hexenmaid. Welcher Traum aus meiner Erinnerung erwachsen war oder erwachsen würde, ich würde ihn nicht mit jemandem teilen. Und nun stellte ich meine Fragen:

»Was hast du über Iynne erfahren oder über deine Mondmagie? Mit wem hast du gerade gesprochen?«

Gathea zuckte die Schulter.

»Was ich suche ...«, begann sie, aber ich unterbrach sie mit neuem Selbstvertrauen:

»Was *wir* suchen! Ich werde meines Lords Tochter finden, wenn das in diesem Land der vielen Überraschungen und gemischter Zauberei möglich ist. Hat dein unsichtbarer Freund dir verraten, wohin unser Weg uns führen muß?«

Ich war sicher, daß sie mir die Antwort verweigern und einfach weitermarschieren wollte, aber ich war genauso sicher, daß sie mich nicht mehr so behandeln konnte. Ich mochte vielleicht nicht wissen, welche Macht in diesem Kelch steckte, den ich bei mir trug, aber allein die Tatsache, daß er mir gehörte, ließ sie widerstrebend einsehen, daß sie mich nicht so ohne weiteres stehenlassen konnte, sondern mich als Weggefährten dulden mußte.

»Über die Berge dort ...«

Mit übertriebener Bedächtigkeit ließ ich meinen Blick über den Gebirgszug schweifen, von tief im Süden, bis hoch in den Norden.

»Ein weites Land für unsere Suche«, bemerkte ich. »Gewiß kannst du den Weg genauer beschreiben!«

Einen Augenblick glaubte ich, sie würde sich weigern. Ihre Miene war abweisend, wie sie nur sein konnte, und sie hielt den Stab, als wollte sie ihn mir über das Gesicht schlagen. Ich spürte ihre Wut fast körperlich. Einen Augenblick später wunderte ich mich, daß ich ihre Gefühle so unmißverständlich aufnehmen konnte. Grimm, wie Garns, als er mich schlug (und mich zu einem Nichts unter den Clansleuten machte), war offen erkennbar, aber das gerade, dieses Erkennen der Gefühle anderer, war mir neu.

Ich nahm den zweiten Schulterbeutel ab – ihren –, den ich so lange mitgeschleppt hatte, und streckte ihn ihr entgegen.

»Deiner. Du wirst feststellen, daß nichts fehlt. Den Schulterriemen habe ich wieder zusammengeflickt.«

Das schien ihren Ärger, zumindest im Moment, abzulenken. Sie nahm den Beutel und hielt ihn, fast als hätte sie ihn nie zuvor gesehen. Ein tiefer Kratzer zeichnete sich quer über ihn ab, wo eine Kralle des Geflügelten darüber gefahren war.

»Das hat ein Flügelwesen gemacht.« Ich bemühte mich um eine gleichmütige Stimme.

»Flügelwesen – die Varks! Du hast gegen einen Vark gekämpft!«

»Gewissermaßen. Ich bezweifle, daß diese Ungeheuer getötet werden können, und wenn, gehört allerhand dazu.« Ich entsann mich der abgeschlagenen Hand, die auf mich zugekrabbelt war, als verfüge sie über eigenes Leben. »Du hast offenbar mehr über dieses Land erfahren, seit wir uns getrennt haben. Genug, jedenfalls, den Namen dieser Geflügelten zu wissen. Was sonst?«

Wieder war ihr Gesicht unlesbar. »Genug.«

Genug? Nun, ich würde im Augenblick nicht weiter in sie dringen. Statt dessen sagte ich kurz:

»Wo überqueren wir diese Berge? Weiter in westlicher Richtung?«

Gathea pfiff leise, und sofort glitt Gruu zwischen uns. Das Mädchen wollte damit offenbar betonen, daß sie nur mit der Katze neben sich meine Begleitung duldete. Ihr Gesicht wirkte finster. Wäre eine freie Entscheidung mein gewesen, hätte ich mich auf dem Absatz umgedreht und sie einfach stehengelassen. Aber sie war meine Führerin zu Iynne. Und, um mir selbst die Treue zu halten, mußte ich für eine, mit dem Blut meines eigenen Hauses, tun, was ich konnte. Immerhin war meine Sorglosigkeit mitverantwortlich, daß meines Lords Tochter in Gefahr geraten war.

Schweigend kletterten wir den Hang empor, Gruu voraus, als kenne sie unseren Weg ganz genau, obgleich ich nicht einmal die Spur eines Pfades sehen konnte, der je von anderen als ihresgleichen benutzt worden war. Ich hatte nun einen guten Blick auf das Land unten, bis zum Rand jenes Gebiets, in dem die verlassene Burg stand. Ich fragte mich, ob auch Gathea dort hindurchgekommen war, und wenn ja, was sie da erlebt hatte. Ich beabsichtigte jedoch nicht, sie zu fragen. Sie hatte eine Schranke zwischen uns errichtet, und dagegen hatte ich im Augenblick auch gar nichts.

So steil der Hang war, fand ich ihn weit weniger anstrengend als jenen, der mich zum Bau des Vark geführt hatte. Ab und zu warf ich einen Blick zum Himmel hoch, um nach seinesgleichen Ausschau zu halten, aber glücklicherweise flog nichts durch die klare, sonnenhelle Luft.

Wir machten uns nicht daran, den spitzen Gipfel zu erklimmen. Gruu führte uns unterhalb um ihn herum, und zwar durch eine Kluft, oder vielmehr einen Spalt, der stellenweise so eng war, daß wir nur seitwärts gehend hindurchkamen. Gegen Mittag, nach dem Stand der Sonne, gelangten wir wieder ins Freie, auf ein breites Sims, von dem aus wir ein neues Land überblicken konnten.

Hinter uns lag eine Mischung aus Wüste und Wildnis, ein rauhes, trostloses Land, vor uns ein üppig grünes. Was in weiter Ferne schimmerte, konnten nur Türme sein, auf die sich die schmalen, weißen Bänder von Straßen zuwanden. Lange betrachtete Gathea, was vor uns lag, ehe sie sich über die Schulter mir zudrehte.

»Das ist bewachtes Land ...«

Ich verstand, was sie meinte. Sie wollte damit sagen, daß nur sie allein die Kraft haben mochte, den Weg fortzusetzen. Doch ich war bereit, es darauf ankommen zu lassen. Jedenfalls aber sah es so aus, als hätte Iynne es viel besser getroffen, als ich es befürchtet hatte, falls sie tatsächlich, irgendwie, hierhergelangt war.

Nun wandte Gathea sich ganz zu mir um. »Begreifst du denn nicht?« Sie zischte wie Gruu, wenn sie warnte, sich ja nicht mit ihr anzulegen. »Du bist nicht vorbereitet! Hier gibt es Schranken, die du nicht zu überqueren hoffen kannst!«

»Die jedoch vor dir fallen, vielleicht mit Hilfe des Unsichtbaren?«

Sie tupfte auf den Stab, den sie während des ganzen Aufstiegs in der Linken gehalten hatte. Diese Geste verriet ihre Ungeduld und Gereiztheit. Sie fügte hinzu:

»Völlig unmöglich, daß du es auch nur annähernd verstehst! Es würde Jahre dauern, bis du lerntest, die Türen zwischen dir und dem geheimen Wissen aufzuschließen. Ich wurde seit meiner Kindheit ausgebildet. Auch entstamme ich einem Geschlecht, dem seit vielen Generationen gewisse Kräfte gegeben waren. Ich bin außerdem eine Frau, und diese Kräfte sind nur jenen gewährt, die unter dem Mond stehen und die Große Lady herbeisingen können! Du bist – du hast nichts!«

Ich dachte an Gunnora, an meine Bernsteinlady, und an den Kelch, der sich in dem Beutel um meine Schulter abzeichnete, und an das Edelsteinblatt. Deshalb glaubte ich dem Mädchen nicht, daß nur eine Frau jenen nahe sein konnte, die hier herrschten.

»Du denkst an Stahl – an ein Schwert ...«, fuhr Gathea so überstürzt vor, daß ihre Worte sich schier überschlugen. »Es gibt hier Waffen, die du dir nicht einmal im Traum vorzustellen vermagst. Ich sage dir, das ist kein Ort für dich! Ich kann dir auch nicht helfen. Ich werde meine ganze Kraft für mich selbst brauchen – um das zu Ende zu bringen, was ich tun muß. Deine Clanslady nahm mir, was mein ist, auf das ich Geburtsrecht habe! Ich werde es zurückgewinnen!«

Ihre Augen waren so wild wie die eines ungezähmten Falken. So fest umklammerte sie ihren Stab, bemerkte ich, daß ihre Fingerknöchel sich weiß abhoben.

»Es gibt eine Zeit für Schwerter und auch für andere Waffen. Ich habe nicht gesagt, daß ich nicht an deine Kräfte glaube – oder an die Eigentümlichkeit dieses Landes – ich habe selbst schon damit Bekanntschaft geschlossen.« Meine Hand legte sich nicht um den Schwertgriff, sondern um die Wölbung des Beutels.

Sie lachte abfällig. »Ja, du hast den Kelch des Horngekrönten, aber du kennst ja nicht einmal seine wahre Bedeutung. Nach alter Sitte hält er, der die Hornkrone trägt, die Herrschaft nur eine Jahreszeit lang, dann werden sein Blut und Fleisch den Äckern gegeben, um sie fruchtbar zu machen – als ein Opfer an die Lady ...«

»An Gunnora?« fragte ich. Ich glaubte ihr nicht.

Gathea starrte mich an. »Du – du ...« Es war, als wollten so viele Worte ihre Kehle hoch, daß sie einander abwürgten. Dann drehte sie sich um und begann den Abstieg mit solch verwegener Hast, daß ich mich beeilen mußte, sie einzuholen, um sie davor zu bewahren, daß sie ausrutschte und auf den Steinen unten zerschellte. Da schoß Gruu an mir vorbei, hielt vor ihr an und blieb stehen, daß sie nicht weiter konnte, bis ich sie erreicht hatte.

»Wollen wir jetzt gemeinsam gehen?« fragte ich.

Ich wußte, wie gern sie mich abweisen und Hals über Kopf weiterlaufen wollte, wie sie es vor der Überquerung der anderen Bergkette getan hatte. Doch die Katze wich nicht vom Fleck, und sie konnte nicht an ihr vorbeikommen.

»Auf deine eigene Verantwortung!« fauchte sie. Wieder schob sich feindseliges Schweigen zwischen uns, das ich jedoch brach, da ein Wortgefecht weder ihr noch mir dienlich war.

»Es mag stimmen, daß du hier Willkommen finden wirst. War es einer der Hüter dieses Weges, mit dem du gesprochen, als du scheinbar in leere Luft geredet hast? Wie dem auch sei, ich bin verpflichtet, Iynne zu finden, da es eine Sippenschuld ist. Dazu werde ich alle Kraft aufwenden. Vielleicht ist ein Schwert keine Antwort, ich weiß es nicht. Aber ich bin ja nur ein Krieger ...«

Weshalb hatte ich das gesagt? Weil ich nie etwas anderes hatte sein wollen? Doch nun begann etwas anderes sich in mir zu regen, zu drängen. Was war zu mir über das Saatkorn gesagt worden, das wachsen würde? Ich war kein Weissänger, das wußte ich. Was mochte es da sein, das sich so eifrig in mir rührte, sich danach sehnte, die Geheimnisse dieses grünen Landes vor uns kennenzulernen? Mir war nun klar, daß mehr als bloß die Suche nach Iynne mich jetzt antrieb. Ein tiefes Verlangen, ein Wissensdurst, alles kennenzulernen, was es hier gab, brannte in mir. Ich wollte mehr über diese Leute erfahren, die ich beim Festmahl in der Burg gesehen hatte.

»Du bist ein Mann!« Es klang wie eine Anklage.

Es stimmte, daß Weise Frauen sich nicht vermählten, daß sie ihre körperliche Unschuld bewahrten, um ihre Kräfte nicht zu schwächen. Vielleicht empfanden sie Verachtung für alle Männer, wie ich sie jetzt aus Gatheas Stimme hörte.

Ich lachte. »Das bin ich allerdings.« Wieder erinnerte ich mich an die Bernsteinlady und die erregende Wärme ihres Kusses. Wenn dieses schmalhüftige, sonnengebräunte Mädchen sich einbildete, ich, der ich Gunnora gesehen hatte, begehrte sie, dann täuschte sie sich aber gewaltig. »Deshalb, mit deinem Wissen, verweigerst du mir alles? Du sprichst vom Horngekrönten und seiner Opferung – wie kommt es, daß ich davon nie etwas gehört habe? Wenn das früher einmal Brauch war, so ist es das seit undenklicher Zeit nicht mehr. Unter dem Edelvolk ...«

»Edelvolk!« fauchte sie. »Wir sind nicht unter ihm. Ja, viel geriet in Vergessenheit. Ich wußte gar nicht wie viel, bis ich durch das Tor trat. Dann war es mir, als käme ich aus einem engen Käfig in die Freiheit. Ich habe begonnen zu lernen, aber ich bin erst am Anfang des Pfades – eines Pfades, dem zu folgen du nicht einmal träumen kannst. Kehr um, Sippenloser. Bilde dir nicht ein, du könntest dich dem stellen ...«

»Wir werden sehen, wem ich mich stellen kann oder nicht!« unterbrach ich sie heftig. Sie hatte mich mit voller Absicht beleidigt und meine Wunde wieder aufreißen wollen, mich dadurch aber nur erinnert, daß ich meine Ehre wiederherstellen mußte. Mehr denn je war mir nun klar, daß ich weitermachen mußte, wollte ich mich nicht vor mir selbst schämen.

Es verlangte mich zu wissen, mit welchem Unsichtbaren sie sich auf dem Berg unterhalten hatte. Aber sie sagte es mir nicht freiwillig und ich konnte sie nicht zwingen, es mir zu verraten. Während ich ihr gegenüberstand und sie beobachtete, bemerkte ich, wie Grimm und Verachtung allmählich aus ihren Augen schwanden, ehe sie auf ihren Stab hinabblickte und das, was von ihm geblieben war, in den Händen drehte.

»Warum willst du die Dinge nicht auf sich beruhen lassen?« fragte sie leise. »Du drängst, du steckst deine Nase in etwas, das dich nichts angeht. Allein schon deine Anwesenheit hier mag zu einem Fehlschlag führen. Ich könnte das hier gegen dich benutzen ...« Das Stabende deutete kurz auf mich. »Doch wendete ich meine Gabe so an, würde sie sich gegen mich richten. Ich kann dicht nicht fortschicken, ich kann dich nur bitten, zu gehen. Ich habe nichts Gutes von deiner Lady Iynne gesprochen, doch sei überzeugt, wenn ich sie finde, werde ich alles in meiner Macht tun, sie aus dem Netz zu befreien, in dem sie sich in ihrer Torheit selbst verstrickt hat, und sie in ihr eigenes Leben zurückbringen. Weil ich bin, wer und was ich bin, vermag ich es. Du, dagegen, kannst es nicht ...«

»Weil ich bin, wer und was ich bin?« fragte ich. »Du wirst vielleicht noch deine Überraschungen erleben. Wollen wir uns wieder auf den Weg machen?«

Sie zuckte die Schultern, und wir stiegen weiter ab, doch etwas langsamer und vorsichtiger, wie es für diese gefährliche Strecke geboten war, denn diese Bergseite war weit steiler als die andere. Hier war es stellenweise unbedingt erforderlich, daß wir einander halfen, wenn es galt, Halt zu finden oder uns über Felsvorsprünge hinunterzulassen.

Wir wechselten keine weiteren Worte mehr, aber unsere Hände trafen sich bereitwillig, wo es nötig war. Schließlich erreichten wir einen besseren, weniger gefährlichen Weg, der uns in das grüne Land brachte. Hier wuchsen viele Bäume wie in jenem Gehölz, in dem ich die blättergehüllte Frau kennengelernt hatte. Keine Büsche fanden sich unter ihnen, nur Moospolster. An den lichten Stellen, die der Sonne Zulaß gewährten, blühten Blumen, hauptsächlich weiße, deren Blütenspitzen leicht rosa oder gelbgrün gefärbt waren, und so gleichmäßig, daß man meinen konnte, sie seien aus Edelsteinen geschliffen.

Ein süßer Duft hing in diesen sonnigen Lichtungen, die Gathea nicht durchquerte, sondern an deren Rand sie entlangschritt, sorgsam darauf bedacht, nur ja keine der Blumen zu berühren oder gar zu zertreten. Und ich folgte ihrem Beispiel.

Mir fiel auf, daß sie sich bei diesen Umwegen immer besonders beeilte und die Blumen nie betrachtete. Als ich einmal ein wenig zurückblieb, drehte sie sich um, und winkte mir zu ihr zu folgen. Sie deutete auf die Blumen und sagte:

»Sie sind gefährlich – für uns. Ihr Duft macht schläfrig und verleiht seltsame Träume.«

Woher sie das wußte, war mir ein Rätsel, denn ich hatte noch nie zuvor dergleichen Blumen gesehen. Aber eine Weise Frau versteht viel von Pflanzen, und vielleicht verlieh ihre Ausbildung Gathea einen besonderen Sinn für das, was gefährlich war, auch wenn es ihr bisher unbekannt gewesen war.

Gruu war verschwunden, uns weit vorausgeeilt, nachdem wir den letzten Hang hinter uns gebracht hatten. Wir hatten keine Mittagspause eingelegt, und ich wußte, daß die restliche Wegzehrung in meinem Beutel uns nicht sattmachen konnte. Ich war jedoch sehr hungrig, so schaute ich mich nach Beeren oder sonstigem Genießbarem um, fand jedoch nichts.

Schließlich kamen wir aus den hohen Bäumen und ihren ungewöhnlichen Blumenlichtungen in einen üblicheren Wald, denn die Bäume hier schienen artgleich mit jenen zu sein, wie ich sie von der anderen Seite des Tores her kannte. Wir waren noch nicht sehr weit eingedrungen, als wir auf einen Wildpfad stießen, auf dem noch frische Hufabdrücke zu erkennen waren.

Trotzdem hielt Gathea nicht an, und mich ermutigte allein der Gedanke, daß wir beim Abendlager frisches Fleisch über dem Feuer braten konnten. Als sie weiter durch den Wald eilte, so schnell es die natürlichen Hindernisse zuließen, wurde ich ungeduldig und brach schließlich das von ihr erzwungene Schweigen.

»Ich habe noch ein bißchen etwas zu essen. Ich glaube, es wäre angebracht, daß wir uns stärken.«

Sie mußte wohl so in ihre Gedanken vertieft gewesen sein, daß meine Worte sie unwillkürlich zusammenzucken ließen. Doch nun hielt sie an und öffnete ihren Schulterbeutel, den ich ihr zurückgebracht hatte. Dann schaute sie sich um. In der Nähe lag ein moosüberwucherter alter Baumstamm. Ihn erkor sie als Sitz. Ich ließ mich neben ihr nieder und holte den Mehlbehälter heraus, der nun zu drei Viertel leer war, und ein kleines Stück des geräucherten Fleisches.

Sie brachte aus ihrem Beutel eine Handvoll Dörrfrüchte zum Vorschein und zwei Stück hartes Reisebrot. Wovon hatte sie sich in jenen Tagen ernährt, da wir getrennt gewesen waren? Hatte Gruu für sie gejagt, oder war der Weg, dem sie folgte, besser mit Beeren gesegnet gewesen?

»Nein, nicht das«, wehrte sie ab, als ich ihr ein Stück Fleisch anbot. »Ich esse nicht viel Fleisch in diesem Land. Und wenn du klug bist, wirst es auch du nicht. Es wäre viel besser, du würdest das vergraben.« Sie blickte voll Abscheu auf das Fleisch. »So alt und trocken es auch ist, kann es durch seinen Geruch Bedrohliches anlocken.

Ich dachte über ihre Worte nach. Es stimmte, daß sie viel mehr über das Land wissen mußte als ich – durch ihren unsichtbaren Freund, vielleicht. Deshalb wäre es vielleicht angebracht, auf ihren Rat zu hören – bis zu einem bestimmten Grad.

Seufzend scharrte ich mit den Händen ein Loch in die weiche Erde neben dem Stamm, gab das Fleisch hinein und bedeckte es. Ich aß ein Stück Brot und ein paar der Früchte, die sie mir angeboten hatte. Mein grobgemahlenes Mehl hob ich auf. Es war friedlich hier, und nun, da wir stillsaßen und unsere Weggeräusche nicht mehr warnten, vernahm ich die leisen Geräusche der Tiere ringsum.

Einen der Bäume huschte ein niedliches Geschöpf herab mit buschigem Schweif, der ihm half, sein Gleichgewicht zu halten. Es hatte einen schmalen Kopf und scharfe Äuglein, mit denen es uns aufmerksam betrachtete. Es quiekte schrill, schien jedoch keine Angst vor uns zu haben.

Gathea gab ein paar zwitschernde Laute von sich. Das Tier rannte ein Stück den Baum wieder hoch, ehe es anhielt und sie durchdringend anstarrte. Nach den festen Zähnen zu schließen, die es uns zeigte, schien es keine Bedenken vor der Jagd zu haben und recht gut für sich sorgen zu können, wenn man so sein wohlgenährtes Bäuchlein betrachtete und das gesunde, glänzende Fell.

Wieder quiekte es. Ich kam nicht umhin zu glauben, daß es auf seine Weise meiner Weggefährtin geantwortet hatte. Wieder huschte es den Baum herab und sprang das letzte Stück, daß es in unserer Nähe landete, und dann rannte es furchtlos zu dem Mädchen, das ihm ein Stück Dörrobst entgegenstreckte. Mit der Vorderpfote, die eher eine Hand denn ein Fuß war, griff sie danach, und sie benutzte diese Gliedmaße so geschickt wie ein Mensch seine fünf Finger.

Sichtlich genußvoll kaute es die Frucht und schluckte sie hinunter. Dann setzte es sich ins Moos, und sein Schweif peitschte vor und zurück und von Seite zu Seite, während es unabläßlich quiekte. Zweifellos erzählte es etwas auf seine eigene Weise, und ich berichtigte schnell mein Urteil über seine Intelligenz.

Gathea zwischerte und schüttelte bedauernd den Kopf. Offenbar war sie nicht imstande gewesen, die Botschaft des Kleinen zu verstehen. Irgendwie befriedigte es mich, daß sie nicht *alles* über dieses Land wußte. Das Quieken des Tieres endete mit einem hohen Ton, aus dem ich Furcht zu hören glaubte. Dann schoß es wie ein roter Blitz den Baum wieder empor und war verschwunden.

Der Wald wurde still – zu still. Gathea gab die restliche

Wegzehrung zurück in ihren Beutel und sicherte seinen Verschluß. Dann beugte sie sich vor und lauschte. Ich hörte nichts als die Stille, doch die an sich war eine Warnung. Wie gern hätte ich jetzt Gruus Silberschädel über den Büschen auftauchen gesehen. Ich war durchaus bereit, dem Gespür der Katze für Feinde zu vertrauen. Ich bezweifelte nicht im geringsten, daß etwas Bedrohliches durch den Wald schlich.

So lautlos wie möglich stand ich auf – und zuckte zusammen, als ich etwas vernahm, was ich von früher kannte. Es war das Kreischen dieser schwarzen Teufelsvögel, die uns in Garns Tal so zu schaffen gemacht hatten. Zwar konnten sie nicht durch das Geäst und Laubdach der Bäume über uns dringen, aber ich war ganz sicher, daß sie von unserer Anwesenheit hier wußten. Merkwürdigerweise wußte ich auch, daß sie nicht hier waren, um uns anzugreifen, sondern daß sie uns nur hatten aufspüren sollen, wie Jagdhunde das Wild. Man hatte uns entdeckt und wir sollten die Beute irgendeiner Kraft werden, und einer der Finsternis, ohne Zweifel, wenn diese Vögel ihr gehorchten.

XIII

Gathea stand hocherhobenen Kopfes neben mir. Ich bemerkte, daß ihre Nasenflügel geweitet waren wie Gruus, wenn sie etwas witterte. Wenn sie tatsächlich mit dem Geruchssinn eine Warnung aufnahm, war sie mir, zumindest in dieser Hinsicht, überlegen. Ich hörte nur das Krächzen der Vögel. Ich spähte durch die Bäume. Von der Katze war nichts zu sehen. Wie sehr ich wünschte, sie wäre bei uns geblieben!

Da ich für eine etwaige Verteidigung ein paar Hinweise brauchte, drehte ich mich zu meiner Weggefährtin um, entschlossen, mir eine Antwort von ihr zu holen.

»Was sind diese Vögel? Sie begegnen mir nicht zum erstenmal, und zweifellos sind sie Kreaturen des Bösen.«

Sie wich meinem fordernden Blick nicht aus, und mir entging die Angst nicht, die sie zu unterdrücken versuchte.

»Ords Flügel.« In dem kreischenden Lärm verstand ich sie fast nicht.

»Und wer ist Ord?« drängte ich.

Gathea schüttelte den Kopf. »Er ist, glaube ich, einer der Großen Alten. Ich ...« Sie schaute auf den Stab in ihren Händen und dann wieder zu mir. »Ich kann ihn benutzen – zu meinem eigenen Schutz, aber ich weiß nicht, ob er dich miteinschließt ... Hol den Kelch heraus!«

So scharf war plötzlich ihr Ton, daß ich widerspruchslos gehorchte. Das Antlitz des Horngekrönten blickte zu mir hoch. Ein Trick des Lichtes, das hier durch das Laubdach drang, verlieh seinen Zügen Bewegung und eine kurze Weile hatte ich das Gefühl, diese Silberaugen musterten mich nachdenklich.

»Wir brauchten Wein ...« Sie sah sich um, als könnte plötzlich ein Faß aus leerer Luft auftauchen. Dann kramte sie in ihrem Schulterbeutel und brachte mehrere kleine Fruchtstückchen zum Vorschein, die ich, so hart und schwarz sie waren, als vor langer Zeit getrocknete Trauben erkannte.

»In den Kelch!« Sie streckte die Hand aus und ich griff nach diesen Kügelchen (sieben, wie ich zählte), um sie in den Kelch fallen zu lassen. »Jetzt Wasser – nein, es muß aus *deiner* Flasche kommen!«

Auf die schrumpeligen Bällchen goß ich etwa drei Mundvoll Wasser. Ich mußte sparsam sein, da ich ja nicht wußte, wann wir unsere Flaschen wieder auffüllen konnten.

Ein neuer Sinn erwachte in mir. Ich faßte den Kelch mit beiden Händen und hob ihn in Kinnhöhe, wo ich ihn drehte, daß das Wasser die gedörrten Trauben hin und her spülte. Ein armseliger Ersatz für Wein, vielleicht, aber besser als gar nichts, und ich konnte mir zumindest einbilden, es sei Rebensaft.

»Blick *ihn* an!« befahl Gathea mit angespannter Stimme. »Denk an *ihn!* Denk an Wein und bring einen Trinkspruch auf den Jäger aus. Sein Trinkbecher ist auf dich übergegangen. Vielleicht bedeutet das, daß du in seiner Gunst stehst. Doch er ist einer, der sich von keinem Zauber einer Frau rufen läßt. Denk an Wein, an seinen Geschmack, und daß du *ihm* den Treueeid leistest. Tu es – schnell!«

Ich blickte auf das Gesicht unter der Hirschgeweihkrone. Da war das in ihm, das nicht menschlich war, doch wiederum auch genug Menschliches, um mich hoffen zu lassen, daß die Magie, von der Gathea glaubte, sie würde durch diese Handlung gewirkt, uns *tatsächlich* zu Hilfe kommen würde. Obgleich ich nicht gelernt hatte, meinen Blick durch meinen Geist zu beeinflussen, hatte ich doch genug gelernt, um zumindest zu glauben, daß es getan werden konnte – ob ich nun in den Geheimnissen der Macht unterrichtet war oder nicht.

Das Silbergesicht erwiderte meinen Blick, und die Fremdartigkeit, die ich anfangs so betont gefunden hatte, schwand immer mehr. Hier war *wirklich* Macht. Das hier stand für einen hohen Lord, der mit einer Hand Gerechtigkeit für seine Untertanen walten ließ, und sie mit der anderen gegen alles Ungemach schützte. Für einen solchen Lord zu reiten, zu seinem Haushalt zu gehören, war etwas, das jeder Mann ersehnte.

Ich hob den Kelch noch höher, schloß die Augen und redete mir ein, daß sich in ihm nicht Wasser und Dörrfrüchte befanden. Nein, mich erwartete eine Köstlichkeit, wie sie ihn gefüllt hatte, als ich an der Festtafel zu Gunnoras Linken sitzen durfte. Ich drückte den Kelch an die Lippen und trank.

Und – ich schwöre es bei allem, was mir lieb und wert ist –, was ich trank, war wahrhaftig Wein, würzig, mild und ein Jahrgang, wie kein Faß einer Burg, die ich kannte, ihn je enthalten hatte. Mit den Schlücken schwor ich den Treueid – ich, der ich sippenlos war und unter meinesgleichen keine Ehre mehr hatte.

Wir von den Clans schwören unsere heiligsten Eide beim Blut und Stahl und bei der Flamme. Letztere ist jedoch so erhaben, daß nur die Weissänger und eine Handvoll Gläubige ihren Namen in den Mund nehmen. Ich schwor jetzt bei dem Wein, den ich trank, bei dem Gefühl in mir, das mich zu diesem Lord zog, dessen Gesicht icht betrachtete, während ich den Kelch auf den Kopf stellte, wie es bei uns bei einem Ehreneid üblich ist. Aus ihm tropfte (ja, auch das bin ich zu schwören bereit) kein Wasser, keine gedörrten Trauben, die inzwischen hätten aufgequollen sein müssen, sondern Wein, gelb wie die Sonne, und klar. Diese Tropfen versickerten im Waldboden. Ich warf den Kopf zurück und rief Worte, die ich nicht kannte, die wie von selbst auf meine Zunge gekommen waren.

»Ha, Kurnous, Ha, Hie Wentur!«

Mein Ruf schwoll an, hallte von den Bäumen wider, und immer aufs neue. Die Blätter um uns rauschten, als ein Wind aufkam und uns einhüllte. Es geschah uns kein Leid, als dicke Äste brachen und an uns vorüberwirbelten, und die verrottenden Blätter auf dem Boden in die Luft gepeitscht und davongetragen wurden.

Neue Kraft strömte durch mich. Ich fühlte mich in diesem Augenblick größer als jeder andere. In mir steckte etwas, das ich nicht hätte beim Namen nennen können, etwas, das mich lebendiger zu machen schien, als ich es je gewesen war. Ich hätte mein Schwert ziehen und mich offen dem Angriff eines ganzen Clans stellen und lachend den Sieg erkämpfen können. Oder ich hätte, mit nichts als den bloßen Händen, mit einer Großkatze wie Gruu zu ringen vermocht, und sie wäre es gewesen, die sich vor mir gefürchtet hätte.

Über das Toben des Sturmes hinweg hörten wir das Krächzen der Vögel. Zweifellos riefen sie ihn, der sie geschickt hatte, um Hilfe. Doch er gewährte sie ihnen nicht. Die Äste, die uns geschützt hatten, rüttelte der Wind, und zwischen diesen wild um sich peitschenden Zweigen stürzten Büschel zerzauster Federn, nein, die ganzen, schlaffen Leiber zerschmetterter Vögel herab. Einige zappelten noch schwach, als sie aufschlugen. Ihre roten Augen waren glasig, doch ein paar stierten noch zu uns hoch, und ihre brennender Haß war unverkennbar.

Der Wind wirbelte, und was zuvor wie ein weit ausgeworfenes Netz gewesen zu sein schien, raffte sich zusammen zu einem dicken Bündel – und verschwand. Nur überall herumliegende geborstene Äste, zerfetzte Blätter und tote Vögel blieben als Beweis seines Wirkens zurück.

Mein Überschwang war mit dem Wind gewichen. Ich holte tief, ein wenig schaudernd Atem und betrachtete wieder das Antlitz des horngekrönten Jägers. Es wies jetzt keinen Hauch von Leben mehr auf. Tatsächlich war das Silber nun stumpf geworden, so daß es sowohl alt als auch abgegriffen aussah. Der Geist, der es beseelt hatte, war verschwunden. Behutsam hielt ich den Kelch zwischen den Fingern. Was seine Hilfe vollbracht, hatte mich zutiefst erschüttert. Nun wollte ich ihn wieder wegstecken und darüber nachdenken, was ich getan hatte und wieso es mir möglich gewesen war, es zu tun.

Während ich ihn im Beutel unterbrachte, warf ich einen Blick auf Gathea. Sie lehnte gegen einen weiter entfernten Baum und hatte die Augen weit aufgerissen. Sie hielt ihren Stab vor sich, als wolle sie damit Schläge abwehren, die sie fast von mir erwartete.

»Er *kam* …« Ihre Stimme war leise, zittrig. »Er kam wahrhaftig auf deinen Ruf. Aber du bist doch ein *Mann,* ein Clansmann aus dem Hause Garn. Wie konntest du das erwirken?«

»Ich weiß nicht – nicht einmal, was ich tat. Aber du hast es doch erwartet – mich angewiesen …«

Sie schüttelte den Kopf. »Nur aus einer schwachen Hoffnung heraus, weil der Kelch in deinem Besitz ist. Und nun hast du etwas getan, was nicht einmal ein Weissänger zu wagen versucht hätte: du hast Ihn-der-jagt gerufen, und er hat geantwortet. Das ist – ich muß darüber nachdenken. Laß uns nun gehen, ehe jener, der uns die Schwarzen schickte, wieder nach uns suchen kann.«

Sie rannte zwischen den Bäumen hindurch, wo sie nicht ganz so dicht beisammenstanden, und sprang da und dort über abgebrochene Äste. Ich folgte ihr und holte sie ein, als wir gerade ins Freie kamen.

Ich hatte erwartet, daß einige der gräßlichen Schar den Todessturm überlebt hatten und uns weiter nachspionierten. Doch außer einem sich schnell entfernenden Punkt am Himmel (von dem ich nicht hätte zu sagen vermocht, ob er Vogel oder Schlimmeres war) war nichts zu sehen. Da demnach keine unmittelbare Eile bestand, wandte ich mich Gathea zu, faßte sie am Arm und hielt sie mit Gewalt fest. Die Zeit war gekommen, daß sie mir ein paar Fragen beantwortete.

»Wer ist Er-der-jagt? Wer sind die Schwarzen? Wer ist Ord? Du wirst mir nun sagen, was du weißt!«

Sie wehrte sich gegen meinen Griff, und sie war stark, stärker, als ich geglaubt hatte, daß eine Frau sein könnte. Trotzdem vermochte sie sich nicht zu befreien. Und als sie ihren Stab hob, schlug ich ihr auf das Handgelenk, denn ich konnte mir vorstellen, was sie zu tun beabsichtigte. Nie zuvor hatte ich eine Frau je so grob behandelt, und mir gefiel dieses Kräftemessen zwischen uns auch nicht. Aber mir reichte es, blind dahinzumarschieren, wenn ich sicher war, daß sie uns mit ihrem Wissen beide vor neuen, unbekannten Gefahren bewahren konnte.

Gathea funkelte mich an, gab jedoch ihren Widerstand auf. Ich sah, wie ihre Lippen sich bewegten, doch keine Worte äußerten, die ich verstand. Also schwang ich sie näher heran und preßte eine Hand auf ihren Mund, da ich befürchten mußte, daß sie Hilfe herbeirief – gegen mich.

»Du wirst reden!« zischte ich in ihr Ohr, während ich sie, gegen mich gedrückt, festhielt. »Zu lange bin ich deinen Weg gegangen – du hast mich in Zauberei gezogen –, jetzt verlange ich Antworten!« Sie war wie ein Barren Schwertstahl in meinem Griff, obgleich sie sich nicht mehr wehrte. Was ich sonst noch tun könnte, um sie zum Sprechen zu bringen, wußte ich nicht.

»Du bist keine Törin«, fuhr ich fort. »Weiter in dieses Land einzudringen, ohne zu wissen, wie wir uns schützen können, wäre abgrundtiefer Leichtsinn. Ich will dir deine Geheimnisse nicht entlocken, aber ich bin Krieger, wie du weißt. Ich werde nicht blind weiterziehen, wenn du mir sagen kannst, was mir helfen könnte. Verstehst du?«

Ich dachte, sie würde halsstarrig bleiben, und ich wußte nicht, was ich tun sollte, schließlich konnte ich sie nicht auf die Dauer mit Gewalt festhalten. Als sie tatsächlich den Mund nicht auftat, kam mir genauso unerwartet ein Einfall, wie die fremden Worte, als ich gelobend den Kelch umgedreht hatte. Wieder sprach ich, mit gebieterischer Stimme:

»Bei Gunnora verlange ich Antwort!« Denn irgendwie war ich sicher, daß sie bei Anrufung jenes anderen, der auf das Kelchritual hin geholfen hatte, nicht weiter geschwiegen hätte. Soviel redete sie vom Wissen der Frauen und Dingen, von denen ein Mann ausgeschlossen war, und so stolz war sie auf ihre Überlegenheit als Frau. Und Gunnora war ganz Frau gewesen und zweifellos von nicht geringer Macht – in ihrer eigenen Zeit und ihrem eigenen Bereich.

Als Gathea sich wieder loszureißen versuchte, wußte ich, daß ich richtig gehandelt hatte. Natürlich gelang es ihr nicht, sich zu befreien. Ich wiederholte:

»Bei der Macht Gunnoras fordere ich Antwort!«

Plötzlich wurde sie schlaff in meinem Griff und ihr Kopf baumelte gegen die Hand um ihren Hals. Nun ließ ich sie los und entfernte mich ein paar Schritte von ihr, doch mit einem wachsamen Blick auf ihren Stab. Ihre Hand verkrampfte sich um ihn, sie hielt das versengte Stück nach unten, und sie blickte mich auch jetzt nicht an, als sie mit harter, kalter Stimme sagte:

»Immer noch steckst du deine Nase in Dinge, die dich nichts angehen. Einmal wirst du zu weit gehen und zu spüren bekommen, was mit jenen geschieht, die Kräfte rufen, die sie nicht verstehen. Der Tor bist du!«

»Lieber ein lebender Tor, als ein toter Weiser. Ich bin sicher, du weißt genug, daß wir beide uns mit anderem als

Stahl schützen können, während wir durch dieses Land ziehen. Du weißt, wohin wir gehen ...«

»Wohin *ich* gehe!« berichtigte Gathea. Immer noch hielt sie das Gesicht abgewandt, als hätte ich sie durch mein Benehmen geschändet und sie fühlte sich nun selbst in ihren eigenen Augen beschmutzt. Aber ich zügelte mein Mitgefühl. Ich war vom Anfang an ehrlich und anständig gewesen, ihr gegenüber, was sie von sich nicht behaupten konnte.

»Wohin wir beide gehen«, berichtigte ich nun ruhig. »Außerdem hast du einen Führer – einen unsichtbaren. Ich habe dich zu ihm sprechen gesehen. Ist er – sie – oder es hier?«

»Das sind Dinge, über die man zu Nichteingeweihten nicht reden darf«, erwiderte sie.

»Ich bin vielleicht kein Eingeweihter, aber ich stecke bis zum Hals in der Sache. Ich habe mich mit Gunnora unterhalten. Ich habe den Jäger gerufen – und hat er mich nicht erhört?«

Sie blickte mich immer noch nicht an, sondern ließ die Augen von Seite zu Seite schweifen, wie ein gestelltes Tier, das nach einer Möglichkeit zu entkommen sucht. »Ich habe geschworen. Du weißt nicht, was du von mir verlangst ...«

Wieder kam mir ein unerwarteter Einfall. »Ruf das, was nicht gesehen werden kann, und frage dann, ob ich weiterhin blind unter den Sehenden dahinlaufen muß. Das verlange ich in Gunnoras Namen!«

Der Stab zitterte. »*Sie* – warum sprichst du von *ihr?* Sie ist keine Stimme für die Ohren eines Mannes!«

»Für diesen Mann ist sie es! Ich saß an einer Festtafel zu ihrer Linken, und sie sprach mit weit größerer Milde zu mir, als du sie dir nur vorzustellen vermagst. Der Kelch ist ihr Geschenk ...«

»Ich darf es nicht sagen ...«

»Dann rufe den, der es darf«, drängte ich. »Deinen Unsichtbaren.«

Nun blickte sie mich endlich an, und in ihren Augen

brannte eine Flamme, die Wut oder Haß ausdrücken mochte.

»Gut, aber die Folgen hast du selbst zu tragen!« Sie stieß das stumpfe Stabende heftig in den Boden vor ihren Füßen, trat ein paar Schritt zurück und setzte sich mit überkreuzten Beinen vor den versengten Zweig und starrte ihn angestrengt an.

Ich legte die Hand um den Schulterbeutel, in den ich den Kelch gesteckt hatte, und stellte mir meine Bernsteinlady vor, so, wie ich sie gesehen hatte, voll Leben, reif und großzügig wie die Garbe, die sie als ihr Zeichen trug.

Eine Kälte sammelte sich um uns, obgleich die Sonne gerade noch auf meinen helmlosen Kopf geschienen hatte. Ich spürte sie, wie den Hauch des Eisdrachen, von dem halbverkohlten Stab ausgehen, der meiner Weggefährtin so viel bedeutete. Die Kälte wurde immer grimmiger, als wollte sie mich vertreiben. Doch ich wich nicht. Ich dachte an Gunnora und den Kelch. Dann holte ich auch noch das Edelsteinblatt aus dem Beutel. Vielleicht würde es sich jetzt, das es einst etwas Lebendes gewesen war, als Talisman erweisen.

Gathea sprach nun in jener anderen Singsangzunge, und es klang wie eine Beschwörung der Weissänger. Die Kälte wurde noch schlimmer. Mir war, als wäre ich in Eis gehüllt. Nur unter der Hand, die auf dem Beutel ruhte, und in der Hand mit dem Blatt war Wärme, die sich ausbreitete und gegen die Eiseskälte kämpfte, die tödlich sein mochte. Ob Gathea absichtlich etwas gerufen hatte, das mir schaden konnte, wußte ich nicht. Vielleicht hatte das, was in Antwort kam, lediglich seinen eigenen Schutz gegen die Einmischung eines Uneingeweihten.

Ich vernahm keine Stimme aus der Luft. Gathea hielt jedoch in ihrem Singsang inne und wandte sich mit üblicher Stimme an die Quelle der Kälte. Wieder rief ich mir Gunnoras Bild in lebendigster Erinnerung vor Augen, doch trotz meiner Bemühung begann es zu verblassen. Statt der bernsteinfarbenen und goldenen Schönheit nahm ein anderes Gesicht Form an: das einer jüngeren Frau, die ich noch nie zuvor gesehen hatte. Ein Band mit einer Mondsichel aus Silber über der Stirn hielt ihr Haar streng und straff. Ihre Züge waren ernst und abweisend, während Gunnoras verrieten, daß sie menschliche Schwächen kannte und verzieh. Die Augen dieser anderen waren grau wie Wintereis und verrieten auch nicht viel mehr Wärme. Nachtschwarz, einer Frostnacht gleich, war ihr Haar, und das Gewand um die Figur einer sehr jungen Maid schimmerte so weiß, wie das Licht des brennenden Stabes.

Keine Spur menschlicher Güte haftete ihr an. Jegliche Herzenswärme war ihr abhold. Und doch war etwas an der Haltung ihres stolzen Kopfes, an den Gesichtszügen, das mich bohrend an etwas erinnerte. Ich bezweifelte nicht im geringsten, daß dieses Bild vor meinem inneren Auge das der Wesenheit war, die Gathea gerufen hatte, und daß es nichts in ihr gab, das ihre Anhängerinnen bewegen könnte, etwas anderes zu suchen, als unfruchtbares Wissen, das sie noch weiter von ihresgleichen trennen würde.

Es gab keine Möglichkeit, ihrer Musterung zu entgehen. Ich spürte eine Art ungeduldiger Verachtung, die nicht gegen mich als Person gerichtet war, sondern gegen alle Männer.

»Gunnora!« Hatte ich es nur gedacht, oder den Namen laut ausgerufen?

Jedenfalls brach es die Ruhe. Das eiskalte Mädchen runzelte weder die Stirn, noch wich sie zurück, und doch spürte ich auf eine Weise, die ich nicht begriff, daß sie beunruhigt, verwirrt war. Sehr wohl mochte es eine Fehde auf einer anderen Daseinsebene geben, die dieses Land berührte, auf der Macht gegen Macht focht. Ich war zufällig auf eine solche Macht gestoßen, und Gathea auf eine andere, und die beiden waren alles andere, denn verbündet.

Das war mir durch den Kopf gegangen, ehe die Veränderung einsetzte. Das weiße Gewand nahm einen Hauch Farbe an, der schmale Mädchenkörper reifte zu üppigen

Rundungen, die Mondsichel ihrer Stirnzier wurde zur Scheibe, zum Vollmond. Und nun verstand ich, wieso die strenge junge Frau mich an etwas erinnert hatte. Sie hier war ebenfalls Gunnora, nur in anderer Gestalt. Maid, Frau – beides die gleiche, doch mit verschiedenen Gaben.

Die Kälte, die mich zu Eis hatte erstarren lassen wollen, wich linder Luft. Ich roch die würzigen Düfte des Hochsommers: den, reifender Früchte und den, frischgeschnittenen Getreides. Zwei Wesen! Jenes, das Gathea gegeben war, hatte die eine gerufen, und das was in mir schlummerte, die andere.

Nur einen Herzschlag lang sah ich meine Bernsteinlady, dann schwand ihr Bild vor meinem inneren Auge. Doch als sie sich zurückzog, spürte ich, daß sie mir wahrhaftig wohlgesinnt war und mir mehr als ein Tor offenstand, Tore, die zu noch fremdartigeren Landen führten, als jenes es war, durch das ich jetzt wanderte. Ich brauchte nach dem, was ich mir wünschte, nur mit allen Kräften meines Geistes greifen, und diese Wünsche würden sich, Stück für Stück, erfüllen, dank der Kraft, die ich einsetzte.

»Gunnora!« rief ich, als sie verschwand. Mit jeder Faser meines Seins sehnte ich mich danach, ihre Stimme wiederzuhören, und meine Lippen brannten wie damals, als ich ihren Kuß empfangen hatte.

»Dians!« Ein anderer Name kam – dem Echo meines Rufes gleich. Gathea griff in die Luft, als wollte sie das Unfaßbare fangen und festhalten. Ich wußte jedoch, daß wir nun wieder allein waren, und daß die Macht, die sie gerufen hatte, genauso mir wie ihr geantwortet hatte.

Verzweifelt und klagend klang Gatheas Stimme, als trauere sie um einen Nahestehenden, der sie für immer verließ. Dann fielen ihre Hände kraftlos auf die Knie und ihr Kopf fast bis auf die Brust.

Ich ging nicht zu ihr, denn ich wußte, daß sie in diesem Augenblick meine Nähe noch weniger denn je ertragen würde. Aber ich sagte:

»Sie war Gunnora, Maid und Weib ...«

»Sie war Dians, die keinen Mann kennt! Sie war ...« Gathea hob den Kopf. Die Tränen in ihren Augen erstaunten mich, als hätte einer der Baumstämme um uns geweint. »Sie ist – die Mondlady. Dann – dann ...« Wieder wurde ihr Blick scharf wie der eines Falken, als sie mich anschaute. »Auch Gunnora ist für Frauen, doch nur für solche, die ihre Mädchentum abgelegt haben, die dem Pfad folgen, der sie sich einem Manne unterwerfen läßt.«

»Unterwerfen?« entgegnete ich. An meiner Bernsteinlady war nichts, gar nichts, was auf eine Unterwerfung schließen ließ. »Nicht das«, widersprach ich, »nur wenn die Frau sich das selbst wünscht. Sie ist die Ernte, das Einswerden jener, die neues Leben zeugen wollen. Sie ist Wärme – deine Dians ist eiskalt ...«

Gathea schüttelte bedächtig den Kopf. »Es stimmt, daß Gunnora deinem Gedankenruf Antwort gewährte. Aber ich weiß nicht, warum oder wie sie einem Mann ihre Gunst schenkt. Ihre Geheimnisse sind nicht für dich. Doch so unglaubhaft es ist, aus irgendeinem Grund hat sie wahrlich dich erkoren. Nur – wir müssen zu Dians Schrein, und das ist etwas ganz anderes.«

Mir fiel auf, daß aus ihrem »Ich« ein »Wir« geworden war. Ich war jedoch klug genug, sie nicht darauf hinzuweisen. Sie stand schwerfällig auf, als hätte die Beschwörung sie Kraft gekostet. Sie zog ihren Stab aus dem Boden, legte ihn auf die Handfläche und streckte sie weit aus.

Ich bemerkte keine Bewegung der Hand, trotzdem drehte der Stab sich und deutete, von ihr gesehen, nach links in das grüne Land. Gathea nickte.

»Wir haben unseren Führer. Brechen wir auf.«

Ich war sicher, daß dieses Land nicht unbewohnt war, und ich hatte keine Lust, mit einem dieser Bewohner zusammenzutreffen, ehe ich nicht mehr darüber erfuhr, was uns bevorstehen mochte. Das Erscheinen der Vögel hatte mich gewarnt, Vorsicht walten zu lassen und allem aus dem Weg zu gehen, bis wir nicht sicher wußten, ob es gut oder böse war.

Immer mehr gewann ich die Überzeugung, daß jene, die sich aus den Tälern zurückgezogen hatten, verschiedenen Arten angehörten. Ich entsann mich jener, die ich in der Festhalle flüchtig bemerkt hatte und die alles andere denn menschlich ausgesehen hatten. Zwar waren sie zu jener Zeit einträchtig beisammen gewesen, doch das mußte nicht so geblieben sein. Da ich unter einem Volk aufgewachsen war, das häufig von Clansfehden zerrissen wurde, schloß ich die Möglichkeit nicht aus, daß Streitigkeiten einen Keil zwischen die hiesigen Bewohner getrieben hatten.

»Du hast davon gesprochen, daß diese schwarzen Vögel Ords seien.« Nun, da ich Gatheas Widerstand gegen Erklärungen gebrochen hatte, war ich entschlossen, es zu nutzen. »Wer ist dann Ord?«

»Ich weiß nicht – außer, daß er ein Meister der Finsternis ist, und daß diese gräßlichen Vögel für ihn jagen und kundschaften.«

»Und diese Geflügelten, gegen deren einen ich in den Bergen focht?« Schnell erzählte ich ihr mehr über diesen Kampf und die seltsame Statue, die den Eingang der Höhle bewachte, aus der er gekrochen war.

»Sie sind böse, ja – aber sie haben einen anderen Ursprung. Es kam einst zu einer großen Auseinandersetzung hier. Jene, die sich für die Finsternis entschieden, veränderten sich. Dann gab es jene, die sich keiner Seite anschlossen, sondern sich zurückzogen. Sie veränderten sich auf andere Weise – und zogen sich immer weiter von gut und böse zurück, bis sie weder die Macht des einen noch des anderen anerkannten, und nicht mehr zu einer Auseinandersetzung gerufen werden können.«

»Du hast viel erfahren«, bemerkte ich.

»Verstehst du es denn immer noch nicht?« fragte sie. »Ich wurde mit dem Bewußtsein geboren, daß ich Kräfte in mir habe, Fähigkeiten, Gaben, die ich nicht zu benutzen vermochte, weil mir der Schlüssel fehlte, sie wachzurufen. Ich kam hierher, und plötzlich war er mir gegeben. Zabina wollte, daß ich mir Zeit ließe, daß ich dahinkrabble wie ein

Kind, das noch nicht gehen kann. Zwar bin ich jung, aber meiner Jahre sind nicht so viele, daß ich warten und warten kann und demütig einen Bissen Wissen aufschnappe, wenn ich weiß, daß ein Festmahl jener harrt, die es zu suchen wagen! Der Mondschrein – er gab mir den Schlüssel. Durch ihn hätte ich fliegen können, wo ich jetzt Fuß um Fuß stolpere, obgleich der Zauber, der dort ruhte, sich nur zeitweise offenbarte. Ehe ich ihn mir zunutze machen konnte, tappte dein Clansmädchen hinein. Ich hoffe, sie hat inzwischen erfahren, oder wird es noch, was es bedeutet, anderen die Hoffnung zu stehlen.«

So verbissen sagte sie es, daß ich überzeugt war, sie hätte Iynne viel lieber verflucht.

»Ich kenne Gunnora – sie ist eine andere Phase deiner Mondlady, obgleich ihrer die segenbringende Wärme der Sonne ist. Wer ist der Jäger, der meinen Ruf erhörte?«

»Was der Name besagt. In einer Frau liegt das Recht, die Saat zu bewahren, zu hegen, sie gedeihen zu sehen und sie zu ernten, wenn sie reif ist. In einem Mann liegt hastiges Handeln, das Aufstöbern und Erlegen von Beute, das Bedürfnis, die Hand um den Schwertgriff zu legen und die Bereitschaft, Wachsendes niederzumähen. Der Horngekrönte jagt – und tötet ...«

»Also ist er böse?«

Ich glaubte in ihrem Gesicht das Verlangen zu sehen, es zu bestätigen. Doch schließlich antwortete sie zögernd:

»Alles, auf jeder Welt, muß im richtigen Lot sein. Es gibt Licht und Dunkelheit, Mond und Sonne, Leben und Tod. Und zumeist ist keines besser oder größer als das andere. Die Mutter sät, der Mann mäht, sie gibt Leben, er den Tod, wenn das sich immerdrehende Rad die Stunde gebracht hat. Ihrer ist alle Ernte dessen, das im Boden wurzelt; sein ist die Herrschaft über das, was vierbeinig läuft und zweiflügelig fliegt – außer das Gleichgewicht wird gestört und es erheben sich jene, die stark genug sind, der Ordnung zu trotzen und das echte, unverfälschte Böse zu bringen. Denn das ist das wahre Wesen des Bösen: es ist eine Macht, die benutzt wird, um das glatte Gewebe des Lebens und der Welt zu zerreißen.«

»So ist der Jäger das Gegenteil deiner Dians, von Gunnora, und doch hat er seinen Platz.«

Ich dachte daran, daß sie das Töten als zu dem Horngekrönten gehörend betrachtete. Das gefiel mir nicht, selbst wenn es Teil der Rolle des Lebens war, denn die meines Blutes sahen den Tod als Schreckensgestalt – außer das Leben hatte ihnen so übel mitgespielt, daß sie ihn als Freund willkommenhießen. Daß ich die Verkörperung des Todes zu Hilfe gerufen hatte, bereitete mir nun Unbehagen, und es drängte mich danach, diesen Unglückskelch von mir zu werfen – und das Blatt vielleicht ebenfalls –, um nichts mehr mit diesen – diesen Wesen zu tun zu haben. Doch war es Gunnora gewesen, die mir den Kelch geschenkt hatte, und sie stand für das Leben in all seiner Pracht und Fülle. Warum sollte sie mir da das Abbild des Todes geben? Außer (die Frau des Waldes stellte ebenfalls blühendes Leben dar, so ungewöhnlich sie auch aussah – und ich konnte nicht glauben, daß ihr Blatt ein Todeszeichen war), ja, außer beide Geschenke enthielten eine schreckliche Botschaft.

Keinesfalls jedoch würde ich Gathea gegenüber meine Zweifel an der Bernsteinlady äußern und das, wofür sie stand. Schließlich war ich als Krieger erzogen worden, da würde mich doch der Gedanke nicht beunruhigen, daß ich tatsächlich den Tod zu Hilfe gerufen hatte. In diesem Augenblick beschloß ich, jeden Tag so zu leben, als wäre er mein letzter, und mich furchtlos dem zu stellen, was an mich herankam. Wenn Gunnora diesen Kelch als Warnung gedacht hatte – nein, das glaubte ich nicht. Sie hatte von einer Zukunft für mich gesprochen und ihre Weissagung würde sich erfüllen.

Gathea konnte meine Gedanken nicht lesen. Sie runzelte die Stirn, nicht, als hätte ich sie verärgert, sondern als beschäftigte sie etwas Verwirrendes. Schließlich sagte sie:

»Der Horngekrönte ist nicht das Gegenteil von Dians.«

Sie sprach sehr langsam und zog nun auch noch die Brauen zusammen. Ganz offensichtlich fielen ihr die Worte nicht leicht. »Er steht in Ehre bei der Maid und der Mutter – er ist, wie es sich fügt, Bruder und Gefährte – ja sogar Sohn der Alten ...«

»Und diese Alte?«

»Die Weise, die das Leben beendet, so wie die Maid es beginnt. Sie ist der Neumond, der nicht sichtbar ist. Ja, der Horngekrönte ist ihnen ebenbürtig. Nur, daß er nichts mit dem Schrein zu tun hat – er hat seinen eigenen Ort. Und ...«

Was sie noch hinzufügen hatte wollen, erfuhr ich nicht, denn ein Silberblitz schoß durch die Luft. Mit einem Sprung war Gruu wieder bei uns. Der Katze folgte etwas. Mir erschien es wie ein schwarzer Blitz – wenn man sich einen Blitz so vorzustellen vermag und nicht als blendend, wie wir ihn kennen. Er knallte in der Luft wie ein Peitschenstrang ...

Ein Peitschenstrang! Ja, das war es. Drei Reiter in wallenden Gewändern galoppierten herbei. Einer zog mit beiden Händen die Peitsche zurück und überließ sein Reittier sich selbst. Es kam mit fangbewehrtem Maul weit aufgerissen näher und seine schuppengepanzerten Beine bewegten sich auf eine Weise, wie ich sie für kein Lebewesen möglich gehalten hätte. Dies waren Reittiere, wie ich sie mir nicht einmal hätte träumen lassen. Sie rasten aufrecht auf schweren Hinterbeinen, während ihre kürzeren und dünneren Vorderbeine in der Luft hingen. Ihre Reiter saßen auf Sätteln, die auf den mächtigen Schultern festgegurtet waren.

Ich sah, daß die schwarze Peitschenschnur ausholte, um sich auf uns zu schnellen. Gruu, die sich sofort umdrehte, als sie Gatheas Seite erreicht hatte, brüllte und zeigte ihre scharfen weißen Zähne. Ich zog mein Schwert und sprang vor das Mädchen. Ich wußte, daß wir keine Zeit mehr hatten, in den Wald zurück zu fliehen. Todbringer! Ich hatte den Jäger gerufen und nun mußte ich seinen Preis bezahlen, weil ich mich auf ein Spiel eingelassen hatte, das ich nicht verstand.

XIV

Unsere Angreifer machten keine Anstalten, näher heranzukommen, sondern umkreisten uns, daß wir nicht ausbrechen konnten. Ich drehte mich mit ihnen im Kreis, um sie zu beobachten, während Gruu sich dicht an uns hielt, wild knurrte und mit dem Schwanz peitschte. Diese Echsenreittiere der dunklen Fremden zischten und schnellten ihre gespaltenen Zungen heraus, als wollten sie uns aufspießen. Ich verstand nicht, weshalb die drei uns nicht einfach niederritten.

Jetzt war keine Zeit für ein Beschwörungsritual wie im Wald. Außerdem war ich im Augenblick gar nicht sicher, ob ich diese neue Gefahr nicht erst angezogen hatte, *weil* ich eine Macht beschwor, die zu rufen ich gar nicht von selbst imstande war.

Schließlich hielten die drei Reiter an. Ihre Gesichter vermochte ich nicht zu sehen, da sie Kapuzen trugen, ähnlich wie unsere Leute im Winter, und diese waren so weit ins Gesicht gezogen, daß sie ihre Züge verbargen. Allerdings hatte ich einen flüchtigen Blick auf bleiche Haut über sehr spitzem Kinn. Einer brachte sein geiferndes Reittier rechts, ein anderer links von uns zum Halt, während der dritte, jener, der den Peitschenblitz geschickt hatte, sich vor uns stellte.

Man sagt, manchmal sei die beste Verteidigung der Angriff. Ohne, daß man es mir hätte sagen müssen, wußte ich in diesem Augenblick, daß das in unserem Fall nicht zutraf. Warum machten sie uns nicht einfach mit ihren schwarzen Blitzpeitschen nieder?

Trotz meines Versuchs sie zu schützen, war Gathea vor und neben mich getreten, mit der Schulter dicht an meiner, obgleich sie kein Schwert hatte, nur diesen kurzgebrannten Stab. Stumm warteten wir ab. Die einzigen Laute waren

Gruus Knurren und dann und wann das Zischen der Reitechsen.

Ich erinnerte mich, was meine Begleiterin einmal erwähnt hatte: daß Eisen an sich für manche Wesen der Finsternis eine Bedrohung ist. Konnte mein Schwert es sein, das sie fürchteten, nicht weil ich es geschickt zu handhaben wußte, sondern lediglich, weil es aus diesem Metall geschmiedet war? Wenn ja, mochte ein Angriff doch sinnvoll sein ...

Da erdröhnte in der Luft über uns eine Stimme so tief und grollend wie Donner, und so überraschend, daß ich zusammenzuckte, den Blick von den drei Finsterlingen wandte und nach ihm Ausschau hielt, von dem sie kommen mußte.

Nur war dieser Er nirgendwo zu sehen.

Nein, das stimmte vielleicht nicht ganz. Ich bemerkte ein Kräuseln der Luft, wie ein Steinchen es in einem Weiher verursachen mochte. Wenn Laute sichtbare Form haben konnten, so war es bei diesen der Fall. Ich sah nun etwas wie Schwaden dünnsten Rauches, und sie schwanden nicht, sondern ringelten sich und kreisten über unseren Köpfen rund um uns, wie zuvor die Reiter auf dem Boden. Und wir gehorchten diesem fast unsichtbaren Kreis in der Luft.

Ich kämpfte hart gegen diesen Drang an – ja schwang sogar mein Schwert –, der uns zwang vorwärtszumarschieren. Mein Körper folgte nicht mehr meinem Willen, ich war Gefangener meines eigenen Fleisches. Sowohl Gathea als auch Gruu schien es ebenso zu ergehen, denn ihre Bewegungen waren ebenfalls ruckartig, daß man meinen konnte, sie würden von unsichtbaren Stricken gezogen.

Der Reiter, der sich unmittelbar vor uns gestellt hatte, wendete nun sein schuppengepanzertes Tier und begann ins freie Feld hinauszutrotten – und wir, gegen unseren Willen, hinter ihm, mit den beiden anderen Reitern neben uns. Obgleich die Sonne schien und das Land ringsum hell und grün war, marschierten wir unter einer finsteren Kuppel, so zumindest kam es mir vor.

Wir überquerten eine Straße. Der vordere Reiter bog nicht auf sie ein, sondern trottete weiter querfeldein, und immer noch begleitete uns der kaum erkennbare Kreis über unseren Köpfen.

»Was weißt du von diesen?« Ich hatte keine Ahnung, wieviel Gathea über dieses Land wußte, doch jeder Hinweis mochte mir nutzen – mußte mir nutzen! Zwar hielt diese Hexerei mich im Augenblick hilflos in ihrem Bann, aber der Zeitpunkt mochte kommen, die Möglichkeit ...

»Sie gehören zur Finsternis«, antwortete sie. »Sie haben einen mächtigen Herrn. Seine Stimme ist es, die uns in Bann hält. Doch mehr, als daß sie uns feindlich gesinnt sind, weiß ich nicht.«

Sie drückte beide Hände an die Brust, mit dem Stab dazwischen, als vermöchte sie ihn so zu schützen. Ich hielt mein Schwert immer noch in der Hand und schob es nicht in die Scheide zurück, solange sie mich nicht dazu zwangen. Vielleicht konnte es mir doch noch von Nutzen sein.

So marschierten wir als Gefangene über fruchtbares, grünes Land, bis wir schließlich zu andersartigem kamen. Auch hier war üppiges Wachstum, vielleicht sogar noch verschwenderischer – und wilder. Aber es erfreute das Auge nicht, sondern wirkte finster, unheimlich. Ich sah rote Blumen, die mich an gierige Münder denken ließen, die nach allem schnappten würden, was in ihre Reichweite kam. Auch bleiche wuchsen hier. Sie hatten häßliche Staubgefäße von fahlem Grüngelb, an denen zappelnde Insekten klebten und von denen ein abscheulicher Verwesungsgestank ausging. Die Bäume waren knorrig, mit gespenstischen Auswüchsen auf den Stämmen wie Schrekkensmasken, oder vielmehr wie Köpfe von Männern und Frauen, die unter unvorstellbaren Qualen gestorben waren. Das Grün ihrer kargen Blätter schien mit aschigem Grau, wie von einer Krankheit, gezeichnet zu sein.

Der Boden unter unseren Füßen wirkte dunkelgrau,

und bei jedem Schritt stieg Modergeruch auf. Da und dort wuchsen Gruppen von Pilzen, die wie das zerfallende Fleisch von lange schon Toten aussahen, die nicht richtig begraben worden waren.

Es war jedoch kein totes Land. Immer wieder raschelte es im wuchernden Wildkraut. Augen starrten uns an, und flüchtig sahen wir dann und wann verkrüppelte, mißgewachsene Kreaturen, die durch Zauberei verunstaltete Tiere sein mochten – Tiere, oder Schlimmeres.

Ein Gehölz erhob sich, dessen Bäume so ineinanderverwachsen und mit Ranken verfilzt waren, daß ich einen Weg hindurch für unvorstellbar hielt. Und doch ragte aus seiner Mitte ein Turm aus stumpfschwarzem Stein. Er hob sich als häßlicher Flecken vom klaren Himmel ab. Zu diesem Turm ritt der vorderste Finsterling, und wir waren gezwungen, ihm zu folgen.

Nirgendwo sah ich eine Öffnung in diesem Gehölz, das mehr hohem Gestrüpp denn Wald ähnelte. Doch als der Finsterling sich ihm näherte, wich etwas, wie eine Barriere, zur Seite. Auch sie mochte Rauch oder Vortäuschung sein, und doch war ich sicher, daß sie sich als sehr echt und unbezwingbar erweisen würde, falls jemand, der keine Macht über sie hatte, einzudringen versuchte.

So trottete der Reiter ohne anzuhalten in das Gehölz, und wir drei marschierten hinterher, immer noch gelenkt von dem, was die Macht über unsere Körper ergriffen hatte. Ich spähte von Seite zu Seite, als wir in diesen dunklen, übelriechenden Wald eingedrungen waren. Die Äste waren mit Dornen, so lang wie die Klinge meines Dolches, bewehrt. Da und dort wucherten graue Blumen mit rotgeäderten Blütenblättern, von denen zähe gelbe Flüssigkeit tropfte, die bestimmt giftig war. Ein grimmiger Wald mit einer fast körperlich spürbaren Ausstrahlung des Bösen. Ich zwang mich, meine Furcht zu bekämpfen und über sie hinauszuwachsen. Mochten auch mein Geruchs- und Gehörsinn und meine Augen verhext und mein Körper zu Handlungen gegen meinen Willen gezwungen sein, im

Innern war ich ich selbst geblieben und mein Geist war frei …

Weshalb ich gerade jetzt daran dachte, wußte ich nicht. Vielleicht, weil nur meine Gedanken mir erhalten waren, mit denen ich kämpfen konnte.

Wir erreichten die Lichtung, auf der Turm sich erhob. Keine Mauer umgab ihn, noch schlossen sich ihm andere Bauwerke einer echten Burg an, da war nur dieser schwarze, dem Himmel entgegenstrebende Pfeiler. Eine Tür gähnte wie ein geöffneter Rachen in ihm, und nichts schien den Eintritt zu verwehren.

Unser berittener Führer hielt vor dieser Tür an und hob den Stab, aus dem sein Blitzpeitschenstrang geschossen war. Er sprach kein Wort, sogar das Zischen seiner und der beiden anderen Echsen verstummte. Es herrschte plötzlich eine beängstigende Stille auf dieser Turmlichtung, dazu war es drückend heiß und die Luft mit einer solchen Gestankmischung erfüllt, daß man zu ersticken glaubte.

Diesmal erschallte keine Stimme, doch der Reiter wich zur Seite, als hätte er einen lautlosen Befehl erhalten. Er saß nicht ab, aber ich sah ihn den kapuzenvermummten Kopf drehen, als das, was uns lenkte, uns geradewegs durch die Öffnung zwang.

Die Dunkelheit schien nach uns zu greifen. Wie oft hatte ich schon in sturmbewölkter Nacht in unbeleuchteten Räumen gestanden, doch nichts kam dieser völligen Abwesenheit von Licht wie hier gleich. Noch während wir durch den Türbogen marschierten, griff sie nach uns, hüllte uns ein und wir verloren uns in der fast greifbar dicken Schwärze.

Ich bemühte mich, die Hand auszustrecken, um entweder Gathea oder die Katze berühren zu können, doch all meine Willenskraft half nicht, auch nur einen Muskel zu bewegen, genausogut hätten meine Arme eng an meine Seite gebunden sein können. So würgend war diese Dunkelheit, daß ich verzweifelt nach Luft schnappte und neue Angst sich in mir regte.

Wir bewegten uns nicht mehr – oder zumindest ich nicht. Nicht eine Spur des Tageslichts fand hier Einlaß. Ich vermochte nicht einmal zu erraten, wo wir uns nun befanden, denn das unheimliche Gefühl bemächtigte sich meiner, daß wir durch diese Tür nicht einen üblichen Raum betreten hatten, sondern den einer anderen Daseinsebene, und daß sich keine Wände um mich erhoben, sondern sich an allen Seiten unendliche Weite erstreckte.

Wie lange stand ich so? Nie werde ich das wissen, denn an diesem anderen Ort gab es kein Messen der Zeit. Sie stand dort still. Da war nur das Hier und Jetzt, die zermalmende Finsternis, die mit langsamer, böser Freude meinen Lebensfunken in ein Nichts zwang, in dem ich für immer gefangen sein würde, wie ein Käfer im Harz eines Baumes.

Meine Rasse fürchtet die Finsternis, das ist uns angeboren. Doch angeboren ist uns auch, daß wir gegen diese Furcht ankämpfen müssen, wenn wir von ihr nicht verschlungen werden wollen. Keiner der Clans hatte vermutlich je so etwas mitgemacht, trotzdem stellte ich fest – zu meinem eigenen Staunen und meiner Erleichterung –, daß ich die Furcht verdrängen, mir fernhalten konnte, zumindest in diesem Augenblick und dem nächsten – ich maß die Zeit nach Atemzügen, die ich keuchend nahm. Und wenn ich es in diesem Moment vermochte, dann mußte es mir doch auch wieder gelingen, und wieder und wieder ...

Die Luft veränderte sich. Der giftige Dschungelgestank quälte nicht länger meine Nase. Statt dessen schlug mir ein süßlicher, nicht viel angenehmerer Geruch nach beginnender Verwesung entgegen.

Ihn begleitete eine schwache, sehr schwache Erhellung der Dunkelheit. Ein Flecken des gleichen rauchigen Grau, das sich geformt hatte, als wir zu Gefangenen wurden, bildete sich langsam und hing in der Höhe unserer Köpfe in der Luft. Bleich war es und doch schien es in dieser Dunkelheit schwach zu glühen.

Von einer Scheibe wuchs es zu einem Oval, das sich nach unten ausbreitete, und das Grau wurde zu einem fahlen, gelbgetönten Weiß, wie das der Blumen, die wir auf dem Herweg gesehen hatten. Nun ähnelte es der Oberfläche eines Spiegels, in dem jedoch keiner von uns dreien zu sehen war. Seine Größe blieb beständig und es wurde zu einer Tür. Doch die Kraft, die uns hierher gezwungen hatte, lenkte uns nicht darauf zu, statt dessen näherte sich etwas von der anderen Seite.

So, wie die Tür gewachsen war, wurde auch es langsam – zuerst der Schatten eines Ovals, dann, an Festigkeit zunehmend, eine verschwommene Gestalt, im Aussehen uns ähnlich, nur daß sie irgendwie mißgeformt oder verzerrt wirkte. Und dann, ganz plötzlich, war sie scharf und deutlich zu erkennen.

Ich sah eine Frau mit bleicher Haut und dunklem Haar, das bis fast zu den Knien wallte. Ihr Körper war so üppig wie Gunnoras, und sie stellte ihn auf eine Weise zur Schau, die ein Teil meines Ichs verstand und auf die es ansprach, genau wie mich früher Gunnoras Weiblichkeit angesprochen hatte.

Nur ...

Spielten meine Augen mir einen Trick? Wenn ich in Verbindung mit dieser Frauengestalt an Gunnora dachte, wirkte dieser so herrlich gebaute Körper verschwommen, und die Augen, die sonst grüngelb wie Gruus waren, blitzten rot. Auch verspürte ich flüchtig Wut in ihr.

Gegen meinen Willen tat ich einen Schritt auf sie zu. Ich war erregt, wie seinerzeit bei Gunnora. Es war mir gar nicht bewußt, daß ich mich frei zu bewegen vermochte, bis ich mein Schwert in seine Hülle zurückschob, weil ich beide Hände frei haben wollte und meine Arme, ich wollte ...

Meine ausholende Hand strich über die Wölbung meines Schulterbeutels. Wieder verschwamm die mich verheißungsvoll erwartende Gestalt. Der Kelch ...

Möglicherweise erkannte sie meine Verwirrung, denn nun streckte sie mir beide Arme entgegen, und das lüsterne Verlangen nach ihr überwältigte mich schier, bis ich nahe daran war, die restlichen Schritte zwischen uns zurückzulegen, die Hände auszustrecken, diese weiche glatte Haut zu liebkosen, die Frau zu besitzen ... Sie war alles, was ein Mann sich von einem Weib ersehnte, und ich war es, den sie begehrte! Sie war ...

Etwas bewegte sich vor mir. Gruu sauste in einem gewaltigen Sprung an mir vorbei. Ich schrie auf, sprang hinter der Katze her. Die Gestalt im Lichtoval verschwamm erneut. Während ich meine Waffe zog – ich mußte diese herrliche Frau vor dem Raubtier schützen –, streifte meine Hand den Schulterbeutel. Nein, sie streifte ihn nicht, sie blieb am Leder über der Kelchwölbung kleben, und trotz aller Anstrengung vermochte ich sie nicht zu befreien. In diesem Moment sah ich nicht die dunkle Lady von Gruu gerissen, wie ich es erwartet hatte, sondern Gruu, die mit einer ihr ähnlichen Katze über den Boden rollte. Da war keine Frau, nur die beiden Tiere.

Und dann waren Gruu und die andere verschwunden, und die Frau stand wieder da, und erneut griff ihr Zauber nach mir. Doch etwas stimmte mit ihrer Gestalt nicht. Sie bemühte sich um dieselbe wie zuvor, doch sie floß da und dort über die Umrisse hinaus. Und nun begriff ich endlich, daß es eine Täuschung war, daß nicht eine Frau mich erwartete, sondern etwas, das Zauberei benutzte, um ihr Opfer ohne Gegenwehr in seine Gewalt zu bringen.

Fester preßte ich die Hand auf den Beutel. Wenn der Kelch Kraft ausstrahlte, so brauchte ich sie nie mehr denn jetzt! Der Horngekrönte! Gunnora! Ich tastete nach Bruchstücken meiner Erinnerung, bemühte mich, sie zu einem Schild zusammenzufügen.

Vor mir stand eine Frau – dann ein wirbelndes Etwas – eine Frau –, so ging der Kampf dieser finsteren Macht, die an diesem Ort des Bösen herrschte, hin und her. Vielleicht war sie sich anfangs meines geringen Schutzes überhaupt nicht bewußt. Der Zauber war immer noch stark, mein Körper zog mich vorwärts, die Lust in mir wuchs immer mehr. Ich mußte sowohl gegen mich selbst, als auch gegen dieses Trugbild ankämpfen, und zerriß mich schier mit einer Furcht, für die ich nie Worte finden würde.

Einmal war ich auf allen vieren und kroch wie ein Tier, das ich zur Hälfte geworden war, auf das Licht zu und auf sie, der es gelungen war, eine längere Weile feste Form anzunehmen. Nur war sie keine Frau – daran klammerte ich mich wie ein Ertrinkender an einen Strohhalm, denn ich war – und bin es jetzt noch – fest überzeugt, wenn mein Körper überwältigt worden wäre, hätte ich nicht nur den Tod gefunden, sondern wäre auf eine Weise tot gewesen, die zu grauenvoll war, sie sich auch nur vorzustellen!

Der Horngekrönte! Kurnous – Kurnous! Ich hatte keinen Wein, ihn zu rufen. Ich hatte nur einen Teil meines Selbst und meine Erinnerung. Und Gunnora mit meinen Gedanken zu rufen – nein! Hastig verdrängte ich diesen Einfall. Gunnoras Zauber war ein winziges bißchen wie dieser, und an sie zu denken würde die Tür erneut öffnen. Der Jäger, der erlegte, der tötete ...

Die Gestalt im Licht veränderte sich. Keine betörende Frau lockte mehr. Statt dessen stand dort ein Mann, hochgewachsen, gutaussehend, mit einer Krone aus ineinanderverschlungenem Geweih auf dem Haupt. Sein edles Gesicht war das eines großen, gütigen Lords, und er streckte mir, mich willkommenheißend, die Hand entgegen – mir, dem Sippenlosen, dem Clanlosen. Nie würde ich mehr allein sein. Ich brauchte nur diese Hand zu nehmen und war nicht nur Lehnsmann, sondern Schwertbruder, naher Angehöriger. Er war nicht Garn, sondern stand unendlich hoch über ihm; ein Lord, dem man nur zu gern in große Abenteuer folgen und mit ihm reiten würde, um das Land von der Finsternis zu befreien, und mit dem man zu Ruhm und Ehre kam. Er war es, den ich in meiner Unwissenheit gerufen hatte und der nun gekommen war in all seiner ...

Mit meinem Blick fest auf ihm, fummelte ich am Verschluß meines Beutels, um den Kelch herauszuholen – um zu beweisen, daß ich ihm ergeben war. So hatte er mich von den Finsterlingen in der Nacht gerettet. So ...

Der Beutel war offen. Ich griff hinein, berührte den Kelch und mein Zeigefinger glitt in ihn.

Der Mann verschwamm. Nein! Bitte, geh nicht! Ich kann doch beweisen – ich kann ...

Er verschwamm noch mehr. Dann sah ich sie – die Maid –, sie schob sich vor mich. Sie hatte die Hände erhoben, streckte sie aus ...

Da war kein Mann mehr, kein horngekrönter Krieger. Da war eine Frau, nicht sie, die mich fast in ihr Netz gelockt hätte, sondern ein Mädchen, schlank, geschmeidig, in mondsilbernem Kittel, der an einer Schulter gehalten wurde und eine Handbreit über den Knien endete. Auf der Stirn trug sie die Sichel des zunehmenden Mondes. Dann verschwand sie und der Mann nahm wieder Gestalt an.

Ich hatte den Kelch herausgezogen und hielt ihn unbeholfen unter mein Kinn. Welche uralte Weisheit aus der Vergangenheit hatte mir bewußt gemacht, daß ich genau das tun mußte? Der Kelch war leer, und doch stieg aus ihm ein würziger, frischer Duft auf – der vom Laub eines bestimmten Baumes in der Morgensonne, der von zerriebenen Kräutern.

Mir war, als hätte man einen Schleier von meinen Augen gezogen, und nun sah ich wahrhaftig!

Wolkenähnlicher Dunst brodelte und schäumte in dem Lichtoval. Er offenbarte und verdeckte abwechselnd Gruu, die reglos auf ihrer Seite lag. Rote Streifen zogen sich durch diesen Dunst, dunklere Schatten, als schwankten kleinere Wesen in ihm hin und her. Gathea bewegte sich mit ausgestreckter Hand auf ihn zu. Sie war bereits an mir vorbei. Was uns bisher gelähmt hatte, war gebrochen. Immer noch den Kelch mit einer Hand an mich drückend, warf ich mich nach vorn und schwang meine andere Hand in ihren Weg, ehe sie diesem wirbelnden Dunst zu nahe kam.

Gatheas Gesicht war verzückt. Sie hatte nur Augen für das im Oval. Sie schob gegen meine Hand, als wüßte sie gar nicht, daß sie da war, oder was sie war. Mir war klar, daß ich sie mit nur einem Arm nicht festzuhalten vermochte. So ließ ich den Arm fallen und steckte statt dessen die Finger meiner Linken in ihren Gürtel, warf mich zurück und zerrte sie so mit mir, gerade als ein Fühler des Dunstes nach ihr griff.

Sie stolperte und fiel, und ich mit ihr. Ich rollte über sie, als sie sich verzweifelt zu befreien suchte. Ich glaube nicht, daß sie wußte, wer ich war, sondern daß sie mich ganz einfach für ein Hindernis hielt zwischen ihr und dem, das sie unbedingt erreichen mußte. Mit Fäusten, Zähnen und Fingernägeln wehrte sie sich gegen mich. Mir blieb nichts übrig, als sie Kraft meines Körpers auf den Boden zu drükken und den kratzenden Nägeln auszuweichen, und weiter den Kelch ans Kinn zu drücken, denn er war meine Rettung, solange ich den Duft einatmete, der von ihm aufstieg, weil nur er meinen Kopf klarhalten konnte, und solange vermochte auch diese Weberin seltsamer Täuschungen nicht, mich zu sich zu ziehen.

Irgendwie gelang es mir, Gathea festzuhalten, und dann, in der Hoffnung, daß es ihr nutzenn würde wie mir, und weil ich mich mit dem Rücken gegen das Oval ein wenig sicherer fühlte, drückte ich den Kelch näher an ihr Gesicht, während sie den Kopf von Seite zu Seite schwang und mit den Zähnen schnappte, als wolle sie mir den Arm zerfleischen, wie Gruu es vielleicht bei einem Beutestück tun mochte.

Immer noch kämpften wir, als …

Verzweifelt versuchte ich Gathea weiter auf den Boden zu drücken, und noch verzweifelter den Kelch festzuhalten. Wir lagen plötzlich nicht mehr auf dem Pflaster an jenem Ort der Finsternis. Wo wir uns nun befanden, herrschte eine Kälte so grimmig, daß ich glaubte, kein Lebewesen vermöge sie länger als einen Augenblick auszuhalten. Und schon waren wir an einem anderen Ort, wo rötliches Licht brannte und züngelte. So, wie die Kälte zugeschlagen hatte, lechzte die Hitze nun nach uns, um unsere Leiber zu versengen.

Gathea lag mit geschlossenen Augen reglos, aber ich spürte das schnelle Heben und Senken ihrer Brust, während sie keuchend atmete. Ich richtete mich auf die Knie auf und schaute mich um. Die Hitze war so ungeheuerlich, daß mir schien, jeder Atemzug müßte mir die Lunge verkohlen. Unter uns war Stein und auch er brennend heiß, so daß ich mich beeilte, Gathea hochzuziehen, so daß ich sie davor schützen konnte. Ich roch versengendes Haar, und als ich mich umdrehte, sah ich Gruu, immer noch reglos, in der Nähe liegen.

Wir waren von einem Flammenwall umgeben, der rot und gelb loderte. Hin und wieder, wie von einem Windzug gepeitscht, den wir nicht spüren konnten, schickte er lange Zungen nach uns aus. Es war ein grelles Feuer und der Wall lückenlos, so konnte ich nicht sehen, was dahinter lag. Der Gedanke beschäftigte mich, daß unser Widerstand den Turm ergrimmt und er uns deshalb, mit Hilfe bestimmter Kräfte, in diesen Kerker versetzt hatte, der dafür Sorge tragen würde, daß von uns bald nichts mehr übrig war als rauchgeschwärzte Gebeine.

»Dians!« Gathea öffnete die Augen. Sie richtete sie jedoch nicht auf mich, sondern blickte sich, sichtlich nach etwas Bestimmten suchend, um. Ich war sicher, daß sie nach dem Trugbild Ausschau hielt, das der Turmgeist zu ihrer Betörung geformt hatte. Dann runzelte sie die Stirn, offenbar als ihre Augen wieder klar sahen, und wenn ihre Blicke hätten töten können, wäre ich zweifellos im gleichen Moment im Flammenwall verbrannt. »Dians – sie war da! Endlich rief sie mich zu sich!«

Sie hob beide Hände und stieß mich so heftig von sich, daß ich tatsächlich dem Feuer zu nahe kam und hastig davon und auf die Füße springen mußte.

»Es war eine Täuschung«, entgegnete ich. Sie behauptete, so viel von Magie zu verstehen, weshalb hatte sie es da nicht selbst erkannt, als Gruu angezogen wurde, und ich mich zweimal dem gegenübersah, das mich ebenfalls an die Finsternis binden sollte?

»Was hast du gesehen?« fragte ich grimmig, und stellte mich vor sie. »Gruu ging zu einer anderen Katze, wie sie glaubte. Ich sah zuerst eine Frau ...« Ich beabsichtigte nicht, Einzelheiten zu erwähnen. »... dann den Horngekrönten. Du – hast du deine Göttin gesehen – deine Mondtochter?«

Ich glaube, Gathea hatte anfangs nicht vor, mich zu beachten. Sie war noch so betört von dem Trugbild, daß sie nur Ärger empfand und sich von ihm beherrschen ließ, um mir nicht zuhören zu müssen. Sie hob die zur Faust geballte Hand, als wolle sie mich schlagen, doch als sie den ersten Schritt machte, stolperte sie über Gruus schlaffen Körper und fiel auf die Katze.

»Gruu!« rief sie laut. Sie stützte sich auf, bettete den Kopf der Katze auf ihre Hände und starrte in die halbgeschlossenen Augen. Ich fragte mich, ob das Tier tot war, ob, was immer sie zu sich gelockt, ihr das Leben ausgesaugt hatte. »Gruu!« Sie streichelte den dichten Pelz um ihre Kehle. Und plötzlich schien ihre Benommenheit verflogen zu sein, und sie blickte mit wachen Augen zu mir hoch.

»Sie ist ... Nein!« fügte sie hinzu, als ihre Finger tiefer durch das Fell am Hals drangen. »Nein, sie ist nicht tot. Du ...« Sie drückte den Kopf der Katze an ihre Brust und schaute aufs neue zu mir hoch.

»Du hast gesehen – was Gruu zugestoßen ist?«

Es wunderte mich nicht, daß sie nicht selbst bemerkt hatte, wie die Katze der Verlockung erlegen war. Ich war inzwischen überzeugt, daß der Turmgeist für jeden von uns genau das vorgetäuscht hatte, nach dem wir uns am meisten sehnten oder dessen Verlockung wir am ehesten erliegen würden. Gruu war zu einer anderen Katze gesprungen, sicher einer männlichen ihrer eigenen Art. Mir hatte zuerst das gegenübergestanden, das mein körperliches Verlangen aufstachelte, ähnlich wie bei Gruu, und danach das, was etwas Höheres in mir zum Klingen brachte.

»Sie wurde von etwas angezogen, das die Gestalt einer Katze vorspiegelte!«

»Dians – Dians war dort!« Das Mädchen schüttelte den Kopf, als wollte sie sich von dem Bild befreien. »Ich hatte den Schrein gefunden – ich war ...« Sie hielt inne und streichelte weiter die Katze. »Du hast andere gesehen ...« Gathea schaute auf die Flammen – die Hitzewellen auf meinen Rücken warfen –, nicht auf mich.

»Einer, der sich Trugbilder bedient.« Sie schauderte, und flüchtig ließ ihre Angst sie so stark frösteln, daß sie die Flammen nicht spürte. »Einer der Finsternis! Aber warum? Und Gruu ...« Sie betrachtete den stillen Katzenkopf, den sie an sich drückte.

»Wie sind wir hierhergelangt?« fragte sie nach einer kurzen Weile. Ihre Stimme klang fester. Sie hatte sich offenbar mit dem Geschehenen als Tatsache abgefunden und war bereit, sich dem Kommenden zu stellen.

Ich erzählte ihr von dem Kelch, aus dem der Duft aufgestiegen war, der mich klar hatte sehen lassen; erwähnte, daß ich sie davon abgehalten hatte, in das Licht zu gehen; und daß wir dann hierherversetzt worden waren. Sie hörte mir aufmerksam zu, und ich glaube, sie verstand nicht nur, was ich sagte, sondern konnte, dank ihres besonderen Wissens, sogar noch Folgerungen ziehen.

»Wir waren drei«, sagte sie bedächtig. »Es mußte uns gleichzeitig lenken. Dieser Bann, in den seine Lehnsmäner uns schlugen – ja, der konnte aufrechterhalten werden, denn er war dazu bestimmt, uns körperlich zusammenzubinden, und die Willenskraft der drei Reiter stärkte ihn. Aber als wir ihm allein gegenüberstanden, waren wir nicht mehr lenkbar. Die arme Gruu, so klug sie ist, weiß sie nichts von Trugbildzauber, deshalb ging sie so schnell in die Falle. Und du – du warst auf eine Weise geschützt, die es nicht vermutete.«

»Du hast nicht gesehen, was es für mich vortäuschte?« fragte ich so gleichgültig, wie ich nur konnte. Weshalb hatte sie so stumm und reglos gestanden, während die Scheingestalten mich lockten? Oder hatte sie ihr Diansbild zur gleichen Zeit gesehen?

»Ich sah einen Schrein – einen Mondschrein – und der Mondschein beleuchtete den Altar. Ich wartete, denn ich wußte, daß *sie* kommen würde. Es war das, wonach ich gesucht hatte. Nein, ich sah nicht, was für dich erstand. Nur, dieser Weber von Täuschungen konnte nicht zwei Trugbilder zur selben Zeit beständig halten, eines für dich, eines für mich. Als du seine Absicht mit dem Kelch vereitelt hast, schuf er Dians Abbild – denn ich wartete auf ihr Erscheinen. Uns drei gleichzeitig zu lenken, war er nicht imstande. Die Kraft deines Kelches erschütterte ihn, und du kamst soweit frei, daß du auch mich zu befreien vermochtest ...«

»Aber«, ihr Blick wanderte über den Flammenwall ringsum, »wohin hat er uns versetzt, als wir nicht in seine Falle gingen?«

»An einen von ihm geschaffenen Ort des Bösen«, erwiderte ich. »Ich weiß nicht, *wo* er ist, noch *wie* wir hierhergelangten. Wenn es eine Möglichkeit gibt, von hier fortzukommen, sollten wir sie suchen, ehe wir gebraten und verdörrt sind und nichts mehr zu unternehmen vermögen.«

Gathea drückte die Wange an den Kopf der Katze. »Ich habe den Stab nicht mehr«, sagte sie. »Und mein Wissen nutzt hier nichts. Auch ist es sinnlos zu hoffen, zum Land des Lichtes zu kommen, wenn wir uns hier im Reich der Finsternis befinden, denn es gibt keinen Weg vom einen zum andern. Wo ihre Grenzen zusammenstoßen, herrscht immerwährender Kampf. Ich denke, selbst davon sind wir weit entfernt, und keine Mondmagie wird meinen Ruf hören.

Ich konnte nicht glauben, daß sie so einfach aufgab, widerstandslos das Los hinnehmen würde, das unser harrte, und wenn unser Gegner uns auch hoch überlegen war. Und daß wir ihm, dessen Macht über meine Vorstellungskraft hinausging, bereits zweifellos eine Schlappe zugefügt hatten, gab mir Mut.

Gathea öffnete ihren Schulterbeutel und holte ein Bündel getrockneter Blätter heraus. Sie wählte sieben Stück aus, schob sie in den Mund und begann, sie schnell und gründlich zu kauen.

»Was ...?« begann ich meine Frage.

Sie schüttelte den Kopf und deutete auf ihren vollen Mund, ehe sie die Hand auf Gruus Kopf legte. Ich verstand. Sie war dabei etwas zu tun, das der Katze helfen sollte.

XV

Gathea drückte der Katze die Augen zu und gab ein wenig des Breies aus ihrem Mund darauf. Als sie es gut verteilt hatte, legte sie die Fingerspitzen beider Hände zwischen den Ohren auf Gruus Kopf. Das Mädchen schien überhaupt nicht auf den Flammenwall zu achten, dessen Hitze zunahm, wie ich glaubte. Ich bemühte mich durch die Waberlohe hindurchzuspähen, doch sie bildete eine geschlossene Wand.

Seit unendlicher Zeit ist das Feuer Werkzeug des Menschen, aber auch sein Verhängnis. Ich befürchtete, daß der Flammenkreis um uns sich immer enger schließen und uns verzehren würde. Gathea stützte den Kopf der Katze und hatte nun wie sie die Lider geschlossen. Mit der Heilkraft, die ihr gegeben war, versuchte sie stumm zurückzuholen, was der Turmgeist der Katze an Lebenskraft geraubt hatte.

Gruu bewegte eine Pfote und streckte die Krallen aus. Ein Maunzen, wie das eines verwirrten Kätzchens, kam aus ihrem Maul, das geöffnet die gefährlichen Zähne entblößte.

»Es geht ihr wieder gut. Sie wacht auf.«

»Wozu?« entgegnete ich. »Solange sie schlief, wußte sie nichts von dem.« Ich deutete auf die Flammen.

Mein Mund war trocken. Ich sehnte mich nach einem Schluck aus der Feldflasche an meinem Gürtel, doch ich mußte sparsam mit dem bißchen Wasser umgehen, das ich noch hatte. Schweiß verklebte mein Haar und rann mir über den ganzen Körper und meine Kleidung war zum Auswinden naß.

»Ein Trugbild«, sagte Gathea. Sie streichelte die Katze.

»Es hat ganz den Anschein, als läge die Kraft dieser Macht in der Täuschung.«

Sie blickte an mir vorbei auf den Feuerwall. Es war unnötig, die Schlüsse, die sie gezogen hatte, laut auszusprechen.

»Vielleicht ist es ein Trugbild«, gestand ich ihr zu. »Doch ist es dicht gewirkt und ich glaube nicht, daß wir es brechen können.«

»Wie oben so unten«, sagte sie. Ich verstand nicht, was sie meinte.

»Für Trugbilder«, fuhr sie fort, »müssen die Gedanken des Feindes oder Opfers gelesen werden. Dann erst kann der, der sie wirkt, was er dazu braucht von einer anderen Ebene herbeirufen und zu dem formen, was das Opfer am meisten fürchtet oder ersehnt. Leben verleiht ihm erst das Opfer selbst.«

»Du meinst, wir schüren diese Flammen?«

»Solange wir glauben, sie zu sehen, schüren wir sie.« Sie nickte.

»Und wenn du dich irrst? Wenn wir an den Ort echten Feuers versetzt wurden?«

»Selbst die Wirklichkeit kann sich der Macht beugen. Was beschworen wird, kann vertrieben werden. Hast du das nicht bereits selbst bewiesen?«

Ich sah Schweiß über ihre eigene Wange rinnen. Da hob Gruu den Kopf von ihren Knien. Der getrocknete Blätterbrei bröckelte von den Lidern, als sie die Augen öffnete. Ihr Blick richtete sich auf Gatheas Gesicht und ein Mittelding zwischen Schnurren und Knurren drang aus ihrem Maul.

Ja, ich hatte selbst erlebt, wie wohlgewirkte Trugbilder sich veränderten – aber das hier war etwas anderes. Denn ich zweifelte nicht daran, daß ich mir die Hand verbrennen würde, hielt ich sie zu dicht an diese Flammen.

Meine Begleiterin schloß erneut die Lider, und die Großkatze blieb zufrieden liegen, wo sie war, vielleicht schlief sie auch. Gathea bewegte die Lippen, doch drang kein Laut über sie.

Dieses Spiel mit unsichtbaren Kräften! Kein Wunder, daß die Clansleute den Weisen Frauen aus dem Weg gingen, solange sie nicht ihre Hilfe brauchten. Im Augenblick wünschte ich mir nichts mehr als einen sichtbaren Gegner mit einem Schwert in der Hand, gegen den ich auf mir gewohnte Weise kämpfen konnte – wie es in meiner eigenen Welt üblich war.

Ich wußte ja jetzt nicht einmal, ob wir uns hier überhaupt in unserer Welt befanden! So, wie wir hierherbefördert worden waren, war anzunehmen, daß wir durch einen Raum gekommen waren, der nicht für unseresgleichen bestimmt war. Selbst wenn es uns gelingen sollte, die Flammen durch Gatheas Zauber zu bezwingen – was dann? Wenn wir nicht in unserer eigenen Welt – oder Zeit waren?

Sie öffnete die Augen und blickte mich mit gerunzelter Stirn an. »Du behinderst mich!« sagte sie anklagend. »Du willst nicht glauben! Oh!« Sie ballte eine Hand und schlug damit heftig auf den heißen Felsboden, auf dem sie saß, als wäre er angenehm kühl. »Hätte ich nur einen Begleiter, der für diese Aufgabe geeignet ist! Mit deinem Glauben an das Falsche kämpfst du gegen mich!«

Ihre Gefühle übertrugen sich auf die Katze. Zum erstenmal an diesem Ort hob Gruu den schweren Kopf ganz hoch und knurrte mich an.

Gatheas Worte kränkten mich. Immerhin verdankte sie mir so einiges. Hatte ich sie nicht zurückgehalten, als sie zur falschen Dians laufen wollte? Ich griff nach dem Kelch und wünschte mir, es möge wieder dieser würzige kühle Duft von ihm aufsteigen, der mir so geholfen und mich gerettet hatte. Aber mein Wunsch erfüllte sich nicht. Gatheas Augen verengten sich, als sie sah, was ich hielt, und ihr Ausdruck veränderte sich, als blicke sie auf etwas, das sie besser zu nutzen verstünde.

»Wenn du nur mehr wüßtest ...«

»So lehr es mir!« Ich sah, daß die Flammen näherkamen.

Gathea hob die Hand um die auf der Stirn klebenden Strähnen zurückzustreifen.

»Du verlangst das Unmögliche. Man kann nicht Jahre des Lernens mit ein paar Worten wiedergeben!«

Sie zuckte zusammen, als eine Flammenzunge nach ihrer Hand leckte, und ich sah Furcht in ihren Augen erwachen.

»Uns bleibt vielleicht nicht einmal Zeit für ein paar Worte«, sagte ich grimmig.

»Jene, die die Macht haben«, entgegnete sie hastig, »sollen imstande sein, Dinge von einer Daseinsebene zur anderen zu versetzen. Sie blicken in das Ding und sehen sein innerstes Wesen. Denn jedes Ding, ob geboren oder hergestellt, war einst nur ein Gedanke, und deshalb bleibt es zum Teil ein Gedanke. Den Gedanken, den wir auf unserer Ebene als etwas Festes sehen, gibt es anderswo in anderer Form. Eine Meisterin des geheimen Wissens kann nach einem bestimmten Gedanken greifen und das Ding, das er darstellt, wieder zu dem machen, aus dem er erstanden ist. Das lehrt man uns ...«

»Hast du gesehen, wie es getan wurde?«

Gathea schüttelte den Kopf. »Nur eine mit großem Wissen kann das innerste Wesen eines Dinges sehen und damit umgehen.«

»Aber du hast gesagt, wenn ich mehr wüßte«, beharrte ich, »und du meintest sicher, daß ich uns dann helfen könnte. Was, also, müßte ich wissen?«

Wieder schüttelte sie den Kopf. »Wir kennen das innerste Wesen der Kraft nicht, die uns in die Falle locken wollte. Und ...«

»Das hier ...« Ich deutete auf die Flammen, die wieder nach innen leckten. Ich war ganz sicher, daß der Feuerring enger wurde. »... ist Feuer. Feuer entsteht aus Brennstoff – Holz oder Öl oder dergleichen –, wenn ein Funke es entzündet. Was ist dann das innerste Wesen des Feuers? Das, wovon es sich nährt?«

Bei diesem Feuer sah ich weder Holz noch ein Gefäß für Öl.

»Das, wovon es sich nährt ...«, echote Gathea nachdenklich. Plötzliche Erregung zeichnete sich auf ihrem schmalen

Gesicht ab. »Ja, es könnte sein, daß der Brennstoff für dieses Feuer anderswo ist.«

Diese Feststellung, die mir von keinem großen Nutzen zu sein schien, weckte offenbar neuen Mut in ihr.

»Komm!« Sie streckte mir die erhobene Hand entgegen. »Der Kelch – hast du noch Wasser?«

»Nur ganz wenig.«

»Es muß reichen. Ich kann es nicht selbst tun, da der Kelch dir gehört. Nur du vermagst die Kraft zu rufen, die von ihm kommt. Gieß Wasser hinein und halt ihn ganz ruhig. Dann reich mir die Hand. Vielleicht kann auch Gruu uns ein wenig ihrer Kraft leihen, nun, da ihr Zauberbann gebrochen ist. Tu es, es ist unsere einzige Hoffnung! Ich schaffe es nicht mit meiner Kraft allein.«

Ich ließ ein wenig Wasser in den Kelch sickern, daß sein Boden befeuchtet wurde, doch kaum genug, es zu sehen. So fest hielt ich ihn, daß meine Finger fast verkrampften, und setzte mich auf die Fersen, während ich mit der Linken nach Gatheas Hand griff.

»Schließ jetzt die Augen«, forderte sie mich auf. »Da ist Feuer, es nährt sich von Holz und brennt wie in der Feuerstelle einer Burg. Da ist Wasser, eine sprudelnde Quelle, und es steigt, es steigt immer höher. *Schau* es an! Du mußt es *sehen!*«

Ihre Worte waren drängend, fordernd. Doch als ich die Augen schloß, wehrte sich mein Geist gegen ein solches Bild. Ich versuchte es noch einmal. Es entstand, doch blaß, und es schwand wieder, da das nicht in mir war, das es hätte halten können.

Irgendwo erklang eine Stimme – weit entfernt, doch so verzweifelt, daß ich mich anstrengte, sie zu verstehen. Nein, es war gar keine Stimme, es war das Feuerbild – nichts als ein Feuer, das auf einer Waldlichtung brannte. Ein Lagerfeuer wie das eines Jägers – ein Feuer!

Etwas in mir wuchs, eine Willenskraft, wie ich sie in mir nicht vermutet hätte. Es war, als hätte die Kraft des Wassers und Feuers sich zusammengetan und, was sie zu wirken vermochte, auf *mich* übertragen. Das verschwommene Bild des Feuers festigte sich. Ich konnte es nun halten. Da waren auch die Steine eines Beckens, in das das Wasser einer Quelle floß. Feuer und Wasser – Erzfeinde!

Dieses Feuer, dieses Wasserbecken wurden zu meiner Welt. Es gab nichts anderes. Nichts war wichtig, außer ihr Bild, das ich ganz klar und deutlich sehen mußte. Feuer – und Wasser!

Weiter strömte jene Kraft in mich, die mir den Blick klärte, die mir nun nicht nur gestattete, das Feuer zu sehen und das zu dem Becken strömende Wasser, sondern auch dieses Wasser zu lenken, immer mehr in das Becken zu leiten. Und nun war es ein Brunnen, ein tiefer Brunnen. Das Wasser stieg über den Rand – floß auf das Feuer zu!

Das Feuer zischte und erlosch. Ich hielt an meinem Gedankenbild fest. Es *war* da! Und da war es auch wieder. Während ich mich mit dem Feuer befaßt hatte, war das Wasser gefallen. Nein, Wasser, steig! Steig! Fließ über den Brunnenrand! Wie eine gewaltige Welle warf es sich darüber, strömte immer mächtiger. Und erneut, als das Bild vor meinem inneren Auge zu flimmern, zu verschwimmen begann, stärkte mich diese andere Kraft, so daß ich es wieder zu festigen vermochte.

Hinab gischtete das Wasser, brandete gegen das Holz, begann es zu verschlingen. Die Flammen zischten und flohen zum anderen Ende der langen Scheite, die seine Nahrung waren. Das Wasser folgte ihnen auch dorthin. Mein Bild flimmerte ein letztemal, als wüßte das Feuer, daß seine Kraft nachließ. Aber ich hielt das Bild, und das Wasser brandete in voller Macht. Nicht die geringste Glut blieb übrig. Ich gab die Flut frei. Hatte sich nicht, einen Herzschlag lang, ein horngekröntes Haupt darin gespiegelt? Ich war mir nicht sicher. Ich öffnete die Augen. Das Haupt war da, schimmerte auf der Kelchseite. Aber sonst war es dunkel. Nicht länger umgab uns der sengende Feuerwall.

Ich blinzelte, und wieder. Die einzige Lichtquelle war das Leuchten des Kopfes auf dem Kelch, und das schwand allmählich. Hätte ich nicht den festen Stein unter den Füßen gespürt, würde ich geglaubt haben, wir wären aus dem Leben vertrieben worden. So finster wie das Innere des Turmes gewesen war, so war die Schwärze hier und so dick, daß sie körperlich spürbar war und das Gefühl erweckte, sie würde einen verschlingen. Aus der Dunkelheit vernahm ich einen Seufzer. Gathea.

»Es – es wirkte!« Ich hatte meine Zunge wiedergefunden. »Das Feuer ist weg, aber wir sind noch nicht zurück – oder befinden wir uns wieder im Turm?«

Aber das glaubte ich selbst nicht. Da war ein Anderssein, wie die Dunkelheit, die auf uns drückte. Nun, da wir das Feuer los waren, das mich bisher beschäftigt hatte, erkannte ich, daß ein Schritt nicht die ganze Reise war. Gatheas Stimme aus der dicken Schwärze erhöhte mit ihren Worten mein Unbehagen.

»Wir stecken noch in der Falle«, sagte sie. »Dieses Hier und Jetzt gehört nicht zu unserer Welt und Zeit. Und ...«

Was sie noch hatte sagen wollen, werde ich wohl nie erfahren, denn in diesem Moment veränderte sich die Dunkelheit. Kein Lichtoval erhellte sie, sondern wir wurden angesaugt, mit einer solchen Geschwindigkeit durch sie gezogen, daß es mir schier den Atem raubte und ich keuchend nach Luft schnappte. Wie mit einem Schraubstock hielt ich Gatheas Hand fest. In diesem Augenblick fürchtete ich nichts mehr, als daß wir getrennt und jeder anderswohin gewirbelt werden könnte.

Mein Körper schien schwerelos zu sein und so hilflos wie ein Blatt im Sturm. Ich schloß sogar die Lider, da der Druck der Finsternis, durch die wir gerissen wurden, schmerzhaft war und ich befürchtete, er könnte mir gar das Augenlicht rauben. Gezogen wurden wir, und das, was uns zog, gewann an Kraft, schleuderte uns mit einer Leichtigkeit umher, als steckten wir in einem Netz, das diese Kraft immer enger zog.

Dann schwand dieses Gefühl, durch die Luft zu rasen. Immer noch hingen wir gefangen in der Finsternis, das wurde mir klar, als ich es wagte, die Augen zu öffnen, und nichts sah. Es steckte ein Zweck dahinter, das spürte ich. Etwas in mir staunte, wie schnell ich imstande war, das Unbekannte zu spüren. Ich hatte keine Ausbildung, wie Gathea mich oft genug erinnert hatte. Was war es dann, was in mir dieses Spüren der Dinge-die-nicht-waren und der Machtgewebe geweckt hatte?

Hilflos hingen wir in der Schwärze und warteten, bis die Macht, die ich nicht zu verstehen vermochte, das Bedürfnis oder die böse Freude zum nächsten Schritt verspürte. Das einzige, was mich mit der Wirklichkeit verband, war meine Hand um Gatheas. Ich wollte sie etwas fragen, aber meine Worte wurden durch den Druck der Schwärze auf meiner Brust und dem Hals abgewürgt, ehe sie noch ihren Weg über die Lippen fanden.

Ich glaube, es fehlte nicht viel und ich hätte mich aus mir selbst entfernt, den Tod als Zuflucht gesucht, wenn der eigene Wille so weit gehen kann. Das Schimmern des Gesichts auf dem Kelch war erloschen, vielleicht während dieser wilden Luftreise davongeweht. Aber ich spürte es noch und wußte, daß es, genau wie Gatheas Hand zum Guten oder Bösen mit mir verbunden war.

Es kam zu einem weiteren heftigen Reißen, und wieder waren wir unterwegs. Noch einmal empfand ich diese eisige Kälte, dieses Gefühl, durch eine unsichtbare Schranke zu bersten. Nun war wieder Licht – dämmrig, grau, aber es genügte, die Dunkelheit zu brechen, und ich mußte blinzeln. Es befand sich unter uns, als flögen wir am Himmel, aber es wurde größer, heller, und wir fielen darauf zu, wurden zu ihm getragen von einem fremden Willen – wessen? Und warum?

Ein heftiger Ruck erschütterte meinen ganzen Körper, und ich wurde von Gathea losgerissen. Die Macht, die mich hielt, trug mich in einem anderen Winkel davon. So wie es aussah, hätte ich nun durch die Augen eines Vogels oder sonstigen Geflügelten schauen können, der sich mit Schwingenschlag in der Luft hielt.

Unter mir stand ein Kreis aus Steinen, silberhell, denn der Mond schien auf ihn hinab. In seiner Mitte befand sich ein leuchtend weißer Steinblock, der in diesem Licht so stark blendete, daß ich gern die Hände vor die geschlossenen Augen geschlagen hätte, um sie zu schützen, wäre ich imstande gewesen, sie zu heben. Aber erneut gehorchte mir mein Körper nicht. Auf diesem Steinblock lag jemand – eine Frau. Ihr Haar war ausgebreitet und wallte über den Rand des Steines. Sie war nackt, und ich glaubte zuerst, sie sei tot, denn ich bemerkte kein Leben in dieser reglosen Gestalt.

Nun sah ich, daß an den vier Ecken des gepflasterten Platzes Säulen standen, jede mit einem Mondzeichen – genau wie in dem Schrein in den Hügeln, die zu Garns Land gehörten. Unter jeder stand eine Gestalt von geisterhaften, seltsam schwankenden Umrissen, die einmal besser, einmal schlechter zu erkennen waren. Sie festigten sich jedoch, je näher ich ihnen kam.

Auch sie waren nackt und unmißverkennbar männlichen Geschlechts. Jeder dieser Männer hielt einen Stab in der Hand, und stand nicht still, sondern wechselte von einem auf den anderen Fuß über, als marschiere oder tanze er, ohne jedoch seinen Platz zu verlassen. Ich spürte den Beginn wachsender Erregung, die nach mir griff, sich meines Geistes und meines Körpers zu bemächtigen suchte.

Aus den Schatten jenseits dieses Ortes schimmernden Silbers kam etwas Dunkles, ein Körper wie ein schwarzer Klecks, der das Silber besudelte und die frische Reinheit des Mondscheins beschmutzte. Der Kelch in meinen Händen entwickelte eigenes Leben. Er erwärmte sich, wurde heißer, als fülle er sich mit Zorn über diese Entweihung.

Ich sollte zum Werkzeug werden, zur Waffe in den Händen der Finsternis, damit sie den gewünschten Zauber wirken und das Licht verdrängen konnte. Und ich war nicht imstande, mich gegen diesen Druck zu wehren.

Der schwarze Klecks wiegte sich in einem webenden Tanz von einem der Männer an den Säulen zum nächsten.

Vor jedem hielt er kurz an und warf dünne Arme wie zu einer Beschwörung hoch in die Luft, und jeder dieser Schattenmänner nahm noch festere Form an, als schlüpfe neues, mächtiges Leben in sie. Die ganze Zeit lag die Frau auf dem Altar, im Zauberbann oder tiefen Schlaf, und ich glaube nicht, daß sie sich etwas dessen bewußt war, was ringsum vorging.

Das, was mich mit Zwang hierhergebracht hatte, drängte mich nun nach unten. Ich war jetzt nahe genug, um Gesichter erkennen zu können – alle außer dem der Schattengestalt, die rundum tanzte und die Macht beschwor. Und ich spürte sie, wie eine schnelle Strömung floß sie um mich.

Wenn mich die tanzenden Männer sahen, ließen sie es sich zumindest nicht anmerken. Ich hatte nun den Boden erreicht und meine Füße standen auf dem Pflaster aus Mondsilberblöcken vor dem Altar. Ich blickte auf ihn und sah – Iynne!

Doch nicht mehr war sie das Mädchen, das in Garns Wagenzug durch das Tor gekommen war. Sie hatte sich auf eine Weise verändert, die ich nicht verstand. Ihre Lippen, die sich dunkel von dem Weiß des bleichen Gesichts abhoben – und in dem Licht nicht rot, sondern schwarz wirkten – lächelten. Wahrscheinlich träumte sie und fand im Schlaf das große Glück, das der verschämten Maid, wie ich sie immer gekannt hatte – die sich scheu von anderen fernhielt, vielleicht weil ihr strenger und besitzergreifender Vater sie so einschüchterte, daß sie es nicht einmal wagte, ein Auge zu heben, wenn er es ihr nicht befahl – im wirklichen Leben bisher nie vergönnt gewesen war.

Iynne! Ein – Opfer! Das wußte ich, ohne daß es mir jemand sagen mußte. Was immer hier geschah, es war kein Werk des Lichtes, sondern des Bösen – der Finsternis, die so schwarz war wie der Ort, von dem aus ich hierhergezogen worden war.

Ich stand still, mit dem Kelch in den Händen und spürte die immer noch zunehmende Hitze in ihm. Er brannte meine Finger so sehr, als wäre sein metallenes Herz mit lodernden Flammen gefüllt. Das war seine Verteidigung gegen das, was hier geschehen würde. Das Silbergesicht an seiner Seite glühte und aus den Augen schossen Lichtspeere – weiß wie der Mond über uns – doch auf ihre Weise anders.

Der tanzende Schatten, der in seinen vielen Hüllen nächtlichen Schwarzes immer noch formlos war, wenn man von seinen knochigen Armen absah, hüpfte und hopste auf mich zu. Sein Kopf war vermummt, ich vermochte kein Gesicht zu sehen. Trotzdem wußte ich, daß er mein Kommen bemerkt hatte und mich sah, und er mit der Macht, die mich hierhergeschickt hatte, verbündet war.

Wieder schwang er die Arme hoch und nach vorn. Die weiten Ärmel fielen zurück und offenbarten hautüberzogene Knochen – alte Haut, alte Knochen – bis fast zur Schulter. Die krummen, altersknorrigen und verformten Finger mit den krallenlangen Nägeln schossen herab und griffen über das schlafende Mädchen hinweg nach dem Kelch. Ich hielt ihn mit aller Kraft entschlossen fest, denn ich wußte, daß dieser Talisman nur in meinem Besitz sicher war.

Ich setzte meine Willenskraft nicht gegen das ein, was mich hierhergeschafft hatte, denn ich glaubte nicht, daß ich dagegen auch nur die geringste Chance hätte, sondern dafür, den Kelch des Horngekrönten festzuhalten.

Fingernägel bohrten sich in mein Fleisch, aber ich riß mich los. Vielleicht hatte ich jene Kraft, die mich als Gefangener hierhergeschickt hatte, mit meinem Widerstand überrascht, oder der Kelch, den ich hielt und weiter zu halten entschlossen war, weckte in mir Kräfte, von denen ich gar nicht gewußt hatte, daß sie in mir steckten.

Die Kreatur, die mir den Kelch entreißen wollte, griff zum zweitenmal an. Durch ihre Anstrengung lockerte sich die Kapuze und rutschte vom Kopf. Eine Frau steckte in den schwarzen Hüllen – ein Zerrbild ihrer Geschlechtsgenossinnen. Sie war unendlich alt und nicht auf gute, übliche Weise alt geworden. So war ihr Gesicht eine Maske uraltes Hasses und unzähliger Laster. Auf dem fast kahlen Schädel waren ein paar dünne Strähnen fettigen weißen Haares verteilt, und als sie den Mund öffnete, um mich zu verfluchen, sah ich nur zwei oder drei gelbe Zähne, die eher Gruus Fängen ähnelten, denn menschlichen Beißwerkzeugen.

Sie war von Grund auf böse, und sie war mächtig. Ihr Verlangen, das zu bekommen, was sie sich in den Kopf gesetzt hatte, verlieh ihr größere Kraft, als ich dem gerippegleichen Körper zugetraut hatte. Nachdem ihr erster Versuch, den Kelch an sich zu bringen, fehlgeschlagen war, kam sie um den Altar herum, auf dem Iynne schlief, und geradewegs auf mich zu. Aus ihren wutfunkelnden Augen sprach sowohl Schläue als auch der Wahnsinn. Ihre Krallenfinger hatte sie ausgestreckt, um mir das Gesicht zu zerkratzen.

Mich gegen den Willen der Macht zu bewegen, die mich hierhergeschickt hatte, war, als müßte ich durch dicken Sand kämpfen. Ich konnte ihrem Sprung nicht ausweichen, wollte jedoch auch keineswegs den Kelch loslassen. Ich bemühte mich, die Wucht ihres Angriffs zu mildern, indem ich ihn mit der Schulter und den erhobenen Armen auffing.

Geifer troff aus ihren Mundwinkeln, als sie fremde Worte ausstieß. Zu meiner Verblüffung vermochte ich diese Worte zu *sehen.* Sie bewegten sich sowohl rot als auch rauchig durch die Luft, wirbelten empor und um meinen Kopf herum und drückten dann auf mich herab, als wollten sie mich wie echtes Feuer versengen.

Da warf ich meinen Kopf zurück und rief laut:

»Ho! Kurnous – im Namen des Geweihs!«

Es sah aus, als wäre sie mit voller Wucht gegen eine Wand gerannt. Sie stolperte einen, dann zwei Schritt zurück und bemühte sich, das Gleichgewicht nicht zu verlieren. Sie murmelte vor sich hin, und Speichel troff über ihr Kinn. Nun beschrieb sie Zeichen mit beiden Händen, und auch diese eigenartige Schrift hob sich schwarz und rot in der Luft ab.

Der Kelch in meinen Händen glühte nun so stark, daß meine versengten Finger ihn von sich schleudern wollten, aber ich biß die Zähne zusammen und brachte ihn, wie zum Trinken, an die Lippen, obgleich er natürlich leer war. Die Augen des Horngekrönten auf ihm blitzten wie Speerspitzen, die bereit waren, einen Sturmangriff zu vereiteln. Und schon schossen Strahlen aus ihnen.

Sie trafen die schwarzgewandete Hexe, stießen auf Widerstand, sprühten seitwärts und über den Altar mit dem schlafenden Mädchen. Es war, als hielt ich einen Springbrunnen aus Licht in den Händen, denn das Sprühen endete nicht. Es vermischte sich mit dem Mondschein, wurde stärker und blendend.

Mit einer Flinkheit, die ich einer ihres Alters nicht zugetraut hätte, sprang die Alte rückwärts, außerhalb des sprühenden Lichtbereichs. Sie schrie gellend, und ihre Stimme stieß wie Dolche in meinen Kopf, daß ich glaubte, diesen Schmerz nicht ertragen zu können.

Aber ich wich nicht vom Fleck. Der Druck, der mich hierhergebracht und gelähmt hatte, war nicht mehr. Wenn ich wollte, hätte ich den Kelch, der meine Finger schier zum Brennen brachte, von mir werfen und mich dieser Auseinandersetzung entziehen können. Aber tief in mir wußte ich, daß ich das nicht fertigbrächte. Ich konnte nur ahnen, welcherart mein Kampf war, aber ich blieb standhaft, während das Licht des Kelches immer weiter ausfächerte.

Die Hexe wich stolpernd immer mehr zurück. Sie erreichte den Rand des Pflasters und hielt an, sichtlich entschlossen, sich endgültig zur Wehr zu setzen. Ich spürte, daß sie die volle Kraft ihrer Macht beschwor. Zwar war ich lange der Gefangene von etwas gewesen, das über mein Vorstellungsvermögen ging, doch ich hatte nichts meiner Ausbildung und Erfahrung als Krieger verlernt. Ich bemerkte das flüchtige Drehen ihres Kopfes, und daß einen Augenblick lang nicht mir, sondern dem Mädchen ihre Aufmerksamkeit galt.

Nun lag es an mir anzugreifen. Einen Herzschlag später

stand ich bereits zwischen der Hexe und Iynne. Hastig schweifte mein Blick über die näheren der Männer. Würden die vier sich auf Befehl der Alten auf mich werfen? Sie waren unbekleidet und trugen keine sichtbaren Waffen, außer diesen Stäben. Doch wie sollte ich wissen, über welche ungewöhnlichen Kräfte sie verfügten?

Die zwei, die ich sehen konnte, achteten nicht auf mich. Sie hopsten weiterhin von einem Fuß auf den anderen. Und ihr Blick war auch nicht auf die Hexe gerichtet, sondern in Richtung des Altars, doch war ich nicht sicher, ob sie Iynne beobachteten oder nicht.

Ein Blitz schoß auf mich zu. Hastig schwang ich den Kelch hoch. Nun schossen die Strahlen nicht mehr allein aus den Augen des Horngekrönten, Licht brodelte jetzt im Kelch, sprühte hoch und nach außen, und bildete so einen blitzenden Schleiervorhang zwischen der Alten und mir. Er berührte auch die Barfüße des nächsten Mannes. Zum erstenmal schien dieser sich bewußt zu werden, was um ihn vorging. Er wand sich, während er auf den Lichtstrom stierte, der jetzt um seine Knöchel brandete.

Über alle Maßen schön von Angesicht und Gestalt war er gewesen, doch nunmehr zuckten und verzerrten seine Züge sich auf abscheuerregende Weise. Man mochte meinen, sein herrlicher Körper stecke in einer Esse. Er begann sich zusammenzuziehen, zu dörren und schrumpfen. Der Mann brüllte wie ein Tier in qualvollen Todesschmerzen, und sein Stab, von der Feuerflut erfaßt, wurde zur Silberflamme. Er schleuderte ihn von sich.

Sogleich stand kein Mann mehr an der Säule. Statt dessen kauerte am Fuß der Säule eine haarige, krumme Kreatur mit breitem Krötenmaul – ein Mittelding zwischen Säugetier und Reptil. Sie versuchte aus der Lichtflut zu springen, die sie gefangenhielt.

Mein Blick flog zu dem anderen Mann. Auch er hatte sich verwandelt. Was sich in dem Lichtstrom wand, der aus dem Kelch überwallte, war zum Teil Vogel, doch keiner wie er in einem mir bekannten Land lebte. Er war so groß, wie der Mann es gewesen war, hatte einen scharfen Schnabel, und ähnelte den schwarzen Vögeln, die in Garns Tal ihr Unwesen getrieben hatten, nur daß er ein Riese ihrer Art war.

Die Hexe wich einen weiteren Schritt zurück und trat dabei von dem mondbeschienenen Pflaster. Die brandende Lichtflut, die am Pflasterrand innehielt, erreichte sie nicht. Die Alte duckte sich leicht, als beabsichtigte sie über das sich kräuselnde Glühen zu springen, um an mich heranzukommen. Ich mochte sie zwar kurz verwirrt haben, aber ich spürte, daß sie lange noch nicht geschlagen war und keineswegs aufgab, weshalb sie hierhergekommen war.

Ihre Lippen bewegten sich wie da, als sie mir die feurigen Flüche entgegengeschleudert hatte, nur waren diesmal keine Worte zu sehen. Statt dessen klatschte sie in die Hände. Es hörte sich an wie Donnerknall.

Sie war verschwunden!

Ich wich zum Altar zurück. Die beiden Kreaturen am Fuß der vorderen Säulen kamen trotz aller Anstrengung nicht frei. Ich drehte mich zu den beiden anderen um. Die Lichtflut wallte nunmehr auch in ihre Richtung, doch sie sollte sie nicht einfangen. Obgleich es nicht den Anschein hatte, als seien sie sich der nahenden Gefahr bewußt, verschwanden sie beide so urplötzlich wie die Alte zuvor.

Ich lehnte mich gegen den Altarstein und bemühte mich zu erspähen, was außerhalb des Silberplatzes war. Daß ich von jenem anderen Ort fortgebracht worden war, zu dem der Turmgeist uns versetzt hatte, dessen war ich sicher. Ich befand mich hier zweifellos in meiner eigenen Welt – aber in welchem Landesteil? Mit Sicherheit vermochte ich nur zu sagen, daß dies nicht der Schrein in dem Hügel über Garns Tal war. Und wo waren Gathea und Gruu? In der Finsternis zurückgeblieben? Wenn ja, wie konnten sie in diese Welt zurückgebracht werden?

Ich vernahm ein Seufzen hinter mir und schwang herum. Iynne wachte auf, immer noch mit diesem Lächeln auf den Lippen, und der Ausdruck ihrer Augen verriet, daß ihr Traum nicht der einer keuschen Maid gewesen war.

XVI

»Iynne!«

Mein erster Gedanke war, daß ich sie so schnell wie möglich fortbringen mußte von diesem Ort, wo unbekannte Kräfte ihr gefährliches Spiel trieben. Der Kelch war abgekühlt und strahlte kein Licht mehr aus. Selbst das Antlitz darauf wurde wieder zu nichts weiter als einem kunstvoll geschnitzten Abbild, und nichts verriet mehr die Macht in ihm, die mir trotz meiner Unwissenheit, was ihre Beschwörung betraf, zu Hilfe gekommen war.

Das Mädchen stützte sich auf dem Altarstein auf. Noch waren ihre Bewegungen die einer aus tiefem Schlaf Erwachenden, aus einem Schlaf, dessen Traumwelt sie noch nicht ganz freigegeben hatte. Und so wurde ihr nicht gleich bewußt, wo sie sich befand.

Ihre Hände strichen sanft über ihren Körper und schlossen sich über ihrem Schoß, als drücke sie etwas an sich, das ihr über alle Maßen teuer war. Leise begann sie zu singen, ohne je den Blick zu mir zu heben. Ein sanftes, murmelndes Singen war es, das mich über Jahre und an den Ort meiner Kindheit zurückversetzte. Genauso hatte Iynnes Amme zu ihren Schützlingen gesungen, wenn sie sie in den Schlaf wiegte.

»Vollbracht ...« Sie schien mich immer noch nicht zu sehen. Ihr Blick war entweder ins Innere gerichtet oder in eine verheißungsvolle Zukunft, strahlender als der Mondschein hier. »Es ist vollbracht! Der Gott ist gekommen und ich trage sein Kind. Ein Kind, das größer sein wird als jeder Lord – größer – mächtiger ... Wieder stimmte sie entrückt dieses Wiegenlied an.

War sie ihrer Sinne beraubt? Ich stellte den Kelch vorsichtig auf den Boden und nahm den zusammengerollten Reiseumhang von meiner Schulter, den ich am Beutelriemen befestigt hatte. Ich löste ihn, und legte ihn um sie, die noch glücklich lächelnd auf dem Altarstein saß und schützend die Hände auf den Schoß drückte, in dem sie das neue Leben heranwachsen glaubte.

»Ein Sohn – ein Sohn, der reiten wird, wenn die Stunde gekommen ist, um die Großen Mächte zu rufen, damit sie ihm die Kraft in die Hände legen und zur Waffe für jene Stunde machen. Große Ehre wurde mir zuteil …«

»Iynne!«

Ich rief ihren Namen so scharf ich konnte, um sie wachzurütteln, damit ihr bewußt wurde, wo sie sich befand, und daß ich bei ihr war. Ihr Kopf zuckte in meine Richtung. Ihre Augen weiteten sich und offenbar brach der Bann des Traumes.

»Elron!« Endlich erkannte sie mich. Hastig hüllte sie sich ganz in den Umhang. »Aber …« Sie schaute sich um, als wollte sie sehen, wer mich begleitet hatte. Dann mußte sie wohl diese abscheulichen Kreaturen entdeckt haben, die sich immer noch schwach im Griff der Lichtreste wanden. Sie erschauderte und schrie gellend.

»Elron! Was sind diese …?« Furcht und Abscheu vermischt, hatten den glücklichen Gesichtsausdruck verdrängt. »Hier ist …« Ihre Nasenflügel blähten sich, sie hob den Kopf ein wenig. »… Böses. Es darf mich nicht berühren! Ich trage einen Gott – einen Sohn der Macht in mir!«

Sie kletterte vom Altar und wich weiter zurück von diesen Kreaturen, die nun schnüffelten und Schreie ausstießen, doch nicht flehend, sondern eher verwirrt und wütend. Ich spähte in die Dunkelheit jenseits des Mondschreinrandes. Zwar war die Alte nicht zu sehen, aber ich konnte nicht glauben, daß sie sich geschlagen gab. Alles mögliche mochte dort draußen lauern.

»Elron!« Iynne hielt den Umhang mit einer Hand zusammen und griff mit der anderen nach meinem Arm. »Bring mich von hier fort.«

»Sobald ich sicher bin, daß uns dort draußen nichts auflauert.« Ihre Finger um meinen Arm ließen sich nicht abschütteln. Den Kelch wie ein Schwert vor mich haltend – an einem Ort wie diesem war er vielleicht eine wirkungsvollere Waffe als jede Klinge –, entfernte ich mich vorsichtig vom Altar. Ich bemühte mich, nicht nur die beiden sich immer noch wehrenden Ungeheuer im Auge zu behalten, sondern auch sicher zu gehen, daß die beiden, die an den zwei anderen Säulen gestanden hatten, nicht zurückkehrten und uns den Weg verwehrten.

Ein seltsames Gefühl der Leichtigkeit, der Leere herrschte nun hier. Konnte es sein, daß ich – wenn auch möglicherweise nur eine Zeitlang – frei war von dieser finsteren Macht, die mich hierhergeschickt hatte, um mich hier zu benutzen? Ich hoffte, daß dem so war.

Iynne ließ mich nicht los, aber ich brauchte sie nicht zu drängen, Schritt mit mir zu halten. Ungehindert erreichten wir den Rand des Pflasters. Ich trat einen Schritt zurück und zog sie mit mir, dann spähte ich hinaus in die dunklere Nacht.

Meine Augen mußten sich vom blendenden Schein im Mondschrein erst auf das weichere Licht außerhalb umstellen, wo die Silberstrahlen nicht widergespiegelt wurden. Im Gegensatz zu dem kleineren Schrein in Garns Land war dieser nicht von Bäumen oder sonstigen Pflanzen umgeben, sondern von weiterem Pflaster, doch nicht aus silberweißen Steinen. Nach außen führend, wie die Speichen eines Rades, sah ich niedrige Bauwerke aus Stein.

Halb erwartete ich eine Zuschauermenge, die zu der von mir so jäh unterbrochenen Zeremonie gekommen war. Doch nichts rührte sich. Das war ein toter, ein verlassener Ort, an dem nur noch der Schrein Leben und Zweck hatte.

Zum erstenmal wich Iynne jetzt zurück, drehte sich um. Nun hielt ich sie fest.

»Raidhan!« rief sie. »Raidhan? Wo ist sie? Weshalb ist sie fort?«

»Sei still!« Es verursachte mir Unbehagen, wie ihr Ruf hohl von diesen stummen Bauten um uns widerhallte. Ich glaubte nicht, daß wir wahrhaftig frei von böser Gesellschaft waren, und etwas in mir warnte mich.

»Laß mich los! Raidhan!« Erneut rief sie diesen Namen. Außer ihr vielleicht einen Umhangzipfel in den Mund zu stopfen, wußte ich nicht, wie ich sie davon abhalten könnte. Den Kelch mußte ich in der Hand bewahren. Ich verließ mich auf ihn nun mehr, denn auf jede übliche Waffe. Ich befürchtete, daß Iynne davonlaufen würde, wenn ich sie jetzt losließ, und ich hatte keine Lust, sie zwischen diesen dunklen, leeren Gebäuden zu verfolgen und zu suchen.

»Sie ist fort.« Was hätte ich sonst sagen können? Wenn Raidhan der Name der alten Hexe war, die ich mit Hilfe des Kelches aus dem Schrein vertrieben hatte, stimmte es sogar. »Hör zu!« Ich schüttelte Iynne leicht. »Du hast doch diese Ungeheuer bei den Säulen gesehen, oder nicht? Ihrerart treibt sich vielleicht hier herum. Wir dürfen sie nicht auf uns aufmerksam machen.«

Verärgert sagte sie: »Ich verstehe es nicht. Was machst du überhaupt hier? Raidhan sagte, der Gott würde mich nehmen, seine Macht solle aus meinem Leib neugeboren werden. Der Mondschrein habe mich gerade zu diesem Zweck hierhergezogen. Und das stimmt auch! Der Gott kam – er nahm mich ...«

Ich mußte die richtigen Worte finden, und schnell. »Du hast geträumt! Sie müssen dir etwas eingegeben haben, das dir diesen Traum schickte. Hier war kein Gott – der Mondschrein ist nicht sein ...« Ich konnte nur hoffen, daß meine Worte stimmten. Ich wußte schließlich nicht, was bereits geschehen war, ehe ich mitten in der Zeremonie hier abgesetzt wurde. Aber ich glaubte nicht, daß ihr beabsichtigtes Ende bereits erreicht gewesen war. Waren diese Ungeheuer in der zeitweiligen Gestalt wohlgewachsener Männer etwa von der Finsternis bestimmt gewesen, durch dieses Mädchen noch mächtigeres und schlimmeres Böses zu zeugen? Das erschien mir der wahrscheinlichste Grund für diese Riten.

»Laß mich los!« Wie eine Schlange wand sie sich in meinem Griff. »Du kannst die Wahrheit gar nicht kennen! Raidhan sagte mir ...«

Glücklicherweise verfügte sie nicht über Gatheas Körperkraft, und so war ich imstande, sie mit nur einer Hand festzuhalten.

»Wenn Raidhan das schwarzgewandete Gerippe war«, unterbrach ich sie, »dann ist sie fort. Und ich kann nur hoffen, daß sie weit weg ist. Es ist das beste, wenn wir auch ...«

Sie wehrte sich so heftig, daß ich mich gezwungen sah, den Kelch unter den Gürtel zu schieben und beide Hände zu benutzen. Es gelang mir, sie, die mich anspuckte und beschimpfte, herumzudrehen und sie vor mir her auf die Straße zwischen den nächsten Häusern zu schieben. Ich hoffte bloß, daß ihr anhaltendes Schreien nicht durch einen Überfall beantwortet werden würde.

Die Straße, die wir genommen hatten, war gepflastert, und die Häuser zu beiden Seiten einstöckig und klein, mit gähnenden dunklen Türöffnungen, doch ohne Fenster. Sie führte leicht aufwärts und vorbei an dreizehn dieser Häuser, ehe wir ins Freie kamen.

Iynne hatte endlich zu schreien aufgehört. Jetzt weinte sie, und ihr Schluchzen schüttelte sie. Ich fand, daß sie noch zerbrechlicher wirkte, als zu der Zeit, da sie noch zu Hause gewesen war, und sie schien mir auch leichter und schmäler zu sein. Ich glaubte jetzt auch, daß ihre schleppenden Schritte nicht von ihrem Verlangen zu bleiben herrührten, sondern weil sie geschwächt und erschöpft war. Sie stolperte sogar und fiel gegen mich. Ihr Kopf kam auf meiner Brust zu ruhen und ich spürte, wie sie erschlaffte.

Das mochte natürlich eine Finte sein. Aber ich mußte weg von diesem Ort schlimmer Omen. Also hob ich sie auf die Arme und stieg die steiler aufwärts führende Straße so schnell hoch, wie ich nur konnte. Als wir den Talrand erreichten, sah ich mich gezwungen, eine Rast einzulegen. Ich setzte Iynne auf den Boden, hielt sie jedoch an mich gelehnt, und blickte zurück.

Immer noch schimmerte der Mondschrein hell, aber ich konnte die beiden an den Säulen Gefangenen nicht mehr sehen. Außerhalb, in der alten Siedlung, brannte kein Licht und nichts rührte sich dort. Die Häuser reihten sich dunkel aneinander, und die Straßen dazwischen waren verlassen.

Iynnes Schluchzen war zu vereinzeltem Seufzen geworden. Sie hing in meinem Griff, als wäre sie allen Willens und aller Kraft beraubt. Ich schleppte sie mit mir, um zu sehen, wohin die Straße führte.

Sie verlor sich als gerade noch erkennbares Band in weiter Ferne. Der Mond schien hell genug, daß ich nun – da meine Augen sich von dem grellen Licht des Schreines umgestellt hatten – das dichtbewachsene Land ringsum sehen konnte. Bäume standen in kleinen Gruppen und bildeten da und dort auch Haine. Dickicht und Buschwerk warf dichte Schatten, die ich mit zunehmendem Mißtrauen betrachtete, denn meine Vorstellungskraft war zu schnell bereit, Dinge entstehen zu lassen, die besser ungesehen blieben. Auch wenn die Straße vielleicht von bösen Kräften beobachtet wurde, hielt ich sie im Augenblick für sicherer, als einen Marsch querfeldein.

»Kannst du wieder gehen?« fragte ich meinen Schützling. Denn sie weiterzutragen würde mich bei einem plötzlichen Überfall behindern. Und hier, so nahe dem Schrein zu bleiben, wollte ich nicht.

»Du hattest kein Recht!« Sie schlug nach mir, dabei entglitt ihr der Umhang. Erschrocken griff sie danach und hüllte sich unbeholfen wieder in ihn. »Raidhan wird kommen – sie wird nicht zulassen, daß du mich wegbringst.«

»Kannst du gehen?« Ich ging nicht auf ihre Warnung ein, denn die gleiche Befürchtung beschäftigte mich ohnedies bereits.

»Ja«, antwortete sie mürrisch. Aber wenn sie glaubte, ich würde sie loslassen, daß sie mir entkommen und zum Schrein zurückfliehen konnte, hatte sie sich getäuscht. Ich legte meine Hand fest um ihre Schulter und ließ sie vor mir her gehen.

Eine Zeitlang schritten wir stumm dahin. Da Iynne mir keine Schwierigkeiten mehr machte, achtete ich mehr auf das freie Feld zu beiden Seiten und darauf, ob sich irgendwo etwas rührte. Bis jetzt sah ich nichts dergleichen, außer windbewegte Halme und Zweige, und zu hören waren nur die üblichen Geräusche einer Mondnacht in freier Natur.

»Weshalb bist du gekommen?« Die Frage meiner unfreiwilligen Gefährtin überraschte mich ein wenig. Ich hatte sie als Bürde betrachtet, die getragen werden mußte, nicht als ein lebendes Wesen.

Warum? Dieser Ort war nicht mein Ziel gewesen. Ich war in die Fremde gezogen, weil ich in Lord Garns Schuld stand und meine Torheit wiedergutmachen mußte. Daß ich Iynne gefunden hatte, konnte ich nicht mir selbst zuschreiben. Ich begriff auch nicht, weshalb die Kräfte, die ich nie wirklich verstehen würde, mich hierhergebracht hatten.

»Ich bin sippenlos und clanlos«, antwortete ich. »Mein Lord hat mich zu Recht verbannt. Hätte ich nicht geschwiegen, als du den Schrein am Hügel besuchtest, wäre ich jetzt nicht hier.«

Eine Weile schwieg sie, dann sagte sie sehr leise.

»Dann bist du also gekommen, um deine Ehre zu beweisen – wie ein Gefolgsmann sagen würde.«

Ihr Ton war nicht der der Iynne, wie ich sie kannte. Er war scharf und nicht ohne Hohn.

»Ich bin nicht mehr Gefolgsmann, und wie du weißt, haben die Sippenlosen keine Ehre. Ich versagte im Wachtdienst – das läßt sich nicht ungeschehen machen.«

»Du willst mich also zurückbringen – zurück zu denen, die nicht über die Arbeit ihrer eigenen Hände hinausschauen, die keine Macht haben und nicht einmal wissen, welche Dummköpfe sie sind!«

Ihre Stimme wurde lauter, schriller. »Ich bin keine Leibeigene, die man herumschubsen kann, als hätte sie weder Verstand noch eigene Wünsche. Ich bin ...« Sie schwieg. Ihre Schärfe hatte mich so beeindruckt, daß ich fragte:

»Was seid Ihr denn, Lady Iynne?«

Sie überraschte mich mit einem Lachen, und wieder

klang Hohn in ihrer Stimme und Verschlagenheit, wie mir schien. »Wart ab, Sippenloser, Clanloser. Du hast deine Nase in Dinge gesteckt, die du nicht erfassen kannst, und wenn du dich noch so sehr anstrengst. Ich trage nun in mir – ja, ich, eine Jungfrau – trage ein Kind in meinem Schoß. Ein Kind der Macht – einer Macht, die meinem Sohn zum Herrscher dieser Welt machen wird. Ich wurde auserkoren – und es ist vollbracht! Du kannst mich nicht aus diesem Land bringen – versuch es doch! Ich bin nun Teil einer größeren Kraft ...«

Ich dachte an die alte Hexe und ihre feurigen Worte, an die beiden Kreaturen, denen das Licht aus dem Kelch die wahre Gestalt zurückgegeben hatte. Daß sie zu dem Turmgeist gehörten, wenn auch vielleicht nicht unmittelbar, so doch, was ihr Wesen betraf, daran zweifelte ich nicht. Und ich konnte nicht glauben, daß Iynne sich aus freiem Willen von ihnen beherrschen ließ. Sie hatte bestimmt nicht von sich aus die Finsternis erwählt, sondern mußte getäuscht, betört worden sein.

Ich ging langsamer und nahm den Kelch aus dem Gürtel. Ihn hielt ich ihr vors Gesicht, so daß sie das Antlitz des Horngekrönten vor den Augen hatte. Es leuchtete im Mondschein, als wüßte das kalte Metall, was ich zu tun beabsichtigte, und wollte mir dabei helfen.

»Kennst du ihn, Iynne?«

»Ja. Er ist Kurnous – der Jäger. Aber was hast du mit ihm zu tun, Elron?« Die Überraschung in ihrem Ton, die die Schärfe ablöste, war unverkennbar. »Er ist der Beschützer der Mondlady. Sie war es, die mich rief und aus mir machte, was ich nun bin ...«

Nein, diese Erinnerung, die so ekelerregend war wie dieser Gestank in der Nachtluft, den ich nur zum Teil verstanden hatte, konnte nichts mit Gatheas Dians zu tun haben, genausowenig mit Gunnora oder dem Horngekrönten. Jemand hatte ein Ritual auf schändliche Weise abgewandelt und Iynne verhext. Ich mußte für unser beider Sicherheit herausfinden, wie sehr sie in diesem Netz der Finsternis verstrickt war.

»Dians hat dich gerufen?«

»Dians?« Sie echote diesen Namen, als hätte sie ihn nie gehört. »Wer ist Dians? Es war Raidhan – sie ist die Ältere, die Herrscherin des Mondschattens, die Weise, die dem Hohen Lord Leben geben will. Sie hat mich gerufen, um einen Körper zu gebären, den er benutzen kann.«

»Und Gunnora«, forschte ich weiter. »Hat sie auch zu dir gesprochen?«

»Dians! Gunnora!« Der mürrische Ton war zurück. »Namen, die nichts bedeuten. Woher kennst du sie, Sippenloser? Doch wichtiger noch, weshalb trägst du des Horngekrönten Kelch bei dir?«

»Ich erhielt ihn als Geschenk. Hör zu, Iynne, die Mächte der Finsternis haben dich benutzt. Dians – Gunnora – sie sind die rechtmäßigen Ladies des Mondes. Ihre Macht ist es, derer diese Raidhan sich bedienen will. Hast du denn beim Anblick dieser Ungeheuer an den Säulen nicht erkannt, daß du es mit der Finsternis zu tun hast?«

»Du hast den Verstand verloren!« Wieder klang ihre Stimme schrill. »*Dich* benutzt die Finsternis, nicht mich! Ich sagte dir doch, ich wurde gerufen – ich wurde auserwählt. Ich schlief in dieser Nacht in den Armen des Großen. Ich bin seine Geliebte – sein begnadetes Gefäß ...«

Fast wäre sie mir da entkommen, denn sie wirbelte herum und schlug mir die Nägel ins Gesicht. Darauf war ich nicht vorbereitet gewesen. Ich hielt plötzlich nur noch den Umhang in der Hand. Doch ich sprang ihr nach, faßte sie an beiden Armen und hielt sie so dicht an mich, daß ich die Furcht und Abscheu sah, die ihr Gesicht verzerrte.

»Ich will nicht mit dir streiten.« Mir war klar, daß sie in diesem Augenblick keinen Vernunftsgründen zugängig war. Gathea – Gruu – ich hätte das Schwert an meiner Seite gegeben, wären sie jetzt bei mir gewesen. Die Befürchtung, daß sie immer noch in dem schwarzen Nichts gefangen waren, machte mir nun, da der Kampf am

Schrein vorüber war, sehr zu schaffen. »Fest steht jedenfalls, daß wir allein in einem Land voller Zauberei sind und zusammenhalten müssen, wenn wir überleben wollen.«

Ihre Hände, mit denen sie sich weiter gegen mich hatte wehren wollen, fielen an ihre Seite. Sie blickte von rechts nach links. Der Mond schien hell genug, so konnte ich erkennen, daß sie Angst hatte wie ein gehetztes Wild.

»Ich war sicher – ich *bin* sicher – Raidhan wird mich finden!« Es klang nur nicht mehr so überzeugt, wie sie es gern gewesen wäre.

Jedenfalls aber schien sie nicht mehr die Absicht zu haben, sich mir zu widersetzen. Und ich hatte durchaus nicht den Wunsch, weiter allen Blicken offen auf einer Straße zu bleiben, die geradewegs zu einem Ort führte, der vom Bösen besudelt war, auch wenn es sich um einen Mondschrein handelte. Deshalb drängte ich sie weiter, mit einer Hand auf ihrer Schulter, und sie ging widerstandslos dahin.

Ich brauchte irgendeine Zuflucht. Was hinter mir lag – auch wenn einiges einem Traum ähnlicher als der Wirklichkeit gewesen war –, hatte an meinen Kräften gezehrt. Falls ich einen Unterschlupf für die Nacht fand, konnte ich da sicher sein, daß Iynne nicht davonlief, während ich schlief? Vielleicht mußte ich ihr gar Hände und Füße binden, um das zu verhindern. Nach dem, was ich im Schrein gesehen hatte, wäre das kein Unrecht.

Ein Stück voraus beschrieb die Straße eine Biegung, und dort warf eine Reihe von Erhebungen ihre finsteren Schatten. Sie gemahnten mich auf unangenehme Weise an Grabhügel, wie die Clansleute sie für einen Lord errichten, dessen Herrschaft Sicherheit inmitten großer Plage gewährt hatte. Wenn das hier tatsächlich solche Mahnmale waren, hatte es hier wahrhaftig viele solcher wackeren Lords gegeben.

Der Wind, der unentwegt zwischen Halmen und Blättern gesäuselt hatte, änderte die Richtung. Er wehte nunmehr von meiner Rechten, dem Westen, wie ich nach den Sternen schloß. Er trug einen erfrischenden Duft herbei, genau wie der, der aus dem Kelch aufgestiegen war. Unwillkürlich wandte ich mich in diese Richtung und suchte nach etwas, das sich als Verbindung zu dem horngekrönten Lord erweisen mochte (denn so benommen war ich von allem, was geschehen war, daß ich sogar Duft als Wegweiser gelten ließ).

Ein kaum erkennbarer Pfad zweigte von der Straße ab und schlängelte sich zwischen den Grabhügeln (für mich nannte ich sie so) hindurch westwärts. Sollten wir, mit nicht mehr als diesem Duft im Wind als Fingerzeig, diesen Weg einschlagen? Ich blickte ihn entlang. Die Grabhügel warfen ihre Schatten teilweise über ihn.

Iynne sträubte sich dagegen, ihn zu nehmen.

»Wo willst du hin?« fragte sie scharf. Mir schien sie zwei Personen in einer zu sein: manchmal die Maid aus Garns Haus, lenkbar und sanftmütig, doch öfter die Fremde, die mir nicht hold war und die es nach Ungewöhnlichem und Freiheit, wie sie sie sah, dürstete.

Ich hatte mich nicht getäuscht: der Duft war zwischen den Erhebungen stärker. Ich ging das Wagnis ein, eine Hand von Iynnes Schulter zu lösen, um nach dem Kelch zu greifen. Ich hielt ihn so, daß das Gesicht des Horngekrönten in die Richtung des Pfades schaute.

So sehr hatte ich mich bereits an das Ungewöhnliche, an Dinge, die ich mir nicht erklären konnte, gewöhnt, daß es mich nicht überraschte, als die Augen des Jägers zu leuchten begannen. Sie warfen zwei nicht sehr helle Strahlen in die Richtung der Mahnmale für lange schon tote Lords – oder war es gar ein Heldenfriedhof für die Gefallenen einer großen Schlacht, die einst hier getobt hatte?

Ich hörte, wie Iynne die Luft einsog, als ich sie von der Straße mit mir auf den Pfad nahm. Doch sie erhob keine Einsprüche mehr.

Ein Schatten fiel von hoch oben auf uns. Ich zog Iynne schützend näher heran, während ich zum Himmel aufblickte. Ich sah etwas mit großen Schwingen. Sofort dachte ich an den Vark, gegen den ich gekämpft hatte und der nicht zu töten gewesen war. Der Geflügelte schwebte weit über uns vorüber, offenbar ohne auf etwas in der Tiefe zu achten. Ich vermochte seine Form nicht klar zu erkennen, aber jedenfalls hatte ich das Gefühl, daß er nicht wie ein richtiger Vogel aussah. Obgleich er bisher geradeaus geflogen war, bog er über einem Grabhügel urplötzlich mit schnellem Flügelschlag nach Norden ab. Irgendwie hatte es ausgesehen, als wäre er gegen ein für uns unsichtbares Hindernis gestoßen. Ich konnte zwar nicht sicher sein, daß das tatsächlich der Fall gewesen war, aber es gab mir weiteren Mut. Als er, viel geschwinder denn zuvor, eine beachtliche Strecke zurückgelegt hatte, zog ich Iynne, so schnell sie laufen konnte, mit mir, obgleich sie jammerte, daß sie sich spitze Steine in die Füße trat und wir doch gar keinen Grund hatten, so zu eilen.

Zwischen den Grabhügeln schlängelte sich dieser Pfad hindurch, der sichtlich erst getreten worden war, nachdem diese errichtet waren. Als wir an ihnen vorbeikamen, sah ich, daß einige mit großen Steinen gekrönt waren. Von diesen stieg ein dünner bläulicher Dunst auf, der jedoch nicht hell genug war, uns den Weg zu weisen.

Wir mußten unbedingt bald einen Lagerplatz finden. Mich quälten bereits Hunger und Durst. Ich wußte nicht, ob es Iynne ebenso erging, doch bemerkte ich, daß ihr Schritt immer unsicherer wurde und sie schwankte, und ich hatte nicht mehr die Kraft sie zu tragen.

Schließlich gelangten wir zu einem steingekrönten Hügel, der die anderen überragte. Ein bläuliches Leuchten strahlte den vier Ecken des Kronensteins hoch, als stünden dort Kerzen, wie man sie in den Clans an den vier Ecken des Totenbetts eines Lords aufstellte. Ich schaute mich um, doch fand ich keinen sichereren Lagerplatz.

Von der Hügelkrone würden wir einen guten Blick über das Land haben, und irgendwie strahlte sie etwas aus, das gut und richtig war. Er, der hier ruhte, mochte lange schon tot sein, doch immer noch war er imstande, Schutz zu gewähren, und jene, die einer Gesinnung mit ihm waren, fanden ihn bei ihm.

Iynne wehrte sich dagegen, daß wir unser Lager auf dem Grabhügel machten. Sie gab zu bedenken, daß der ruhelose Geist der Toten es übelnahm, wenn man ihre Grabstätte entweihte. Als sie sich losreißen wollte, schwang der Kelch in meiner Hand herum und richtete die Strahlen, die kräftiger zu leuchten begannen, auf den Kronenstein. Da kauerte Iynne sich zusammen und wand den Umhang enger um sich, als könnte er sie wie eine Rüstung gegen einen Schlag schützen, den sie auf sich zukommen sah. Stumm ließ sie sich von mir den Hang hochziehen.

Wir stellten fest, daß die Kuppe des Grabhügels begradigt war und der Stein sich wie ein niedriger Altar aus der grasbewachsenen Fläche hob. Als ich mich ihm näherte, beugten diese Kerzen bläulichen Lichtes sich in die Richtung des Kelches. Iynne schrie auf, warf sich auf die Knie und vergrub das Gesicht in den Händen, daß ihr zerzaustes Haar wie ein zweiter Umhang um sie fiel. Ich dagegen blieb hochaufgerichtet stehen und lauschte, denn die Nacht füllte sich mit Geräuschen. Ich hörte das Klirren von Schwertern, das dumpfere, wenn Klingen auf Schilde trafen, und – durch die Entfernung gedämpft – Rufe und Schreie, manche aus Jubel, andere aus Verzweiflung geboren. Und über all dem schmetterte ein Horn – das Horn eines Jägers, nicht das eines Lords, wenn er zur Schlacht blasen läßt. Aufregung griff nach mir, meine Müdigkeit, mein Hunger und Durst waren vergessen. Mit einer Hand hob ich den Kelch, mit der anderen zog ich das Schwert, ohne zu wissen, weshalb. Da war kein Feind, dem ich mich stellen mußte. Nein, die Feinde hier gab es längst nicht mehr, nur der Ruhm blieb, so klar und unentwegt wie die Lichter auf dem Grabhügel. Wie von selbst hob mein Schwert sich zum Ehrengruß, daß der Griff meine Lippen berührte, als stünde ich vor einem hohen Lord, dessen Gefolgsmann ich war.

Wem oder was ich da den Treueeid leistete, wußte ich

nicht, nur daß es richtig und gebührend war. Um mich drehte sich, ja wirbelte das blaue Licht, und der Kelch leuchtete hell, obgleich kein Trunk aus ihm floß.

Dann war es vorbei. Vielleicht von dem Wind verweht, der angenehm lind war und einen Duft mit sich trug, wie den des Horngekrönten Weines. Ich empfand ein Sehnen in mir, ein schier schmerzhaftes Verlangen, jene zu finden, die gerufen hatten, und ihn, der das Horn blies. Aber meine Zeit war noch nicht gekommen und so hatte man mich zurückgelassen.

Langsam steckte ich mein Schwert wieder in seine Scheide. Das Licht der bläulichen Kerzenflamme war gedämpft, nur noch ein Hauch von ihm blieb. Iynne hob den Kopf und starrte mich an. Ihre Augen waren geweitet und ihr Gesicht verriet sowohl Ehrfurcht als auch Furcht.

»Was bist du?« fragte sie.

Wahrheitsgemäß antwortete ich: »Ich bin Elron, der Sippenlose, obgleich ...« Meine Stimme verlor sich. Die Bitterkeit, ein Verbannter zu sein, war irgendwie aus mir geschwunden, seit ich den Fuß auf den Weg in den Westen gesetzt hatte. Ich blickte zurück auf jenen Elron, der ich früher gewesen war, und er erschien mir sehr jung und arm an Geist gewesen zu sein. Zwar wußte ich auch jetzt kaum mehr als er, doch war ich mir dieser Unwissenheit bewußt, und das war schon ein großer Schritt vorwärts.

Iynne strich das Haar aus dem Gesicht, als ich mich neben sie setzte, meine Feldflasche öffnete und den letzten Rest der Wegzehrung aus dem Beutel holte. Hungrig aß sie, ohne sich zu beklagen, daß das Essen so schal schmeckte wie das Wasser. Gemeinsam stärkten wir uns so in der Nacht, die der Mond und die Grabkerzen nur schwach erhellten. Jeder hing seinen Gedanken nach, meine beschäftigten sich wieder mit Gathea und Gruu.

So nahm ich denn, als ich gegessen hatte, den Kelch wieder in die Hand, hielt ihn brusthoch und blickte in ihn hinein, als wäre er ein Fenster – oder ein Spiegel. Ganz fest dachte ich an das Mädchen, das mit mir im Schwarzen

Turm gewesen war, und mit aller Willenskraft bemühte ich mich, sie in einem Geistbild erstehen zu lassen, wie das Wasser und Feuer in jener anderen Welt, als wir uns vom Flammenkreis bedroht sahen.

Es war schwer, ihr Bild festzuhalten. Es kam, verblaßte und schwand. Ich hatte getan, weshalb ich in den Westen gekommen war: ich hatte Iynne gefunden. Gathea hatte ihren eigenen Weg aus freiem Willen gewählt. Ich hatte keine Bindung zu ihr, und sie keine zu mir. Das stimmt nicht! rief eine Stimme in mir. Du wirst keine Ruhe haben, bis du sicher sein kannst, daß sie wieder in dieser Welt, daß sie frei ist, das zu tun, was sie muß, um ihren Wunsch zu erfüllen. Keine Ruhe – ja, das stimmte.

XVII

»Elron!«

Zuerst erstand dieser Ruf in meinem Gedächtnis – nie zuvor hatte ich diesen Ton in Iynnes Stimme gehört. Meine Begleiterin starrte kniend über das Land der Grabhügel, das mit den bläulichen Lichtkerzen ganz schwach beleuchtet wurde. Der Mond stand tief am Himmel und sein klarer Schein war gedämpft. Iynne deutete westwärts. Gleich darauf sah ich sie ebenfalls. Kaum erkennbare Gestalten huschten zwischen den Grabhügeln dahin und waren nur zu sehen, während sie von einem Schatten zum anderen eilten. Angespannt beobachtete ich sie. Es mochte durchaus sein, daß so viele, wie die gesamte Gefolgschaft eines Lords uns umzingeln wollten.

Sie blieben erstaunlich schwer zu erkennen, selbst wenn sie nicht im Schatten waren. Das machte es mir unmöglich festzustellen, ob es sich um eine Meute jagender Tiere handelte, oder um Menschen – oder irgendeine andere, ungute und gefährliche Lebensform, die hier in dieser Wildnis ihr Unwesen trieb und vielleicht gar von jener

Kraft auf mich gehetzt wurde, durch die ich schon genug Unangenehmes erfahren hatte.

»Ich sehe sie«, antwortete ich flüsternd. Zwar waren die nächsten unserem Grabhügel, auf dem wir Zuflucht gesucht hatten, noch weit entfernt, soviel ich erkennen konnte, aber ich wollte auch nicht mit dem geringsten Laut etwas auf uns aufmerksam machen, das vielleicht weit schärfere Ohren als ich hatte.

Das Mädchen rückte näher zu mir heran. Ihre Schulter streifte gegen meinen Schenkel, als sie sich neben den großen Stein kniete. In diesem schwachen Licht sah sie älter aus, angespannt und bleich, als wären ihr in den vergangenen Stunden Mädchentum und alles Menschliche, das ihr Geburtsrecht war, geraubt worden. Nun blickte sie mich an.

»Siehst du …« Ihre Augen glitzerten boshaft. »Sie kommen mich holen!« Ihre Hände legten sich um den Bauch, als wolle sie das schützen, was sie in ihrem Schoß zu tragen behauptete. »In mir wächst der zukünftige Herrscher – das wissen sie! Lauf, Sippenloser, rette dich, solange du noch kannst, denn nicht einmal ich kann mich zwischen dich und *ihre* Rache stellen!«

Ganz offensichtlich hielt sie den großen Augenblick jener Mächte gekommen, mit denen sie sich irrtümlich verbündet hatte. Ich hatte keineswegs die Absicht davonzulaufen. Außerdem war ich durchaus nicht überzeugt wie sie, daß, was durch die Nacht schlich, mächtige Diener der Finsternis waren.

Der Kelch bewegte sich in meinen Händen. Ich hätte schwören mögen, ich hatte ihn so fest gehalten, daß das eigentlich nicht sein konnte. Er neigte sich rückwärts, so daß ich nicht mehr in ihn hinein, sondern das mir zugewandte Gesicht sehen konnte. Und die Augen *sahen!* Sie blickten mich an und forderten meine volle Aufmerksamkeit und ich gab sie ihnen, obgleich ich wußte, wie gefährlich es war, den Blick von jenen zu nehmen, die zwischen den Grabhügeln immer näherkamen.

Ich dachte, ich hätte mich verändert, sei nicht mehr der unreife, ungelehrte Jungmann, der seinen Lord enttäuscht hatte und in die Verbannung geschickt worden war. Nun – nun wurde ich wahrhaftig ...

Nein! Ich wollte es laut hinausschreien, um dem zwingenden Blick dieser Augen zu entgehen, die doch aus Metall sein *mußten!* Geschickt waren sie gearbeitet, so daß man meinen konnte, sie lebten, ja, aber sie waren trotzdem Metall – nicht echt, nicht imstande, in mein Gehirn zu greifen, einen Platz zu schaffen – einen Platz wofür?

Kraft floß in mich. Nicht Kraft allein, sondern mehr – eine Wesenheit, die sich mit mir vereinen wollte. Nur war ich nicht das Gefäß, das sie erwartete, das sie brauchte. Es blieb eine Barriere. An diese geringe Wand, die Sicherheit bot, klammerte sich, was immer von Elron blieb, ein letzter Verteidiger, entschlossen, lieber zu sterben, als einem Unbekannten, Fremden zu weichen.

Welcher Wille mich auch zu umschließen suchte und feststellte, daß er nicht eindringen konnte, wie er vorgehabt hatte, machte das Beste aus dem, was aufzugeben ich gezwungen war.

Sehr wohl war mir bewußt, daß ich nun eine Macht behauste, die ich nicht verstehen konnte, die jedoch entschlossen war, daß ich ihren Zwecken diene. Oder war es so, daß sie bereit war, mir zu dienen? Ich mißtraute diesem letzten Gedanken. Das mochte ein zweiter, heimtückischer Angriff dieses Eindringlings sein. Ich war kein Zauberer, kein Weissänger, der seinen Geist zu öffnen vermochte und seinen Willen dem Unsichtbaren unterwarf.

Mit einer flinken Seitwärtsbewegung, mit der sie sich weiter von mir entfernte, sprang Iynne auf die Füße. Ehe ich sie daran hindern konnte, warf sie die Arme hoch und wandte sich den Schatten zu, wo sie am dichtesten waren. Laut rief sie:

»Hallo, Mondgeborene, Lichtträger! Ich bin hier!«

Hastig schob ich diesen verwirrenden, gefährlichen Kelch in den Gürtel zurück und griff nach ihr. Diesmal versuchte ich gar nicht, sanft mit ihr umzugehen, sondern warf einen Arm um ihren Hals und zerrte sie zurück. Und wieder wurde sie Gruus Art gleich. Sie fauchte ihren Haß hinaus, versuchte mir die Nägel ins Fleisch zu schlagen. So fochten wir einen wilden Kampf aus, bis meine größere Kraft siegte. Der Umhang war ihr entglitten und hatte sich um unsere Füße gelegt, so stolperte ich rückwärts auf den bläulich beleuchteten Stein, ohne sie loszulassen, deren Haut nun glitschig von Schweiß war. Sie war auch nicht imstande, sich in meinem Griff zu mir umzudrehen. Mir war, als hielt ich ein tollwütiges Tier, denn meine Gefangene war nicht mehr die Iynne, die ich zu kennen geglaubt hatte.

Der Wind peitschte gegen uns, während eine Wolkendecke sich über uns schloß, so daß das einzige Licht jetzt die gespenstischen Strahlen der »Kerzen« waren. Zweimal spürte ich, daß sie wieder rufen wollte, und nur eine schnelle Verlagerung meines Arms um ihre Kehle hinderte sie daran.

Sie mußte dabei wohl das Bewußtsein verloren haben, denn sie wurde schließlich völlig schlaff. Ich lockerte meinen Griff ein wenig, um festzustellen, ob es nicht vielleicht bloß ein Trick war, aber sie rührte sich nicht. Also kämpfte ich mich hoch und zog sie mit mir. Ihr verschwitzter Körper strömte einen seltsamen, in den Kopf steigenden Geruch aus, als wäre er eingesalbt. Sie keuchte nun, schnappte nach Atem, als bekäme ihre Lunge nicht genügend Luft.

Über ihr schweres Keuchen hörte ich etwas anderes. Aus offenbar weiter Ferne vernahm ich einen Hörnerklang, ähnlich wie damals, als ich mit Gathea in dem Zauberkreis saß und der Tod in der Finsternis um uns herumschlich – und ich zum erstenmal Hilfe durch den Kelch gesucht hatte. Hell und klar war dieser Hörnerklang.

Die Wolken über uns schickten kalten Regen herab. Ich riß Iynne hoch und bückte mich nach dem Umhang. Ich drückte ihn ihr in die Hand.

»Hüll dich ein!« befahl ich ihr barsch. Ihre weiche duftende Haut hatte die Versuchung wiedergebracht, mit der dieses Wesen im Turm mich hatte umgarnen wollen. Würde ich diesem Verlangen des Mannes hier und jetzt nachgeben, öffnete ich zweifellos eine Tür für meine Gegner.

Der Hörnerschall war näher. Ich bemühte mich, die Stellung der Schattenkräfte unterhalb unseres Grabhügels zu erkennen. Doch das einzige, was zu sehen war, waren diese bläulichen Lichter der Grabstätten – und sie waren nicht alle beleuchtet. Das, was in mich gedrungen war, als die Augen auf dem Kelch mich bannten, hatte momentan den Kampf aufgegeben, mit mir eins werden zu wollen, und teilte mir ein wenig seines Wissens mit, was unsere gegenwärtige Lage betraf. Jene, die sich unten gesammelt hatten, würden es nicht wagen, die Har-Ruhestätten zu erklimmen. Ob zum Guten oder Bösen hatte ich eine Wahl getroffen, als der Kelch in meine Hand kam. Die Kraft, mit der ich mich – mehr oder weniger unbewußt – verbündete, mochte mir sowohl Beistand gewähren, als auch mich in Gefahr bringen. Wir befanden uns hier auf Boden, der seine eigenen Schutzmöglichkeiten hatte, und sie waren nicht von dieser Welt.

Iynne schluchzte, aber mehr aus Wut, denn aus einem anderen Grund. Sie wickelte den Umhang um sich, wandte mir den Rücken zu und kauerte sich wieder neben den Stein. So spähte sie erwartungsvoll in die Dunkelheit. Zum dritten Mal erschallte das Horn – immer noch weit entfernt. Der windgetragene Regen peitschte uns.

Garns Tochter hüllte sich in mürrisches Schweigen. Ich vermochte zwar nicht in die dunklen Täler zwischen den Grabhügeln zu sehen, aber ich spürte, daß die Bedrohung sich dort teilweise zurückgezogen hatte. Möglicherweise ahnte sie das ebenfalls. Trotz Wolken und Regen erhellte sich der Himmel allmählich, der Morgen war nicht mehr weit. Der Kerzenschein wurde schwächer, erlosch.

Nun konnte ich tiefe Zeichen in dem Stein neben uns sehen – Runen, die so ganz anders waren als die der

Geschichtsaufzeichnungen unserer Clans, und die ich nicht zu lesen vermochte. Am oberen Steinende, dem Osten zu – wo sie sich vielleicht über dem Herzen jenes befanden, der hier bestattet war, sah ich die in den Stein gemeißelten Umrisse eines Kelches. Der Form nach glich er Gunnoras Geschenk, doch war kein Antlitz eingemeißelt, dafür aber oberhalb von ihm ein Hirschgeweih – zweifellos zur Krone eines großen Lords geformt.

»Dartif Doppelschwert ...«

Ich hob meine Hand mit der leeren Fläche nach außen, wie ich es bei einem tun würde, dem ich in die Schlacht folgte, obgleich wir einander kaum kannten.

»Du nennst einen Namen.« Iynne, mit dem Umhang eng um sich geschlungen, blickte, immer noch mürrisch, zu mir hoch.

»Ich nenne einen Namen, ich grüße einen großen Lord«, entgegnete ich und wußte, daß dieser Gruß, dieser Name von jenem anderen in mir kam. »Das ist Farthfell.« Ich blickte über die so dicht gesetzten Grabhügel. »Als die Finsteren, die Archon folgten, aus dem Norden kamen, und das Kriegshorn alle des Lichtes zusammenrief, fand hier eine Schlacht der letzten Tage statt. Sie kämpften – sie starben – ihre Welt war nicht mehr. Es gab keinen Sieg – nur die Erinnerungen an eine bessere Zeit ...«

Diese Worte kamen aus mir, doch verstand ich sie nicht, bis ich sprach. Eine tiefe Trauer erfüllte mich, wie ich sie noch nie zuvor empfunden hatte – eine undeutbare Trauer war es, wie ein guter Weissänger sie in den Herzen der Menschen hervorzurufen vermag, wenn er von großen Taten und schlimmen Niederlagen ferner Vergangenheit singt, und so glauben macht, daß die Menschen anderer Zeiten stärker und besser gewesen waren, als alle, die nun durchs Leben wandeln – und uns so Helden gibt, die wir uns zum Vorbild machen, und Ziele, nach denen man streben kann.

Menschen brauchen solche Helden, auch wenn sie sich umschauen und ringsum nur diesen Helden weit unterlegenen Männer sehen, die gemein und kleinmütig sind. Doch wenn man sie glauben machen kann, daß es einst wahre Größe gab, werden viele versuchen, sich ihr würdig zu erweisen. Deshalb weinen einige innerlich, wenn sie den Weissängern lauschen, während andere bitteren Grimm verspüren, weil das Leben nicht mehr ist, wie es einst war. Aber immerhin gibt es den Kern erweckter Erinnerung, um unseren Schwertarm zu stärken und uns kampfbereit zu machen, wenn in unserer eigenen Zeit Gefahren drohen. Es ist die Gabe der Weissänger, die Vergangenheit an uns zu binden und uns Hoffnung zu geben. Ich war kein Weissänger. Ich lauschte hier keiner Handharfe. Ich wußte, daß ich jenem nicht gleichkam, der unter diesem Abbild einer Hornkrone lag, aber auch, daß ich mich ihm nicht unterlegen fühlen mußte, denn ich war ein anderer Mann und gewiß trug ich in mir die Samen einer kleinen Gabe, etwas zu leisten, was nur ich vermochte.

Das Morgengrauen drückte noch schwer auf das Land, aber wir konnten bereits über Farthfell hinaus sehen, und nichts rührte sich zwischen den Grabhügeln. Was sich im Schutz der Finsternis angeschlichen hatte, war verschwunden. Ich reichte Iynne eine Hand, um ihr auf die Beine zu helfen.

Ich war mir noch nicht sicher, wohin wir von hier aus gehen würden. Das Horn war aus dem Westen erschallt, und etwas in mir wies mich in diese Richtung, obgleich ich mich ostwärts hätte wenden müssen, um Iynne zu den Tälern zurückzubringen.

»Wohin willst du?« fragte sie und weigerte sich, auch nur einen Schritt zu tun, bis ich sie am Arm faßte und mitzog, und schon fast erwartete, daß sie sich wieder sträuben und ich sie zwingen müßte, was mir gar nicht gefiel.

»Westwärts.«

Sie blickte an mir vorbei und betrachtete sichtlich überlegend das Land um Farthfell, das offen vor uns lag, mit nur ein paar Gehölzen da und dort. Schließlich fragte sie: »Hast du die Schicksalssteine für den Weg geworfen?«

»Noch habe ich meinen Namen nicht zur Schlacht rufen gehört«, beantwortete ich einen Aberglauben unseres Volkes mit einem anderen. »Deshalb glaube ich nicht, daß ich – zumindest nicht heute – sterben werde. Solange Leben in einem ist, ist alles möglich.«

»Du tust dir nichts Gutes, wenn du mich festhältst. Da sind jene, die meiner harren und des Kindes in mir. Laß mich meines Weges ziehen. Ich bin nicht mehr Garns Tochter – ich bin sie, die Mutter des einen sein wird, der größer ist als jeder jetzt Lebende.«

Ich zuckte die Schulter. Daß sie tatsächlich an das glaubte, was die alte Hexe ihr weisgemacht hatte, daran zweifelte ich nicht. Es mochte auch stimmen, daß ihre Maidenzeit vorüber war. Aber ich wußte, daß unsere Schicksalsfäden ein Stück lang miteinander verflochten waren, ob zum Guten oder Bösen. Keinesfalls würde ich sie den Kräften ausliefern, gegen die ich im Mondschrein gekämpft hatte.

Als wir von Dartifs letzter Ruhestätte hinabstiegen, sah ich tiefe Spuren überall auf dem gewundenen Pfad, auf dem wir hierhergekommen waren. Einige waren die Abdrücke von gespaltenen Hufen, andere von großen Pranken, weitere waren mißgeformt – Menschenfüßen ähnlich, doch mit langen Krallen an den Zehen, ja sogar Stiefelabdrücke fanden sich, doch alle so tief, daß man sie für eine Warnung halten mochte oder eine, in ihrer Offensichtlichkeit, unverschämte Drohung.

Wir folgten dem Pfad, bis wir zu einem Bach kamen, wo wir anhielten, unsere Feldflasche füllten und ein bißchen des immer mehr schrumpfenden Restes der Wegzehrung aßen. Ich würde heute auf Jagd gehen müssen, wollten wir unseren nagenden Hunger stillen.

Farthfell war weites offenes Land zwischen zwei Bergketten. Die im Osten mochte jene sein, die ich vor dem Abenteuer im Schwarzen Turm überquert hatte, und als ich die im Westen betrachtete, gefiel mir die Vorstellung gar nicht, daß ich auch sie erklimmen mußte, mit nicht mehr als Führer und Zweck, denn diese innere Stimme, die mir sagte, daß dies der Weg war, den wir nehmen mußten.

Der Regen wurde zu einem gleichmäßigen Nieseln, das uns zwar die Kleidung an den Körper klebte, doch zumindest nicht auf unsere unbedeckten Köpfe pochte. Obgleich die verschiedenen Gehölze, die ich vom Grabhügel aus erspäht hatte, Schutz bieten mochten, wollte ich doch lieber unter freiem Himmel bleiben. Zu viel war mir bereits in solchen Hainen widerfahren.

Ich hängte mir Feldflasche und Schulterbeutel um und stand auf. Iynne schien nicht glücklich darüber zu sein, daß wir wieder aufbrachen. Ihr Haar klebte in nassen Strähnen auf Kopf und Schultern. Sie sah aus wie ein armer Geist aus einer alten Mär. Ich wünschte, ich hätte etwas zum Anziehen für sie gehabt, aber aus Gras und Busch läßt sich kein Gewand zaubern.

»Torheit!« Sie ballte die Fäuste und schlug sie zusammen. »Laß mich gehen. Du erreichst nichts, wenn du mich festhältst, du ziehst dir nur ihren Haß zu …«

»Ich halte dich doch gar nicht«, antwortete ich. Dieser Kampf war so ermüdend geworden, daß ich mich nur zu gern umgedreht hätte, und ohne sie weiter marschiert wäre – aber ich konnte es nicht.

»Du hältst mich – mit dem in dir, hältst du mich!« Ihre Stimme wurde schrill. »Möge dir der Tod Kryphons vom Pfeil beschieden sein – und ihm ebenfalls!«

Als wären ihre Knochen aus Blei, erhob sie sich schwerfällig. Sie blickte westwärts und setzte müde Fuß vor Fuß. Ihr Gesicht war weiß und bitter im Bewußtsein, daß sie gegen ihren Willen dahingetrieben wurde.

Der Bach, durch den wir gewatet waren, lag noch nicht weit hinter uns, als ihre gebeugten Schultern sich strafften, sie den Kopf hob und ihn nordwärts drehte. Ich konnte es geradezu sehen, wie neue Kraft in sie zurückströmte. Sie ließ den Umhang fallen, als störte sie plötzlich ihre Blöße überhaupt nicht mehr, und rannte davon. Ihre Beine sprinteten wie im Pferdegalopp.

Ich bückte mich nur hastig nach dem Umhang, ehe ich hinter ihr herraste. Was immer sie bewegte, verlieh ihr mehr Kraft, als ich gegenwärtig mit meiner schweren Kettenrüstung und dem Waffengürtel aufbringen konnte. Glücklicherweise blieb sie auf freiem Feld und versteckte sich nicht in einem der Haine, wo ich sie möglicherweise nicht finden konnte. Ich hatte überhaupt das Gefühl, daß sie mich völlig vergaß, und sie wieder im Netz jenes gefangen war, dem sie gleich am Anfang in die Falle gegangen war.

Das Land voraus wurde hügelig. Iynne lief wie von Flügeln getragen den ersten Hang hoch, machte da und dort einen Riesensprung über einen Flecken nackter Erde, erreichte den Felskamm und rannte weiter, und ich hinterher. Als die andere Hügelseite in Sicht kam, wäre ich unwillkürlich beim Anblick dessen, was ihrer harrte, stehengeblieben.

Am Fuß des Hanges stand die schwarzgewandete alte Hexe, die ihren Zauber im Mondschrein gewirkt hatte. Ihre Begleiter waren keine Menschen. Links vor ihr, sie hoch überragend, sah ich eines der geflügelten Ungeheuer, wie das, gegen das ich bei seinem Bau gekämpft hatte, doch dies hier war weiblichen Geschlechts. Es fächelte müde die Schwingen, aber die Krallenfüße standen fest auf dem Boden. Die Gestalt rechts der Alten war es jedoch, die mich meinen Schritt verlangsamen ließ.

Sie war sowohl Mann als auch Tier, in einer abscheulichen Mischung des Auffälligsten von beiden. Die untere Körperhälfte war mit borstigem Pelz bewachsen. Die Füße wiesen Hufe wie die eines Bullen auf. Gewaltig und bullengleich waren auch ihre Geschlechtsteile, die so augenfällig waren, als stelle sie sie absichtlich zur Schau, oder sei bereit, sie als eine Art Waffe zu benutzen.

Oberhalb der Mitte wuchs der Pelz spärlicher, dicht nur an der Brust und entlang den Schultern und Oberarmen, doch da eher wie menschliches Körperhaar. Die Arme waren überlang und die Prankenhände baumelten fast über den Boden. Kopf und Gesicht jedoch waren es, die mich fast hätten anhalten lassen.

Sie hatten eine Ähnlichkeit, eine entsetzliche, furchterregende Ähnlichkeit mit dem Antlitz auf meinem Kelch, doch während letzteres edel wirkte, war das Gesicht des Tiermenschen von tiefster Verruchtheit gezeichnet. So mochte es sein, wenn eine Kreatur von ihrem Schöpfer in zwei Wesenheiten gespalten worden war und eine alles Gute und Edle mitbekommen hatte, und die andere alles Schlechte und Verderbte. Dieser Tiermensch war das genaue Gegenteil des horngekrönten Lords – und er war auch nicht gekrönt. Keine Krone ineinandergeschlungenen Geweihs saß auf seinem dichten, wirren Lockenhaar.

Er hatte den Kopf zurückgeworfen und stieß nun einen schallenden Laut aus, der ein Mittelding zwischen dem Brüllen eines Raubtiers und dem grausamen, triumphierenden Gelächter eines Mannes war. Die alte Hexe schwang die Arme hoch und ihre Knochenfinger strichen wie ein Weberschiffchen durch die Luft. Die Geflügelte hatte die Lippen zu einem grausamen Lächeln verzerrt, das spitze Fänge entblößte.

Iynne, die offenbar in jenen vor ihr nichts Schlimmes sah, rannte weiter eifrig auf sie zu, obgleich ihr Sprint etwas langsamer wurde, nachdem sie fast über einen Stein im Gras gefallen wäre. Leider war ich zu weit entfernt, nach ihr zu greifen, aber ich versuchte mein Glück, indem ich ihr den Umhang nachwarf und so gut zielte, wie es mit dem zusammengerollten, feuchten Kleidungsstück ging.

Es öffnete sich in der Luft. Der Wurf war mir besser gelungen, als ich zu hoffen gewagt hatte, denn der Umhang entfaltete sich über ihrem Kopf und fiel auf sie hinab. Sie tat einen weiteren Schritt, dann stürzte sie erschrocken und blind, noch in guter Entfernung der drei ins Gras. Ich spurtete an ihre Seite, während sie mit dem Umhang kämpfte.

Das brüllende Gelächter des Tiermenschen erstarb. Was durch die Luft gellte – und jedes Wort schien den Himmel über uns zu zerreißen – war die Beschwörung der Hexe, die zweifellos irgendwelche Kräfte zu Hilfe rufen wollte.

Der Tiermensch stützte die Fäuste auf die Hüften und grinste nun mit der Selbstsicherheit eines Siegers vieler Kämpfe, und unter den Brauen glühte ein rotes Feuer, als befänden sich keine natürlichen Augäpfel in den Höhlen, sondern Höllenkohlen, mit denen er nicht nur zu sehen vermochte, sondern auch alles seinem Willen unterwarf.

Die Geflügelte schaukelte vor und zurück, nur noch ihre Krallen hielten sie auf dem Boden, während ihre Schwingen immer stärker schlugen. Ich war sicher, daß sie gleich abheben und zu mir fliegen würde, also zog ich mein Schwert.

Beim Anblick der blanken Klinge in meiner Hand, fing der Tiermann wieder brüllend zu lachen an. Ich hatte den linken Arm um Iynne geschwungen und hielt sie so fest ich nur konnte. Wenn sie zu ihnen lief, und diese Hexe Hand an sie legte, wäre sie für immer verloren, und keine Macht, die ich beschwören konnte, würde sie mehr befreien können, dessen war ich ganz sicher. Alles was noch gut, sauber und menschlich in ihr war, würde sterben, und was übrigbliebe, wäre besser tot. Sie zu töten wäre vermutlich das Gnädigste, was ich für sie tun konnte – sobald ich sicher war, daß jene sie mir zu entreißen vermochten. Ja, es war besser, ihr meine Klinge über den Hals zu ziehen ...

»Tu es doch, Dummkopf!«

Ich sah, wie das Feuer in den Augenhöhlen des Tiermannes aufflammte. »Gib sie uns im Blut – so werden wir sie noch lieber nehmen.«

Also reichte ihre Macht über einen reinen, schnellen Tod hinaus. Das war ein neuer Gedanke, der mir Schauder über den Rücken jagte. Immer wieder mußte ich ihn anschauen, obwohl ich dagegen ankämpfte. Er war zum Teil so sehr wie der Horngekrönte, und doch so finster und verloren. Es liegt im Wesen des Menschen, eine Mischung aus Gut und Böse zu sein – vielleicht war mein besseres Ich von dem Abbild auf dem Kelch angezogen worden, und nun neigte mein niedrigeres sich diesem Tiermann zu.

»Stimmt – du kannst zumindest folgerichtig denken, Narr! Du bist mein, wenn ich es will.« Er deutete.

Feuer brannte in meinen Lenden. Eine Welle der Lust überspülte mich, genau wie damals, als ich der Frauenform des Turmgeists gegenübergestanden hatte. Ich brauchte nur den Umhang von ihr zu reißen und dem Mädchen, das ich hielt, Gewalt antun ... So heftig umklammerte ich den Schwertgriff, daß die Parierstange schmerzhaft in die Haut schnitt. Dieser Schmerz war es, der mich zu mir brachte und mir half, mich aus dem Bann dieser Feueraugen zu lösen.

Ich spürte einen Zug um mich. Dieses Netz der Zauberei, das die alte Hexe wob, schloß sich um uns beide. Ich würde den Tod finden – wenn ich Glück hatte –, Iynne etwas viel Schlimmeres.

Da rührte sich die Kraft, die auf dem Grabhügel in mich gedrungen war. Ich konnte sie anerkennen oder verleugnen. Nur jetzt, dieses einzige Mal, war mir die Wahl gegeben. Duldete ich sie, mußte ich es voll und ganz tun. Aber ich war ein Mensch und als solcher ging ich meine eigenen Wege. Ließ ich zu, daß eine Kraft – ob nun gut oder böse – mich als ihr Werkzeug benutzte, gab ich dann nicht alles auf, was mich zu dem machte, was ich war?

Zeit – ich brauchte Zeit! Aber die blieb mir nicht. Ich warf den Kopf hoch und schaute zu den stumpfgrauen Wolken auf, die uns einzuschließen begannen, als wären wir in ein Verlies geworfen worden. Selbst das Land ringsum war wie von einer grauen Schicht bedeckt, die mir selbst den Blick auf das frische Grün der Pflanzen verwehrte und auf alles, das für mich Leben bedeutete.

Ich benetzte die Lippen mit der Zungenspitze. Einen Moment noch – nur noch einen Augenblick – klammerte ich mich an den Elron, den ich kannte – den Elron, der ich immer gewesen war. Dann rief ich:

»He! Ho! Kurnous!«

Es war, als würde ich von einer mächtigen Hand gepackt und herumgedreht. Mein Blut schien auf andere Weise durch die Adern zu fließen, meine Knochen wurden in marterndem Griff verändert. Etwas schüttelte mich von Seite zu Seite, als hätte ein gewaltiger Sturm mich erfaßt. Doch ich fiel nicht. Ein grauenvoller Schmerz tobte in meinem Schädel. Ich stellte ihn mir als einen Raum mit unzähligen Türen vor, die alle geschlossen gewesen waren und die nun eingeschlagen wurden, und alle gleichzeitig, damit das, was darin versteckt gewesen war, seine Freiheit finden und herausstürmen konnte.

Was war ich? Ich hätte es nicht zu sagen vermocht. Ich sah und hörte Dinge, für die kein Mensch meiner Rasse Worte hatte oder denen er einen Namen zu geben vermocht hätte. Der Schmerz ließ allmählich nach. Wie lange hatte er gedauert? Meinem gemarterten, kleineren Ich schienen es Tage gewesen zu sein.

Dann stand ich hochaufgerichtet, während Iynne neben mir kauernd benommen zu mir hochblickte und Speichel aus ihrem schlaffen, offenen Mund sickerte. Die drei Finsterlinge standen mir gegenüber. Die Geflügelte hatte ihr Lächeln vergessen, und der Tiermann sein Gelächter. Statt dessen zeigte er nun seine häßlichen Zahnstummeln, und ein Feuer flammte jetzt nicht allein von seinen Augen, sondern von seinem ganzen Körper, das eigentlich das Gras um ihn hätte in Flammen setzen müssen, aber das war nicht der Fall.

Jene, die Iynne Raidhan nannte, stand mit erhobenen Händen, doch ihre Finger hatten mit Weben aufgehört. Sie hingen schlaff hinab, als wäre ihnen alle Kraft entzogen. Was die drei in mir sahen, wußte ich nicht. Mein Herz schlug schneller. Ich hatte geglaubt, wenn ich mich dieser Kraft in mir ergab, würde ich alles, was mich machte, verlieren. Statt dessen war mir unendlich viel erschlossen worden. Aber ich mußte mich jetzt beeilen, mein Staunen verdrängen, vergessen, was mir an Vermögen gezeigt worden war, das in mir, dem Kind, eingeschlossen gewesen war (denn alle Menschen waren Kinder, gleich wie viele Jahre sie zählten, wenn sie ihre eigenen Kräfte nicht kannten).

Später würde ich noch genug Zeit haben, alles, was mir geschenkt war, gebührend zu bestaunen.

Wieder blickte ich zum verhangenen Himmel auf und rief:

»He! Ho! Kurnous!« Jene Fähigkeiten, die an meinen Körper gefesselt gewesen waren, verbanden sich miteinander, und so donnerte mehr als meine Stimme über das Land.

Die Antwort kam – das Schmettern eines Horns –, doch nicht suchend kam sie, sondern triumphierend, als wäre die Beute nicht nur gesichtet, sondern gestellt, und das, obgleich ich kein Jagdhund war, sondern das Schwert des Jägers.

Dann …

Er kam aus dem Nichts. Nein, nicht aus dem Nichts, sondern von jenem anderen Raum, der an diese Welt anschließt und im Lauf der Zeit auch meiner werden mochte. Er war so groß wie Garn, aber seine Rüstung war ein Harnisch aus wechselndem Licht, das in Grün und Braun und Blau um ihn glühte. Ich hatte recht gehabt – obwohl das Antlitz auf dem Kelch bloß grob wiedergeben konnte, was der horngekrönte Lord war –, seine Züge unterschieden sich nicht zu sehr von denen des Tiermannes. Sie waren das Licht und die Finsternis. Und ich erinnerte mich plötzlich, was Gathea einmal gesagt hatte:

Wie oben, so unten. Jede Kraft mußte ihre Licht- und ihre Schattenseite haben – und zwar im richtigen Gleichgewicht miteinander. Erst wenn dieses Gleichgewicht gestört und das eine stärker als das andere wurde, griff das Schicksal ein: die Notwendigkeit, die Dinge im Lot zu halten. Diese Ausrichtung des Gleichgewichts mochte blutig und schrecklich sein, aber es war unausweichlich in allen Welten.

Die Luft flimmerte.

Sehnsucht erfaßte mich bei ihrem Anblick. Weiches Gold- und Bernsteinlicht bildete ihr Gewand, als sie sich der alten Hexe gegenüberstellte, und hoch hielt sie das

Haupt, wie eine mächtige Lady, die gekommen ist, um zu richten. Doch war da etwas in Raidhan, das ein verschrumpelter, schwacher Überrest der gleichen üppigen Pracht war, den meine Bernsteinlady sich jetzt als Körper ausgewählt hatte.

Noch jemand kam – eine weitere Geflügelte, doch ihr strahlender Glanz blendete das Auge. Es war mir unmöglich, sie direkt anzusehen. Die durch ihren Flügelschlag verdrängte Luft wehte gegen mich. Sie brachte den feinen Duft lieblicher Frühlingsblumen zwischen dem verrottenden Laub des vergangenen Jahres mit sich.

»Wie oben, so unten«, sagte ich leise. Neben mir rührte sich etwas. Iynne richtete sich auf und streckte wie haltsuchend die Hand aus. Ich nahm ihre Finger in meine. Sie waren kalt, und sie selbst fröstelte, als stünde sie inmitten hoher Schneewehen.

XVIII

So standen sie einander gegenüber – das Licht und die Finsternis. Obgleich Iynne und ich nicht dazu gehörten, wußte ich doch durch den Pfad in die Vergangenheit, der sich in mir geöffnet hatte, daß dieser Kampf nichts Neues war. In diesem Land war das Zünglein der Waage lange Zeit kaum je still gestanden und hatte sich abwechselnd zum Licht und der Finsternis geneigt. Die Ankunft meines Volkes hier mochte es sehr wohl wieder in heftige Bewegung bringen, und dadurch Kämpfe herbeibeschwören, wie sie für Clansleute unvorstellbar waren.

Gunnoras Zauber hielt mich in ihrem Bann. Immer würde ich zu der Seite stehen, über die sie Herrscherin war, denn sie hatte einen Teil meines Selbst erst zum Leben erweckt. Ein anderer Teil – der Rest – war Kurnous, dem horngekrönten Lord verbunden. Aus freiem Willen hatte ich ihm den Treueeid geleistet, und das bereute ich nicht.

In ihm war das, was ich an dem Weissänger Ouse bewunderte, dem Öffner des Tores, und an den Schwertbrüdern. In diesem Moment fragte ich mich, ob unsere Einwanderung wirklich von uns gewollt gewesen war, oder ob wir auf irgendeine Weise, uns unbewußt, in dieses Land gerufen worden waren, damit hier das Gleichgewicht der Kräfte wieder hergestellt werden konnte.

Wie sah es mit diesen Gaben und Fähigkeiten jener aus, die einander nun gegenüberstanden? Brauchten sie wahrhaftig andere, die nicht ihrer Art waren, denen ihr Wissen fremd war, um die Gleichstellung der Kräfte zur richtigen Zeit und am richtigen Ort zustandezubringen? Das hier war, zumindest zum größten Teil, verlassenes Land. War die Zahl der Alten so geschrumpft, daß sie nun gegeneinander um den Besitz jener unseres Blutes kämpfen mußten?

Während mir diese Gedanken durch den Kopf gingen, sprachen sie miteinander. Ich legte stützend einen Arm um Iynne, denn sie war halb gegen mich gefallen, als könnten ihre Beine sie nicht mehr tragen. Vielleicht waren ihr die Kräfte entzogen worden, um die Gier nach Macht hier zu füttern. Raidhans knochige Arme fielen an ihre Seite und die weiten Ärmel ihres schwarzen Gewandes verbargen sie. Die Geflügelte verzerrte das Gesicht und spuckte aus. Der Speichel landete dicht vor den Füßen der strahlenden Gestalt gegenüber, deren blendender Glanz zu viel für die Augen Sterblicher war.

»Wieder ist die Stunde gekommen ...«

Hörte ich das mit den Ohren oder in meinem Kopf? Es war Kurnous, der sprach, als er einen Schritt näher auf den Tiermann zutrat. »Du hast mich herausgefordert, Cuntiff – so bin ich gekommen. Dein Tor wird sich nicht wieder öffnen!«

Sein Gegner knurrte. »*Du* hast viele Tore geöffnet, Geweihträger. Nun bringst du auch noch andere ins Spiel – ist das nicht seit altersher verboten?« Er deutete auf mich. »Weil das Blut dünn geworden ist und die Helden alle gefallen sind, riefst du diese Geringeren herbei und versuchst, dir ein neues Gefolge zu schaffen. Das ist gegen den Schwur ...«

»Gegen den Schwur? Wenn du ihn benutzen wolltest – oder dein Kumpan. Wer hat ihn denn mit dem *Kelch* gerufen – um diesen für einen verruchten Zweck einzusetzen? Es wird kein Teufelskind in Arvon geboren werden!« Gunnora hatte gesprochen. Nun wandte sie sich ihrem Gegenüber zu. »Und du, Raidhan – deine Falle hat sich geöffnet. Dein Opfer ist frei von dem Netz der Täuschung, das du um es gewoben hast. Trotz all deiner Zauberei ist sie noch Maid und kein Gefäß des Bösen.«

Von der Leuchtenden kamen zwitschernde Töne, wie der liebliche Gesang eines Vogels – ein wundersames Trillern, das das Herz froh machte. Jene, die eine häßliche, verzerrte Nachahmung der Lichtgestalt war, ließ die Schultern hängen, daß die Schwingenspitzen im hohen Gras verschwanden.

»Ja, die Tore haben sich geöffnet«, sagte der Horngekrönte ruhig. »Wenn eine Zeit des Kräftewechsels kommt, müssen wir jene rufen, die aufgerüttelt werden können. Durch diese so Gerufenen mag es einen Neubeginn geben. Lange waren wir allein in einem verlassenen Land. Nicht aller können wir uns annehmen – aber es gibt immer fruchtbares Land, das auf das richtige Saatgut wartet. Sie sollen ihre Wahl haben und sie frei treffen können, wie es das Recht alles Lebenden ist.«

»Das Mädchen hat ihre bereits getroffen!« Raidhan deutete mit einem Knochenfinger auf Iynne.

Ich hielt Garns Tochter noch fester. Ich würde sie nicht zu diesen verruchten Dreien gehen lassen.

»Nicht frei, nicht in vollem Bewußtsein«, entgegnete Gunnora. »Glaubst du, ich weiß nicht, wie du sie in die Falle gelockt hast? In ihr ist nicht der Funke, der von selbst zur richtigen Wahl hätte aufflammen können.« Sie wandte sich uns zu und streckte die Hand aus. »Ist es nicht so?«

Ein so brennendes Verlangen toste in mir, daß ich

glaubte, von einem heftigen Sturm gerüttelt zu werden. Aber Iynne schrie auf, wie von einem heftigen Schlag getroffen. Sie erschlaffte in meinem Griff und preßte das Gesicht gegen meine Schulter, als wende sie sich von einem Anblick ab, den sie nicht ertragen konnte.

»Du wolltest sie benutzen – und sie hatte nicht wirklich ihre Wahl zu treffen vermocht!« Mitleid sprach aus Gunnoras Augen. »Du wolltest die Große Geheime Paarung zwischen der Finsternis und einer Leeren herbeiführen – und schänden, was des Lichtes ist!«

Sie drehte sich wieder voll der Hexe zu. »Drei sind wir, nichts im Schicksalsweben macht es anders. Aber wir müssen uns auch an das halten, was wir schworen – du, ich, Dians –, sonst kommt es zur großen Abrechnung.«

Kurnous griff den Faden auf: »Schon einmal trafen Licht und Finsternis sich im Kampf – und trotz guter Taten hielt der Tod reiche Ernte. Unheil suchte dieses Land heim und Vernichtung folgte. Und uns war die Kraft entzogen und fast hätten wir dieses Land verlassen müssen. Die Freiheit der Entscheidung muß bleiben.«

»Ich habe meinen Platz, meine Macht, du kannst mir mein Recht nicht nehmen!« brauste der Tiermann auf.

»Habe ich das denn? Freie Entscheidung! Jene, die du ehrlich gewinnen kannst, werden deine Gefolgsleute sein. In ihnen ist das zu finden, was allein *deinem* Ruf folgt. Die Wahl dieser beiden fiel ...«

»*Sie* hat nicht gewählt! Das hast du selbst gesagt!« fauchte Raidhan Gunnora an.

»Auf ihre Weise hat sie es. Sie gehört nicht zu jenen, die berührt werden können, denn ihr Geist erschließt sich uns nicht. Zauberei ist verboten. Wer zu uns kommt, wünscht es sich mehr als sein anderes Leben. Ruf sie jetzt, ohne Zauber!« befahl Gunnora.

Die Miene der Alten war so finster wie ein Gewitterhimmel. Ihre weiten Ärmel wallten, als sie die Arme bewegte, aber sie versuchte keine beschwörende Gebärde. Vielleicht war sie gezwungen, die Wahrheit der Worte meiner Bernsteinlady anzuerkennen.

»Siehst du?« Täuschte ich mich, oder war das, was in Gunnoras Stimme mitklang, *Mitleid?* Verspürte sie ein bißchen Zuneigung für diese ausgezehrte, häßliche Alte? »Was geschehen ist, muß ungeschehen gemacht werden – sofort!«

Eine Kraft umgab meine Bernsteinlady, das warme goldene Licht um sie verstärkte sich. Ein Strahl wie ein wohlgezielter Pfeil löste sich. Ich sah die Hexe einen Schritt zurückstolpern. Ihr Gesicht war von Haß erfüllt, ihr Mund verzerrt, als wolle sie den Strahl mit Gift erwidern.

Doch dann sanken ihr die Schultern hinab. Wenn das überhaupt möglich gewesen wäre, sah es so aus, als drückte das Alter noch stärker auf sie. Zuckend erhoben sich ihre Hände. Ich spürte, wie sie gegen eine stärkere Kraft ankämpfte, gegen die sie nicht ankam. Doch war nicht Gunnora dafür verantwortlich – der Kampf fand in ihr, gegen sich selbst statt, um das Gleichgewicht wiederherzustellen, das ihre Gier nach mehr Macht gestört hatte.

Vier Worte sprach sie – sie grollten, donnerten. Es war, als antworteten sowohl der Himmel denn auch die Erde mit einer Verschiebung, als hätten sich einen Herzschlag lang zwei Welten überlagert. Und dann waren wir wieder an nur einem Raum, in nur einer Zeit.

Ich hielt – nichts! Iynne war verschwunden und zwischen meinem Arm und Körper war Leere. Ich schrie erschrocken auf. Gunnora wandte sich mir zu.

»Hab' keine Angst um sie. Sie ist zurück bei ihren eigenen Leuten, und sie wird sich an nichts erinnern. Daß sie kein Teufelskind in ihrem Schoß trägt, das zur Gefahr für uns alle geworden wäre, verdanken wir deiner Standhaftigkeit. Sei froh!«

»Ihr habt nicht gesiegt!« brüllte der Tiermann, und seine Stimme versprach Blutvergießen und gewaltsamen Tod. »Es ist noch nicht zu Ende ...«

Kurnous schüttelte das gekrönte Haupt. »Keiner von uns vermag je zu siegen. Du wirst weiterhin versuchen, durch alle Jahre, die kommen, deinen Willen durchzusetzen, doch immer wird einer gegen dich stehen – das Gleichgewicht wird erhalten bleiben.

»Nicht für immer!« Wild schwang der Tiermann den Arm.

Und war verschwunden!

Die Hexe entblößte die wenigen, gelben Zähne in höhnischem Lächeln. »Nicht für immer!« echote sie. Ihre schwarzen Ärmel peitschten um sie, als tobe ein Sturm, den ich jedoch nicht spürte, genausowenig wie das hohe Gras zu ihren Füßen. In der Schwärze, die ihren skelettgleichen Körper einhüllte, schwand sie dahin, bis sie nichts als ein dürres Blatt mehr war, das der Wind mit sich ins Nichts trug.

Nun kreischte die Geflügelte auf, breitete die Schwingen aus und sprang hoch in die Luft. Sie brauste unter dem Himmel dahin, und die Strahlende folgte ihr.

Die beiden anderen wandten sich mir nun voll zu. Genug des früheren, jüngeren, unreifen Elron steckte noch in mir, daß ich fragte:

»So ist die Finsternis denn frei, hier zu wirken? Wie wird da das Schicksal der Clansleute aussehen?«

»Es gibt kein Land in dem nur Licht herrscht und keine Finsternis. Denn wie könnte das Licht ohne sie geschätzt und ersehnt werden?« entgegnete Kurnous. »Wie wir bereits sagten, dies hier ist ein fast leeres Land. Unter jenen, die mit dir in diese Welt kamen, sind solche geboren, die sich uns erschließen – dem Licht oder der Finsternis. Die Wahl steht ihnen, unbeeinflußt, frei. Andere werden nichts von uns wissen, da sie anderer Art sind, keine Sucher ...«

Ich dachte an den Turmgeist und mir deuchte, daß Gutes sehr wohl als Böses erklärt werden mochte, wenn solche wie er weiterhin mit ihren Täuschungen betören konnten – ohne Behinderung durch jene, die helfen könnten.

»Nicht ohne Behinderung ...«

Ich begann zu glauben, daß Sprache zwischen uns nicht nötig war. Dies war der Lord, den ich erwählt hatte, und nach dieser Wahl würde ich von jetzt an leben. Doch mochte es Zeiten geben, da ich beunruhigt sein würde, da mir deuchen würde, daß das Gute so viel tun könnte und es doch nicht tat.

»Macht beruht auf dem Gleichgewicht der Kräfte«, fuhr Kurnous fort. »Verstehst du nicht, daß, wer zuviel Macht an sich rafft – sei es nun das Licht oder die Finsternis –, das Zünglein der Waage ins Schwanken bringt, und dadurch nur Chaos sich im Land ausbreitet? Diese Lektion lernten wir schon vor langer Zeit – und es war eine schwere Lektion. Dieses Land hier war dereinst groß und stark, bis das Gleichgewicht gestört wurde. Neuaufzubauen wird lange dauern – und oftmals wird es scheinbar über die Kräfte jener gehen, die es versuchen. Sie werden sich bemühen, denn in deinem Volk liegt der Keim. Ihr werdet über euch hinauswachsen, größer werden, als du es jetzt zu glauben vermagst.«

Ein Teil meines Selbst erkannte die Wahrheit seiner Worte, doch die menschliche Ungeduld blieb.

»Lady Iynne ist wahrhaftig in Sicherheit?«

»Sie wird an demselben Ort erwachen, von dem sie geholt wurde. Bei Ankunft eures Volkes stellte Raidhan dort eine Falle auf, doch sie erfüllte ihren Zweck nicht, denn als sie den Kelch rief, kamst auch du, der ihn sich bereits zu Willen machen konnte. Für deine Lebensspanne ist er dein«, erklärte mir Gunnora. Irgendwie wirkte sie anders auf mich. Diese überwältigende Sehnsucht nach ihr war geschwunden. Bei ihrem Anblick fühlte ich mich jetzt zufrieden und glücklich wie nie zuvor, doch ohne sie zu begehren. Das mein Blut in Wallung bringende Verlangen gab es nicht mehr.

»Nicht jetzt«, sagte Gunnora lächelnd. »Das ist ein Hunger, den du verspüren wirst, wenn die richtige Zeit gekommen ist, und den du mit der Richtigen teilen wirst.«

»Gathea und Gruu?« fragte ich nun.

Kurnous Gesicht war ernst. Er musterte mich wie einen Lehnsmann, der dabei war in die Schlacht zu ziehen, um sich zu vergewissern, ob dieser auch richtig bewaffnet und gewappnet war.

»Der Kelch ist dein, es liegt alles bei dir. Wieder die freie Wahl – für euch beide. Erwählst du, dich dem Schiedsspruch zu stellen, auch wenn du weißt, daß er gegen dich ausfallen kann? Oder wirst du hinnehmen, was kommt – ob gut oder schlecht?

Ich verstand nicht, was er mir mit diesen Worten sagen wollte. Aber ich wußte, woran mir am meisten lag.

»Gathea – Gruu ... Sie brauchen mich vielleicht. Ich möchte zu ihnen.«

»Gut. Du hast deine Wahl getroffen. So gehe und tu, was dein Herz dir rät!«

Es war kein Wirbelwind, der mich davontrug, es waren auch keine Schwingen. Statt dessen kam ein Moment der Schwärze, daß ich glaubte, wieder im Reich des Turmgeists zu sein, in das kein Licht je Einlaß fand. Dann wurde es hell – mondhell wieder, als wäre der Tag zu Ende.

Vor mir lag ein Mondschrein. Nicht jener in Garns Land, auch nicht dieser finstere Ort, an dem Raidhan ihre Gehilfen hatte benutzen wollen, um gräßliche Zauberei zu wirken. Dieser hier hatte die Helligkeit des reinen Lichtes – vielleicht ein anderer Teil des Gleichgewichts – das Gegengewicht jenes anderen Schreines, in dem Iynne der Schändung und dem Tod des Geistes geharrt hatte.

Sie, die ich suchte, stand vor dem Altarstein. Ihr Körper war silberweiß, denn sie hatte ihre Kleidung von sich geworfen. Sie war in ein Leuchten gebadet und zog die Kraft dieses Schreines an sich. In der Luft über dem Altar hing eine Strahlensäule und umhüllte eine Gestalt, die anzusehen meine Augen schmerzte.

Mit hocherhobenen Armen und geschlossenen Augen betete Gathe sie an. Unsagbare Verzückung sprach aus ihrem Gesicht. Wie von selbst tasteten meine Finger nach allen Schnallen und Verschlüssen. Als erstes warf ich von mir, was mit Kampf und Tod zu tun hatte, danach alles anderes, so daß auch mir nur das Licht blieb, das Licht und der Kelch, und mit ihm – da die Erinnerung in mir erwachte und etwas in mir mich gemahnte – das Blatt der Waldfrau.

Als ich mich dem Schrein näherte, sammelte das Licht sich dick vor mir. Ich spürte, daß es gegen mich drückte, und diesen Widerstand spürte ich auch in meinem Geist: es war eine scharfe Ablehnung, dessen, was ich trug und was ich tun würde. Aus dem Licht, wo sie zwischen den beiden Säulen vor mir gelegen hatte, erhob sich Gruu. Sie fletschte die Zähne in stummer Warnung.

Da ruhten ihre Augen, die in diesem Licht wie Edelsteine glitzerten, kurz auf dem Kelch, ehe ihr Blick wieder meinem begegnete. Ich sprach zu ihr, Geist zu Geist, und versicherte dieser Katze, die mehr als eine Katze war, daß sie ihren Platz in meinem Leben haben würde, in dem Leben, das unser in Zukunft sein würde.

»Das ist mein Recht – und sie hat die Wahl.«

Also ließ Gruu mich vorbei und ich betrat den Mondschrein.

So viel Macht! Sie schlug mir entgegen. Ich spürte ihren kalten Druck auf meiner Haut, die prickelte, als preßten Dornen dagegen. Ich verspürte den Drang, vorwärts zu stürmen, aber ich zwang mich, bedächtig Fuß vor Fuß zu setzen. Den Kelch hielt ich in Höhe meines Herzens, und das Blatt warm in meiner anderen Hand.

Gathea drehte sich plötzlich um, als spürte sie eine Warnung oder Unsicherheit in dem friedlichen Zauber dieses Ortes. Ihre Augen weiteten sich. Sie hob eine Hand, wie um mich abzuwehren.

Aber ich wußte, was ich tun mußte. Ich hatte die Wahl getroffen – sie mußte es noch. Ich gab das Blatt in den Kelch. Nur einen Herzschlag lang blieb es fest, dann begann es zu schmelzen, wirbelte auf und ab, füllte fast den Kelch: die Freigebigkeit der Natur, die diese Stunde segnete.

Wie ein Lehnsmann bei hohem Anlaß vor seiner Lady, sank ich auf ein Knie. War da ein leichter Druck auf meinem Kopf? Ich war bereit für die Krone – doch nicht ich konnte sie mir aufsetzen.

Gathea deutete mit einem Finger auf mich.

»Geh!« Es lag Kraft in diesem Befehl, aber nicht vielleicht auch eine Spur Furcht? Dieser Befehl verstärkte den Druck gegen mich. Wenn sie beharrte, mochte ich sehr wohl von diesem Ort gefegt werden, und weder sie noch ich würden je ganz sein. Immer würde uns ein nicht zu stillender Hunger erfüllen, bis wir durch das letzte aller Tore zogen.

»Dians!« Als ich nicht gehorchte, drehte Gathea sich wieder zum Altar um, zu dieser Lichtsäule darüber.

Ich konnte sie sehen, doch nur verschwommen (ich glaube nicht, daß überhaupt je ein Mann sie sehen würde, wie sie war). Ich erblickte den Schatten einer schlanken Maid. Ihr Gesicht, so verschleiert es auch war, hatte Ähnlichkeit mit Gatheas – es wirkte verschlossen, stolz, an Schwüre gebunden, die sich gegen die Erfüllung des Lebens richteten.

»Dians!« rief das Mädchen erneut.

Das Gesicht wurde kälter, verriet eine Spur Feindseligkeit. Ich erinnerte mich aus meinem neugefundenen Wissen, daß Dians einen Mann töten konnte, der eine Maid gegen ihren Willen in Versuchung führte oder ihr Zwang antat.

Ich rief nichts, niemanden. Diesen Kampf mußte ich allein gewinnen.

»Dians!« Klang Gatheas Stimme nun mehr fragend, denn fruchtsam?

Aus meinem Kelch, von der Fruchtbarkeit des Blattes, stieg ein goldener Dunst auf – die Farbe von Gunnoras Erntegewand. Dann wurde er bernsteinfarben und ein würziger Duft erfüllte die Luft zwischen uns.

»Dians ...« Nicht länger rief Gathea den Namen, sie murmelte ihn. Nun wandte sie sich halb von der silbernen Gestalt ab und mir zu. Ich sprach und die Worte kamen von einem Ritual aus einer Zeit, die länger zurücklag, als die Erinnerung meines Volkes reichte.

»Der Acker erwartet die Saat. Die Macht der Lady öffnet die Scholle für den Keim. Da kommt die andere, mit der Pflicht zu wecken – damit die Ernte nicht ausbleibt, damit Körper und Geist gestärkt werden können.«

Zögernden Schrittes, einen Fuß zaudernd vor den anderen setzend, kam Gathea zu mir. Der Kampf in ihrem Innern zeichnete sich auf ihrem Gesicht ab. Ich hielt wartend den Kelch. Die Entscheidung lag bei ihr. Ich würde sie ihr nicht abnehmen. Sie mußte die Wahl treffen – mußte willig zu mir kommen.

Eine lange Weile stand sie so dicht vor mir, daß ich nur die Hand auszustrecken brauchte, um ihre weiche Haut zu berühren. Doch das wäre nicht richtig. Die Macht floß vom Mann auf die Maid über – von der, die soeben zur Frau geworden war, zurück zum Mann. Erst wenn die Form zusammengefügt war, war sie größer als die Teile. Doch die Entscheidung war Gatheas.

»Dians ...« Ein Hauch bloß. Das Silberlicht um uns pulsierte, einmal heiß, einmal kalt, als würde der Kampf in Gathea derart gemessen.

Sie blickte mir tief in die Augen. Nichts geschah zwischen uns. Ich weiß nicht, was sie zu sehen suchte, und nicht, ob sie es finden konnte. Langsam hob sie die Hände. Würde sie mir den Kelch aus der Hand schlagen? Oder hatte sie die Wahl anders getroffen?

Über meinen legten ihre Finger sich um den Kelch, klammerten sich daran fest. Dann nahm sie ihn mir aus der Hand. Als sie ihn hielt, beugte ich mich noch ein wenig mehr und berührte ihre weißen Füße. Die alten Worte kamen wie von selbst über meine Lippen:

»Jene, die suchen, werden auch finden, und groß der Reichtum, den sie gewinnen. In der Maid ist die Königin, und in der Lady Namen ehre ich sie, wie ich dich ehre.«

Ich hob die Hände und legte sie, wo ihre schlanken Schenkel aus dem Rumpf wuchsen.

»In der Maid harret die Erfüllung, die die Ernte bringt. In der Lady Namen ehre ich dich.«

Ich erhob mich und berührte ihre kleinen, festen Brüste.

»In der Maid ruht eine andere, die hervorkommt, wenn die Zeit richtig ist. In der Lady Namen ehre ich dich.«

Gathea hielt den Kelch nun gerade zwischen meine Lippen und ihre. In ihren Augen erwachte ein Staunen – eine wundersame Wandlung.

Ich trank aus dem Kelch, den sie mir anbot, und dann trank auch sie. Der Kelch zwischen uns war leer, und sie warf ihn von sich. Er fiel nicht auf das Pflaster, sondern wurde durch die Luft auf den Altar getragen. Das Silber der Lichtsäule darüber vertiefte sich, wurde zu warmem Gold. Ich nahm Gathea in die Arme, und der Kuß, den ich ihr gab, so wie Gunnora es versprochen hatte, besiegelte mein Geschick und öffnete die letzte Barriere.

Das goldene Licht – die Wärme –, wir vergaßen alles andere. Was blieb, waren Priesterin und Lady, Mann und horngekrönter Lord. Aus ihrer Vereinigung würde Macht geboren, mit der viel erreicht werden konnte. Als ich jene nahm, die nicht länger dem keimlosen Pfad Dians folgen würde, spürte ich, wie dieses Gewicht auf meinem Kopf zu ruhen kam: die Krone. Lehnsmann war ich gewesen, in dieser Stunde wurde ich Lord.

Sippenlos – clanlos – und gekrönt!